KNAUR

ANTONIA
WESSELING

INSIGHT

DEIN LEBEN
GEHÖRT MIR

ROMAN

KNAUR

Besuche uns im Internet:
www.droemer-knaur.de
Hat dir dieses Buch gefallen? Lesetipps und vieles mehr
rund um unsere romantischen Lieblingsbücher findest du
auf Instagram: @knaurromance

MIX
Papier | Fördert gute Waldnutzung
FSC® C014496

Originalausgabe Mai 2024

Ein Imprint der Verlagsgruppe
Droemer Knaur GmbH & Co. KG, München
Dieses Werk wurde vermittelt durch die
Literarische Agentur Thomas Schlück GmbH, 30161 Hannover.

Redaktion: Michelle Stöger
Covergestaltung: buxdesign, München
Coverabbildung: buxdesign unter Verwendung einer Illustration
von Ruth Botzenhardt
Satz und Layout: Sandra Hacke, Dachau
Druck und Bindung: GGP Media GmbH, Pößneck
ISBN 978-3-426-21755-9

2 4 5 3 1

Für alle, die häufig in die Vergangenheit zurückschauen.
Sie entscheidet nicht darüber, wer wir sind. Ganz im Gegenteil.
Sie zeigt uns, wer wir aufgehört haben zu sein.

1. KAPITEL

DIE KONKURRENZ SCHLÄFT NIE

Happy Sunday, ihr wunderbaren Menschen da draußen.
Es ist die letzten Tage etwas stiller in meinen Stories, und ich vermisse euch sehr <3
Allerdings tut sich hinter den Kulissen einiges, und ich kann es kaum abwarten, dass ihr an alldem teilhaben könnt.
Wie geht es euch? Vermisst ihr den Sommer auch schon, oder seid ihr bereits im Mood für schicke Wintermäntel?
#sundaymood #cozy #busy #bestlife #behappy #goodvibesonly

»Ich habe gute Nachrichten!«

»Sind sie gut genug, dass du mich dafür am Sonntag anrufen musst?«, reagiere ich mürrisch auf den telefonischen Überfall meines Managers. Mit einer Hand schiebe ich den Laptop von meinem Schoß aufs Sofa und klappe ihn zu.

»Sie sind sogar so gut, dass du am besten gleich bei mir vorbeikommst.« Ich muss keinen Videocall mit Tizian machen, um sein unverschämtes Grinsen vor Augen zu haben. Es passt so gut zu seiner selbstgefälligen Art.

»Ich warne dich …«

»Gegen fünfzehn Uhr?«

»Meinetwegen.« Damit beende ich unser Gespräch.

Missmutig lasse ich mein Smartphone sinken und lege es auf der Glasplatte des Wohnzimmertisches ab. Klasse gelaufen! Dabei wollte ich mir heute doch endlich mal eine kurze Auszeit gönnen, eine Runde mit meinem Dackel Bella Gassi gehen oder zumindest so tun, als könnte ich mich in Ruhe einem Buch widmen.

Mein Blick fällt auf die Kartons, die eng aneinandergereiht neben meinem Sofa stehen. Ende letzten Jahres ist meine eigene Kosmetikmarke auf den Markt gekommen. Das schlichte Design war sofort in meinem Kopf, ein goldenes V zur Wiedererkennung, erschwinglicher Preis, jedoch nicht zu günstig, um als Billigmarke abgestempelt zu werden. Unser Konzept war brillant. Auch wenn wir kurz vor dem Launch meiner ersten Produkte in großen Stress geraten sind, um auf höchstem Level zu liefern, am Ende hat es sich gelohnt. Das Design sieht einfach toll aus! Seitdem gibt es allerdings kaum noch ruhige Momente.

Sofort muss ich an die Unmengen Arbeit der letzten Tage denken, und das Stressgefühl ist wieder da. Würde mich nicht wundern, wenn mein Kopf irgendwann mit einem lauten Knall platzt. Wie ein prall gefüllter Luftballon, auf den zu viel Druck ausgeübt wird.

Innerlich höre ich eine Stimme, die verdächtig nach Tizian klingt und die in vorwurfsvollem Ton sagt: »Du kannst froh sein, wenn V-Line an seinen letzten Erfolg anknüpft. In deiner aktuellen Lage ist das nicht selbstverständlich.«

So schmerzhaft die Worte auch klingen mögen: Sie sind wahr. Die Dinge haben sich geändert seit dem Ende der #couplegoals-Zeiten von mir und Alex. Und um ehrlich zu sein, ist es genau das, was mich völlig ausbrennt: die Angst vor einem erneuten Absturz. Einem, der mir vielleicht sogar endgültig das Genick brechen würde.

Dass mich solche Zweifel beschäftigen, kann allerdings niemand sehen, weil ich *Valerie Sophie* bin. Mein Gesicht ist eine perfekte Maske. Niemand erahnt hinter meinem teuren Highlighter auch nur ansatzweise, dass es mich jeden einzelnen Nerv gekostet hat, mit den neuen Produkten den Ansprüchen meiner Kundinnen gerecht zu werden. Insgeheim weiß ich, dass das Erreichen der bisherigen Qualität das Mindeste ist, was ich tun kann. Denn ein geschwächter Kanal bedeutet eine geschwächte Marke.

Wieder pulsiert die Stimme von Tizian, meinem Manager und größten Kritiker, dem der Titel für »Ich-mache-dir-am-meisten-Druck« gebührt, in meinem Kopf. »In einer schnelllebigen Zeit musst du nachliefern. Bäm, bäm, bäm. Gerade jetzt darfst du nicht an Relevanz verlieren. Das willst du doch nicht, oder? Sonst ist V-Line schneller ein Thema von gestern als die MeToo-Bewegung.«

Arschloch. Tizian ist der überheblichste, sexistischste Kerl, den ich kenne. Doch es würde mich ein Vermögen kosten, mich aus dem Vertrag mit seiner Agentur in diesem Jahr noch rauszukaufen. Grund genug, bei seinen Kommentaren ein paar Monate länger auf Durchzug zu stellen. Also stecke ich jede Kraft in unseren neuen Dusch- und Haarschaum und warte brav, bis ich ihn vertragsgerecht aus meinem Leben verbannen kann.

Ganz gleich, ob trocken oder fettig, glatt oder kraus. Unsere Kampagne läuft nach dem Motto: Jeder soll sich wohlfühlen! Natürlich auch eine Sache, der Tizian niemals zugestimmt hätte, könnte er nicht in der Öffentlichkeit damit prahlen, besonders *woke* zu sein.

Wie man es dreht und wendet, mit einer Sache hat er dennoch recht: Vergessen zu werden wäre das Todesurteil von Valerie Sophie. Nicht das von mir als Person, aber das meines gleichnamigen Accounts. Meiner gesamten Online-Existenz. Valerie Sophie Ehrmann ist ein Symbol in der deutschen Instagram-Szene. Zumindest war sie das bis vor einem nicht allzu langen Zeitpunkt noch. Mein Name stand für Eleganz, Selbstbewusstsein, Erfolg und Emanzipation. Denn alles, womit ich heute mein Geld verdiene, habe ich selbst erschaffen. Umso erschreckender war es, zu sehen, wie wenig es von außen brauchte, um diesen Erfolg ins Straucheln zu bringen. Weil ich weiß, dass ich mich diesem Thema spätestens in Tizians Büro stellen muss, schiebe ich den Gedanken beiseite.

Ziemlich erschöpft stopfe ich die wichtigsten Sachen in meine Tasche und lege Bella an die Leine. Wenn Tizian sich so spontan meldet, muss er damit leben, dass meine Dackeldame mitkommt.

Als ich in meinen Wagen steige, frage ich mich zum wiederholten Mal, wie Tizian das mit seinen anderen Klienten regelt. Die meisten von ihnen wohnen nicht in der Stadt, und ich würde meine gesamte Taschensammlung darauf verwetten, dass keiner für ein kurzes Update extra nach Köln fährt. Schon gar nicht, wenn man sich in der Innenstadt dermaßen durch den Verkehr quälen muss. Ich atme erleichtert aus, als ich es endlich zu Tizian geschafft habe, sehe mich nach rechts und links um, bevor ich die Autotür aufstoße und die Sonnenbrille aufsetze. In den letzten Monaten ist sie für mich zu einer Art Schutzschild geworden. Ein Schutzschild, von dem ich nie dachte, es einmal zu brauchen.

Tizians Workspace befindet sich im dritten Stock eines Co-Working-Gebäudes, ausgerechnet in der wuseligen Innenstadt Kölns. Er hat hier vor einigen Monaten eine ganze Etage für sich und seine Mitarbeitenden gemietet und hält sich seitdem für den coolen Boss aus einem amerikanischen Teeniefilm.

Im Aufzug betrachte ich mich im Spiegel. Meine langen blonden Haare reichen weit über die Brust. Die enge weiße Balenciaga-Jeans spannt sich wie eine zweite Haut über meine Beine. Meine wohlgemerkt ziemlich langen Beine, die endlich wieder in Konfektionsgröße 36 passen. Kommentare wie »Jetzt lass dich nach der Trennung mal nicht so gehen« oder »Da greift aber jemand zur Frustschokolade« werden nichtsdestotrotz noch eine Weile in mir nachhallen.

Bei dem Gedanken, dass es dieselben Leute sind, die zuerst von Selbstliebe gesprochen haben, mir dann eine Diät andrehen wollten und jetzt nach meinem ach-so-tollen Stoffwechsel fragen, würde ich vor Wut am liebsten die teuren Overknee-Stiefel aus dem dritten Stock werfen. Doch das wäre fast so schade wie die Tatsache, dass ich sie gerade bei einem Besuch im Management entjungfere.

»Endlich«, begrüßt Tizian mich am Eingang mit diesem albernen Küsschen rechts, Küsschen links und setzt dabei ein breites Grinsen auf. Sein viel zu strenges Aftershave dringt in meine Nase, sodass ich ihm am liebsten auf das hellblaue Jackett niesen würde. Oder dieses ordentlich gebügelte weiße Hemd darunter. Es würde mich nicht wundern, käme eines Tages heraus, dass diesen Job noch immer seine Mutter übernimmt.

Tizian ist Mitte dreißig und damit ungefähr zehn Jahre älter als ich, hat dunkelblonde kurze Haare und diese Art von Gesicht, das eigentlich attraktiv aussehen könnte, es aber niemals sein wird, sobald man seinen Charakter auch nur ein bisschen näher kennt.

»Ich freue mich auch, dich zu sehen«, sage ich ironisch, lege mir den Mantel über den Arm und folge ihm in sein Büro.

»Man könnte fast denken, das meinst du gar nicht so.«

»Sagen wir so, ich hätte mir mein Wochenende schöner vorstellen können.«

Er verzieht gespielt beleidigt das Gesicht. »Oh, Valerie. Sollte ich das persönlich nehmen?«

»Bevorzugst du die Wahrheit?«

Obwohl Tizian auflacht, bin ich mir sicher, dass er genau weiß, wie ernst ich das gemeint habe. »Sind wir heute zickig?« Er lässt sich auf den Bürostuhl hinter seinem Schreibtisch sinken und wirft einen Blick aus dem Fenster. »Dabei haben wir doch herrliches Wetter, findest du nicht? Außerdem siehst du bezaubernd aus. Fast wie dein altes Selbst.«

Tizian nutzt jede Chance, die er hat, um mich an meiner Achillesferse zu treffen.

»Also?«, frage ich und setze mich ihm gegenüber auf den Stuhl. Bella hockt sich brav neben meine Füße. »Was gibt es nun so Wichtiges zu besprechen?«

»Alles der Reihe nach … Dreimal darfst du raten, wem ich

das Privileg eines exklusiven Pappaufstellers in Lebensgröße in allen deutschen Drogeriemärkten besorgt habe … Keine Frau in diesem Land wird Tampons kaufen können, ohne von deinem strahlenden Lächeln entzückt zu werden.«

Ich verkneife mir einen bissigen Kommentar und sehe ihn möglichst unbeeindruckt an. Irgendeinen Vorteil muss seine Existenz für mich ja eines Tages haben, und obwohl Tizian mich am liebsten unterwürfig auf den Knien sehen würde (Gott, nicht so, wie es klingt … obwohl, wohlmöglich würde er auch das Angebot nicht ausschlagen!), weiß ich, dass er viel zu scharf auf die Kohle ist, um meine Kooperationen nicht bestmöglich zu verhandeln.

Mein Erfolg ist auch sein Erfolg.

Zumindest, solange dieser Vertrag noch gültig ist.

»Was sagst du dazu?«

»Klingt gut.«

»Das klingt nicht nur gut, sondern hervorragend. Zumindest dann, wenn du auf den Fotos ein wenig freundlicher guckst als jetzt.«

»Solange du sie nicht von mir machst, sollte das machbar sein.« Ich beuge mich zum Schreibtisch vor. »Wo soll ich unterschreiben? Deshalb bin ich doch hier, oder?«

»Natürlich«, erklärt er und stützt die Hände auf die Tischplatte. Ich widerstehe dem Drang zu fragen, ob wir die Angelegenheit nicht auch per E-Mail hätten regeln können.

»Was hast du diese Woche vor?«, fragt er und schaltet den Drucker ein.

»Ein Meeting für eine Kooperation. Ich könnte das Werbegesicht für eine Dating-App werden.«

»Oh, ich bin mir sicher, du würdest dich da bestens für eignen.« Tizians Blick streift meinen Körper, und ich spüre, wie sich alles in mir zusammenzieht.

Warnend funkele ich ihn an.

»Was ist? Darf man heutzutage keine Komplimente mehr machen?« Tizians Lächeln ist so aufgesetzt, dass allein sein Anblick etwas in mir zum Kochen bringt.

»Ich würde es vorziehen, wenn wir professionell miteinander umgehen.«

»Natürlich. Es ist nur … Ich erinnere mich an Zeiten, zu denen du diesen Blick einmal gemocht, nein, regelrecht genossen hast.« Sein Lächeln wird zu einem breiten Grinsen.

»Intelligente Menschen lernen aus ihren Fehlern.«

Darauf entgegnet Tizian nichts mehr, sondern wirft kurz einen Blick auf den Computer und sieht dann wieder mich an. »Hast du mir den Link zu deinem Beitrag für das Krümelcafé zukommen lassen? Ich wollte später die Rechnung abschicken.«

Vor einigen Tagen ist ein neuer Werbepost auf meinem Account online gegangen. Darin werbe ich für ein Café, das ganz neu ins Influencer-Marketing eingestiegen ist. Auf dem entstandenen Bild halte ich eine goldverzierte Gabel in der rechten Hand und führe mir den ersten Bissen Kürbiskuchen genüsslich zum Mund. Der knallrote Lippenstift passt perfekt, genau wie der beige Wollpullover, der hervorragend mit meinen goldblonden Haaren harmoniert.

»Erledige ich noch«, antworte ich und greife bereits ungeduldig nach einem Kugelschreiber.

»Am besten mit Screenshot von der Reichweitenanalyse im Anhang. Ich hoffe, der Post ist besser gelaufen als deine letzten dieser Art.«

»Ist er.«

»Ich werde es ja sehen. Seit es keinen Couple-Content mehr von dir gibt, ist echt der Wurm drin. Gibt es denn so gar nichts Aufregendes in deinem Leben, das du teilen könntest?«

»Du tust ja gerade so, als würden deine anderen Klienten in ihren Stories mit einem Löwen kämpfen, während ich mich vierzehn Tage lang nicht von der Couch bewege.«

»Sachte, sachte … von Löwen war hier nie die Rede. Aber du

könntest dir schon etwas einfallen lassen, was die Leute interessiert.«

»Ich hatte eine harte Zeit. Was verstehst du daran nicht?«

Tizian schnaubt. »Eine harte Zeit kann man sich im Notfall zwei Wochen erlauben, keine acht Monate. Es geht dabei nicht um mich. Ich dachte, dass es in deinem Interesse ist, wenn uns nicht auch noch die nächsten Sponsoren flöten gehen.«

Ich beiße die Zähne fest zusammen, um nichts Unüberlegtes zu sagen. Knapp vierzigtausend Likes, mehrere Hundert Kommentare unter meinem vorletzten Posting. Es geht wieder bergauf. Das weiß ich. Dass Trennungen auf Instagram für Aufmerksamkeit, danach aber auch für einen rasanten Absturz sorgen können, ist selbst unter Laien kein Geheimnis mehr. Konnten wir aber deshalb irgendetwas an der Situation ändern?

»Ganz ruhig, meine Liebe. Das war doch kein persönlicher Angriff«, versucht Tizian den Brand zu löschen, den er selbst gelegt hat. Er zieht die Brauen zusammen und winkt ab. »Die Leute lieben dich immer noch. Und schon bald werden sie vielleicht auch diesen viel zu süßen Kürbiskuchen lieben.«

»Der war nicht zu süß«, widerspreche ich und stehe endlich auf. Bella sieht mich verwirrt an, als hätte sie gerne noch eine Weile länger auf dem Boden geschlafen.

»So, der Vertrag ist unterschrieben. Ich bin dann jetzt weg.«

Tizian lacht laut auf. »Oh, Valerie, du weißt genau, du bist hier jederzeit ein willkommener Gast.«

Ich schenke ihm ein spöttisches Lächeln und schlüpfe zurück in meinen Mantel.

»Bevor du gehst …« Tizian bewegt sich auf seinem Schreibtischstuhl zur Fensterfront und durchsucht einen ziemlich chaotischen Haufen.

»Ja?«, frage ich und knöpfe den Mantel zu.

»Du hast deine Post der letzten Tage noch nicht mitgenommen. Einen Umschlag habe ich heute erst aus dem Briefkasten geholt.«

Seufzend zucke ich mit den Schultern. »Hast du sie durchgesehen?«

»Bin noch nicht dazu gekommen. Sieht aber nach Fanpost aus. Vielleicht schreibt dir ja auch jemand Liebesbriefe.«

»Ich habe keine Verehrer.«

»Oh, daran hege ich meine Zweifel.« Amüsiert überreicht er mir einen Stapel, den ich hastig in meine Tasche stopfe.

* * *

Ich brauche die ganze Autofahrt, um mich von dem kurzen Besuch bei Tizian zu erholen. Selbst als ich zwanzig Minuten später den Wohnungsschlüssel klirrend in die Glasschale auf meinem Sideboard lege, steht mein Körper noch unter gewaltiger Anspannung.

Bella lässt sich in dem Korb neben unserem Eingang nieder. Ihr kleines Köpfchen fällt in den weichen Stoff, und sie schließt die Augen, als habe sie vollstes Verständnis für meinen Mangel an Energiereserven.

»Hey, Schlafmütze«, sage ich leise und tausche die Stiefel gegen meine rosa Chanel-Pantoletten. Abgesehen von einem Sanseviera-Trio auf dem Wohnzimmertisch sind diese Hausschuhe einer der wenigen bunten Flecken, die es in meiner Wohnung gibt. Für mich geht nichts über einen cleanen Einrichtungsstil in gedeckten Farben. Beige. Grau. Weiß. Zu sehen, wie jedes Teil an seinen Platz gehört, erfüllt mich mit einer vielleicht schrägen Genugtuung. »Noch nicht schlappmachen. Wir zwei sollten uns noch ein Abendessen gönnen.« Schnell krame ich ein paar gesunde Zutaten aus dem Kühlschrank und werfe sie auf der Küchentheke zusammen. Natürlich könnte ich auch jeden Abend beim Lieferdienst bestellen, mir mit Fast Food den Magen vollhauen, doch das passt nicht zu meinem Lebensstil. Nicht mehr. Valerie Sophie hat ihr Leben wieder im Griff. Nach jeder Tiefphase kommt ein Hoch. Nach jedem Gewitter die ersten Sonnenstrahlen. Und auf die hässlichen Kommentare in der Kommentarspalte folgt nun eben auch ein heftiges Glow-up, für das mir kein Preis der Welt zu hoch ist.

Ich koche eine große Portion Kartoffeln, nehme Brokkoli aus dem Tiefkühlfach und unterhalte mich währenddessen mit Bella. Hin und wieder zuckt sie zumindest mit den Augenlidern, als sei es die einzige Reaktion, die man heute noch von ihr erwarten könnte. Es gibt nichts, was ich mehr verstehen kann. Dieser Hund ist meine nichtbiologische Zwillingsschwester. Oder vielleicht eine Art Seelentier.

Mein Telefon vibriert. Ich nehme den Deckel vom Topf, damit mir nicht noch etwas überkocht, und eile zum Esszimmertisch. Meine braune Prada-Tasche steht noch unberührt auf dem vordersten Stuhl. Hastig wühle ich mich durch die Post, die mir Tizian eben gegeben hat, finde mein Handy und nehme das Gespräch entgegen.

»Val.« Es ist Linnea, die mir ganz aufgeregt ins Ohr flötet. Wir sind das, was manche Menschen möglicherweise als Freundinnen bezeichnen würden. Ich tue mich in unserer Branche jedoch schwer mit diesem Begriff. Weil ich weiß, dass wir uns in einem Haifischbecken bewegen. Während du am Anfang glaubst, in einer Art Symbiose zu leben, wirst du früher oder später auf schmerzhafte Art und Weise realisieren, dass der einzige Grund, weshalb du noch nicht gefressen wurdest, darin besteht, dass andere dich als perfekt hergerichteten Nachtisch sehen. Ein Nachtisch, zu dem du dich im Zweifelsfall selbst gemacht hast.

»Hast du es gesehen?«

»Was?«, hake ich nach und klemme mir das Telefon unter die Schulter, um die Post in die Küche zu tragen.

»Na, die Ankündigung von Rosa«, wirft Linnea ein, als sollte mir das irgendwas sagen.

»Ich habe keine Ahnung, wovon du sprichst. Bin gerade erst durch die Tür gekommen.« Doch schon die Erwähnung von Rosas Namen bringt mein Herz dazu, schneller zu klopfen. Nicht gut. Gar nicht gut. Niemand sollte die Macht haben, etwas Derartiges in mir auszulösen.

»Oh-oh«, macht Linnea. »Girl, was macht eigentlich dein Management? Verschlafen die die YouTube-Trends? Rosa hat eben ein Video hochgeladen, in dem sie ihre neuen Duschschäume präsentiert.«

»Bitte was?« Genervt stoße ich Luft aus, stelle mit der freien Hand den Herd eine Stufe runter und verdrehe dabei innerlich mehrfach die Augen. »Kann diese Frau auch mal etwas Eigenes machen?« Rosa ist, genau wie Linnea und ich, in der Social-Media-Bubble unterwegs. »Es muss ihr doch irgendwann mal peinlich sein.« Abwesend stelle ich den Anruf auf Lautsprecher und lege das Telefon beiseite. Ich muss das Wasser aus dem Topf abschütten, sonst kann ich den Brokkoli gleich trinken. Vielleicht auch eine moderne Form von Diät: warten, bis das Essen so beschissen schmeckt, dass man es lieber ganz ausfallen lässt. Tizian würde diese Idee sicher zu gut gefallen. »Sie muss doch wissen, dass sie sich damit ein Eigentor schießt.« Es ist in der Bloggerszene schon wiederholt diskutiert worden: Rosa habe Videos oder ganze Formate ungefragt von anderen kopiert und Fotos nachgestellt. Natürlich konnten wir es bisher schlecht beweisen, aber Freunde hat sie sich dadurch nicht gemacht.

»Val, es ist anders, als du denkst«, unterbricht Linnea meine Gedanken. »Sie muss von deinen Ideen Wind bekommen haben. Die Produkte sind fast identisch, und sie bringt ihre Linie schon vor Weihnachten raus.«

Ich brauche einen Moment, um die Bedeutung von Linneas Worten zu verstehen, doch dann zucke ich erschrocken zusammen. »Was?«

»Ja, das bedeutet, sie ist vor dir draußen.«

»Ich weiß, was das bedeutet«, entfährt es mir. Dabei gilt meine Verärgerung natürlich eigentlich nicht Linnea. *Don't shoot the messenger!*

»Alle werden denken, dass *du* ihre Produkte nachgemacht hast.«

Das ist eine Katastrophe. Wer Inhalte von Rosa Neuer stiehlt, ist auf Social Media wirklich ganz tief gesunken.

»Und jetzt?«, haucht Linnea in den Hörer. Ich ahne, dass sie als Nächstes etwas sagen will, das aufbauend oder tröstend gemeint ist. Doch davon will ich nichts hören. Allein der Gedanke eines mitleidigen Lächelns löst eine widerliche Beklemmung in mir aus. Mitleid ist etwas, das in meinem Leben nichts zu suchen hat. Nicht mehr.

»Ich muss auflegen.« Ich schaffe es gerade noch, ein »Danke« hervorzupressen, bevor ich das Telefonat wie erstarrt beende. Unfähig, zu sagen, was ich gerade überhaupt fühle. Wut? Sorge? Angst, dass Rosa Neuer mit der Nummer durchkommt und uns die ganze Show stiehlt?

Schlichtweg unbegründet, beschließe ich gedanklich.

Ich schicke Tizian kommentarlos den Link zu Rosas Video, das ich mir nur zur Hälfte ansehen kann, ohne vor Wut zu kochen. Mein Essen ist schon fast kalt geworden, sodass ich es Bella zu fressen gebe.

Während ich auf Tizians Antwort warte, öffne ich die ersten Briefe. Das Glückwunschschreiben von einem Kooperationspartner zerreiße ich noch beim Lesen. Mein Geburtstag ist drei Monate her, und ich habe keine Ahnung, ob der standardisierte Brief so lange in der Post gehangen oder in Tizians Büro für eine Weile abgetaucht ist. Wundern würde mich beides nicht. Die nächsten beiden Umschläge enthalten normale Fanpost, die zu beantworten ich mittlerweile leider nur noch selten schaffe. Zumal ich in jeder Kontaktaufnahme Fragen zu der Situation zwischen Alex und mir vermuten muss. »Wieso hast du ihm nicht verziehen?« – »Sorry, aber seitdem ihr euch getrennt habt, ist dein Kanal voll langweilig geworden.« All diese Bemerkungen hat es bereits gegeben. Wenn Liebeskummer sich anfühlt, als würde man in einem brennenden Haus stehen, lässt sich eine öffentliche Trennung am besten mit der Explosion einer Bombe vergleichen.

Als ich den vierten Brief in die Hand nehme, bin ich für ein paar Sekunden verwundert. Kein Absender. Ungeduldig reiße ich den Umschlag auf und ziehe ein beiges Blatt Papier heraus, das wie die meiste Fanpost handbeschrieben ist. Ich überfliege die ersten Zeilen und verspüre in Sekundenschnelle Gänsehaut am ganzen Körper, sodass ich mir wünsche, diese Post nie geöffnet zu haben.

2. KAPITEL

WIE MAN'S MACHT, MACHT MAN'S VERKEHRT

Ich bin nicht prüde oder verklemmt. Aber meines Erachtens sollte keine Frau dieser Welt solche Fantasien über sich lesen müssen, sofern sie nicht danach gefragt hat.

Das Problem an Social Media ist, dass viele Männer Fotos mit rotem Lippenstift, freizügige Bilder am Strand oder ein hübsches Lächeln als eine Art *Ja* interpretieren, das niemals existiert hat. Das ist etwas, womit Tizian auf gewisse, traurige Weise recht hat: MeToo wurde vergessen. Allerdings nicht von allen. Sondern von denjenigen, für die es Übergriffe an Frauen sowieso nur in den abendlichen Nachrichten gibt und für die der Gaffer von nebenan, der stets den Frauen hinterherpfeift, nur ein freundlicher Nachbar mit alternativem Humor ist. Für die meisten jungen Frauen bleibt Belästigung die Realität, mit der sie sich abfinden sollen.

Das tun viele. Die allermeisten sogar.

Ich tue es nicht.

Meine erste Anzeige eines Penisbildes liegt ein Dreivierteljahr zurück. Seitdem tue ich so etwas häufiger. Ich will für Gerechtigkeit sorgen und gleichzeitig diesen Perverslingen klarmachen, dass Valerie Sophie Ehrmann eine selbstbestimmte Frau ist und keine Wichsvorlage.

Der Brief von gestern Abend enthielt kein Dickpic. Auch kein anderes Foto. Und trotzdem habe ich in der vergangenen Nacht von einem schmierigen Grinsen geträumt, das überaus deutlich zeigt:

Die unheimlichen Zeilen haben mich mehr beschäftigt, als mir lieb ist.

Jeden Abend denke ich an dich, während ich mir den Schwanz massiere und mich frage, wie feucht deine Fotze wäre, wenn ich es dir besorgen würde.

Ich brauche mir nur diesen kurzen Auszug des Textes in Erinnerung rufen, und schon ist sie wieder da: die stechende Übelkeit, die sich in meinem Magen wie eine Zecke festbeißt. Ich mag mir überhaupt nicht vorstellen, wer, wann und warum jemand wirklich glaubt, mir mit diesen Zeilen einen Gefallen zu tun.

Bist du beim Lesen geil geworden?

Ganz im Gegenteil. Hätte ich vorgehabt, mich an diesem Abend selbst zu befriedigen, wäre mir spätestens nach dieser Frage der Vibrator aus der Hand gefallen. Ich habe kein Problem mit Dirty Talk. Alex hat auf so was gestanden. Irgendwann stöhnte mein Ex beim Sex, ich solle ihm schmutzige Begriffe zuflüstern, ihm sagen, wie dringend ich von ihm gefickt werden wolle. Ich fand es ungewöhnlich, und es kam mir im ersten Moment etwas komisch vor. Doch auch wenn ich es niemals direkt ausgesprochen habe, war der darauffolgende Orgasmus einer der überwältigendsten, den ich je erlebt habe. Die Kontrolle abzugeben. Vielleicht geht es darum für mich beim Sex. Für einige Minuten eine Rolle zu spielen, die man im echten Leben niemals haben kann. Darf. Oder will. Seitdem haben wir es öfter gemacht. Dinge ausprobiert, die von der Realität abwichen, und Limits getestet. Und obwohl jeder Gedanke an Alex die mühsam geflickten Risse in meinem Herzen zum Ziehen bringt, kann ich an dieser Stelle nicht behaupten, er habe sie jemals überschritten. Meine Grenzen. Das entscheidende Wort. Grenzen, die mit diesem Brief hier definitiv außer Gefecht gesetzt wurden.

Und genau aus diesem Grund sitze ich nun auf der Polizeistation und warte darauf, Anzeige erstatten zu können. Den Brief habe ich in eine Folie gelegt, falls Fingerabdrücke festgestellt werden sollen.

»Frau Ehrmann?« Ich werde von einem grauhaarigen Polizisten aufgerufen, der sicher kurz vor dem Ruhestand steht. Das letzte Mal habe ich hier einen ehemaligen Mitschüler meines Bruders Theo getroffen, der mittlerweile Polizist ist. Paul. Wir haben *Hallo* gesagt, obwohl ich mir zuerst nicht einmal sicher gewesen bin, ob er mich noch von damals kannte.

Normalerweise halte ich mich fern von alten Kontakten. Alles, was aus meinem früheren Leben stammt, könnte meinem heutigen Image schaden. Zum Glück haben wir nicht über Theo oder darüber, was aus ihm geworden ist, gesprochen. Doch erkannt hat er mich trotzdem. Hat gefragt, wie es mir geht, was ich so mache, und natürlich meine Anzeige dokumentiert. Dabei hat er fassungslos den Kopf geschüttelt und gesagt: »Es tut mir jedes Mal leid, dass so viele Frauen sich das ansehen müssen.«

Ich habe gelächelt. Er hat gelächelt. Und mir fiel ein, dass wir in Schulzeiten sicher waren, dass Paul schwul wäre.

»Kein Typ, der so heiß ist wie er, wäre sonst noch Single. Bei den ganzen Tussis, die auf ihn stehen«, das hat zumindest meine Freundin Tina damals behauptet.

»Vielleicht interessiert ihn auch einfach keine von hier«, hat die alte Valerie geseufzt. Die, die naiv war und kein Selbstbewusstsein hatte.

Heute scheint Paul leider nicht da zu sein. Ich hätte lieber mit ihm gesprochen. Stattdessen folge ich dem anderen Polizisten in ein Zimmer, in dem wir vermutlich die Anzeige aufnehmen. Zumindest hoffe ich, dass wir heute noch dazu kommen werden, denn diese alten Computer haben sich das letzte Mal ständig aufgehängt. Sollte einer dieser Klötze also noch mal eine E-Mail für mich versenden müssen, würde ich dem Beamten vorschlagen, sie lieber persönlich vorbeizubringen. Diesen Gedanken behalte ich jedoch für mich.

»Sie möchten also Anzeige erstatten?« Der Polizist setzt sich auf den Drehstuhl hinter dem Schreibtisch und blickt mich an.

»Ja.« Ich ziehe den Brief aus meiner Tasche. »Den hier habe ich gestern bekommen. Ich hielt ihn zunächst für gewöhnliche Fanpost.« In wenigen Worten erzähle ich ihm von meiner Social-Media-Tätigkeit. »Doch dann habe ich mich erschreckt.«

Der Polizist nimmt mir die Folie mit dem Brief aus der Hand und überfliegt die Zeilen. Es ist mir unangenehm, ihn dabei direkt anzusehen, deshalb streife ich mit dem Blick über die Bürowände.

Werbung für einen Vortrag nächsten Samstag. Eine Comic-Zeichnung, die vermutlich lustig sein soll, es aber kaum ist. (Einbrecher mit Pistole: »Kohle her«, Mann im Nachthemd: »Habe nur Gasheizung«.)

Der Polizist räuspert sich. »Und Sie sind sicher, dass der nicht von einem …« Er sucht nach den richtigen Worten. »… Freund von Ihnen ist?«

Kurz glaube ich, mich verhört zu haben. »Einem Freund?«

»Nun, Sie wissen schon … So was schreiben sich heute ja viele junge Menschen. Ich halte das nicht für unwahrscheinlich.«

Ich schüttele schnell den Kopf. »Ganz sicher nicht. Ich kenne niemanden, der mir so etwas schicken würde.«

Der Polizist lächelt. »Denken Sie mal nach. Vielleicht ein One-Night-Stand, eine Freundschaft plus … Das sind neumodische Verbindungen, die schnell mal fehlinterpretiert werden.«

»Fehlinterpretiert?«, wiederhole ich zunehmend fassungslos und spüre, wie ein Gefühl von Wut in mir hochkocht. Doch schnell zwinge ich mich zur Beherrschung. »Das können Sie doch nicht ernsthaft glauben.« Noch immer will mein Hirn nicht vollends begreifen, worauf dieser Beamte hinauswill.

»Es spielt keine Rolle, was ich glaube.« Ein Stirnrunzeln.

»Also werden Sie die Person finden, die mir das geschickt hat?«

Der Polizist seufzt. »Hören Sie mal, in dieser Nachricht steht weder eine Drohung noch irgendetwas, das darauf hindeutet, dass Sie Opfer einer Straftat werden.«

Genau in diesem Moment reißt hinter mir jemand die Tür auf, und ich schwöre, keine Sekunde länger hätte ich es alleine mit diesem Kerl in einem Raum ausgehalten.

Eine Frau im Alter meiner Mutter tritt ein. Sie ist ebenfalls Polizistin, wie ich anhand ihrer Uniform erkenne, und hält einen Ordner in der Hand. »Ich müsste einmal an meinen Computer«, sagt sie und presst sich an mir vorbei an den zweiten Schreibtisch, dem ich bisher noch keinerlei Beachtung geschenkt habe.

Vielleicht kann sie mir helfen? »Entschuldigung! Könnten Sie sich, also, wäre es möglich, dass Sie hierauf auch einen Blick werfen könnten?«, setze ich an, sodass die Polizistin den Kopf hebt und mir direkt in die Augen sieht.

»Was denn?« Nach wenigen Sekunden verändert sich der Ausdruck auf ihrem Gesicht. »Sie sind doch diese Influencerin, die sich meine Tochter immer ansieht.«

»Oh, das kann sein.« Es passiert mittlerweile fast überall, dass mich jemand erkennt. Anfangs ist es befremdlich gewesen, heute habe ich mich daran gewöhnt. »Bestellen Sie ihr gerne schöne Grüße.«

Die Polizistin ignoriert mich, sieht stattdessen ihren Kollegen an. »Seitdem sie all die Videos anschaut, gibt sie ihr Taschengeld auf einmal für Nagellack und das ganze Zeug aus. Kannst du dir das bei Klara vorstellen?«

Es ist, als wäre ich unsichtbar. Der Polizist grunzt und schiebt ihr den Brief über den Tisch zu. »Schau dir das mal an. Kam gestern per Post an die junge Dame.«

»Nun ja, eigentlich hat mein Manager diesen Brief bekommen«, korrigiere ich. »Meine Adresse findet man nicht so leicht heraus. Ich bin sehr vorsichtig bei so etwas.«

Immer wieder werden Geschichten von Influencern geteilt,

denen Fans zu Hause auflauern. Mein persönlicher Albtraum. Es gibt nichts, was ich mehr brauche als meinen Rückzugsort. Einen Ort zum Atmen. Einfach ich sein, ohne zu liefern.

Die Polizistin überfliegt den Brief, sieht dann auf und schüttelt langsam den Kopf. »Und genau aus diesem Grund möchte ich nicht, dass meine Tochter so viele Bilder von sich ins Netz stellt. Ist ja kein Wunder, dass das dann solche Fantasien nur anstachelt.«

Ich starre die Frau an, brauche einen Augenblick, um zu verstehen, welche Bedeutung ihre Worte haben. »Wollen Sie damit etwa sagen, dass das meine Schuld ist?«

Schnell schüttelt sie den Kopf. »Junge Dame, jetzt drehen Sie mir aber die Worte im Mund herum. Von Schuld hat hier niemand gesprochen. Aber als Person des öffentlichen Lebens muss man mit Verehrern rechnen.« Sie zuckt mit den Schultern. »Und mal unter uns, Sie können mir nicht sagen, dass Ihre Beiträge nicht auch zu so etwas … nun ja, ich möchte es nicht auffordern nennen, aber zumindest etwas provozieren. Ich rate Ihnen dringend, damit so etwas nicht noch einmal vorkommt, etwas vorsichtiger bei Postings zu sein.«

Eine dicke Faust hat sich in meinen Magen gegraben. Meine Stimme ist ruhig. Ich wahre die Fassung, obwohl ich am liebsten ausrasten würde. Aber das kann ich mir als Valerie Sophie Ehrmann nicht leisten.

»Am besten beobachten Sie das Ganze, sprechen mit Ihren männlichen Kollegen. Vielleicht stellt sich alles als Spaß heraus. Solange keine Drohung vorliegt, können wir jedenfalls nichts unternehmen.« Der Polizist zwingt sich zu einem höflichen Lächeln. »Und mal im Ernst: Vielleicht sieht er am Ende ja nicht einmal schlecht aus, hm?«

Abrupt stehe ich auf, reiße der Polizistin meinen Brief aus der Hand und mache auf dem Absatz kehrt. Das hier ist das Unverschämteste, was ich in den letzten Monaten erlebt habe, und übertrumpft selbst Tizians Verhalten.

Genau in dem Augenblick, in dem ich den Raum verlasse, klingelt mein Telefon, und sein Name erscheint auf dem Display.

Ich stöhne, klicke aber im selben Moment auf *annehmen*. Nichts ahnend, dass ich meinen Tag damit direkt noch einmal schlimmer mache.

3. KAPITEL

ALLER ANFANG IST SCHWER

Find beauty in the little things!
Hoffentlich startet ihr – genau wie ich – motiviert in den Tag. Ich kann es kaum erwarten, heute mal wieder mein Team zu treffen.
Vergesst nie, wie wichtig es ist, dass ihr einer Arbeit nachgeht, die euch vollends erfüllt.
Weil ihr das letzte Mal so häufig gefragt habt: Meine Hose und das wunderschöne cozy Oberteil sind von @xfitversion. Mit meinem Rabattcode »valerie10« könnt ihr wieder einmal etwas sparen ;)
Fühlt euch gedrückt!
Eure Valerie Sophie
#oufitoftheday #busylife #thankful #happy

»Hey, sieh mal einer an, dir gefällt es aber, dass ich anrufe«, spielt Tizian auf mein Stöhnen an.

»Man kann die Welt auch so sehen, wie man sie sehen will.«

»Reizend, Val. Absolut reizend. Ich habe das Video angeguckt, das du mir gestern geschickt hast.«

Video? Ich bin noch ganz durch den Wind von dem aufwühlenden Gespräch eben.

»Wir sollten dringend darüber sprechen. Rosa könnte deinem Ruf wirklich schaden.«

Ah! *Dieses* Video. Der Ärger wegen Rosa Neuer ist seit der Sache mit dem Brief fast schon untergegangen. Dabei sollte ich mir darum viel mehr Gedanken machen. Denn die Wahrheit ist: Rosa könnte meinem Ruf nicht nur schaden. Sie könnte aus mir eine Nachmacherin machen. Eine Verliererin. Jemanden, der es nötig hat, sich auf ihr Niveau herabzubegeben. Und komme, was wolle, das werde ich nicht zulassen.

»Hast du auch schon eine bahnbrechende Idee, wie wir das verhindern können?«

»Ich schlage vor, dass ich dein hübsches Köpfchen heute im Büro sehe. Was hältst du von fünfzehn Uhr? Die anderen werden da sein.« Es war so klar, dass er den Termin bereits geblockt hat, ohne vorher mit mir zu sprechen.

»Muss schauen, was sich machen lässt.« Heißt so viel wie: Ich werde da sein.

* * *

»Das Büro« beschreibt die Räumlichkeiten, die ich angemietet habe, um mit V-Line richtig durchzustarten. Zwölf verdammte Monate sind seitdem vergangen. Zwölf Monate, in denen ich es nicht geschafft habe, meinen kompletten Schreibtisch einzuräumen. Gäbe es meine Mitarbeiter nicht, hätte es mit hoher Wahrscheinlichkeit nicht einmal das goldene V-Line-Logo an die Wand geschafft. Seit ein paar Wochen hängt es über dem langen Tisch im Besprechungsraum und erinnert uns an die Vision, die ich einst zu V-Line gehabt habe.

Unser Team besteht seit Alex' Ausscheiden aus noch knapp zwanzig Leuten, darunter außer meinem Fotografen und guten Freund Fred, Tizian und mir natürlich die Zuständigen für Marketing, Design und Vertrieb. Sie alle sind bereits versammelt, als ich mit Fred den Raum betrete.

Tizian ist der Einzige, der fehlt. Doch das ist nicht ungewöhnlich, denn er ist meistens unpünktlich. Zum Glück habe ich heute Bella nicht dabei. Sie würde allen durch die Beine wuseln und die Unruhe vergrößern. Ich lasse sie derzeit häufig bei meiner Nachbarin Charlotte, die weitestgehend im Homeoffice arbeitet.

»Wir müssen einen Plan B überlegen«, erklärt Fred und nimmt mich zur Seite. Er kippt eines der bodentiefen Fenster und hält die Nase in den Wind, als würde er hier sonst ersticken. Ich kann es ihm nicht verübeln. Zum einen ist es an Tagen, an denen niemand im Homeoffice sitzt, tatsächlich etwas eng. Zum anderen ist auch die Stimmung im Team erdrückend. Sie alle wissen, was Rosas Ankündigung für uns bedeutet. Und seien wir mal ehrlich, die Vorstellung, dass wir uns monatelang umsonst den Arsch aufgerissen haben, kann nicht einmal die alberne Grinsekatze weniger beschissen wirken lassen. Und trotzdem guckt mich dieses Gesicht auf dem Stand-by-Bild des Beamers genauso dämlich an wie sonst.

»Was hat Tizian bisher gesagt?«

»Noch nicht viel. Er ist ja auch noch nicht da. So typisch.« Ich fahre mit der Handinnenfläche über die lauwarme Heizung und werfe erneut einen Blick zur Tür.

»Wir könnten auch ohne ihn anfangen. So wie ich ihn kenne, wird er eh erst einmal einen Vortrag über Verschwiegenheit halten.«

»Womit er auch recht hat. Ich wüsste zu gerne, wer hier geplaudert hat«, raune ich, darauf bedacht, dass keiner meiner anderen Mitarbeiter etwas mitbekommt. Gerade scheint es mir allerdings sowieso, als sei der neue Kaffeevollautomat für sie weitaus wichtiger, als unsere Gespräche abzufangen.

»Glaubst du wirklich, es war jemand von uns?«

»Was ich glaube, tut nichts zur Sache. Fest steht, wenn wir einen Maulwurf in unserem Team haben, können wir zukünftige Projekte vergessen.«

Ich bin noch immer etwas aufgewühlt von dem Besuch bei der Polizei, versuche aber, mich auf das Wesentliche zu konzentrieren. Auch wenn mich dieser Brief anekelt, ist es nun einmal nichts weiter als eine Spinnerei. Eine widerliche und perverse Fantasie, die am besten in meinem Papierkorb aufgehoben ist.

»Lasst uns schon mal beginnen«, leite ich unser Meeting ein und trete an den Versammlungstisch. »Ihr habt sicher alle die E-Mail gelesen, die Tizian heute Morgen verschickt hat.«

Ein Tuscheln geht durch den Raum.

»Das kann sie doch nicht ernsthaft wollen«, sagt Pia, eine junge Frau aus dem Marketing. Sie arbeitet erst seit zwei Monaten für V-Line. »Ich meine, jeder aus der Szene weiß doch, dass sie kaum eigene Ideen umsetzt.«

Fred nickt. »Mal ganz im Ernst, so befördert sie sich noch weiter ins Abseits.« Er spricht ebenfalls von Rosa. Die Information, dass sie all unsere Arbeit mit einem Mal zunichtemachen kann, liegt uns allen im Magen.

»Das ist jemandem wie Rosa egal«, werfe ich ein. »Sie weiß, dass sie unter den anderen Influencern verrufen ist. Aber ihre Fans sind, was sie angeht, vollkommen verblendet. Sie werden die Produkte kaufen und lieben, weil sie Rosa loyal zur Seite stehen. Und das ist alles, was unterm Strich zählt.«

Genau in diesem Moment taucht Tizian endlich im Türrahmen auf. Schwarze Jeans, weißes Hemd, diesmal ein beiges Jackett. Er hat die Teile wirklich in allen Farben.

»Sorry für die Verspätung. Ich hatte noch ein spontanes Telefonat. Gibt es schon etwas Neues?«

»Was soll sich geändert haben? Valeries neue Produkte wurden kopiert, und V-Line wird in einem miserablen Licht dastehen. Wir müssen den Launch abblasen«, schnauft Fred.

Tizian hebt seinen Blick. »Das ist der Entschluss, zu dem ihr gekommen seid?« Er lacht. »Das ist hoffentlich ein Scherz.«

»Ich glaube, niemand hier ist in der Stimmung, Witze zu reißen.«

»Aber wir können uns das doch nicht gefallen lassen.« – »Kann man nicht gegen Rosa klagen?« – »Das ist Diebstahl geistigen Eigentums!« Alle sprechen plötzlich wild durcheinander. Jeder möchte etwas dazu sagen, selbst unser neuer Praktikant, der George im Design zur Seite gestanden hat, sieht ziemlich fertig aus. Kein Wunder. Wir haben für diese neuen Produkte alles gegeben.

»Moment mal!«, sage ich laut. »Ich habe tatsächlich wenig Lust, Rosa das Geschäft zu überlassen, für das wir monatelang gearbeitet haben.«

»Streng genommen ist es nur ein Duschschaum. Vielleicht ist unserer viel besser«, überlegt Olivia aus dem Vertrieb. Ich schüttele knapp den Kopf. »Natürlich ist unser Duschschaum besser. Daran habe ich keinen Zweifel. Und trotzdem werde ich mir von Rosa nicht den großen Release zerstören und mich in den Schatten stellen lassen. Rosa veröffentlicht ihre Produkte Anfang Dezember. Wir haben jetzt Ende September. Wenn wir uns beeilen, können wir im November auf den Markt gehen. Mit einem Riesenknall, ohne große Vorankündigung. Rosa wird aus allen Wolken fallen, und wieder einmal wird den Leuten da draußen klar sein, dass sie keine eigenen Ideen hat. Und jeder weiß, V-Line produziert hochwertig. Wir werden uns abheben. Wenn Rosa immer noch vorhat, ihre Produkte nachzuschieben, haben sie keine Chance gegen unsere.«

Für einen kurzen Moment herrscht Schweigen, bis plötzlich alle über mich herfallen. »Valerie, wie stellst du dir das vor?«

»Das sind keine sechs Wochen mehr!«

»Wir schaffen das nicht!«

Ich verdrehe innerlich die Augen, lasse meinen Blick über den Tisch wandern. Einzig und allein Tizian sieht zuversichtlich aus. Ein langsames Nicken seinerseits bestätigt diese Vermutung.

»Ich finde, Valerie hat recht. Wir sollten uns unsere Arbeit auf keinen Fall kaputt machen lassen. Entweder die Produkte erscheinen im November oder gar nicht. Ach, was rede ich da. Sie erscheinen definitiv im November. Wenn irgendjemand Zweifel hat, dass wir das schaffen, möge er seine Sachen packen und aufgeben. Wir brauchen hier sowieso niemanden, der nicht bereit ist, alles für unseren größtmöglichen Erfolg zu tun. Alle anderen werden ab sofort im doppelten Tempo arbeiten. Kommt schon, Leute. Es wird sich lohnen. Denkt an den Weihnachtsbonus!«

Ausnahmsweise bin ich Tizians Meinung. Wir können uns Frust und Zweifel einfach nicht erlauben.

»Die Produktfotos wollten wir sowieso zeitnah machen. Dafür brauche ich dich, Fred«, sage ich. »Das Team vom Vertrieb kümmert sich am besten schon einmal um die Läden. Wollt ihr in den Drogeriemärkten anfragen, ob sie die Ware früher in den Regalen platzieren können?« Ich warte keine Antwort ab. »Und was ist mit der Produktion? Wann können wir loslegen?«

»Hoffentlich bald. Wir warten noch auf die letzten Testergebnisse«, wirft Felix ein.

Tizian verspricht, bei der Firma nachzufragen, die für die Qualitätsprüfung verantwortlich ist. Wir verbleiben mit dem Versprechen, jeweils unser Bestes zu geben, damit alles nach unserem neuen Plan läuft. Und obwohl mir das Team bisher noch mehr als skeptisch erscheint, bin ich auf einmal felsenfest davon überzeugt, dass es klappen kann.

Beim Hinausgehen spüre ich eine Hand auf meiner Schulter. »Wenn du hier wartest, hole ich eben die Post für dich aus dem Auto.« Es ist Tizian.

»Post?«, frage ich erstaunt. »Ich habe sie doch erst gestern mitgenommen.«

Tizian grinst. »Du hast treue Fans. Es ist aber nur ein kleines Paket.«

Ein Gefühl von Unbehagen breitet sich in meiner Brust aus. Dabei gibt es eigentlich keinen Grund, besorgt zu sein. Ich bekomme regelmäßig Post. Die letzten Jahre ist es zwar tendenziell weniger geworden, weil die meisten Fans ihre Nachrichten über Instagram statt analog verschicken, aber dennoch ist ein einfaches Päckchen nichts, was mich in Sorge versetzen sollte.

»Okay«, sage ich also, verschränke die Arme vor der Brust und beobachte, wie Tizian über die Straße zu seinem Wagen eilt.

»Einen Moment noch. Ich muss schauen, wo ich es verstaut

habe«, ruft er und verschwindet mit dem Oberkörper auf dem Rücksitz. Es ist ganz schön frisch draußen geworden. Ich fröstle. Kurz überlege ich, das Paket einfach das nächste Mal mitzunehmen und stattdessen direkt nach Hause zu fahren. Wer weiß, ob Tizian es noch findet. Er tut ja gerade so, als sei der schmale Sportwagen ein Bus mit tausend Nischen.

»Hast du es gefunden?«, frage ich, doch meine Stimme wird von dem Aufbrummen eines Motorrades verschluckt, das wenige Sekunden später über die Straße rast.

»Ich habe es!« Tizian klemmt sich das kleine Paket unter den Arm und läuft, ohne nach rechts und links zu sehen, wieder zurück zu mir auf die andere Straßenseite.

»Willst du nicht mal aufpassen?«, warne ich. »Hier sind überall Autos!«

»Machst du dir etwa Sorgen um mich?« Er grinst. Dabei finde ich die Situation überhaupt nicht lustig. Es muss an der Anspannung liegen, die sich seit gestern noch stärker als sonst durch meine Muskeln frisst.

»Höchstens um mein Paket«, erwidere ich und strecke die Hände danach aus. Ich nehme das Päckchen entgegen und ertappe mich in einem kurzen Moment der Erleichterung. Ein Absender. Eine stinknormale Adresse. Ich vermute hinter dem Frauennamen einen Fan. *Siehst du, Valerie, du machst dich ganz umsonst verrückt.*

Ich setze mein kühles Lächeln auf, das ich in den letzten Jahren perfektioniert habe. »War's das dann?«

»Hey, ein wenig mehr Dankbarkeit wäre angebracht. Und gewöhn dir doch mal dieses Stirnrunzeln ab! Sonst hast du mit dreißig mehr Falten als meine Großmutter.« Durch das eine Ohr rein. Durch das andere wieder raus.

»Hab einen wunderschönen Tag, Val.«

Du nicht. Arschloch.

* * *

Ich hole Bella noch bei Charlotte ab, bevor ich mit dem Aufzug in meine eigene Wohnung fahre. Lotte wohnt eine Etage unter mir. Sie ist Informatikerin. Seit einiger Zeit arbeitet sie von zu Hause aus. Auch wenn ich mich persönlich mit Computersystemen alles andere als auskenne, finde ich es faszinierend, wie sie es schafft, mit den vielen Zahlen und Buchstaben etwas anzufangen.

Manchmal habe ich das Gefühl, sie ist der einzige Mensch außerhalb meiner eigenen Bubble, mit dem ich mich über albernen Small Talk hinaus unterhalten kann. Vielleicht ist sie deshalb auch einer der wenigen Menschen, die ich aufrichtig mag.

»Diese Dackeldame ist die beste Mitarbeiterin der Welt.« Lottes hellbraune Locken kräuseln sich auf ihren Schultern und sehen toll zu dem beigefarbenen Strickkleid aus, das sie heute trägt. Sie grinst, als Bella bei meinem Anblick erfreut mit dem Schwanz wedelt und über das Parkett zu mir schlittert.

»Hey, vorsichtig!«, rufe ich, gehe in die Knie und öffne die Arme, um meinen kleinen Dackel zu begrüßen. Jedes Mal tut Bella so, als hätten wir uns ein ganzes Jahr nicht gesehen.

»Danke fürs Aufpassen! Ich schulde dir alles!«, sage ich zu Charlotte und bleibe noch einen Moment im Flur stehen. »Wie geht's dir?«

Sie zuckt mit den Schultern. »Mal so, mal so. Ich bin froh, wenn Bella mir ein wenig Gesellschaft leistet.«

»Jederzeit gerne. Ich bin ja selbst dankbar für deine Unterstützung.«

Mit einem Lächeln verabschiede ich mich. In meiner Wohnung angekommen, möchte ich mich zuallererst abschminken. Kurz überlege ich, die Heizung einzuschalten, weil es frisch geworden ist. Ein kalter Luftzug bereitet mir eine Gänsehaut. Aber dann entscheide ich mich dagegen. Es ist September. Da sollte eine Decke reichen.

Bella flitzt voraus die Treppe hinunter und wartet im Wohnzimmer auf mich. »Na, Schönheit. Hast du Interesse an einem

Mädelsabend?« Ich wuschle meiner Dackeldame über den Kopf, als ich mich in Jogginghose und mit hochgebundenen Haaren zu ihr setze.

Bella hebt den Kopf, was ich eindeutig als *Ja* interpretiere.

Ich schalte den Fernseher ein und warte, bis Netflix lädt.

»Bin gleich wieder da, ich hole nur noch etwas zu trinken.« Ich stehe noch einmal auf, um mir einen Tee zu kochen, als es mir erneut auffällt: ein Luftzug. Habe ich oben im Bad das Fenster geöffnet? Daran kann ich mich eigentlich nicht erinnern. Ich bin sehr vorsichtig, was das Thema Sicherheit angeht. Erst vor drei Monaten haben irgendwelche Halbstarken die Adresse eines Streamers herausgefunden und sind abends scheinbar über den Nachbarbalkon in dessen Penthouse-Wohnung gelangt. Mag halb so wild klingen, wenn man vergisst zu erwähnen, dass die Kerle ein Messer dabeihatten und zu fünft kamen. Wegen zweier verdammter Rolex.

»Bleib!«, befehle ich Bella und laufe zügig die Treppe wieder hinauf. Zuerst überprüfe ich das Badezimmer, doch weder dort noch im Schlafzimmer ist ein Fenster offen. Außerdem kam es mir draußen nicht windig genug vor, als dass die Luft bis ins Wohnzimmer ziehen würde.

Langsam steige ich die Stufen wieder hinunter und spüre erneut eine kalte Brise. Rechts von der Treppe gibt es eine schräge Fensterfront, die ich nur selten öffne. Wozu auch? Gleich daneben führt eine Tür direkt auf meine Dachterrasse. Von der linken Seite kann die Kälte allerdings auch nicht kommen, denn dort befinden sich nur der Flur und ein Stück Wand.

Ich klammere mich vorsichtig ans Geländer und nehme die letzten Stufen, als ich bemerke, dass das oberste Fenster der Front undicht ist. Kleine Regenperlen haben sich am Rahmen angesammelt und tropfen mir geradewegs auf meinen schicken Holzboden. Vorsichtshalber lege ich ein großes Handtuch darunter und beschließe, gleich morgen dem Vermieter Bescheid zu geben. Ich kann nur hoffen, dass sich endlich jemand um die

Schäden in meiner Wohnung kümmert, denn langsam summieren sie sich. Und so was nennt sich dann Luxuswohnung. Schon seit sechs Wochen warte ich darauf, dass jemand mein zu lockeres Dachterrassengeländer repariert. Lotte hat es neulich »das selbstmörderische Todesgerüst« getauft. Etwas makaber, aber gar nicht mal weit hergeholt.

»Alles gut«, sage ich zu Bella und drehe das Wasser auf. »Nur ein undichtes Fenster, kein Grund zur Beunruhigung.« Die Kälte hat allerdings dafür gesorgt, dass ich mich statt nach Netflix eher nach einem Bad sehne. Als ich vor einem guten halben Jahr hier in die Penthouse-Wohnung eines Kölner Neubaus eingezogen bin, habe ich mir eigentlich vorgenommen, öfter zu baden. »Graue Fliesen, eine frei stehende Badewanne, zwei große Fenster, die zwar eine Sicht nach draußen ermöglichen, jedoch von außen verspiegelt sind. So haben Sie genug Privatsphäre.« Irgendwie so hatte der Makler das Badezimmer beschrieben und die entsprechenden Fotos bereitgestellt. »Ein romantischer Platz für Zweisamkeit oder eine Auszeit vom Alltag«, nannte er es später bei der Besichtigung. Vielleicht wäre das etwas, das man in dem frühen Stadium einer Beziehung machen sollte. Samstagmorgens ein gemeinsames Bad, bei dem man sich gegenseitig die Erdbeeren in den Mund schiebt und das süße Aroma mit einem Kuss teilt.

In der Realität würde man sich jedoch eher um die Temperatur des Badewassers streiten. So wäre es zumindest zwischen Alex und mir gewesen. Selbst in der Zeit, als wir noch ein glückliches Pärchen waren. Ein Pärchen, das von allen geliebt und beneidet wurde. Eines, bei dem sich niemand vorstellen konnte, dass die schöne Glücksblase eines Tages platzt. Peng.

Ein Dreivierteljahr ist das her. Ein Dreivierteljahr, in dem mein Sexleben mehr restriktiv als leidenschaftlich und mein Herz unberührt und kühl wurde. Doch zumindest Ersteres ist nichts, was Frau nicht auf ihre Art lösen könnte. Die Sache mit der Liebe wiederum scheint für mich abgehakt und geklärt.

Langsam lasse ich mich in die frei stehende Wanne sinken, schließe die Augen und genieße das Gefühl der wohltuenden Wärme, die auf meiner Haut prickelt. Was für ein Tag! Nach wenigen Minuten kann ich die Ruhe allerdings schon nicht mehr aushalten, taste nach meinem Smartphone, das auf dem Handtuch neben der Badewanne liegt, um meine Benachrichtigungen zu überprüfen. Sofort springt mir eine ins Auge:

Liebe Valerie,
nach langem Überlegen habe ich mich jetzt endlich dazu entschlossen, dir diese Nachricht zu schreiben. Obwohl wir uns nur ein einziges Mal – sehr kurz – auf einer Messe begegnet sind, hast du so viel in meinem Leben verändert. Ich muss es dich einfach wissen lassen. Vor sechs Monaten habe ich es endlich geschafft, mich von meinem Mann zu trennen. Dass ich diesen Schritt gegangen bin und damit mein jahrelanges Elend beenden konnte, habe ich nur dir zu verdanken. Deine Real-Talk-Videos und die Tipps für mehr Selbstbewusstsein haben mir die Augen geöffnet und gezeigt, dass ich der wichtigste Mensch in meinem Leben bin. Bitte mach weiter so! Du bist mein Vorbild!
Deine Susanna

Ich atme tief durch und antworte ihr, wie viel mir diese Worte bedeuten und wie stolz sie auf sich sein kann.

Mit der rechten Hand stütze ich mich an der Marmorwand ab und erhebe mich, während ich mit der anderen Hand mein iPhone festhalte. 20:40 Uhr. Wahrscheinlich habe ich keine fünf Minuten in der Wanne gelegen. Aber das spielt keine Rolle. Ich könnte. Ich dürfte den ganzen Tag darin liegen, denn es gibt niemanden, der über mein Leben bestimmt. Außer mir. Und rund drei Millionen Follower, die keine Ahnung haben, wer Valerie Sophie wirklich ist.

4. KAPITEL

MIT DER TÜR INS HAUS FALLEN

Die neuen Aufnahmen mit Herbstlaub im Hintergrund verändern das Farbschema in meinem Feed. Die Bilder wirken dunkler, kontrastreicher. Statt der Pastelltöne, die ich im Sommer benutzt habe, leuchten die Fotos jetzt in einem Orange, sodass es mich einige Filter kosten wird, um den Übergang halbwegs passabel zu gestalten.

»Also? Was sagst du?« Freds Frage lässt mich zusammenzucken. Ich habe ihn auf Freisprecher gestellt und bin beim Scrollen so in Gedanken versunken, dass ich gar nicht mehr an ihn gedacht habe.

»Sie sind wirklich toll.« Zu einer weiteren Aussage komme ich nicht, denn Fred sprudelt nur so über. Ich rutsche von meinem Sofa, lasse das Telefon auf laut und tigere nervös durchs Wohnzimmer.

»Für den Winter habe ich auch schon einige Fotoideen gespeichert, die wir umsetzen können, sobald die erste Weihnachtsdekoration hängt. Wir besuchen dafür den Weihnachtsmarkt. Am besten machen wir das alles auch etwas davon abhängig, ob es dieses Jahr schneit.«

»Wird es nicht«, werfe ich ein.

»Wer weiß? Auf den Fotos würde das super aussehen.«

»Wir hatten seit Jahren keine weißen Weihnachten mehr. Was ich gar nicht schade finde. Es ist jetzt schon viel zu kalt.« Wobei … extreme Wetterumstürze erfordern im besten Fall auch extreme Shoppinghauls, und an ein neues Paar Louis-Vuitton-Stiefel könnte mein Schuhschrank sich bestimmt gewöhnen.

Ach, machen wir uns nichts vor … am Ende werde ich sie mir sowieso kaufen. Schnee hin oder her.

»Ansonsten habe ich schon einige Lichterketten für den Hintergrund bestellt, mit denen kann man auch immer was zaubern.«

Es ist mittlerweile Anfang Oktober. *Erst* Anfang Oktober, könnte man meinen, doch Fred ist genauso ein Strukturjunkie wie ich. Vielleicht passen wir deshalb beruflich so gut zusammen.

Ich mag es, gut auf die kommenden Wochen vorbereitet zu sein, zu wissen, wann ich welchen Post veröffentliche, und dafür jede Bildunterschrift im Vorfeld zurechtgelegt zu haben.

Es ist eine der wichtigsten Regeln auf Social Media: Tauchst du ab, bist du nach wenigen Wochen irrelevant. Willst du eine Rolle spielen, dann zeige dich. Am besten authentisch, aber trotzdem professionell. Bodenständig, aber dennoch auf eine Art und Weise, für die man zu dir aufsieht. Sei positiv, aber mit dem gewissen Etwas an Ernsthaftigkeit, sonst kauft man es dir nicht ab. Und vor allem: Zeige, wie viel Spaß es dir bereitet, rein zufällig zu jedem Zeitpunkt des Tages inspiriert, dankbar, achtsam und motiviert zu sein.

»Was ist dein Favorit?« Ich klicke mich noch einmal durch die Ergebnisse von gestern.

Fred hat mich zwischen lauter Kürbissen fotografiert. Auf dem Bild, das ich gerade betrachte, trage ich meinen kurzen grünen Cordrock und ein lässiges Holzfällerhemd in Oversize.

Für das nächste Bild, das ich anklicke, haben wir länger gebraucht. In einer lockeren Jeans und einem schicken Trenchcoat stehe ich mitten auf einer unbefahrenen Straße an einer Staffelei und deute an, die große Linde zu zeichnen, die gerade ihre Blätter verliert.

»Hm, schätze, wir haben den gleichen.«

»Ich habe dir meinen doch noch gar nicht verraten«, stelle ich verwundert fest.

»Das musst du auch nicht. Val, ich arbeite seit drei Jahren für dich. Ich kenne deine Mimik wahrscheinlich besser als jeder Experte.«

Ein Lächeln schleicht sich in meine Mundwinkel. »Drei Jahre … Wie habe ich das vorher nur ohne dich geschafft? Ich weiß nicht mal jetzt, wo mir der Kopf steht.«

»Hoffentlich bei deinen neuen Produkten. Das wird der absolute Renner.«

»Wenn die Zahlen in den nächsten Wochen nicht wieder abschmieren.« Ich rede ungern über dieses Thema. Doch es wäre nicht fair, Fred etwas vorzuspielen. Mit den Schwankungen auf meinem Account lebe nicht nur ich in einem ständigen Risiko des freien Falls. Als mein persönlicher Fotograf wird Fred nicht schlecht bezahlt. Im Umkehrschluss heißt das aber eben auch, dass wir liefern müssen.

»Rede dir so etwas nicht ein! Menschen, die sich wie du ihre Existenz komplett selbst aufgebaut haben, schaffen es im Leben immer wieder. Die kann man nicht kurz umstoßen und sicher sein, dass man sie los ist. So einfach ist das nicht.«

»Ich hoffe, du hast recht.«

»Und wie ich das habe. Weißt du auch, warum? Wenn du dich selbst hoch an die Spitze gekämpft hast, weißt du, wie es geht. Du kennst die Route, den Fahrplan, das Rezept zum Erfolg. Das ist mehr wert als alles andere auf der Welt.«

»Hast du das von Pinterest?« Obwohl ich weiß, dass es stimmt, was er sagt, fällt mir diese Art von Zuversicht aktuell alles andere als leicht. Wenn Alex meinen Platz an der Spitze ins Kippeln gebracht hat, könnte Rosa Neuer mit ihren intriganten Plänen die Stecknadel in meiner Rettungsweste sein.

»Wie dem auch sei, wenn du unser Shooting die nächsten Tage wiederholen möchtest, melde dich. Du weißt ja, wie du mich erreichst. Für dich hat mein Tag fünfundzwanzig Stunden. Mindestens.« Es ist Freds Art von Humor. Er hat auch schon behauptet, mich im nächsten Leben heiraten zu wollen, damit er wenigstens mal eine Frau an der Seite hat, die er regelmäßig sieht.

»So gerne ich das erwidern möchte: Meiner scheint aktuell nicht mal mehr die Hälfte zu haben.« Ich gebe mir Mühe, amüsiert zu klingen.

»Tief durchatmen und nur an den Aufstieg denken. An die Spitze, die du dir mehr als verdient hast.«

»Aye, aye, Sir. Ich melde mich bei dir.« Mit diesen Worten beenden wir das Telefonat. Fred ist das, was die Menschen da draußen als Karma bezeichnen würden. Karma im guten Sinne. Er ist der Versuch einer ausgleichenden Gerechtigkeit für all das, was in meinem Leben so richtig schiefgegangen ist.

Er ist ein Schatz, der es immer und überall gut mit mir meint. Davon gibt es nicht viele auf der Welt. Schon gar nicht in meiner eigenen. Als ich das iPhone in die Gesäßtasche schiebe, ertappe ich mich dennoch bei einem erleichterten Atemzug, der meine Lungen mit unbezahlbarer Ruhe versorgt. Oder zumindest einem Hauch davon. Denn ich weiß zu gut, dass meine Prioritäten gerade ganz woanders stehen.

Wie zur Bestätigung spüre ich in diesem Moment bereits wieder eine Vibration durch meine Hose. Solange die neuen Produkte für V-Line nicht in den Regalen stehen, werde ich kaum zur Ruhe kommen. In jeder freien Minute beantworte ich eintrudelnde Mails, viel zu häufig ertappe ich mich allerdings auch dabei, meinen Namen in die Promiflash-Suchzeile einzugeben. In der ersten Zeit nach der Trennung von Alex gab es Tage, an denen ich froh war, meinen Namen nicht auf der Startseite zu sehen. Jetzt kann ich die Reaktionen, sobald die neuen Produkte angekündigt werden, kaum erwarten.

* * *

Auch in den nächsten Tagen bin ich ständig damit beschäftigt, Telefonate zu führen. Wir klären ab, welche Voraussetzungen erfüllt werden müssen, um sechs Wochen früher in den Läden zu erscheinen, ich überprüfe, ob alle ihre Aufgaben erfüllen, und lasse mir von Tizian zusätzlich noch zwei Termine für zukünftige Kooperationen geben.

Ich produziere zwei Videos und schaffe es sogar tatsächlich, mich an einem Vormittag mit Linnea in der Stadt zu treffen. Wir machen ein paar Geschäfte unsicher, Linnea überredet mich, einen sündhaft teuren Blazer zu kaufen, den ich wahrscheinlich in nächster Zeit sowieso nicht tragen werde.

»Diese hellen Töne machen dich blass, Val. Warte lieber auf den Sommer«, hat Fred erst am Wochenende im Stadtpark gesagt. »Oder versuch es mit Selbstbräuner. Aber das kann schnell nach hinten losgehen.« Wir haben noch weitere Herbstbilder geschossen. Das letzte in meinem Feed kam gut an. Lauter rote Herzen blinken auf meinem Bildschirm auf, sobald ich langsam durch die Kommentare scrolle. Es ist ein beinahe berauschendes Gefühl, von dem ich nicht genug bekommen kann.

So wundert es mich nicht, dass ich an einem Dienstagabend müde und verschlafen vor meinem Computer sitze und den Kaffeeduft, den die Tasse neben mir verströmt, wie Sauerstoff inhaliere. Ich werde die halbe Nacht kein Auge zubekommen.

Aus irgendeinem Grund fällt mir die E-Mail als Erstes ins Auge, als ich mein Postfach öffne. Vielleicht ist es der Betreff »Miss World«, vielleicht die nichtssagende E-Mail-Adresse des Absenders: »xoxoxo@gmx.de«. Möglicherweise ist es auch einfach das flaue Gefühl, das sich in meinem Magen ausbreitet, als die Computermaus über den Bildschirm fährt.

Öffne sie nicht! Lass sie einfach zu.

Du könntest noch einmal zur Polizei gehen, sagt eine Stimme in mir.

Und was werden sie tun? Dich auslachen? Dich nicht ernst nehmen? Valerie, es ist nur eine E-Mail. Du hast sie nicht einmal gelesen. Die zweite Stimme in meinem Kopf ist viel lauter, dominanter. Es ist die, die mich mein ganzes Leben schon antreibt und mich zu der Valerie gemacht hat, die ich heute bin: eigenständig. Unabhängig. Frei.

Ich halte den Atem an, während ich die Mail anklicke, spüre, wie mein Puls in die Höhe schießt und sich mein Hals zusammenzieht. Es ist, als wolle mich jemand mit bloßen Händen erwürgen.

Hi Valerie,
wahrscheinlich hast du mittlerweile meinen Brief gelesen. Ich habe ihn an dein Management geschickt, damit er dir möglichst schnell übergeben wird. Doch ich habe mich kaum noch unter Kontrolle. Entschuldige, dass ich dir also auch auf diesem Weg schreibe. Erst neulich habe ich von deinem kleinen Geheimnis erfahren. Sei unbesorgt, natürlich werde ich es erst einmal für mich behalten und bis dahin weiterhin in meinen Fantasien versinken. Letztens, als ich dich auf der Straße gesehen habe, konnte ich ein paar Fotos mit dem Smartphone von dir schießen. Hartnäckig musste ich gegen die Beule in meiner Hose ankämpfen. Dafür habe ich jetzt eine wunderbare Sammlung an Bildern von dir. Was würde ich dafür geben, dich einmal an einem Sonntagmorgen zu verwöhnen.
Ich stelle mir zu gerne vor, wie deine Zunge über meine Eichel gleitet. Seit ich dich kenne, spielt mein Körper verrückt, und ich muss mir mindestens dreimal die Woche zu Fotos von dir einen runterholen. Ich hoffe, du verstehst, dass ich an dir dranbleibe. Es ist einfach deine Geilheit, die kaum einem Mann in deiner Nähe die Wahl lässt. Ich wünsche dir eine heiße Woche und freue mich darauf, dich wiederzusehen. Hab's gut!

Meine Beine zittern, und ein Schauer fährt über meinen Rücken. Binnen weniger Sekunden hat sich eine Welle der Übelkeit in mir aufgebaut, die mich zu überrollen droht.

Ich versuche, gleichmäßig zu atmen, nichts Dummes zu tun. Nichts Unüberlegtes. Zum Beispiel, auf keinen Fall diese Mail zu löschen, obwohl mich der Impuls überkommt, sie mit einem Klick ins Nirwana zu schicken. Ungeschehen zu machen und zu verhindern, dass sich diese schmierigen Wörter wie ein Mantel über meine Haut legen. Ein ziemlich schwerer und widerlicher Mantel.

Ohne das Gesicht zu verziehen, schließe ich den Browser und hole noch einmal tief Luft. Es gelingt mir nicht, den Blick vom Bildschirm zu lösen, obwohl die Buchstaben längst verschwunden sind.

Dein kleines Geheimnis. Natürlich hätte alleine dieser Satz gereicht, um mich gewaltig zu beunruhigen.

Erst mal für mich behalten.

Innerhalb von Sekunden ist mir eiskalt geworden.

Im besten Fall ist das alles ein bescheuerter, gründlich durchdachter Scherz. Vielleicht haben sich YouTube-Kollegen einen Spaß erlaubt, sind schon dabei, eine Reaktion auf die paranoide Valerie zu drehen, die bereits nach dem ersten Brief bei der Polizei gewesen ist. Aber geht das nicht zu weit? Allerdings fallen mir auf Anhieb gleich mehrere geschmacklose Videos ein, die irgendwann ihren Weg auf die Social-Media-Plattformen gefunden haben. Von daher wäre das nicht einmal ungewöhnlich.

Ich sollte die E-Mail nach Spuren eines Pranks untersuchen. Vielleicht gibt es einen Hinweis im Absender? Oder etwas, was ich zwischen den Zeilen lesen könnte?

Aber wer könnte mich so dermaßen irritieren wollen? Ja, irritieren ist das richtige Wort. Ich nehme mir vor, von jetzt an nicht von einem Schock zu sprechen. Es ist nur eine E-Mail. Und ein Brief. Ein Brief mit obszönen Vorstellungen, die vielleicht nicht einmal real sind. Das Beste wird sein, wenn ich Tizian auf die Sache ansetze. Wer weiß, vielleicht kann er herausfinden, ob sich jemand einen blöden Scherz mit mir erlaubt.

Mein Herz rast immer noch, als ich die E-Mail ein zweites Mal öffne und zögerlich auf »Weiterleiten« klicke.

Es ist sein Job als mein Manager, sich auch um Angelegenheiten wie diese zu kümmern. Ein Job, für den er mehr als gut bezahlt wird.

Ich stehe auf, gehe nervös im Arbeitszimmer auf und ab und ertappe mich bei dem Wunsch, zumindest die Lichter anzuschalten. Es ist noch nicht spät, aber innerhalb der nächsten Stunde wird die Dämmerung einsetzen. Die Tage sind jetzt kürzer, die Luft frischer, und in jeder Faser meiner Muskeln macht sich Anspannung breit. *Es ist nur eine E-Mail. Nur eine verdammte E-Mail.* Wer auch immer sie geschrieben hat, weiß überhaupt nicht, wo ich wohne. Denn wenn ich eines besonders geschützt habe, dann ist das meine neue Adresse.

Und wenn er dich verfolgt hat?

Ich versuche, mich zu beruhigen, sage mir immer wieder, dass dieser Gedanke unsinnig ist. Das wäre mir aufgefallen.

Aber was ist mit diesem Geheimnis gemeint? Die einzig logische Erklärung, die mir dazu einfällt, ist, dass er über meine Familie Bescheid weiß. Und alleine bei der Vorstellung daran fällt es mir schwer, zu atmen.

Als mein Smartphone vibriert, rutscht mir beinah das Herz in die Hose. *Und meine Nummer hat die anonyme Person auch nicht.* Dennoch beruhigt sich mein Puls erst wieder, als ich Tizians Namen auf dem Display entdecke. Sofort nehme ich ab.

Dein kleines Geheimnis. Die Worte hallen in meinem Kopf nach, und mir wird klar, dass ich keine Ahnung habe, wie ich Tizian diese Beschreibung erklären soll.

»Ja?«

»Bist du unterwegs?«, fragt Tizian.

»Nein, wieso?«

»Du klingst, als seist du joggen oder so.«

Ich schüttele den Kopf, bis mir klar wird, dass er mich ja nicht sehen kann. »Nein, ich bin nur zum Handy gelaufen«, lüge ich, denn ich weiß natürlich, dass meine schnelle Atmung von der Unruhe kommt, die sich kaum leugnen lässt.

»Aha.«

»Hast du meine Nachricht gelesen?«

»Was denkst du, warum ich anrufe? Was ist das?«

»Die Mail habe ich eben erhalten.«

»Aha«, wiederholt er und klingt ungefähr so interessiert, als habe ich ihm die letzte Seite eines Lokalblattes geschickt.

»Es ist schon das zweite Mal, dass ich so was bekomme. Die Polizei sagt, sie können nichts machen.«

»Moment, Moment«, unterbricht er mich jetzt. »Es ist die zweite E-Mail?«

»Die erste Nachricht kam per Post. Erst neulich. Du hast mir die Briefe mitgegeben, erinnerst du dich?«

»Natürlich.«

»Einer davon war anonym und enthielt ähnliche Worte.«

»Und deshalb warst du bei der Polizei?« Ich glaube, in seiner Stimme eine Art Verwunderung oder gar Belustigung zu hören, und bereue auf Anhieb, mich an ihn gewandt zu haben. Falls sich die Sache wirklich als ein Prank herausstellt, habe ich mich vor Tizian zum Deppen gemacht. Die neurotische Valerie zu laut werden lassen. Die, die schon früher so schnell übertrieben hat. Ein Film, der mir allzu vertraut ist, flackert vor meinem geistigen Auge auf. Es sind Bilder, die sich wie Tattoos in meine Haut gebrannt haben.

Ich bin sieben, als ich mit meinem Bruder Theo bei der Polizei aufschlage, weil unsere Eltern nicht nach Hause gekommen sind.

Ich bin zehn, als unser kleines Kaninchen eines Morgens tot im Stall liegt, der Schmerz sich wie eine Axt in meine Brust bohrt und mein Vater betrunken schimpft, wir sollen das Ding aus der Wohnung schaffen, bevor es stinkt. »Es ist nur ein Tier. Eine Geldvernichtungsmaschine. Werde erwachsen!«

Ich bin dreizehn, als mir meine Lehrerin eine Packung Binden zusteckt, weil das Klopapier im Schlüpfer zwickt.

»Stell dich nicht so an!« – »Valerie ist nun einmal besonders anstrengend!« – »Du übertreibst!«

Der Film bricht ab. *Stecker raus! Schluss damit!*

»Man weiß nie.« Ich räuspere mich. »Vielleicht schreibt er

das auch anderen Frauen.« *Sehr gut, Val. Sehr, sehr gut.* Ich klinge schon wieder viel mehr nach mir selbst. Schließlich geht es nicht um mich. Ich fürchte mich nicht. Ich versuche nur, mich um all die Frauen zu sorgen, die keine Mittel und Wege kennen, um sich selbst zu schützen. »Es ist wichtig, so etwas zu melden.«

»Bullshit. Das ist erst mal nur eine Art Liebesbrief.«

»Liebesbrief?«, wiederhole ich ungläubig.

»Ein sehr moderner Liebesbrief. Ach, Valerie, du kennst doch das Business. Da hat sich ein Fan in seine Spinnerei reingesteigert.« Seine Worte hinterlassen in mir nichts als Verständnislosigkeit. Hat er eine Ahnung, was er da gerade sagt?

»Val, hör mir zu. Auf gewisse Art und Weise gehört das zum Job. Bevor du mir widersprichst, warte, was ich zu sagen habe. Für dich sind diese Menschen Fremde, aber für sie bist du Valerie Sophie. Eine Freundin, eine große Schwester, ein Vorbild … und ja, vielleicht auch eine Art Fantasie. Es gibt Tausende Frauen, die im Internet die Wunschträume fremder Männer befriedigen. Na und? Nimm es einfach hin.«

»Tizian, ich habe diese Nachrichten gelesen.« Meine Stimme zittert bedrohlich. Wenn ich nicht vorhabe, vor diesem Arschloch in Tränen auszubrechen, sollte ich schnell wieder meine Fassung gewinnen.

»Und du wirst sie einfach ignorieren. Ich bin mir sicher, dass die Person dahinter schnell ihr Interesse verliert.«

»Das ist doch vollkommener Wahnsinn.«

»Moment. Von was für einem Geheimnis redet der Kerl da eigentlich?«

Wenn Tizian gehofft hat, dass ich mich bei ihm mit einem Geständnis erleichtere, hat er sich gründlich geirrt. Er ist der Letzte, mit dem ich über meine Vergangenheit sprechen will. Schon gar nicht über Theo.

»Leere Worte. Sicher will er mir Angst machen.«

»Ich verstehe, dass du verärgert bist.«

»Du verstehst überhaupt nichts«, zische ich und balle die

Hände zu Fäusten. Zum Glück kann Tizian das nicht sehen. Wer weiß, vielleicht würde es ihm gefallen, mich so durcheinander zu erleben.

»Wir behalten das im Auge, ja?«

Ich presse ein »Okay« hervor. Nicht, weil ich tatsächlich einverstanden bin, sondern weil ich es für zwecklos halte, Tizian meine Situation zu erklären.

Als wir auflegen, sitze ich noch eine Viertelstunde lang vor dem Computer, starre immer wieder auf diese Zeilen und kann nicht aufhören, mich zu fragen, wer mir so etwas schreiben könnte. Vollkommen ratlos schließe ich den Mailverlauf und öffne stattdessen Facebook. Andauernd bekomme ich irgendwelche Benachrichtigungen, obwohl ich hier seit Monaten nicht interagiert, geschweige denn selbst etwas gepostet habe. Mein Profil ist schon viele Jahre alt. Auf dem Bild erkenne ich mich selbst kaum wieder, und meine Freundesliste enthält noch immer Namen von Personen, die ich am liebsten für immer aus meinem Leben verbannen möchte.

Emilia Gutmann.

Sophie Bickberger.

Robert Deck.

Ehemalige Mitschüler. Die Reichen. Die Coolen. Die, die damals etwas hatten, was die Valerie von früher nur aus dem Fernsehen kannte. Die, die keine Hemmungen hatten, sie das spüren zu lassen. Ich schüttele den Kopf, wie wenn ich dadurch die Gedanken ebenfalls aus meinem Gedächtnis entfernen könnte, und klicke mich durch die Liste, um einen nach dem anderen zu entfernen. Es ist, als könne ich mit jedem einzelnen Klick ein bisschen von der Kontrolle zurückgewinnen, die ich beim Lesen der E-Mail verloren habe. Klick. Weg damit. Und klick. Auch weg. Das Geräusch der Maus ist so euphorisierend, dass ich mich frage, warum ich das nicht schon viel früher getan habe. Scheiß auf das eigene Ego! Es war mir anfangs viel zu wichtig, dass die anderen sehen, was aus mir geworden ist: ein It-Girl.

Jemand, den die anderen bewundern. Bilder von VIP-Events, Luxusurlauben, lukrativen Kooperationen … Sie sollten alles sehen. Sehen und begreifen. Während Emilia das Architekturbüro ihres Vaters übernommen hat, Sophie als Lehrerin an einem Gymnasium arbeitet und Robert mit zwanzig Jahren Vater wurde, ist Valerie Sophie wie ein Phönix aus der Asche gestiegen.

Timo Richard. Ich stolpere über seinen Namen, weil ich nicht einmal weiß, ob wir zusammen zur Schule gegangen sind. Grundschule? Schnell lösche ich auch ihn aus meiner Freundesliste und scrolle weiter, bis mein Blick erneut hängen bleibt.

Paul Herrlich.

Wow. Ich wusste gar nicht, dass wir auf Facebook befreundet sind. Paul scheint, genau wie ich, seit längerer Zeit nichts geteilt zu haben. Die letzte Aktivität auf seinem Profil ist zwei Jahre her. Da hatte er gerade seine Ausbildung bei der Polizei in Köln beendet. Augenblicklich erinnere ich mich wieder an unsere zufällige Begegnung Anfang des Jahres. Ob Paul mir vielleicht helfen kann?

Unschlüssig bewege ich die Maus über den Bildschirm. Ihn über sein privates Facebook-Profil anzuschreiben erscheint mir ziemlich plump. Andererseits war Paul das letzte Mal sehr verständnisvoll, hat mein Anliegen als Einziger ernst genommen und mir sogar eine Art Mitgefühl ausgedrückt. »Es tut mir jedes Mal leid, dass so viele Frauen immer wieder belästigt werden.« Ja, so etwas in der Art hat er gesagt.

Mein Blick fällt auf den Umschlag mit der widerlichen Post, der auf meinem Schreibtisch liegt. Sofort schießen mir die Worte wieder in den Sinn, und Gänsehaut breitet sich auf meinem Körper aus. Paul ist einer der wenigen, die noch wissen können, was für mich auf dem Spiel steht. Zumindest, wenn er den ganzen Scheiß damals mitbekommen hat.

Ob einem Polizisten klar ist, wie die Social-Media-Regeln funktionieren?

Allein die Tatsache, dass *EmilysCastle* ihre Brustoperation vor ihren knapp eine Million Abonnenten fast eine ganze Woche verheimlicht hat, wurde ausführlich von den Medien diskutiert. Vorbildfunktion? Falsche Schönheitsideale? Krankhafte Selbstwahrnehmung? Irgendein Promi-Magazin hat den Unsinn verbreitet, sie habe zuvor an Brustkrebs gelitten und daher die Operation vorgenommen.

Der Skandal wurde nur abgelöst, weil *JuLife* sich als schwul geoutet und sämtliche Mädchenträume zerstört hat. Vermutlich sollte Emily sich bei ihm bedanken. Oder ich mich bei ihr? Immerhin war meine Trennung von Alex im Frühjahr dann auch nicht mehr so wichtig wie ihre Möpse.

Ich liebe sie. Wirklich. Die Welt, in die man mit nur einem Klick abtauchen kann. Ich bin dankbar für alles, was ich mir aufbauen konnte. Doch eine wirklich authentische Vorstellung dieser Blase kann sich ein Außenstehender vermutlich nicht machen.

Ich muss an die Polizistin und ihren abwertenden Blick denken und fühle mich gleich noch schwerer.

»Was meinst du?« Bella, die hinter mir auf einem Sessel liegt, hebt unbeeindruckt den Kopf. »Versuchen oder es einfach lassen?«

Bella gibt ein leises Wuff von sich.

»Das war eine Entweder-oder-Frage.«

Ein vorsichtiges Winseln.

»Ich kümmere mich gleich um dich. Vorher muss ich etwas erledigen.« Keine Sekunde später fange ich an zu tippen.

5. KAPITEL

DA KRÄHT DOCH KEIN HAHN NACH

Als ich mich am nächsten Morgen auf den Fahrersitz meines Minis setze, hat Paul auf meinen Kontaktversuch noch nicht reagiert. In der einen Hand meinen Autoschlüssel und das iPhone, in der anderen einen heißen Coffee-to-go-Becher, stelle ich fest, dass er sie nicht einmal gelesen hat. Was erst einmal nichts Schlechtes zu bedeuten hat.

Vielleicht gehört Paul zu den Menschen, die ihre Zeit lieber offline verbringen. Oder er hat bei der Arbeit viel zu tun. Ein paar Steuerhinterzieher gilt es wohl immer, hinter Gitter zu bringen. Ich lache trocken auf. Allein die Tatsache, dass ich mir bereits Gedanken mache, zeigt mir, wie unwohl mir seit der E-Mail zumute ist.

Nur deshalb kam ich schließlich auf die schräge Idee, Paul einfach anzuschreiben. Dabei …, wenn seine Kollegen darauf beharren, nichts für mich tun zu können, wird es ihm vielleicht ähnlich gehen?

Ich bin mit Fred in seinem Studio verabredet, weil es die optimale Belichtung für Werbebilder hergibt und wir die Zeit möglichst effektiv nutzen möchten. Meiner Meinung nach sind wir mit dem Shooting ohnehin schon zu spät dran. Als ich auf den Schotterweg auffahre, habe ich die Sache mit Paul so zerdacht, dass ich mir auf Facebook die Funktion wünsche, meine Anfrage zurückziehen zu können. Drama-Val zu eliminieren.

Wie man sieht: Ich drehe mich im Kreis. Und die einzige Chance, diesen Unsinn für ein paar Stunden aus meinem Kopf zu verbannen, tritt gerade aus der Studiotür und kommt mit strammen Schritten auf meinen Wagen zu. Ich schnalle mich ab und steige aus.

»Man könnte meinen, ich habe einen siebten Sinn für dich entwickelt. Wollte nur kurz raus, und genau in dem Augenblick …«

»Und ganz zufällig hast du bereits eine Zigarette angezündet, was?« Ich grinse breit und begrüße Fred mit einer raschen Umarmung. Es tut gut, ihn zu sehen.

»Sobald der ganze Stress vorbei ist, höre ich wirklich auf. Das schwöre ich dir.«

»Du tust das nicht für mich. Es ist deine Gesundheit.« Die Wagentür fällt hinter mir zu.

»Du meinst, für vier Riesen im Monat kriegst du auch einen anderen Fotografen?« Kaum hat er seinen Hundeblick aufgesetzt, winke ich ab.

»Das ist nicht süß, das ist unheimlich. Wenn Bella so gucken würde, wäre ich mit ihr auf dem Weg in die Tierklinik.«

»Autsch! Das hat gesessen.« Fred nimmt die Mütze vom Kopf und fährt sich durch sein Haar, das die letzten Monate ordentlich gewachsen ist. »Also, bevor ich es vergesse: Wenn wir diese Woche fertig werden, können die Aufsteller in den Druck. Die waren ja eigentlich auch erst für Januar geplant.«

Ich nicke stumm, erinnere mich noch zu gut an die Argumente, die die Marketingkollegen für den 2. Januar vorgelegt haben. »Die Leute haben Gutscheine zu Weihnachten bekommen, die sie nun auf den Kopf hauen wollen. Der Januar ist super. Vertrau uns!«

Und das habe ich getan. Vertraut. Obwohl diese Eigenschaft nicht unbedingt zu meinen Stärken zählt. Wissen ist besser als Glauben. Kontrolle ist besser als Vertrauen. Würde mir jemand sein Freundebuch geben, könnte ich das glatt als mein Motto verkaufen.

Allerdings versuche ich, fair zu bleiben. Mit Rosa Neuer konnte niemand rechnen.

»Also, wenn die Aufsteller schon im Dezember im Laden stehen, sollte natürlich alles schön weihnachtlich aussehen«, überlegt Fred laut und betritt direkt hinter mir das Studio.

»Erwartest du, dass ich Rentierohren trage?« Unweigerlich muss ich grinsen.

Fred lacht. »Das nicht, aber eine rote Weihnachtsmütze fände ich gar nicht schlecht. Soweit ich weiß, haben wir sogar eine besorgt.«

»Ich habe es geahnt.«

»Keine Rentierohren«, erinnert mich Fred. »Deinen Pulli kannst du vielleicht sogar anlassen. Das Rot passt ziemlich gut zum Lippenstift. Sag mal, du hast jetzt noch nicht viel Make-up drauf, oder?«

Fred sieht sich im Studio um, erhebt dann etwas angestrengt die Stimme. »Kann hier vielleicht irgendjemand außer uns mal mitdenken? Wenn wir heute ein paar Bilder in den Kasten kriegen wollen, sollten wir schleunigst anfangen.« In meine Richtung nickt er zufrieden. »Dann habe ich ja doch noch zwei Minuten.«

»Rauchen macht unfruchtbar!«

»Warum hat mir das vor vier Jahren niemand gesagt?« Er wackelt mit den Augenbrauen, als wäre das ganze Kinderthema für ihn nichts weiter als ein Scherz. Dabei ist es kein Geheimnis, dass Fred in seiner Vaterrolle bislang nur bedingt aufgegangen ist. Zumindest kein Geheimnis zwischen uns. Was seine Ehe angeht … nun ja, sagen wir, ich versuche, mit ihm über andere Themen zu sprechen.

Während ich in einer flotten Maske sitze, bin ich immer wieder versucht, einen unauffälligen Blick auf mein Telefon zu werfen. Ob Paul meine Nachricht mittlerweile zumindest gelesen hat?

»Du bist unkonzentriert«, bemerkt Fred später dann sogar beim Shooting. »Immer wieder verliert sich dein Blick. Du musst strahlen! Du präsentierst deine Marke, Valerie. Zeig uns, dass das keine Strafe, sondern ein Privileg ist.«

»Entschuldige.« Ich kämpfe mit meinen Gesichtszügen um ein überzeugenderes Lächeln.

Fred weiß genau, wie er das Beste aus mir herauskitzeln kann. Selbst an Tagen wie heute.

»Was ist denn nur los mit dir?«, fragt er dennoch, als wir endlich fertig sind und ich meine Sachen zusammenpacke. Mittlerweile ist es fast Nachmittag, und mir fällt auf, dass ich den ganzen Tag kaum etwas gegessen habe.

»Ach, nichts«, lüge ich und streiche mir die blonden Haarsträhnen aus dem Gesicht. Ich will nicht, dass Fred sich Sorgen macht.

»Schlecht geschlafen?«

»Kann man so sagen.« Erschöpft sehe ich mich nach meiner Tasche um.

»Das ist der Stress. Ich schicke dir die Fotos, sobald ich sie etwas bearbeitet habe. Dann kannst du überprüfen, ob sie deinen Vorstellungen entsprechen. Vielleicht haben wir es ja damit erst mal geschafft.«

»Das wäre super.«

Fred wirft einen Blick über seine Schulter und mustert mich dann nachdenklich. »Und sonst ist alles in Ordnung?«

Eigentlich hatte ich nicht vor, Fred von den Nachrichten zu erzählen. Schon gar nicht, nachdem Tizian ähnlich wie die Polizei reagiert hat. Doch Fred ist anders. Nicht nur anders als Tizian, sondern anders als die meisten Männer in meinem Leben. Weil er mich nie belügen, schlecht behandeln oder im Stich lassen würde.

»Tizian und ich haben gestern Abend ein ziemlich mieses Telefonat geführt«, beginne ich sehr vage.

»Du begibst dich freiwillig in die Höhle des Löwen?«

»Von freiwillig kann nicht die Rede sein. Ich brauchte ihn! Aber er hat sich wie ein Mistkerl verhalten.«

»Seit wann wundert uns das?« Fred holt tief Luft und seufzt. »Ganz ehrlich, Val. An deiner Stelle würde ich mir das nicht gefallen lassen. Dich aus dem Vertrag zu kaufen, kostet dich vielleicht 'nen Haufen Kohle. Aber du hast das Geld. Und du solltest dich nicht ständig mit so jemandem herumärgern müssen.«

»Das ist doch alles, was er will«, grunze ich. »Wahrscheinlich war das von Anfang an sein Plan.« Für mich ist es ganz offensichtlich, dass Tizian sich für die fällig werdende Summe lieber heute als morgen auf eine Vertragsauflösung einigen würde.

»Ist doch egal, was Tizian will. Es geht schließlich darum, dass er dich seit Monaten scheiße behandelt. Aber das Thema hatten wir schon zig Mal, und es ist deine Sache … Worum ging es gestern Abend?«

»Das wollte ich dir gerade erzählen«, entgegne ich und schiebe mir die Henkel meiner Tasche über das Handgelenk.

»Sorry. Ich wollte dich nicht unterbrechen. Ich sage ja nur: Mit dem Typen jemals etwas anzufangen, war …«

»… der größte Fehler, den ich machen konnte. Schon klar!« Fred ist der Einzige meiner Kollegen, der weiß, was dieses Jahr auf dem Teamevent im Frühjahr passiert ist. Gut, ich denke, niemandem ist entgangen, dass ich nach der Trennung von Alex und der Verfolgungsjagd durch die Medien etwas neben der Spur war.

»Ich war betrunken, Herrgott«, schnaufe ich. Und das, obwohl ich Alkohol genauso verachte wie alle anderen Drogen. Die öffentliche Schlammschlacht mit Alex hat mich mehr mitgenommen, als ich zugegeben habe.

Jedenfalls denke ich ungern an den Abend zurück. Und okay, okay. Ich gestehe: Tizian ist diese eine einzige Ausnahme während meiner selbst auferlegten Enthaltsamkeit gewesen.

»Ich meine, wie tief sind meine Eierstöcke gesunken, dass sie sich auf jemanden wie Tizian eingelassen haben?«

Fred lacht. »Ich würde dir wirklich gönnen, dass du irgendwann den Richtigen triffst, Val.«

Spöttisch verdrehe ich die Augen. »Den Richtigen. Gibt es den überhaupt?«

»Jedenfalls ist es nicht Tizian.«

Definitiv nicht. Selbst der Sex war schlecht. »Er war nicht richtig drin. Wir waren ja beide völlig benebelt«, habe ich es damals lächerlicherweise vor Linnea gerechtfertigt.

»Nicht richtig drin?«

»Ja, vielleicht nur so ein Stück.« Ich habe Daumen und Zeigefinger zusammengeführt und das Gesicht missmutig verzogen. Bei der Erinnerung an unser Gespräch schüttele ich mich. »Mein Vertrauen in Männer hat sich in den letzten Tagen um einiges verschlechtert. Nimm es nicht persönlich.«

»Hey, jetzt spuck schon aus, was passiert ist!« Fred sieht mich besorgt an. »Bitte sag nicht, dass ihr noch mal …« Ich kann in seinen Augen lesen, dass alleine der Gedanke ihn erschaudern lässt.

»Ihhh. Das war eine einmalige Sache und wird nie wieder vorkommen. Es ist etwas anderes.« Ich zögere, bevor ich weiterspreche. »Das hier ist vielleicht ernst, okay? Ich habe Post bekommen. Sehr, sehr seltsame Post. Schon vor einigen Tagen.« Kaum habe ich den Satz beendet, ist das flaue Gefühl in meinem Magen wieder da.

»Von einem Fan?« Fred zieht den Reißverschluss seiner Tasche zu und stöhnt, als er bemerkt, dass er das letzte Objektiv noch nicht verstaut hat.

Ich zucke mit den Schultern. »Wollen wir rausgehen? Bist du mit dem Auto hier?«

Fred schüttelt den Kopf. »Jenny hat mich nur abgesetzt.«

»Ich kann dich mitnehmen.«

Wir verlassen gemeinsam das Studio und laden das Kameraequipment auf die Hinterbank.

»Also. Du hast Post von einem Fan bekommen?«

»Das weiß ich nicht. Wir vermuten, dass es ein durchgeknallter Fan ist.« Ich halte inne. »Streng genommen vermute nur ich das. Die Polizei meinte, ich soll mich mal unter meinen Freunden umhören.« Mein Ton ist spitz geworden.

»Polizei?« Fred blickt mich entsetzt von der Seite an. »Valerie, warum erzählst du mir erst jetzt davon? Was stand in diesem Brief?«

Während ich mich auf den Fahrersitz sinken lasse, rufe ich mir die Sätze in Erinnerung. »Na ja. Schweinskram halt. Irgendwelche perversen Fantasien.« Ich hebe abwehrend die Hände. Binnen weniger Sekunden überfällt mich ein Gefühl der Schwere, ein Ekel, der es mir unmöglich macht, auch nur einzelne Ausdrücke zu zitieren.

»Und gestern kam dann noch eine E-Mail. Ich habe sie Tizian geschickt, doch er hielt das alles für unbedenklich. Kannst du dir vorstellen, wie beschissen ich mich fühle?«

»Ja, sicher.« Fred legt den Kopf schief. »Andererseits … Du weißt, ich nehme Tizian ungern in Schutz, aber irgendwie sind solche Sachen in der Branche fast schon selbstverständlich geworden.«

Ich schlucke. Beiße mir auf die Lippe. Nicke, ohne nachzudenken.

»Was natürlich nicht heißt, dass ich dich nicht verstehe. Unheimlich ist es auf jeden Fall. Pass auf dich auf, Val. Und wenn etwas ist, dann melde dich! Du weißt, dass ich immer für dich da bin.« Als seine Hand meine Schulter berührt, zucke ich heftig zusammen. Fred rutscht schuldbewusst ein Stück von mir weg und macht sich stattdessen an dem Anschnallgurt zu schaffen.

»Entschuldige.« Ich räuspere mich. »Bin wohl etwas schreckhaft.«

»Das ist die Unruhe und das ganze berufliche Chaos. Da spielen die Nerven verrückt.«

Ich richte den Blick starr geradeaus und streiche mit dem Finger nervös über die Seitenablage im Auto. »Kann ich losfahren? Mir hängt der Magen auf halb acht, und ich brauche dringend etwas zu essen.«

* * *

Jemand hat die Musik so laut gestellt, dass sie durch das ganze Treppenhaus schallt. Als ich in den Aufzug steige, frage ich mich, warum es nicht wenigstens Taylor Swift, Olivia Rodrigo oder irgendetwas anderes Gutes sein könnte. Stattdessen ist dieser Song das Nervtötendste, was ich in der letzten Woche gehört habe – abgesehen von Tizians Stimme. Mit der könnte kein Schlager dieser Welt mithalten.

Ich hole Bella bei Charlotte ab, fülle, in der Wohnung angekommen, zuallererst ihren Futternapf auf, bevor ich meine Tasche ausräume und mein Smartphone ans Ladekabel hänge. Noch fünf Prozent Akku, gerade rechtzeitig, um dem Absturz meines Telefons vorzubeugen. Das wäre tatsächlich eine Katastrophe, denn seit Wochen habe ich mich nicht darum gekümmert, den vergessenen Code meiner SIM-Karte ausfindig zu machen. Es ist also eigentlich nur noch eine Frage der Zeit, bis ich genau diese Aufschieberitis bereuen und ohne Handy in der Pampa stehen werde. Oder in der Kölner Innenstadt. Was im einundzwanzigsten Jahrhundert Strafe genug wäre.

Pling. Zur Bestätigung leuchtet in diesem Moment das Display auf und kündigt eine neue Nachricht an.

Eher reflexartig werfe ich einen Blick darauf und stelle fest, dass sie von Paul ist. Ich sehe nur eine kurze Vorschau seiner Antwort und wage kaum, sie zu lesen. Ganz im Gegenteil, am liebsten würde ich sie gar nicht öffnen. Jedenfalls heute nicht. Paul wird ohnehin nichts für mich tun können, und ich weiß wirklich nicht, ob ich mir eine weitere Niederlage zumuten möchte.

Nicht, solange Freds Worte in meinem Kopf lauter nachhallen als jede Trillerpfeife in einer Turnhalle. Seine Reaktion hat mich anders getroffen als die von Tizian, so viel muss ich zugeben. Vielleicht, weil ich ihm etwas mehr Empathie zugetraut hätte. Ich denke daran, was er gesagt hat. Dass der Brief vermutlich wirklich von einem Fan stammt. Aber selbst, wenn? Es kann doch nicht sein, dass sich dagegen nichts machen lässt. Das Internet ist kein rechtsfreier Raum.

In dieser Nachricht steht weder eine Drohung noch irgendetwas, das darauf hindeutet, dass Sie Opfer einer Straftat werden.

Ich glaube, so ähnlich hat es der Polizist ausgedrückt. Aber gilt ein solches Schreiben nicht schon als Belästigung?

»Es spielt keine Rolle«, sage ich leise zu mir selbst. »Es spielt keine Rolle, was die anderen glauben.« Ich werde zuerst sehen, was Paul denkt. Paul, der mich bislang sehr wohl ernst genommen hat.

Hallo Valerie,
entschuldige, dass ich dir erst jetzt antworte. Ich bin den ganzen Tag auf der Arbeit gewesen und muss zugeben, dass ich auf Facebook nicht sonderlich aktiv bin. Ich habe mich trotzdem gefreut, von dir zu lesen. Auch wenn die Umstände natürlich alles andere als schön sind. Es tut mir leid, dass du solche Texte bekommen hast. Genau wie ich dir schon vor einigen Monaten gesagt habe, finde ich es schlimm, dass so wenig für die Sicherheit im Netz getan wird. Wenn du magst, würde ich mir das Ganze einmal ansehen. Würdest du mir die Briefe vielleicht weiterleiten? Gerne auch als Foto via WhatsApp. Ich schicke dir einfach mal meine Nummer mit.
Ganz liebe Grüße
Paul

6. KAPITEL

AUSNAHMEN BESTÄTIGEN DIE REGEL

Es dauert nur wenige Sekunden, seine Nummer einzuspeichern. Trotzdem starre ich immer noch auf den Kontakt mit Pauls Namen und weiß nicht, was ich von meiner eigenen Entscheidung halten soll. Es geht mir plötzlich viel weniger um den Brief oder darum, dass es vielleicht *keine große Sache* ist. Vielmehr liegt es auf einmal an Paul. Habe ich gut genug darüber nachgedacht, ihn in mein Leben zu lassen? Auf einmal muss ich über meine selbst gewählte Formulierung nachdenken. In mein Leben lassen. Wie das klingt. Als habe ich vor, Paul zu heiraten. Ich brauche seine Hilfe. Nichts weiter. Und dabei wird er wohl kaum Gelegenheit haben, mit mir über meine Familie zu sprechen. Über damals. Und vor allem über die alte Valerie Sophie.

Valerie
Danke, dass du mir geantwortet hast. Ich kann natürlich verstehen, wenn du nicht viel mehr tun kannst als deine Kollegen. Trotzdem ist es sehr nett, dass du dir die Briefe einmal ansehen willst.

Ich lockere die Nachricht mit Emojis auf. Schließlich möchte ich nicht verzweifelt wirken. Valerie Sophie ist niemals verzweifelt, findet für alles eine Lösung und lässt sich nicht unterkriegen. Wie zur Bestätigung meiner eigenen Gedanken setze ich mich gerade auf und atme tief durch. Wozu habe ich zwölf Monate lang für einen Pilates-Kurs bezahlt, wenn ich so schnell meine innere Mitte verliere?

Während ich Pauls Profilbild anklicke, schließe ich mit mir selbst einen Deal ab: Wenn Paul mir das Gleiche sagen wird wie die anderen, werde ich mich erst einmal zurücknehmen und hoffen, dass der Unbekannten von selbst Ruhe gibt.

Das Foto ist eine Aufnahme von Pauls Profil. Das sympathische Lächeln, die hellbraunen Haare … so ziemlich alles an ihm erinnert mich an den groß gewachsenen Typen, dem die Mädels aus meinem Jahrgang reihenweise hinterhergeschmachtet haben.

Da war Paul schon in der Oberstufe und einer der Ersten, die statt Rucksack eine coole Tasche in Lederoptik über der Schulter trugen. »Das hat richtige College Vibes, findest du nicht?«, hat Tina damals getuschelt.

College Vibes. Ich habe keine Ahnung gehabt, was das genau zu bedeuten hat, und heute weiß ich nicht einmal, warum ich mich ausgerechnet daran noch erinnern kann. Vielleicht, weil ein Teil von mir ihn damals bewundert hat, ein anderer jedoch mindestens genauso neidisch auf Paul gewesen ist. Cool und beliebt sein. Eine Kunst, die die Reichen beherrschten. Und Paul. Obwohl er aus einer Familie der Mittelschicht stammt. Na gut, damit ging es ihm rein finanziell dennoch um einiges besser als uns. Theo und mir.

Er hat sich kaum verändert. Das habe ich schon bei unserer kurzen Begegnung vor einigen Monaten gedacht. Älter geworden. Na klar. Sein Abitur musste mittlerweile sicher acht Jahre zurückliegen, und bis auf die zufällige Begegnung bei der Polizei habe ich ihn seitdem nicht mehr gesehen. Sehen wollen. Genau wie alle anderen von damals nicht. Keine Emilia. Keine Sophie.

Keinen Robert, Stefan oder Adrian. Für mich hat es keinen von ihnen je gegeben. Geben dürfen.

Pling.

Bis jetzt.

Pauls Name leuchtet erneut auf meinem Display auf, als wolle das Leben mich kurz auf den Boden der Tatsachen zurückholen. Hallo? Deine Vergangenheit hier, du kannst mich nicht einfach so auslöschen. Fick dich!

Paul
Das ging ja fix. Hallo auch hier noch mal :)
Magst du mir die Briefe vielleicht zeigen? Du kannst ein Foto davon machen oder mir die E-Mail (siehe unten) gleich weiterleiten.
Ganz wie du magst.

Die Vorstellung, dass ein quasi fremder Mann solche Sachen über mich liest, ist mir zwar ziemlich unangenehm, dennoch lasse ich mich nicht beirren und öffne erneut mein Postfach.

»So geht man nicht mit Frauen um«, flüstere ich leise, während ich Pauls E-Mail-Adresse in den Empfänger zur Weiterleitung kopiere. Wenn das Ganze wirklich nur ein blöder Scherz sein sollte, dann soll dieser anonyme Idiot zumindest etwas aus der Sache mitnehmen.

Valerie
Ich danke dir, Paul! Ich weiß, dass es nur leere Worte sind, aber sie haben mich beunruhigt.

Ja, beunruhigt klingt gut. Das kann ich so stehen lassen. Nicht geschockt. Nicht gleichgültig gelassen. Die Texte haben mich beunruhigt. Mit dieser Aussage kann ich leben.

Paul
Das verstehe ich zu gut. Es ist richtig, dass du dir das nicht gefallen lässt. Moment, ich sehe sie mir mal an, okay?

Ich tippe ein rasches »Okay, danke!« und schließe unseren Chatverlauf, um eine einzelne Träne wegzublinzeln. Es mag dämlich klingen, doch solange ich auf unsere Nachrichten schaue, fühle ich mich zu nackt. Als könne mir Mark Zuckerberg direkt hinter die Stirn sehen. Oder direkt in die Seele. Möglicherweise auch beides.

Bellas Pfoten sind auf dem Parkett zu hören. Um diese Uhrzeit muss sie noch mal vor die Tür. Wenn wir abends nicht Gassi gehen, bekomme ich die Quittung meist nachts, wenn sie vor meinem Bett wuffelt. »Frauchen kommt gleich«, murmele ich, als könne die Dackeldame mich tatsächlich hören. »Das hier dauert nicht lange.« Wer Selbstgespräche vermeiden will, schafft sich als Alibi einfach ein Haustier an.

Als Bella sich direkt vor mich auf den Boden setzt und leise winselt, beschließe ich, sie nicht länger warten zu lassen. Ich stehe auf, schnappe mir das Smartphone und meinen Mantel, bevor ich Bella an die Leine nehme und die Wohnung verlasse.

Paul hat immer noch nicht geantwortet. Nervös beiße ich mir auf die Unterlippe und betrete den Fahrstuhl. Ob er gleich mit seinen Kollegen spricht?

Wohl eher nicht. Ich gehe davon aus, dass er für heute Feierabend hat. Zumal keine akute Gefahr besteht.

Trotzdem spüre ich ein mulmiges Gefühl in meinen Bauch, als wir das Foyer des Hauses verlassen und ich mit Bella in den nahe liegenden Park laufe. Mittlerweile hat die Dämmerung eingesetzt, und die Zeiten für Spaziergänge an einem lauen Sommerabend sind leider längst vorbei. Kein Wunder also, dass Bella und ich hier so gut wie die Einzigen sind, die den schmalen Fußgängerweg hinunterlaufen.

Als mein Telefon in der Manteljacke vibriert, umfasse ich die Leine fester und ziehe das Smartphone heraus. Pauls Name blinkt mir direkt entgegen.

Ohne nachzudenken, nehme ich ab. »Hallo?«

»Valerie, sorry, dass ich dich einfach anrufe, aber ich dachte, wir sprechen lieber kurz persönlich.«

»Dafür musst du dich doch nicht entschuldigen. Das ist wirklich lieb von dir.« Bella hat im Gebüsch irgendetwas entdeckt und zieht heftig an der Leine, sodass ich Mühe habe, gleichmäßig zu atmen.

»Du klangst ein bisschen erschrocken.« Ich kann hören, wie er am anderen Ende der Leitung leise lacht. »Außerdem soll es Menschen geben, die Telefonate meiden.«

»Quatsch«, widerspreche ich. »Also nicht unbedingt Letzteres, die gibt es ganz sicher. Ich meine nur, dass ich froh bin, dass du dich meldest. Ich wollte mich dir auf deinem privaten Profil natürlich nicht aufdrängen.«

»Aber ich habe dir doch letztes Mal angeboten, dass du dich melden kannst. Weißt du nicht mehr?«

Als ich die Anzeige wegen des Penisbilds aufgegeben hatte, hat Paul tatsächlich so etwas in der Art gesagt. Doch um ehrlich zu sein, bin ich damals froh gewesen, möglichst schnell wieder verschwinden zu können. Und bis vor wenigen Tagen habe ich auch gehofft, er habe mich wieder vergessen.

»Stimmt. Ich danke dir!«, sage ich und gehe mit Bella ein Stück weiter.

»Störe ich gerade? Du bist unterwegs, oder?«

»Nein, überhaupt nicht. Nur im Park mit meiner Hündin. Nicht weit von meiner Wohnung.«

»Verstehe.« Er macht eine kurze Pause, die mich ahnen lässt, dass er nichts für mich tun kann. »Erst einmal will ich dir noch mal persönlich sagen, dass ich deine Verängstigung absolut nachvollziehen kann.«

Ich spüre, wie mir ein Schauer über den Rücken läuft. »Das ist vielleicht ein zu großes Wort.« Verängstigung. Soll ich ihm gleich sagen, dass ich ein jämmerlicher Angsthase bin? Ihm erzählen, dass mein krankhaftes Misstrauen nicht einmal wirklich unbegründet ist … bei allem, was ich die letzten Jahre erlebt habe?

Sofort sehe ich Theos Gesicht vor meinem geistigen Auge. Die glatt gegelten Haare, die selbst dann noch ordentlich frisiert wirkten, wenn mein Bruder vollkommen zugedröhnt nach Hause kam. Blitzschnell schiebe ich die Erinnerungen beiseite. Das war damals. Ewig her. Zumindest kommt es mir an den guten Tagen genau so vor.

»Wieso? Ich könnte es nachvollziehen. Solche Worte machen den meisten Menschen Angst. Sie überschreiten immerhin persönliche Grenzen.«

Während ein Teil von mir den letzten Part seines Satzes am liebsten inhalieren würde, zwingt mich ein anderer, nicht durchzudrehen. Paul glaubt mir. Er versteht mich.

»Aber man kann nichts dagegen tun?« *Sehr gut, Val. Immer auf das Wesentliche konzentrieren.*

»Wenig. Das stimmt. Zumindest solange er keine konkrete Drohung gegen dich richtet … Da haben meine Kollegen von der Dienststelle recht. Das heißt aber nicht, dass wir das Ganze nicht im Auge behalten sollten.«

Ich seufze, folge Bella, die bereits den Rückweg angetreten hat. Sobald es ein paar Grad abkühlt, ist sie wenig scharf darauf, lange Spaziergänge zu machen.

»Im Auge behalten? Das klingt einfacher gesagt als getan. Ich habe keine Ahnung, wer mir so etwas schicken sollte. Abgesehen von Zigtausenden Fans, von denen nur ein Einziger den Verstand verloren haben muss.«

Kurze Stille.

»Was hast du morgen vor, Valerie?«

Verblüfft halte ich inne, spüre mein wild hämmerndes Herz in der Brust und vergesse für einen Moment, was für einen Tag wir heute haben.

»Ich frage nur, weil ich dachte, wir könnten uns irgendwo treffen und überlegen, wie ich dir helfen könnte. Du bist nicht die Erste, die so etwas bei uns meldet, und vielleicht fällt mir ja etwas ein.«

Blitzartig gehe ich meine Termine für die kommende Woche durch. Darauf, dass mein Kalender bereits jetzt aus allen Nähten platzt, kann ich keine Rücksicht nehmen. Diese Angelegenheit hier muss ein zügiges Ende haben. Und wenn ich dafür ein paar Termine verschieben muss.

»Das klingt gut. Nur morgen ist bei mir ziemlich knapp, aber übermorgen müsste gehen. Passt das bei dir auch?«

»Super. Wenn du magst, können wir uns nach dem Feierabend treffen. Es sei denn, dir ist es lieber, gleich auf der Wache vorbeizuschauen.«

Darauf kann ich nach meiner letzten Erfahrung getrost verzichten. Ich schüttele den Kopf, obwohl Paul mich durchs Telefon natürlich nicht sehen kann. »Feierabend klingt gut.«

»Klasse. Dann verbleiben wir so? Das Angebot, dich zu melden, bleibt natürlich bestehen.« Ein Lächeln ist aus seiner Stimme herauszuhören.

»Achtundvierzig Stunden sollte ich allein zurechtkommen.« Mein Schmunzeln hingegen ist alles andere als echt. Viel mehr hinterlässt es einen bitteren Geschmack auf meinen Lippen.

»So war das natürlich nicht gemeint«, setzt Paul nach.

»Das weiß ich.« Bella und ich nähern uns mit zügigem Tempo dem Hauseingang. Endlich.

»Bis übermorgen.«

»Bis dann, Valerie. Ich freu mich, dich zu sehen.«

Wir legen auf, mein iPhone verschwindet in der Jackentasche, und ich bin mit meinen Gedanken wieder allein.

Du hast eine Verabredung mit Paul Herrlich, hallt es in mir nach. Was würde die Valerie von früher wohl dazu sagen? Wäre sie irritiert? Verwundert? Erfreut?

Vehement schüttele ich den Gedanken ab.

Valerie von damals gibt es nicht mehr. Wird es nicht mehr geben. Nie mehr. Und trotzdem kann ich nicht aufhören, mich zu fragen: Was weiß Paul noch über den Teil meiner Vergangenheit, den ich so dringend vergessen möchte?

ERSTVORSTELLUNG

Es wurde ein 13,8-jähriges, im Erscheinungsbild jünger wirkendes und augenscheinlich unterernährtes Mädchen vorstellig. Sie trug zu große Kleidung, machte einen verwahrlosten Eindruck.
Die Patientin kam auf Empfehlung des Jugendamtes und wurde von einer Sozialarbeiterin begleitet. Das Mädchen wirkte in der Interaktion unsicher und misstrauisch. Auf Fragen antwortete sie meist stark verzögert. Zudem vermeidet sie Blickkontakt. Sonst keine Auffälligkeiten in der Sprachmodulation. Ihre Stimmung schien deutlich gedrückt und ihre Körperhaltung zusammengekauert. In Denken und Sprache gab es keine Auffälligkeiten. Sie wirkte klinisch überdurchschnittlich intelligent und zu allen Qualitäten klar orientiert. Von akuter Eigen- und Fremdgefährdung konnte sie sich glaubhaft distanzieren.

7. KAPITEL

EIN UNGLÜCK KOMMT SELTEN ALLEIN

Als ich am nächsten Morgen wach werde, ist es draußen noch nicht annähernd hell. Mein Verdacht fällt auf das gekippte Schlafzimmerfenster, das sämtliche Straßengeräusche ungefiltert hereingelassen hat.

Wie spät es wohl ist? Ich drehe mich zur Seite, ziehe die Decke ein wenig höher und suche schlaftrunken mit den Fingern nach meinem Smartphone. Taschentücher, ein Paperback, das ich vor Wochen nach der ersten Seite wieder zugeklappt habe, meine abscheuliche Lesebrille … kein Handy. Normalerweise liegt es gleich neben mir, doch heute kann ich es auf dem Nachttisch nicht finden.

Verdammt.

Wenigstens hat das frühe Aufstehen den Vorteil, dass ich den Tag produktiv nutzen kann.

Kaum habe ich meine Beine aus dem Bett geschwungen, entdecke ich mein Telefon sofort. Es muss in der Nacht auf den Boden gefallen sein. Ich habe bereits als Kind unruhig geschlafen und im Tiefschlaf alle mühsam zugedeckten Kuscheltiere oder Kissen aus dem Bett gefegt.

5:31 Uhr. Gähnend befreie ich das Telefon aus dem Flugmodus und entdecke die Benachrichtigungen, die plötzlich auf meinem Display aufleuchten.

Zwei verpasste Anrufe. Anonym.

Merkwürdig. Niemand aus meinem Bekanntenkreis ruft mich mit unterdrückter Nummer an. Warum auch? Solche Anrufe würde ich schon allein deshalb nicht annehmen. Denn wer kennt sie nicht: die lästigen Werbeanrufe, die meist anonym erfolgen? Ja, genau. Das muss es sein. Ein klassischer Werbeanruf.

Doch als ich die Uhrzeit sehe, beschleunigt sich mein Puls, und ich hole tief Luft.

Der erste Anruf kam um 23:30 Uhr. Der zweite nur eine Minute später.

Um diese Uhrzeit meldet sich normalerweise niemand. Vor allem niemand, der mir einen neuen Telefonvertrag verkaufen möchte.

Ein Gedanke dringt so hartnäckig in mein Gehirn, dass ich keine Chance habe, ihn schnell wieder loszuwerden. Was ist, wenn es die gleiche Person ist, die mir die Texte geschrieben hat? Es ist, als könne ich auf einmal das Blut in meinem Körper rauschen hören.

»Bleib ruhig, Val«, murmele ich, spüre jedoch, wie sich ein Gefühl von Übelkeit in mir breitmacht.

Du bist gerade erst aufgewacht, sage ich mir. *Du hast nichts gegessen, nichts getrunken. Es ist ganz normal, dass die Psyche einem im Halbschlaf einen Streich spielt.*

Ich schiebe das Telefon in die Hose meines Pyjamas, schlüpfe in die Hausschuhe, die ebenfalls unters Bett gerutscht sind (ich nehme an, dass das eher auf Bellas Konto geht), und schalte das Licht im Flur an. Sobald sich die Wohnung mit Helligkeit füllt, werde ich wieder klar denken können.

Für heute steht ein Videodreh an, und ich muss mich zwischen einer Tour durch meinen begehbaren Kleiderschrank und einem »5 Tipps, wie eure Postings ästhetischer werden«-Tutorial entscheiden.

Während ich das Badezimmer betrete, starte ich rasch eine Umfrage auf Instagram, damit meine Community ihre Wünsche abgeben kann. Welches Video würdet ihr lieber sehen? Wie soll ich mir die Haare schneiden lassen? Welches Outfit ist euer Favorit?

Meist entscheide ich später allerdings sowieso aus dem Bauch heraus oder überlege für YouTube systematisch, welches Video bessere Chancen hat, in die Trends zu kommen.

Als das Telefon in meinem Schlafanzug vibriert, zucke ich heftig zusammen. Es ist ein erneuter Anruf. Wieder mit Rufunterdrückung.

Innerhalb von wenigen Sekunden fühlt sich das Smartphone in meiner Hand wie ein Feuerball an, den ich am liebsten fallen lassen würde. Ich überlege, die Vibration einfach zu ignorieren. Doch die Aufregung, die in meiner Brust heftig flattert, zwingt mich, umzudenken. Ich presse mir das Smartphone ans Ohr und zucke heftig zusammen, als mir ausgerechnet die Stimme meiner Mutter entgegenschallt. Fuck! Ich hätte eher mit dem FBI gerechnet, als dass sich diese Frau bei mir meldet. Und vor allem um diese Uhrzeit? Andererseits war sie im nüchternen Zustand immer eine Frühaufsteherin.

Wir haben seit Monaten nichts voneinander gehört, und ich bin sicher, mich klar genug ausgedrückt zu haben.

»Der Kontakt tut mir nicht gut. Jeder von uns muss sein eigenes Leben leben.« Etwas in dieser Art habe ich gesagt. Und vor allem auch genau so gemeint. Zeit für ein besseres Leben. Für ein Leben, das mir gehört. Ich wollte aufhören, ihnen die Schuld daran zu geben, dass sie es mir so verdammt schwer gemacht haben. Dass Theo der geworden ist, der er heute ist.

Doch in dem Moment, in dem ich das Knistern in der Leitung höre, ist alles wieder da: die Wut, die Verständnis- und Hoffnungslosigkeit. »In Augenblicken wie diesen kann es vorkommen, dass Sie in kindliches Verhalten zurückfallen, Sie beispielsweise Gefühle wahrnehmen, die eigentlich zu Ihrem Vergangenheits-Ich gehören.« So ähnlich hat es die Psychologin ausgedrückt, die ich Anfang des Jahres aufgesucht habe.

Und das auch nur, weil die Schlaftabletten ihre Wirkung verloren haben und ich jede Nacht wach lag.

Über einhundertzwanzig Euro pro Sitzung hat mich der Scheiß gekostet. Nur, damit nichts davon in meiner Krankenakte auftaucht. Im Nachhinein bin ich sicher, dass mir Google das Gleiche gesagt hätte. Entwicklungstrauma. Schwierige Kindheit. Bla, bla, bla.

»Was willst du?«

»Valerie. Ich wollte nur hören, wie es dir geht.«

»Es ist gerade mal sechs Uhr«, stelle ich mit rauem Unterton fest.

»Tagsüber kann ich dich noch schlechter erreichen.«

»Weil ich arbeite«, knurre ich.

»Ich habe lange nichts mehr von dir gehört.« Dieses Winseln klingt noch erbärmlicher als Theo und ich an den Tagen, an denen wir noch nichts zu essen hatten, weil unsere Eltern das wenige Geld für Alkohol und Zigaretten verpufft haben.

»Habe ich nicht klar und deutlich gesagt, dass ihr mich in Ruhe lassen sollt?«

»Schatz.«

»Ich habe einen Namen.« Ich wünschte, es wäre der Werbeanruf gewesen. Oder das FBI.

»Valerie. Sei bitte vernünftig. Ich wollte mich nur nach meiner Tochter erkundigen.«

»Ach«, schnaube ich. »Seit wann weißt du eigentlich, dass du eine hast? Ist es dir wieder eingefallen, oder bist du seit Tagen mal wieder nüchtern?«

»Diesmal schaffen wir das. Wirklich. Wir sind auf einem guten Weg.«

Ich glaube meiner Mutter kein Wort. Schon als Kind hat sie mir versprochen, mit dem Zeug aufzuhören, ehe sie erneut an der Flasche hing.

»Wunderbar. Dann kannst du dich ja melden, wenn *dein guter Weg* länger anhält als nur drei Wochen.«

»Dein Vater ist krank.«

»Die Erkenntnis kommt nach der dritten Entzugsklinik etwas spät.«

»Valerie, er ist schwer krank. Wir wissen nicht, wie lange er noch hat.«

Die Worte meiner Mutter treffen mich vollkommen unerwartet. Auf jeden Fall deutlich heftiger als in all den wiederkehrenden Albträumen aus meiner Kindheit, in denen ich einen von ihnen als lebloses Wrack in der Wohnung gefunden habe.

»Was heißt das?«, schießt es aus mir heraus.

Meine Mutter seufzt. »So, wie ich es gesagt habe. Sein Herz …«

»Das wundert mich nicht. Er hat es ja auch lang genug strapaziert … Wie lange hat er noch?«

»Wir wissen es nicht. Es kann jeden Augenblick so weit sein, aber auch noch dauern«, antwortet meine Mutter. Ich höre, wie sie aufsteigende Tränen unterdrückt. »Valerie. Ende November hat dein Vater doch Geburtstag, und ich bin mir sicher, alle würden sich freuen, wenn du vorbeischaust.«

Ich lache trocken auf. »Deshalb rufst du an? Ich soll euch besuchen? Ist das jetzt so ein Abschiedsding?«

Mein Atem geht rasend schnell, ich fühle mich schwindelig.

»Schatz … Valerie«, korrigiert sie sich sofort. »Dein Vater möchte dich zumindest noch einmal sehen.«

»Wozu? Um mir zu sagen, wie furchtbar leid ihm alles tut? Dafür hatte er achtzehn Jahre Zeit. Irgendwann ist auch die letzte Chance vorbei.« Meine Stimme zittert, beinahe verschlucke ich mich an meinen eigenen Worten.

»Du kannst es dir ja noch einmal überlegen. Der Geburtstag findet im Brauhaus statt. Nur ein paar Freunde und wir.«

»Im Brauhaus? Das klingt nach einer hervorragenden Location für zwei hauptberufliche Vollblutalkoholiker«, kommentiere ich spöttisch und ärgere mich im nächsten Moment, dass ich überhaupt auf das eingehe, was sie sagt. Ich hätte besser direkt aufgelegt, mich gar nicht erst auf ein Gespräch einlassen sollen. Dann wäre da jetzt nicht wieder diese Enge in meinem Hals. Der schwere Brocken, der jedes Mal auf meiner Brust sitzt, wenn ich das Wort *Familie* auch nur geschrieben sehe.

»Es war ein Geschenk. Wir müssen nichts bezahlen, und Dirk übernimmt die Kosten. Das heißt natürlich nicht, dass wir etwas trinken werden.«

Wer's glaubt, wird selig. »Ich habe keine Zeit.«

»Ich habe noch gar nicht gesagt, wann genau wir feiern.«

»Ich habe prinzipiell keine Zeit. Es gibt Menschen, die müssen arbeiten, Mama. Menschen wie ich, die ihr Leben nicht aufgegeben haben.« *Aber in Augenblicken wie diesen knapp davor sind.*

»Überleg es dir! Theo würde sich auch freuen. Davon bin ich überzeugt.«

»Sicher.« Ohne mich zu verabschieden, drücke ich das Gespräch weg. *Fuck, Val, warum fällt dir das hier jedes verfluchte Mal aufs Neue so schwer? Warum muss Valerie Sophie erst durchgreifen, damit du realisierst, wie schnell dich diese Frau wieder in die Scheiße ziehen kann?* Ich weiß, dass ich hart bin. Hart zu anderen, aber vor allem hart zu mir.

Weil es das Einzige ist, was mich weiterbringt. Das Einzige, was mich zu dem gemacht hat, wer ich sein will: wie ein Diamant, der so hart ist, dass man ihn nur mit seinem eigenen Pulver schleifen kann.

8. KAPITEL

HOCHMUT KOMMT VOR DEM FALL

Die letzten Tage habe ich gemerkt, wie wichtig es ist, Pausen zu machen. Kleiner Reminder:
Your body is the only place you can live in! So take care <3
#happy #inspiration

Den ganzen Tag werde ich die Stimme meiner Mutter nicht los.

Sie verfolgt mich beim Gassigehen, beim Kochen, während ich mein Video drehe und schließlich zwei Kooperationsanfragen beantworte, die Tizian mir mit den Worten »Die Kunden zahlen weniger als vor eineinhalb Jahren, aber es ist besser als nix« zugemailt hat.

Zwanzigtausend Euro für eine einzige Instagram-Story. Besser als nichts. So kann man es auch nennen.

Selbst als ich am Abend im Bett liege, kann ich mich nicht von dem Gefühl befreien, jeden Augenblick zu ersticken. *Dein Vater möchte dich zumindest noch einmal sehen.*

Ich schlafe die nächste Nacht so unruhig, dass ich am Morgen nicht nur mein Smartphone, sondern auch die Lesebrille auf dem Boden vorfinde.

Zum Frühstück bekomme ich – abgesehen von ein paar Vitamintabletten – nur meinen Smoothie runter. Zwei Bananen. Eine Handvoll Spinat und eine halbe Orange. Mir ist so flau im Magen, dass ich eine Entscheidung treffe. Da ist es gerade einmal neun Uhr.

Valerie
Hallo Paul, sei mir nicht böse, aber ich möchte für heute doch absagen. Ich denke, ich habe mich in die Sache zu sehr reingesteigert und gebe dem Ganzen viel zu viel Bedeutung. Danke für dein Angebot und deine Zeit.

Als die zwei blauen Haken auf dem Display aufleuchten, ist es schließlich halb zehn.

Paul
Hey Valerie, kein Problem! Ganz so, wie du willst. Melde dich, wenn ich was für dich tun kann. Bis bald!

Ich fühle mich besser. Lebendiger. Unabhängiger. Und bin sicher, die richtige Entscheidung getroffen haben.

Fokussiere dich auf die Dinge, die du haben willst, und nicht auf das, was dich unglücklich macht!

Gedanken werden zu deiner Realität!

All diese Botschaften habe ich irgendwann einmal in teuren Coachings und Seminaren gehört und irgendwann umgesetzt. Ich muss mich jetzt nur wieder aktiv daran erinnern.

Ich springe unter die Dusche, trage mein gewohntes Make-up auf und frisiere meine langen Haare zu einem geflochtenen Zopf.

Fred schickt mir die Fotos des letzten Shootings, und ich drücke uns die Daumen, dass das Ergebnis auch bei unserem Design-Team gut ankommt. Sie sehen nämlich echt super aus.

Als ich schließlich meinen privaten Instagram-Account checke, ist die Uhrzeit auf meinem Smartphone gerade auf genau Viertel vor elf umgesprungen. Ich weiß das so genau, weil Rosa Neuer um 10:46 Uhr eine Story hochgeladen hat, ich mich mindestens eine Minute darüber ärgere, bevor ich mein Postfach überprüfe: Nur ein Meme, das mir Linnea weitergeleitet hat. Und eine Nachrichtenanfrage, die ich unbedarft öffne.

* * *

Paul und ich sind gegen halb sechs vor einem Café verabredet, das ich zuvor noch nie besucht habe. Es war sein Vorschlag, sich hier zu treffen. Das Argument, das Ambiente habe Ähnlichkeiten mit der alten Patisserie, die damals gleich neben unserer Schule lag, konnte mich hingegen weniger packen als die Tatsache, dass der Laden laut Google Maps einen ordentlichen Parkplatz hat. In meinem Zustand kann ich unmöglich durch die halbe Innenstadt hetzen.

»Ich habe nicht damit gerechnet, dass du dich so schnell wieder melden würdest«, sagt Paul zur Begrüßung. Wir stehen einen Moment unschlüssig voreinander, weil keiner von uns beiden weiß, ob wir uns die Hand geben, uns umarmen oder den Fakt ignorieren sollen, dass wir uns quasi aus einem anderen Leben kennen.

»Ich auch nicht«, gestehe ich. Um neun Uhr abgesagt, um elf Uhr umentschieden. Wäre der Grund für meine Meinungsänderung nicht so ernst, würde ich vielleicht kurz schmunzeln. Womit wir direkt beim Thema sind. »Ich wünschte, ich hätte es nicht tun müssen. Tut mir leid für das Durcheinander.«

»Kein Problem. Ich hatte mir die Zeit ja sowieso frei gehalten.«

»Was genauso wenig selbstverständlich ist.«

Nacheinander betreten wir das Café. Ich sehe mich um und stelle fest, dass mich das Mobiliar und die ganze Atmosphäre tatsächlich an das französische Bistro von damals erinnern: kleine dunkelbraune Holztische mit schmalen Beinen, die maximal Platz für vier Leute bieten. Die Wand hinter der Theke ist mit vielen Weinflaschen dekoriert, und in der Luft liegt ein zarter Duft von süßen Naschereien.

Nicht, dass ich regelmäßig dazu kam, welche zu essen. Für so etwas gab es bei uns kein Geld.

Erinnerungen an den Tag, an dem Theo mir eine Tüte voller Süßigkeiten mitbrachte, sind mit einem Schlag wieder da.

»Woher hast du das?«, habe ich gefragt und das Grinsen meines Bruders natürlich sofort richtig interpretiert.

»Du musst sie zurückbringen.«

»Bist du irre? Ganz sicher nicht!«, hat Theo geantwortet.

»Wenn sie dich erwischen, bist du dran. Das ist Diebstahl.«

»Iss etwas davon oder lass es bleiben!«

Natürlich habe ich davon gegessen. Und Theo hat felsenfest darauf bestanden, dass ich mich kein bisschen schuldig fühle.

»Mach dich locker, Valerie. Ich bin nur so etwas wie Robin Hood. Eine Art Umverteiler. Wir sind die Armen, und die reichen Pisser können ruhig mal teilen.«

Heute weiß ich, dass Gerechtigkeit so nicht funktioniert.

Heute bestelle ich vorne an der Theke ordnungsgemäß eine Etagere mit frischen Macarons sowie zwei *Café nature,* die ich trotz Pauls Widerspruch bezahle.

Heute mustert die Bedienung mich nicht abschätzig, sondern interessiert, sodass ich mich frage, ob sie mich erkannt hat. Wenn ja, dann lässt sie sich im nächsten Moment jedoch nichts mehr davon anmerken und führt professionell ihre Arbeit fort.

Ich folge Paul an einen Tisch in der hinteren Ecke.

»Bist du zum ersten Mal hier?«, fragt Paul, als wir uns setzen.

»Ich kannte das Café nicht. Wenn ich ehrlich bin, nehme ich mir viel zu selten die Zeit für so etwas.«

»So etwas?«, Paul hebt eine Augenbraue.

»Zum Beispiel für Macarons«, erkläre ich und stecke mir einen blauen in den Mund. Es kostet mich unfassbar viel Kraft, so ruhig zu bleiben. Ruhig und beherrscht.

»Dann hat es doch vielleicht auch etwas Gutes, dass du heute mal rauskommst.« Paul lächelt. »Obwohl ich damit natürlich nicht sagen will …«

Hastig winke ich ab, möchte am liebsten gleich zum Punkt kommen. »Das habe ich auch nicht so verstanden.«

»Willst du mir erzählen, wie es zu dem Sinneswandel kam?«

»Ich weiß gar nicht, wo ich anfangen soll. Du musst wissen, es ist mir wirklich unangenehm.« Sofort schießen mir die Bilder durch den Kopf, die ich heute Morgen gesehen habe. »Vielleicht sollte ich es dir gleich zeigen, aber alleine bei der Vorstellung will ich am liebsten im Boden versinken«, gestehe ich.

»Zeigen? Du hast also einen weiteren Brief bekommen? Oder eine E-Mail?«

Ich schüttele langsam den Kopf, spüre, wie die Schwellung in meinem Hals stärker wird. Als habe mich ein Insekt gestochen. Keine Biene, sondern eindeutig eine Wespe. Eine Wiederholungstäterin. »Ich wünschte, es wäre nur dabei geblieben, Paul. Wäre ich nach meinem letzten Besuch bei der Polizei nicht total verunsichert, hätte ich mich gleich an deine Kollegen verwandt. Aber wer weiß, ob man da was machen kann. Womöglich würden sie mir nicht einmal glauben.« Ich verschlucke mich beinahe an meinen eigenen Worten.

»Mach mal langsam, Valerie. Wovon sprichst du?«

Mit zitternden Händen ziehe ich das Smartphone aus meiner Tasche und entriegele den Bildschirm. »Du musst mir glauben! Das, was du jetzt siehst, ist nicht echt.« Hitze schießt mir in den Kopf. Hitze, die nicht einmal die Hälfte meiner Scham kanalisieren kann.

»Zeig her!«

Als Paul mein Smartphone in die Hand nimmt und den Link öffnet, hält er für ein paar Sekunden inne, dann blickt er wieder auf. »Okay, jetzt verstehe ich.«

9. KAPITEL

WO RAUCH IST, IST AUCH FEUER

»Du hast den Link als Nachricht bekommen?«, fragt Paul und räuspert sich. »Über Instagram? Hast du da überhaupt noch den Überblick?«

Ich schüttele zögerlich den Kopf. »Das ist ein Zweitaccount, den ich auf privat gestellt habe. Ich habe ihn irgendwann eingerichtet, um nicht alles öffentlich zu teilen.« Und um unbemerkt Rosa Neuers Stories zu verfolgen, ergänze ich stumm und komme mir im selben Moment ziemlich kindisch vor.

»Verständlich. Irgendwann hat davon wahrscheinlich so ziemlich jeder die Schnauze voll.«

Schulterzuckend starre ich auf die Macarons, ohne einen weiteren zu nehmen. Wirklich Appetit verspüre ich sowieso nicht.

»Aber das ist jetzt erst einmal zweitrangig. Das Video, das von dir veröffentlicht wurde, ist ein Fake, richtig?«

Ich nicke heftig. »Das bin nicht ich. Die Person auf dem Bild hat mein Gesicht, aber das muss irgendwie bearbeitet worden sein.«

»Das ist der Punkt«, erklärt Paul. »Diese Videos kursieren seit einigen Jahren im Netz. Man findet sie mittlerweile von den meisten Promis. Es ist einfach nur gemein und …«

»Es ist widerlich«, falle ich ihm ins Wort und versuche die Bilder zu verdrängen, die ich mir heute Morgen ansehen musste. Ich. Komplett nackt und kniend vor einem Mann, dessen Gesicht man im Video nicht sehen konnte. Unmissverständlich aussehende Bewegungen, die sich vermutlich bereits einige Tausend Menschen reingezogen haben. Nicht nur das … Viele, wenn nicht sogar fast alle, werden es geglaubt haben. Ich hätte es geglaubt. Wüsste ich nicht, dass diese Aufnahmen unter keinen Umständen echt sind. Weil es diesen gezeigten Moment so in der Realität nie gegeben hat.

»Wie macht man so was?«

Paul lacht trocken auf. »*Man* macht so was nicht. So was kann nur eine KI.«

»Eine künstliche Intelligenz?«

Er nickt. »Genau kann ich dir das nicht erklären. Dafür musst du richtig Ahnung haben von dem ganzen Kram. Da bin ich nicht ganz in der Materie. Man nennt das Ganze auf jeden Fall Deepfake. Mittlerweile ist es auch immer wieder Thema in der Politik. Was als Gag anfängt, wird dann zu einem großen Problem, weil ganze Sachzusammenhänge vertauscht, Wahrheiten verdreht und großen Persönlichkeiten Statements in den Mund gelegt werden, die es nie gegeben hat. Und das, indem Mundbewegungen, Mimik und eben Gesichter auf echte Menschen künstlich übertragen werden.«

Ein Schauer läuft mir über den Rücken. »Ich glaube, ich habe so etwas schon einmal gesehen.«

»Mit Sicherheit. Vor einigen Jahren ging so ein Video über Barack Obama durch die sozialen Medien. Beziehungsweise sollte man glauben, dass er es ist. In Wahrheit hat er nichts von alldem aus dem Video jemals wirklich gesagt.«

Ich schlage die Hände über dem Kopf zusammen. »Das ist verdammt gruselig.«

»Nicht nur das. Es ist gefährlich. 2018 gab es einen riesigen PR-Gag in Belgien. Angeblich habe Donald Trump als damals amtierender Präsident den Belgiern empfohlen, aus dem Pariser Klimaabkommen auszutreten. Viele User haben das geglaubt und gingen auf die Barrikaden. Kannst du dir vorstellen, welche Macht solche Fakes haben können? Ganze Kriege könnten entstehen. Oder aber jemand nutzt diese Software, um eine Person bloßzustellen.«

Ich schlucke. »In diesem Fall mich.«

Paul sieht ehrlich betroffen aus. »Es wird dich wenig beruhigen, aber viele Promis sind mittlerweile davon betroffen.«

»Und gibt es keine Chance, die Videos löschen zu lassen?« Bei der Vorstellung, dass sich jeder x-Beliebige im Netz einen Porno mit meinem Gesicht ansehen kann, steigt eiskalte Panik in mir auf. »Es muss doch die Möglichkeit geben. Das verletzt meine Persönlichkeitsrechte.«

Paul beißt sich auf die Lippen. »Definitiv. Einzelne Plattformen werden das Video sicher löschen. Ich will dir keine Angst machen, Valerie, aber ich muss ehrlich sein, und solche Filme verbreiten sich viel schneller, als wir hinterherkommen.«

Ein Faustschlag in meinen Magen. »Du willst also sagen, ich muss mich damit abfinden, dass jetzt ganz Deutschland dabei zusehen kann, wie ich vermeintlich einem Kerl den Schwanz lutsche?«, platzt es aus mir heraus, ehe ich bei meinen heftigen Worten zusammenzucke. »Entschuldige, ich wollte mich nicht so ausdrücken. Ich kann einfach nicht glauben, dass jemand so etwas wirklich macht.«

»Glaub mir, das denke ich nahezu täglich, seit ich diesen Job mache. Wir bekommen es mit vielen menschlichen Abgründen zu tun.«

Das kann ich mir nur zu gut vorstellen.

»Du solltest trotzdem Anzeige erstatten. Wenn auch nur gegen unbekannt. Je häufiger so etwas gemeldet wird, desto dringlicher wird möglicherweise an neuen Schutzmöglichkeiten gearbeitet.«

Ich nicke. »Man müsste also herausfinden, wer dieses Video gepostet hat?«

»Das wäre ein Anfang, ja. Und vor allem, wer es dir geschickt hat. Das muss nicht unbedingt dieselbe Person sein«, deutet Paul an.

»Aber fest steht, dass diese Nachricht vom gleichen Absender wie der Brief und die E-Mail kommt.«

Ich gehe die Zeilen auf Instagram noch einmal in Gedanken durch. *Du musst auf meine Post nicht reagieren, Valerie. Ich möchte dir und deinen Fans nur eine Freude machen. Sieh mal, ich habe hier noch etwas für dich.* Direkt danach der Link, der mich zu dem gefakten Pornovideo geführt hat. Der Account, von dem die Nachricht versendet wurde, ist natürlich privat. Kein Vorschaubild. Keine Abonnenten. Nichts. Abgesehen von dem Nickname @xoxoxo. Passend zu der schrägen E-Mail-Adresse. Kurz habe ich überlegt, dem Kerl eine böse Nachricht zu schicken, mich aber dann zurückgehalten. Wer weiß, wie er meine Aufmerksamkeit überhaupt aufnimmt … Am Ende riskiere ich, ihn damit nur noch zu ermutigen.

»Das wird so sein. Wer weiß eigentlich von deinem privaten Profil?«

Ich zucke mit den Schultern. »Nur einzelne Personen. Zwei, drei Kolleginnen, mein Fotograf Fred, mein Ex … Schau doch, ich habe gerade einmal fünfzehn Follower.« Ich tippe auf das Display. »Siehst du?«

»Und hat irgendjemand von denen einen Grund, dir schaden zu wollen?«

Ich sehe ihn entgeistert an. »Meine Kontakte dort können wir auf jeden Fall ausschließen. Die haben nichts damit zu tun.«

Paul schüttelt den Kopf. »So einfach ist das leider nicht. Ausschließen können wir erst einmal niemanden. Aber ich sage auch gar nicht, dass jemand von ihnen damit etwas zu tun haben muss. Vielleicht hat dieser Typ das Profil zufällig gefunden.«

»Zufällig? Sag es doch, wie es ist. Da hat mir jemand nachspioniert. Du musst mich nicht schonen.«

Paul zieht rasch die Brauen zusammen, bevor er vorsichtig den Kopf zur Seite neigt. Nur ein kleines Stück, doch ich merke, dass er sich mit dem Begriff schwertut. »Es geht auf jeden Fall in eine solche Richtung. Gibt es denn sonst jemanden, der dich vielleicht nicht leiden kann oder zumindest schlecht auf dich zu sprechen ist?«

Ein trockenes Lachen dringt aus meinem Mund. »Meinst du das ernst? Ich bin jung, attraktiv, erfolgreich, stehe mit beiden Beinen im Leben. Für viele Menschen ist das Grund genug.«

Paul sieht mich nachdenklich an: »Wenn man es so betrachtet, hast du sicher recht. Wirst du als stark wahrgenommen, macht es dich schnell gefährlich. Die Menschen warten quasi nur darauf, dass du Unsicherheiten zeigst. Vielleicht, weil es dich menschlich macht.«

»Es gäbe also eine Menge Personen, die mich gerne am Boden sehen würden«, stimme ich zu.

»Aber wir wissen nicht, ob dir jemand bewusst schaden will. Vielleicht ist es wirklich ein taktloser Fan, der sich auf diese Weise befriedigt. Du bist also nur Mittel zum Zweck.«

Ein Lustobjekt. Genau, wie ich es geahnt habe. »Du hast gesagt, die Polizei wird nicht viel tun können. Dabei wird es doch wohl kaum so schwer sein, die IP-Adresse herauszufinden. Der Brief wurde bei Tizian im Management eingeworfen, okay. Aber die E-Mail und der Link wurden online verschickt, genau wie der Porno selbst doch irgendwo hochgeladen worden sein muss.«

Paul holt tief Luft. »Das stellt man sich einfacher vor, als es tatsächlich ist. Natürlich ist das in einigen Fällen möglich, allerdings zeigt die Realität, dass dem viel zu selten nachgegangen wird. Meist gibt es einfach andere Fälle, die Priorität haben.«

Seine Worte stoßen bitter in mir auf. »Ach so, dann ist es also nur halb so schlimm, Frauen im Internet bloßzustellen?«

Ich lese in Pauls Augen Betroffenheit. Nervös dreht er einen grünen Macaron in seinen Fingern, ohne ihn tatsächlich zu essen. »Wir haben die Gesetze nicht gemacht. Ich kann deinen Frust besser verstehen, als du denkst.«

Ich frage nicht nach, was er damit meint. Will gar nicht wissen, mit welchen Fällen er in seiner bisherigen Laufbahn schon zu tun hatte.

»Wenn du magst, gehen wir für die Anzeige heute noch auf die Wache«, bietet Paul an, als wir das Café verlassen.

»Ich will dir nicht deinen Feierabend stehlen«, werfe ich höflich ein. Dabei muss ich ehrlich sagen, dass ich um jede Hilfe dankbar bin. Wer weiß, vielleicht lässt sich das Video aus dem Internet doch noch auf irgendeine Art und Weise zurückverfolgen.

»Ach was, ich mache das gerne. Es muss doch auch einen Vorteil haben, einen Polizisten als …« Er sucht nach den richtigen Worten. »Bekannten zu haben?«

Ich zwinge mich zu einem Lächeln. Pauls Anwesenheit, seine Unterstützung bedeutet mir wirklich viel, und um ehrlich zu sein, wüsste ich wirklich nicht, was ich ohne ihn täte.

»Ich danke dir tausendmal. Bist du mit dem Auto hier? Ich kann dich sonst mitnehmen.« Mein Vorschlag kommt etwas unüberlegt. Ob es das Richtige ist, Paul so nah an mich heranzulassen? Allein bei dem Gedanken muss ich innerlich auflachen. Dieser Mann hat gerade mehr oder weniger gesehen, wie ich die Lippen um den Schwanz eines Fremden lege … Da sollte mir eine einfache Autofahrt wohl nichts anhaben können.

»Ich bin mit der Bahn gekommen. Da sage ich also nicht Nein.«

Als Paul und ich einsteigen, ist es für einen Moment seltsam still zwischen uns. Ich kann nicht aufhören, an die Bilder aus diesem Clip zu denken. Während ich mich frage, ob eine öffentliche Richtigstellung noch mehr Schaden anrichten würde, schlägt mein Herz so fest in meiner Brust, dass ich mich beim Fahren besonders konzentrieren muss.

»Es ist vielleicht nicht der richtige Zeitpunkt, um das hier zu sagen …«, beginnt Paul plötzlich. Wir stehen gerade an einer roten Ampel.

»Um mir was zu sagen?«

Ohne meinen Blick von der Fahrbahn zu lösen, kann ich spüren, wie er mich von der Seite ansieht. »Ich finde es bemerkenswert, was du dir aufgebaut hast.«

»Danke.« In den letzten Jahren habe ich die Leute viele Dinge über mich sagen hören. Es gibt die Bewunderer, Heuchler, die Kritiker, die, denen ich es nie recht machen konnte. Ernst gemeinte Komplimente auf Augenhöhe erreichen mich selten. Vielleicht ist das der Grund, weshalb ich Schwierigkeiten habe, sie anzunehmen.

»Ich habe dich hin und wieder in Zeitschriften gesehen. Oder letztes Jahr im Fernsehen. Wahrscheinlich hätte ich dich sonst gar nicht wiedererkannt, als du Anfang des Jahres auf dem Revier aufgetaucht bist.«

Dieses Gespräch macht mich nervös. Auf der einen Seite habe ich nicht den Eindruck, dass von Paul irgendeine Bedrohung ausgeht, doch andererseits ist es so fremd, mit jemandem von früher zu reden. In meinem Leben gibt es heute niemanden mehr, der Zugriff auf gemeinsame Erinnerungen hat.

»Haben wir uns nicht alle verändert?«, presse ich hervor. Mein Mund fühlt sich schlagartig trocken an. Dabei weiß ich natürlich, dass das hier nur eine Art Small Talk ist. Small Talk, den man eben so führt, wenn man sich lange nicht gesehen hat.

Paul lächelt. »Na ja, ich für meinen Teil wusste schon immer, dass ich zur Polizei gehen will.«

Ich erinnere mich. Soweit ich weiß, ist Paul bei seinem Vater aufgewachsen. Zumindest habe ich von einer Mutter nie etwas gehört. »Dein Vater ist auch Polizist, oder?«

Aus dem Augenwinkel sehe ich, dass er nickt. »Das war er jedenfalls. Mittlerweile ist er pensioniert.«

Er fragt weder nach meinen Eltern noch nach meinem Bruder. Allerdings weiß ich nicht, ob ihn Theos Entwicklung wirklich wundern würde. Die meisten werden damals schon gewusst oder zumindest geahnt haben, dass er es sich selbst nicht leicht machen würde.

»Seit wann wohnst du hier?«, frage ich nach.

»Ich habe hier meine Ausbildung gemacht, wollte raus aus Düsseldorf. Außerdem mochte ich Köln schon immer.«

»Ging mir genauso. Doch so wie es aussieht, ist die Welt hier genauso verkorkst wie an jedem anderen Ort auch.« Mein Kommentar klingt zynischer als gewollt.

»Das fällt dir jetzt erst auf?«

»Vor allem in den letzten Monaten.« Kaum habe ich die Worte ausgesprochen, bereue ich sie auch schon. Doch glücklicherweise geht Paul nicht weiter darauf ein. Jedenfalls nicht so, wie es die meisten tun würden.

»Man nimmt sich immer selbst mit. Sorry. Das ist nicht auf dich bezogen.« Er seufzt.

Ich frage nicht nach, was er dann meint. Wir haben wohl alle unsere Probleme. Obwohl sicherlich nicht jeder Pornos mit seinem Gesicht im Internet findet.

Wir halten auf dem Parkplatz gegenüber der Dienststelle. Beim Aussteigen überkommt mich ein beklemmendes Gefühl. »Das letzte Mal, als ich hier gewesen bin, musste ich mir sagen lassen, dass ich das alles selbst zu verantworten habe«, erzähle ich Paul mit einem unpassenden Lächeln in der Stimme.

Sein Kopf dreht sich in meine Richtung, und für einen Moment verharren unsere Blicke ineinander. Pauls Augen haben zwei verschiedene Farben. Eins ist blau, eins braun. Ich erinnere mich, dass ich es als Kind schon bemerkt und faszinierend gefunden habe.

»Und diesmal werde ich da sein und dich ernst nehmen.«

Anstatt mich zu beruhigen, bringen seine Worte meinen Puls noch mehr zum Rasen. Vielleicht, weil sie so fern und unvertraut in meinen Ohren klingen.

»Das bedeutet mir viel.« Ich wende meinen Blick ab und gehe die Stufen zum Eingang hinauf.

»Übrigens kannst du Anzeigen mittlerweile auch online stellen. Ich weiß nicht, ob dir das bereits gesagt wurde. Nur für den Fall, dass so etwas noch mal passiert. Andererseits hast du ja jetzt meine Nummer.«

Ich nicke, nehme die Tür von Paul entgegen und schlüpfe

hindurch. Diesmal ist hier deutlich weniger los, was vermutlich mit der Uhrzeit zusammenhängt.

Paul führt mich in sein Büro. Hier bin ich auch das letzte Mal mit ihm gewesen. Noch einmal erzähle ich Paul, was passiert ist, und sehe zu, wie er in faszinierender Geschwindigkeit meine Schilderungen in die Tastatur hämmert. Am Ende muss ich das Ganze noch unterschreiben.

»Ich werde mich morgen mit meinen Kollegen beraten. Vielleicht fällt ihnen noch ein, was wir für dich tun können. Am besten schreibst du schon mal eine E-Mail an den Betreiber der Website. Wir wissen schließlich nicht, ob das Video sich schon verbreitet hat. Und natürlich genauso wenig, ob der Kerl es erneut hochladen wird.«

»Okay.« Der dicke Kloß in meinem Hals schnürt mir beinahe die Luft ab.

»Wir behalten das im Auge, Valerie. Darauf gebe ich dir mein Wort.«

Als er mir seine Hand reicht, nehme ich sie entgegen und tue etwas, das ich sonst nie mache: Ich lasse zu, dass die Berührung anhält. Für mehrere Sekunden, in denen die Wärme seiner Finger ein heißes Prickeln auf meiner Haut hinterlässt. Ehe ich in dieses Gefühl zu viel hineininterpretieren kann, geht Paul einen Schritt zurück. »Wenn etwas ist, ruf mich an.«

Ich streiche mir fahrig eine Haarsträhne aus dem Gesicht und nicke. »Hoffen wir, dass es erst einmal keinen Grund dafür geben wird.«

10. KAPITEL

STETER TROPFEN HÖHLT DEN STEIN

In meinem Hauseingang angekommen, fühle ich mich innerlich noch immer durcheinander. Ich gehe im Kopf unser Gespräch wieder und wieder durch. Die Polizei muss also Prioritäten setzen. Andere Fälle bearbeiten. Wichtigere Fälle. Ich frage mich zwangsläufig, wie weit ein perverses Schwein im Internet gehen muss, bevor die Beobachtungsphase verlassen und endlich etwas getan wird? Gibt es da bestimmte Regeln, und wird es im nächsten Schritt heißen: »Es tut uns wirklich leid, dass dieser Kerl Ihnen nachstellt, Frau Ehrmann, aber wir können ihn leider nicht zur Rechenschaft ziehen … seine Steuererklärung, die kam nämlich pünktlich.« Ich schnaufe.

Paul kann nichts dafür. Er hat sich wirklich Mühe gegeben und versprochen, alles zu tun, was in seiner Macht steht. Aber was, wenn das nicht reicht?

»Wie geht es dir?«, begrüßt mich Charlotte mit einem überschwänglichen Lächeln. »Siehst ganz schön erschöpft aus, wenn ich das mal so sagen darf.«

»Wie kommst du denn darauf?«, frage ich ironisch und lächele vorsichtig. Nur zu gut kann ich mir denken, dass selbst mein teures Make-up nicht verbergen kann, wie unfassbar fertig ich bin. Doch das ist okay. Bei Lotte ist die Valerie ohne Maske okay. »Und bei dir? Viel zu tun?« Manchmal habe ich ein schlechtes Gewissen, dass ich mir so wenig Zeit für Lotte nehme. Gleichzeitig weiß ich, wie viel Verständnis sie dafür hat, dass ich meine Arbeit mehr denn je priorisieren muss.

»Wir hatten Probleme mit einem Hackerangriff. Es gab richtig Ärger, weil die Software fehlerhaft und die Kontrollen nicht ausreichend waren. Ich hatte mit der Entwicklung nicht direkt etwas zu tun, habe aber jetzt dennoch die Arbeit an der Backe.« Sie seufzt. »Aber hör auf, ich will nicht meckern. Bin ja froh, dass das mit dem Job so gut klappt. Es ist ja nicht leicht, einen vollständig barrierefreien Arbeitsplatz zu finden. Einundzwanzigstes Jahrhundert und so … Wir können zum Mond fliegen, mit Freunden in Australien videotelefonieren, aber sobald jemand im Rollstuhl sitzt, schlagen sie die Hände über dem Kopf zusammen, weil es ach so kompliziert ist.«

Obwohl die Sache eigentlich viel zu ernst ist, muss ich schmunzeln. Wahrscheinlich, weil Lotte selbst jemand ist, der alles Tragische mit Humor verarbeitet. »Immerhin hinterlässt du bei jedem Bewerbungsgespräch einen bleibenden Eindruck. Wer weiß, wie vielen Rollifahrern du mit deinem Auftritt schon den Weg geebnet hast.«

»Hach, ich wünschte, das würden alle so sehen. Weißt du noch, der Kerl mit dem zu großen Jackett?«

»Das war unsere erste Begegnung. Natürlich erinnere ich mich noch. Wir standen im Fahrstuhl und haben kein Wort miteinander gewechselt. Der Gestank nach Tabak war so fürchterlich, dass ich gehofft habe, er würde gleich aussteigen. Gleichzeitig wollte ich es mir mit meinen neuen Nachbarn nicht gleich verscherzen. Nur deshalb habe ich nichts gesagt.«

»Der Typ war doch selbst nur zu Besuch hier.«

»Das konnte ich doch nicht wissen«, erkläre ich schulterzuckend. »Jedenfalls bist du dann mit deinem Rollstuhl vorgefahren. Ich habe die Türen frei gehalten, und du bist in letzter Sekunde rein.«

»Der Kerl hätte dir am liebsten die Augen ausgekratzt. Gott sei Dank war er dann zu sehr mit Starren beschäftigt.«

Und wie er das war! Genau gesagt hat er Lotte angesehen, als sei sie ein Zirkustier.

»Es war ein ziemlich tragischer Unfall.« Plötzlich hat meine

Nachbarin theatralisch geseufzt und auf ihre Beine gesehen. Für einen Moment war ich verblüfft über ihre Direktheit.

»Es ist schon einige Jahre her. Eigentlich ist es die Schuld meines Ex. Sexunfall. Wir hätten nicht so wild sein dürfen. Aber Sie kennen das ja sicher. Manchmal hat man seine Hormone nicht im Griff.« Sie hat tief geseufzt.

Der Mann ist ertappt ein Stück zurückgewichen, hat den Kopf verlegen zur Seite gedreht. Charlotte konnte das nicht entmutigen. Stattdessen fuhr sie fort: »Er hat mir danach das Herz gebrochen und mittlerweile meine beste Freundin geheiratet. Sie ist zwar nicht behindert, aber nun ja … dafür ist sie vielleicht nicht so gut im Bett.«

Mit einem *Pling* hat der Aufzug in der zweiten Etage gehalten. Der Kerl ist förmlich an uns vorbeigestolpert, als ginge es nicht schnell genug, von hier zu verschwinden.

»Denkst du, er hat es geglaubt?«

»Was?« Ich war erst einmal irritiert.

»Na, die Sache mit dem Sexunfall. So eine Geschichte erzähle ich jedes Mal, wenn Leute mich anstarren. Die meisten gucken danach nie wieder.«

Ich brauchte einen Moment, um zu begreifen, was sie mir sagen wollte.

»Das ist … irgendwie genial.«

»Hat einfach etwas mehr Charme als die Wahrheit.«

Ich habe sie angesehen. Ja, Lotte ist ein Nerd, und mich hält man die meiste Zeit für ein Modepüppchen … aber in diesem Moment wusste ich, dass ich mich trotz diverser Unterschiede mit dieser Frau auf einer Wellenlänge befinde.

»Ich kann nicht glauben, dass das erst ein paar Monate her ist.«

»Oh, die Zeit verfliegt furchtbar schnell.« Das amüsierte Lächeln auf Lottes Lippen verrät, dass auch sie den Film unserer ersten Begegnung noch detailliert abspielen kann.

Dabei lässt sie sich immer wieder neue Geschichten einfallen, wenn jemand sie unverhohlen von der Seite begafft.

Seufzend beuge ich mich zu Bella hinunter. »Du bist das Beste, was uns beiden hier passieren konnte.«

»Ach was! Dass ich mich um Bella kümmere, ist reiner Eigennutz. Wie ich damals schon gesagt habe … Ich wollte auch immer einen Hund haben.«

Bella streift unruhig um meine Füße, doch ich fordere sie auf, Sitz zu machen. »Trotzdem … wenn ich im Gegenzug etwas für dich tun kann, lass es mich bitte wissen.«

»Schon okay. Lass uns nicht über mich reden! Du warst heute Abend auf Tour? Noch ein Shooting oder privat?« Sie wirft einen Blick auf ihre Armbanduhr. »Für ein Date ist es noch zu früh. Oder entpuppte er sich schon in den ersten fünf Minuten als Vollpfosten?«

»Vergiss es! Das Thema ist gerade ganz schlecht.«

»Männerprobleme?«

»Nicht so, wie du denkst.« Ich überlege kurz, ob ich Lotte von den Ereignissen der letzten drei Wochen erzählen soll. Nicht nur, weil ich tatsächlich ein bisschen weibliches Einfühlungsvermögen gebrauchen kann, sondern auch, weil sich in meinem Kopf plötzlich eine Idee entsponnen hat. »Du kennst dich doch in dem ganzen Computerzeugs gut aus.«

Lotte grinst amüsiert. »Ich bin ITlerin. Kann man also wahrscheinlich so sagen.«

»Kannst du herausfinden, wer dir eine Mail geschrieben hat?«

Lotte legt verwundert die Stirn in Falten. »Dafür brauche ich normalerweise keine großen Tricks. Liest man doch im Absender.«

Ich beiße mir nervös auf die Lippe. »Und wenn du keinen Absender hast? Eine anonyme Mail ohne Namen und ohne personalisierte Mailadresse …«

»Wer sollte mir so etwas schicken? Die meisten Menschen erwarten von mir eine Antwort.« Bevor ich etwas erwidern kann, hören wir aus der Küche etwas zischen. »Scheiße. Mein Nudelwasser. Hast du zufällig Hunger? Wenn du magst, kannst du mitessen. Ich koche eh immer zu viel.« Sie grinst. »Streng genommen wollte ich sowieso mehr auf meine Linie achten. Sitze ja den ganzen Tag nur in der Bude. Du würdest also sogar eine gute Tat erbringen.«

»Lass dir so was nicht einreden! Du siehst toll aus.« *Leichter gesagt als getan.* Die maskenlose Val kennt Zweifel dieser Art zu gut.

»Einen Korb lasse ich dir ausnahmsweise nicht durchgehen«, mahnt Lotte.

Schnell wäge ich ab, entscheide mich aber dann dafür, meiner Nachbarin zu folgen. Auch Bella ist der Geruch der köstlich duftenden Pastasoße nicht entgangen, denn sie flitzt uns hinterher in die Küche. Abgesehen von den paar Macarons habe ich heute tatsächlich kaum feste Nahrung zu mir genommen. »Ich will dir aber wirklich keine Umstände machen.«

»Unsinn. Ich bin ja froh, wenn hier mal etwas los ist. Die Zeit im Homeoffice ist zwar superpraktisch, aber auch ganz schön still.«

»Irgendwann revanchiere ich mich … Wenn etwas weniger los ist, bekommst du eine Einladung zum Drei-Gänge-Menü«, verspreche ich. »Kann ich dir bei irgendwas helfen?«

Lotte winkt ab. »Setz dich einfach hin!«

Gehorsam beobachte ich, wie Lotte das Nudelwasser abgießt und zwei Teller aus dem Regal holt. Ich widerstehe erfolgreich dem Impuls, ihr ein weiteres Mal Hilfe anzubieten. Mit ziemlicher Wahrscheinlichkeit hat diese Frau ihr Leben besser im Griff als die meisten anderen Menschen.

Stattdessen versuche ich es erneut. »Noch mal wegen der Mail … Es gibt doch so etwas wie eine IP-Adresse, oder? Und was ist, wenn jemand etwas im Internet hochlädt? Kann man das irgendwie zurückverfolgen?«

Lottes Miene wird zunehmend skeptischer. »Hast du vor, jemanden zu erpressen, oder willst dich anderweitig strafbar machen? Ich bin gerne deine Freundin, aber falls ja, würde ich an dieser Stelle trotzdem gerne aussteigen.« Jetzt lacht sie wieder. »Mal ganz im Ernst, in den meisten Fällen ist das schon möglich. Natürlich nicht für einen Laien.«

»Aber du bist kein Laie«, werfe ich ein.

»Valerie, wovon zum Teufel sprichst du? Wem willst du eine anonyme E-Mail senden?« Sie schiebt sich mit dem Rollstuhl zum Tisch und gibt uns beiden Spaghetti, Soße und Parmesan auf die Teller.

»Du musst mir jetzt einfach vertrauen. Ich hoffe, du weißt, dass ich dich nicht einfach so um Hilfe bitten würde.« Vor allem nicht, wenn Lotte derzeit sowieso viel um die Ohren hat. »Ich will dir etwas zeigen.« Mein Puls verdoppelt seine Geschwindigkeit, und eine unangenehme Schwere breitet sich in meinem Körper aus. »Ende letzten Monats habe ich einen gruseligen Brief und später auch eine E-Mail bekommen. Die Polizei wollte nichts unternehmen. Doch jetzt ist das hier im Netz aufgetaucht.« Ich halte ihr mein Smartphone vors Gesicht und warte auf eine Reaktion. Mittlerweile brauche ich gar nicht mehr hinzusehen, denn ich kenne das Video in- und auswendig.

»Ach du meine Güte! Von wann ist das?«, fragt Lotte und reißt die Augen auf.

»Heute Morgen.«

»Von wann die Aufnahme ist, meine ich. Moment, darf ich das mal genauer sehen? Das … das bist nicht du. Das ist ein Deepfake, oder?«

Ich nicke. Außer mir scheint die Welt mit Videos dieser Art anscheinend vertraut zu sein. »Dieser Dreckskerl hat diesen Porno ins Netz gestellt. Mit meinem Gesicht.«

»Wenn man genau hinsieht, erkennt man es.« Lotte schnauft. »Fünfzigtausend Aufrufe. O Shit! Das Zeug verbreitet sich quasi in Lichtgeschwindigkeit. Selbst wenn die Plattform den Film runternimmt …«

»… kann ich mir sicher sein, dass es jemand anderes schon heruntergeladen hat«, ergänze ich hastig. »Das weiß ich schon.

Ich habe einen Bekannten bei der Polizei. Der mir aber auch nur bedingt helfen kann. Wenn ich dir die E-Mail weiterleite oder den Link schicke? Denkst du, dass du da etwas tun kannst?«

Lotte kratzt sich nachdenklich am Kopf. »Puh. Wir könnten die IP-Adresse ausfindig machen. Beim Provider nach einem zugehörigen Namen fragen kann bei einer vorliegenden Straftat im Normalfall nur die Polizei. Und die brauchen erst einmal einen richterlichen Beschluss.«

»Shit!«

»Mit der IP können wir höchstens den Standort des Absenders etwas eingrenzen. Damit wirst du aber nicht viel anfangen können, oder?« Lotte nimmt den ersten Bissen ihrer Spaghetti.

»Jedenfalls nicht genug. Kannst du es dir vielleicht trotzdem mal ansehen?«

Lotte nickt. »Natürlich. Schick mir alles rüber, was du hast. Je nachdem, wie gut sie verschlüsselt ist, brauche ich allerdings ein bisschen Zeit.«

Seufzend zwinge ich mich, zumindest die Hälfte der Nudeln aufzuessen, bevor ich Bella auf den Arm nehme und hoch in unser Apartment fahre. Ich kann nicht leugnen, dass ich frustriert bin. Von dem Ausgang des heutigen Abends habe ich mir doch etwas mehr erhofft, als mich der Sache gegenüber im Kern immer noch genauso zu fühlen: ausgeliefert und machtlos.

11. KAPITEL

DES EINEN GLÜCK IST DES ANDEREN LEID

Momentan könnte es bei mir nicht besser laufen.
Und ich bin jeden Tag dankbar für die wundervollen Menschen um mich herum. Wer sind eure persönlichen Alltagshelden?
Vergesst nicht, es ihnen oft genug zu sagen :)
XOXO Valerie Sophie
#bestfriends #soulmates #lifeisgood

Am Samstagabend bin ich mit Linnea zum Abendessen verabredet. Wir treffen uns um halb sieben zum Dinner in der Innenstadt, und es wäre gelogen, wenn ich behaupten würde, ich sei sonderlich motiviert. Laut ihrem Instagram-Profil hing sie die letzten Wochen mit ziemlich vielen anderen Leuten ab, und ich bin mir noch nicht sicher, wie ich das finden soll.

Auf der einen Seite sage ich selbst, dass wir keine echten Freundinnen sind, andererseits möchte ich ungern auf unsere Treffen verzichten, geschweige denn einfach so ersetzt werden.

Wir haben uns vor einigen Jahren auf einem Social-Media-Event kennengelernt. Linnea hatte zu dem Zeitpunkt kaum Follower, und ich weiß bis heute noch, wie die Leute sich um uns herum deshalb das Maul zerrissen haben. Zu dem Zeitpunkt damals habe ich mich mit Rosa noch ziemlich gut verstanden. Auch ihr ist Linnea sofort aufgefallen. »Wenn da nicht mal jemand scharf auf Verlinkungen ist«, hat sie gemeint.

Niemand konnte sich erklären, warum sie überhaupt eingeladen wurde, denn es war ziemlich offensichtlich, dass sie auf den

Zug aufspringen wollte. Rosa und ich sind nie so etwas wie Freundinnen gewesen. Und doch gab es sie: die Zeiten, in denen wir uns gegenseitig nicht die Augen ausgekratzt haben. Die Zeiten, bevor sie begann, alles von den anderen abzukupfern.

Und auch wenn Rosa recht behalten und Linnea an diesem Abend tatsächlich einiges an Reichweite mitgenommen hat, war sie es am Ende, die ich mit ihrer etwas durchgeknallten Art zwischen all diesen verblendeten und aufgesetzten Gesichtern am ehesten leiden konnte.

Möglicherweise, weil sie mich an mich selbst erinnert hat. An mich selbst von damals: Linnea ging es auch weniger um den großen Erfolg an sich, sondern darum, gemocht und akzeptiert zu werden. Ein Teil von etwas zu sein.

Genau in dem Moment leuchtet eine Nachricht von ihr auf.

Linnea
Was ziehst du an?

Kommentarlos schicke ich ihr ein Foto von meinem Outfit: ein schlichter karamellfarbener Louis-Vuitton-Rock, ein dazu passender Rollkragenpullover und beige Stiefeletten.

Die letzten Male habe ich mindestens eine halbe Stunde auf Linnea warten müssen, weil sie die Uhrzeiten durcheinandergebracht oder schlichtweg zu sehr getrödelt hat. Heute kommt sie aber tatsächlich pünktlich.

Wir begrüßen uns mit einem vertrauten Küsschen links, Küsschen rechts, und ich reposte sogar ihre Boomerang-Story mit unserem Selfie.

Als der Kellner unsere Getränke aufnehmen möchte, bestellt Linnea wie selbstverständlich zwei Wasser mit Zitrone und Eis für uns. Sie weiß, dass ich mich – vor allem in der Öffentlichkeit – mit Alkohol zurückhalte. Die offizielle Begründung, die auch

Linnea kennt, lautet, dass man unter Alkoholeinfluss zu schnell die Hemmungen ablegt und sich zu Dingen verleiten lässt, die man am Ende möglicherweise rechtfertigen muss.

(Zum Beispiel mit seinem Manager schlafen. Obwohl das damals wenigstens nicht viral ging.)

In Wahrheit möchte ich einfach vermeiden, mit dem Zeug gesehen zu werden. Man kann nie wissen, wer zu viele Informationen über meine Familie hat und falsche Schlüsse ziehen könnte.

Allein bei dem Gedanken daran beginnt mein Herz wieder zu rasen. Die Vorstellung, dass jemand da draußen all diese Dinge über mich weiß, nein, nicht nur, dass … dass jemand bereit sein könnte, sie nach all den Jahren öffentlich zu machen, lässt Übelkeit in mir aufsteigen.

Zum Glück gelingt es mir hervorragend, meine innere Unruhe zu überspielen. Ich habe nicht vor, Linnea von dem Brief und der Mail, geschweige denn von dem Video zu erzählen. Noch scheint sie es nicht gesehen zu haben.

»Wir sind lange nicht hier gewesen.« Ich lehne mich in meinem Sessel zurück. Wir sind bei meinem Lieblingsitaliener in der Kölner Altstadt, haben einen Platz hinten an der Wand bekommen. Ich sitze mittlerweile am liebsten am Rand des Geschehens.

»Die letzten Monate waren für uns alle stressig.« Linnea wirft ihre langen schwarzen Haare über ihre Schulter.

»Was gibt es denn bei dir Neues?« Wenn ich ehrlich bin, habe ich Linneas Stories zwischenzeitlich immer wieder auf stumm geschaltet und die Hälfte vermutlich nicht einmal mitbekommen.

»Ach, so war das nicht gemeint. Mein Leben ist im Vergleich zu deinem doch recht eintönig.« Das ist so typisch: Für Klatsch und Tratsch ist sie immer zu haben. Was sie selbst jedoch angeht, bleibt sie relativ sparsam mit privaten Informationen.

»Verstehe.« Das kann ich auch. »Ganz schön kalt geworden, was?«

Linnea scheint jedoch keine Lust auf billigen Small Talk zu haben. »Aber erzähl doch mal! Wie läuft es bei dir?«

Schulterzuckend sehe ich mich nach einer Bedienung um. Die Kellner sind allesamt ziemlich gestresst. Kein Wunder, das Essen hier ist göttlich, der Andrang entsprechend groß. »Das Wichtigste weißt du doch schon. Man hat meine Idee geklaut.« *Man* erscheint mir als gelungenes Synonym für Rosa Neuer, deren vollständiger Name definitiv aus meinem Wortschatz verbannt gehört.

»Ja, ja«, macht Linnea und sieht mich erwartungsvoll an. »Ich dachte, du hast schon was geplant.« Sie nimmt einen Schluck von ihrem Wasser.

»Was meinst du damit?«

»Na, irgendwelche Aktionen und Highlights.« Sie räuspert sich. »Was hast du vor, um die neuen Produkte attraktiv zu machen?«

Ein wenig irritiert lächele ich. »Sie attraktiv machen? Wir sind doch nicht auf einem Flohmarkt, auf dem ich den Leuten irgendwelchen alten Kram andrehen muss. V-Line überzeugt mit einer hervorragenden Qualität. Und mit mir als Brand.«

Ich werfe einen Blick in die Speisekarte. Dabei kenne ich die meisten Gerichte hier sowieso auswendig.

»Was hältst du von dem Rote-Beete-Carpaccio?«

»Das hatte ich letztes Mal schon und sieht in meiner Story dann ziemlich langweilig aus«, überlegt Linnea laut. »Ich nehme diesmal den Salat mit den Oliven.«

Als wir uns entschieden haben, kommt ein Kellner und nimmt unsere Bestellungen auf.

Wir schießen ein paar Fotos voneinander und nehmen für die Story ein gemeinsames Bild. Auch wenn ich es ungern zugeben möchte, kann ich Verlinkungen momentan gut gebrauchen.

»Ich meine ja nur … vielleicht wären ein paar zusätzliche Ideen gar nicht schlecht. Du könntest eine große Verlosung machen. Ein Meet & Greet als Hauptgewinn. Oder aber personifizierte Produkte verkaufen, die man im Internet bestellen kann.«

Plötzlich muss ich lachen. »Hey, ist das zufällig ein Bewerbungsgespräch und du suchst einen Job in der Marketingabteilung? Denn wenn nicht, was zum Teufel sagst du da? Hallo? Erinnerst du dich nicht an das letzte Mal?« Natürlich tut sie das. Niemand in der Branche hat den Tag der großen Ankündigung vergessen. Die Drogerien waren frühmorgens nach dem Launch vollkommen überrannt, manche Kunden sind derart eskaliert, dass die Polizei kommen musste.

Linnea senkt den Blick. »Ich dachte ja nur. Das waren andere Zeiten. Ich will dir nicht zu nahe treten, Valerie, wirklich nicht. Aber der große Hype um dich ist in den letzten Monaten ziemlich abgeflacht. Das hier wäre jetzt die Chance auf ein großes Comeback.« Das Strahlen in ihren Augen ist so intensiv, als wolle sie das ganze Restaurant radioaktiv verseuchen. Aber nein, wahrscheinlich ist ihr nur klar geworden, was sie gerade gesagt hat. In welch blutige Wunden sie gestochen hat.

»Hm«, mache ich nur und zwinge mich ebenfalls zu einem Lächeln. »Das erzählt man sich also.«

Linnea hebt abwehrend die Hände. »Nein, nein. Es war kein großes Thema bei den anderen.«

»Welchen anderen?«, frage ich, ohne eine Miene zu verziehen.

Wie kam ich überhaupt auf die Idee, ausgerechnet Linnea in die Pläne von V-Line einzuweihen? Sie hängt einfach mit zu vielen Leuten ab, kommt mit den meisten mittlerweile gut klar, was ich vermutlich früher hätte infrage stellen sollen. Mit Menschen, die von zu vielen anderen Menschen gemocht werden, sollte man immer vorsichtig sein. Denn für ihre Beliebtheit gibt es meist einen Grund.

»Ach, ich habe das nur so halb aufgeschnappt. Bei der Clique rund um Sally. Natürlich habe ich dich verteidigt. Du weißt doch, ich verteidige dich immer und überall. Du kannst mir da absolut vertrauen.«

Ich nehme demonstrativ entspannt einen Schluck Wasser und lehne mich zurück. »Du kannst unbesorgt sein. Ich brauche niemanden, der mich verteidigt. Bei mir läuft alles genau so, wie es soll. Und der Release der neuen Produkte wird knallen. Dafür ist bereits alles organisiert.« Ich setze mein vielversprechendstes Lächeln auf und denke an unseren neuen Zeitplan, in den ich Linnea unter Garantie nicht einweihen werde. Bis zur offiziellen Bekanntgabe sind es noch ungefähr zwei Wochen. Zwei Wochen, bis sich Linnea und ihre Lästertruppe noch einmal genau überlegen können, wie sie die Situation bewerten. Denn mal im Ernst … es wäre doch gelacht, wenn Valerie Sophie Ehrmann unbeteiligt dabei zusehen würde, wie ihre ganze Existenz weiter den Bach hinuntergeht.

12. KAPITEL

ES IST NICHT ALLES GOLD, WAS GLÄNZT

In der Nacht von Sonntag auf Montag träume ich ziemlich wirres Zeug. Ich sitze in der Wanne und bekomme meinen neuen Duschschaum nicht von der Haut. Egal, wie sehr ich schrubbe und schrubbe. Es ist, als wolle das Zeug sich einfach nicht von meinem Körper lösen. Plötzlich taucht Rosa vor mir auf. Ja, verdammt. Ich habe keine Ahnung, was zur Hölle sie in meinem Badezimmer will … Im Traum wirft man nun einmal alles durcheinander. Jedenfalls lacht sie so schrill, dass einem fast die Ohren bluten. »Siehst du, vielleicht ist meiner einfach besser.«

Klingt nicht wie ein typischer Albtraum. Keine Mörder, keine tödliche Krankheit. Es genügt ein einfacher Duschschaum, dass ich schweißnass hochschrecke und sofort hellwach bin.

Den Teufel werde ich tun, jemals zuzugeben, dass Rosa Neuer es tatsächlich geschafft hat, mich um den Schlaf zu bringen.

Ich schäle mich aus meinem durchgeschwitzten Pyjama, werfe ihn in den Wäschekorb und spüle die furchtbare Nacht mit lauwarmem Wasser von meiner Haut.

Gegen Mittag muss ich im V-Line-Büro sein. Ausgerechnet heute steht nämlich die letzte Testung der neuen Produkte an. Duschschaum in den Sorten *Waldfrucht, Zimt* und *Vanille.* Vor allem Letztere passen gut zur Weihnachtszeit.

Hervorragende Qualität. Faire Produktion. Dafür steht Valerie Sophie mit ihrem Namen. Ich unterdrücke ein bitteres Grinsen, wenn ich an die gehässige Rosa aus meinem Traum denke. Hastig schlüpfe ich in enge Highwaist-Jeans, die meine Beine perfekt zur Geltung bringen, und entscheide mich schließlich für den schicken schwarzen Burberry-Blazer. Bevor ich ins Büro fahre, erledige ich noch etwas von den Dingen, die sich die letzten Tage angesammelt haben.

Kommentare auf YouTube beantworten, auf mein neues Video hinweisen und eine Instagram-Story aufnehmen, um mein #outfitoftheday zu präsentieren. Meist verlinke ich die Kleidung direkt zum Nachkaufen. Eine gute Einnahmequelle nebenbei, denn bei den meisten Produkten, die über mich gekauft werden, werde ich am Gewinn beteiligt.

Als ich danach meine E-Mails aufrufe, überkommt mich auf der Stelle ein mulmiges Gefühl. Ich umklammere das Smartphone fester und spanne nervös den Kiefer an. »Bitte nicht«, murmele ich. »Nicht heute. Nicht jetzt. Ich brauche eine Pause. Ich muss atmen.«

Falls es einen Gott gibt, scheint er meine Gebete erhört zu haben, denn abgesehen von einigen Werbemails, Kooperationsanfragen (die sollten eigentlich immer direkt an Tizian gehen) und Nachrichten von Fans entdecke ich zumindest auf Anhieb nichts Verdächtiges.

Erleichtert atme ich aus, lasse das Telefon sinken und überlege, ob dem widerlichen Typen sein Spiel vielleicht endlich zu langweilig geworden ist. Wie sehr ich mir auf einmal wünsche, dass Tizian, Mistkerl hin oder her, recht behalten hat und die Dinge sich bald wieder in Wohlgefallen auflösen.

* * *

Wir stehen in kleiner Runde im Eingangsbereich unseres Büros und werfen neugierige Blicke in die Kartons, die Tizian mitgebracht hat. Die ersten Verpackungen sind bereits gedruckt. Erst einmal sind es nur Andrucke. Die Aufträge mit dem finalen Layout gehen erst Mitte nächster Woche in der Druckerei ein.

Der geschmeidige Schaum wird in kleinen runden Dosen verkauft. Hellbeiges, fast cremefarbenes Design. Auf dem Deckel glänzt ein goldenes V für V-Line. Wegen des Logos haben das Team und ich uns monatelang den Kopf zermartert, bis wir mit dem Ergebnis zufrieden waren. Zu meiner Erleichterung stelle ich fest, dass die Produkte toll aussehen. Hochwertig, praktisch in der Hand und auf jeden Fall besonders.

»Die Dosen müssen in den Drogeriefilialen alle Blicke auf sich ziehen. Die Konkurrenz ist groß«, erklärt Tizian und klatscht in die Hände, als wolle er uns augenblicklich zur Arbeit animieren. »Wenn wir also nicht wollen, dass uns die anderen Firmen Kunden abzweigen, sollten unsere Produkte zuallererst in der Optik überzeugen. Von der Qualität können die Käufer sich danach überzeugen.«

Und das werden sie. Alleine schon, weil unsere große Auswahl die Individualität jedes Einzelnen hervorhebt und der Schaum in seiner Dose nachfüllbar ist. Außerdem ist nicht nur die Verpackung ein echter Hingucker im Bad. Auch der herrliche Zimtgeruch ist weder zu schwach noch zu penetrant. Augenblicklich denke ich an die vielen Duschgänge zurück, in denen ich jede Sorte ausgiebig getestet habe. Geruch, Konsistenz, Körpergefühl …

»Und die Aufsteller werden sicher auch einiges rausholen. Immerhin sind die nicht zu übersehen«, werfe ich ein.

»Die gehen auch in den Druck, sobald sie noch mal durch Photoshop gelaufen sind.« Die passive Formulierung bestärkt Tizians strengen Unterton in seiner Stimme.

»Ist auf der Liste«, bestätigt Fred, da es sein Verantwortungsbereich ist.

»Sehr gut! Wie sieht es mit den Videos aus? Hast du ein Ankündigungsvideo geplant? Ein Posting auf Instagram ist sicher schon fertig, oder?«

Ich nicke. »Wir nehmen ein Bild vom letzten Shooting. Mit ein paar Tricks können wir die Produkte so einfügen, dass es nicht mal auffällt.«

»Können *wir?*« Fred grinst. »Ich nehme an, das wird dann auch mein Job.«

Ich schenke ihm ein unschuldiges Lächeln und klopfe ihm aufmunternd auf die Schulter. »Nimm es als Kompliment! Niemand kann das besser als du.« Ich lege die Schäume zurück in ihren Karton. »Sieht alles fantastisch aus.«

Tizian nickt. »Dann werde ich dem Vertrieb das endgültige Go geben. Je früher, desto besser. Wir haben immerhin alles eng genug getaktet.«

Die anderen aus dem Team gehen zurück an ihre Arbeit. Im nächsten Schritt werden bereits bestehende Kooperationen neu verhandelt. Weil ich selbst natürlich am besten weiß, dass Marketing auf Social Media hervorragend funktioniert, arbeiten wir für unseren Launch mit anderen großen Influencern zusammen, die neben einer ordentlichen Summe Geld natürlich auch Pakete zum Testen bekommen. Bleibt nur zu hoffen, dass sich alle an die Verschwiegenheitsvereinbarung halten und keiner bereits mit Rosa kooperiert.

Mittlerweile kann ich es kaum erwarten, ihre Reaktion zu sehen, wenn sie feststellt, dass ihr intriganter Plan leider nicht ganz aufgegangen ist.

»Bevor ich es vergesse, Valerie. Wie wäre es, wenn du dir für den ganzen Scheiß einfach mal eine Packstation suchst? Dann stapelt sich das Zeug nicht immer in meinem Büro.«

Ich verdrehe die Augen. »Du meinst mit Scheiß sicher die Produkte, die du für meine Werbedeals aushandelst. Verstehe ich das richtig?«

Tizian verzieht keine Miene. »Sehr witzig. Ich spreche von deiner Fanpost. Du bist die einzige Influencerin in der Agentur, die ihre Pakete noch immer zu uns schicken lässt.«

Ich zucke mit den Schultern. »Vermutlich, weil ich die Einzige bin, die hier in der Stadt wohnt und sowieso für jede Kleinigkeit hier antanzen muss.« Ich würde meinen Lieblingsmantel darauf verwetten, dass Tizian das mit Absicht macht. Doch egal, was er sich als Nächstes einfallen lässt, so leicht werde ich den Auflösungsvertrag nicht vor Vertragsende unterzeichnen.

»Wie dem auch sei. Hinter dem Schreibtisch liegt ein Paket für dich. Glaub mir, das ist das letzte Mal, dass ich es dir hinterhertrage. Ich hab's neuerdings an der Wirbelsäule.«

Pseudoverständnisvoll nicke ich. »Die ersten Alterserscheinungen. Vielleicht solltest du Sport machen. Das wirkt wahre Wunder.«

Ich schnappe mir das Paket, das Tizian tatsächlich für mich zurückgestellt hat, und nehme es mit in mein Büro. Vor einem guten Jahr kam mir die Idee, einen Arbeitsplatz außerhalb meiner Wohnung einzurichten. Ich habe geglaubt, es könne sowohl bei meiner Tagesroutine helfen als auch endlich etwas Abstand zwischen Arbeit und Privatleben bringen. Doch letztendlich sind die Grenzen zwischen diesen zwei Leben doch immer wieder verschwommen. Eine E-Mail hier, eine Story dort … Als Person des öffentlichen Lebens muss man sich ziemlich schnell damit abfinden, keine geregelten Arbeitszeiten zu haben. Mittlerweile bin ich leider nur noch selten hier, kann mich von dem kleinen Raum am Ende des Ganges trotzdem nur schwer trennen. Vielleicht, weil es für mich Teil eines Symbols geworden ist. Ein Statement, würde man heute dazu sagen. Dafür, dass ich es zu was gebracht habe.

Ein eigenes Büro. Angestellte, die für mich arbeiten, ein Leben, das ich mir als kleines Mädchen niemals zu träumen gewagt, nein, das meine Vorstellungskraft gesprengt hätte.

Ich drehe das Paket mit der Vorderseite in meine Richtung, um im nächsten Augenblick gegen eine imaginäre Wand zu knallen. Bäm. Kein Absender. Ich weiß nicht, warum mir der Gedanke nicht schon gekommen ist, als Tizian die Post überhaupt erwähnt hat. Vermutlich, weil mich der kurze Schlagabtausch mit meinem Manager ohnehin schon Nerven gekostet hat. Doch nichts, was Tizian gesagt hat, konnte dieses Herzrasen hervorrufen.

Vielleicht sollte ich abwarten. Das Paket ungeöffnet zur Polizei bringen oder zumindest auf Paul warten. Andererseits … meine Hände zittern, als ich das Päckchen vorsichtig drehe … was ist, wenn das hier überhaupt nichts mit den anderen Sachen zu tun hat? Ein stinknormaler Karton, so wie er in jeder zweiten Altpapiertonne liegt, ein Postetikett, auf dem mein Name in Druckschrift steht. Durchsichtiges Klebeband, das das Ding zusammenhält.

Nichts Ungewöhnliches, schießt es mir durch den Kopf. Unangefragte Produkte, die Firmen auf gut Glück an Influencer rausschicken, um gratis Werbung abzustauben. In den meisten Fällen funktioniert das sowieso nicht.

Manchmal ist es auch stinknormale Fanpost. Ein Bilderrahmen gefüllt mit Fotocollagen, ein Teddybär, selbst gemachte Kuschelsocken … das hat es alles schon gegeben.

Valerie übertreibt. Immer muss sie sich wichtigmachen.

Die Stimmen meiner Eltern zischen leise durch meinen Kopf, genügen jedoch, um wieder klar zu denken.

Vielleicht wurde der Absender einfach vergessen, und es handelt sich um einen Zufall. Nicht ausgeschlossen. Nein, ich werde mich nicht ein weiteres Mal zum Gespött der anderen machen. Bevor ich nicht zu hundert Prozent sicher sein kann, dass dieses Paket von *ihm* ist, werde ich keine Entscheidungen treffen.

Ich ziehe entschlossen das Klebeband vom Karton und klappe den Deckel auf. Ohne zu zögern, beuge ich mich über die Öffnung und entdecke zuerst helles Seidenpapier.

Was auch immer ich erwartet habe, mein Herzschlag scheint sich für wenige Sekunden zu beruhigen, ehe er gleich mehrere Sekunden aussetzt. Mit der rechten Hand habe ich nicht nur ein Stück Stoff ertastet, sondern auch einen Umschlag mit der Aufschrift »Miss World Valerie«.

Nein. Bitte nicht. Bitte nicht. Bitte, bitte, bitte nicht. Entsetzt lasse ich diesen sinken, um ihn im nächsten Augenblick doch einfach aufzureißen. Fahrig ziehe ich den Brief aus dem Umschlag und beginne zu lesen.

> Du glaubst gar nicht, wie oft ich dir die Sachen in meiner Fantasie vom Leib gerissen habe. Natürlich erst, wenn du darum gebettelt hast. Übrigens finde ich, dass dein geiler Arsch die flachen Titten allemal ausgleicht.
> Hab eine intensive Zeit und pass auf dich auf!

Fick dich. Fick dich. Fick dich.

Du machst mir keine Angst.

Du kannst mir gar nichts.

Ich balle die freie Hand zur Faust und schlucke. Schlucke noch mal und noch mal, bis mir klar wird, dass der Kloß in meinem Hals so schnell nicht verschwinden wird. Mit eiskalten Fingern schiebe ich den Brief von mir weg. Ganz gleich, wie dringend ich diesen Dreck am liebsten verbrennen würde, zuerst muss ich all das hier Paul zeigen. Zwangsläufig fährt mein Blick über das Set blütenweißer Reizwäsche. Ich schließe den Karton, ohne den Spitzenstoff zu berühren.

Entschlossen ziehe ich mein Smartphone aus der Tasche. Wie automatisch suchen meine Finger nach Pauls Namen.

Valerie
Paul.

Valerie
Ich habe wieder Post bekommen.

Valerie
Ein Paket.

Valerie
Und Brief.

Ich muss nicht einmal eine halbe Minute auf seine Antwort warten.

Paul
Rufe dich in 2 Minuten an. Bist du sicher, dass es wieder von ihm ist?

Die Frage ist nach meiner spärlichen Textnachricht berechtigt.

Valerie
Ganz sicher. Du musst dir das ansehen.

Miss World. Fräulein Welt. Wie viele Männer gibt es da draußen, die genau das schreiben würden? Es ist nicht einmal eine halbe Minute vergangen, als Pauls Name auf meinem Display aufleuchtet.

»Magst du mit dem Paket vorbeikommen?«, fragt er mit ruhiger Stimme. »Ich habe gerade Dienst.«

Ich zögere einen Moment, spüre die Gänsehaut, die mich bei der Vorstellung, jetzt alleine durch die Stadt zu laufen, überkommt. Andererseits kann ich Paul hier nicht antanzen lassen, ohne mir Tizians Sprüche anhören zu müssen. Ich will Feuer spucken, wenn ich daran denke, wie er sich das letzte Mal über meine Sorgen lustig gemacht hat. »Okay.«

»Lass alles genau so, wie es ist. Hast du es geöffnet?«, fragt Paul.

»Ja, gerade. Ein Brief, ähnlich wie die anderen. Diesmal hat er Wäsche beigelegt.«

»Komm sofort vorbei. Wir kümmern uns darum.«

Ich beende das Gespräch zügig, möchte keine Zeit verlieren und direkt los. Doch das ist gar nicht so einfach, denn solange Tizian wie ein lästiger Kaugummi im Eingang klebt, komme ich nicht an ihm vorbei, ohne mich in eine Selbstschussanlage zu verwandeln.

»Lass mich raten, Sextoys«, flüstert er mir anzüglich zu.

»Was?«, rutscht es mir heraus. Normalerweise hätte ich seine Bemerkung einfach ignoriert. Er will mich provozieren. Wie immer. Doch auch wenn sich streng genommen etwas anderes in dem Karton verbirgt, breitet sich plötzlich großes Unbehagen in mir aus. Vielleicht, weil es dem irgendwie nahekommt?

»Sag bloß, ich habe recht.« Er grinst breit. »Mensch, Valerie. Das erklärt, warum du es auf einmal so eilig hast.«

Wie eine dicke Faust graben sich seine Worte in meinen Magen.

»Unsinn«, blaffe ich, versuche dabei wie immer zu klingen. »Wie kommst du auf so was?«

Tizian zuckt mit den Schultern. »Kein Absender. Kann man das nicht mittlerweile auf den meisten Seiten so einstellen? Diskretion.« Er zieht die Augenbrauen hoch.

»Jemand sollte dir sagen, dass du nicht lustig bist!« Ich wende den Blick ab.

Der erste Brief ist vor drei Wochen gekommen, und schon habe ich dermaßen den Verstand verloren, Tizian für den Bruchteil einer Sekunde vollends zu misstrauen. Dieser Kerl ist ein Arschloch. Aber keins, das solche Dinge schreiben würde. Oder?

»Warte, Valerie, was ist jetzt mit dem Video?«

»Was für ein Video?« Ich habe jetzt keine Zeit, Planungen vorzunehmen. Paul wartet, und dieses Paket in meinen Armen wird mit jeder Sekunde schwerer. »Der Ankündigung?«

»Was sonst?«, fragt Tizian genervt. »Danach habe ich eben

schon gefragt. Den anderen Kram kriegst du ja hoffentlich alleine hin. Deine letzten Videos liefen verhältnismäßig mies.«

»Oh, glaub mir«, erkläre ich mit aufgesetzt freundlicher Stimme. Von seiner bissigen Bemerkung versuche ich mir nichts anmerken zu lassen. »Das bekomme ich hervorragend ohne deine Hilfe hin.«

Tizians Augen funkeln. »Das denke ich auch. Deinem Charme konnte bisher ja noch niemand widerstehen.«

Würg! *Denk nach, Valerie. Denk nach!* »Schade, dass man das von dir nicht behaupten kann.«

»Für dich hat es allemal gereicht.« Er zwinkert mir mit einem spöttischen Blick zu.

Anstatt ihm verärgert den Mittelfinger zu zeigen, neige ich meinen Kopf in seine Richtung, um ihm mit zuckersüßem Lächeln ins Ohr zu raunen: »Du scheinst dich gerne daran zu erinnern. Ich meine, ich könnte es verstehen. So nah warst du einer schönen Frau sicher selten.«

Tizian schnaubt und macht einen Schritt zurück. »Wenn sich da nicht mal jemand gewaltig irrt.«

Ohne mich umzudrehen, stoße ich die Tür zum Flur auf und eile die Treppen nach unten ins Freie. *Endlich weg hier!*

13. KAPITEL

GLEICH UND GLEICH GESELLT SICH GERN

Meine Reifen wurden aufgestochen.

Als mein Wagen nicht angeht, ist das der erste Gedanke, der mir durch den Kopf schießt. Es dauert zwei Sekunden, bis mir klar wird, dass dies nicht der Grund dafür sein kann, warum der verdammte Motor nicht anspringt. Es vergehen weitere fünf, bis ich auf die Idee komme, meine Batterie zu testen, und noch einmal zehn Minuten, bis mein bestelltes Taxi endlich vorfährt. Die Fahrerin hebt verwundert die Augenbraue, als ich die Polizeistation als mein Ziel nenne. »Internetbetrug« scheint sie als Erklärung jedoch zufriedenzustellen.

Noch während sie die Adresse in ihr Navigationssystem tippt, schreibe ich Tizian eine Nachricht, dass er sich um meinen Wagen kümmern soll.

Tizian
Bin ich jetzt dein Mädchen für alles?

Ich ignoriere seine Antwort und umfasse das Paket in meinem Schoß fester.

Als ich die Polizeistation betrete, führt mir eine seltsame Vertrautheit die Absurdität vor Augen, dass ich bereits zum dritten Mal in so kurzer Zeit hier bin. Ich gehe am Wartebereich vorbei zur Anmeldung und lege das Paket vor die dünne Glasscheibe, die mich von dem Mann in Uniform dahinter trennt.

»Wie kann ich Ihnen helfen?« Er sieht auf.

»Ich habe einen Termin bei ...« Ehe ich zu Ende sprechen kann, hat sich im Hintergrund ein Mann vom Schreibtisch erhoben. Paul.

»Das ist für mich, Willi.« Durch die Scheibe gibt er mir zu verstehen, dass er jeden Moment bei mir sein wird.

Im Augenwinkel nehme ich wahr, wie sich eine ganze Familie aus dem Wartebereich erhebt. Ich stehe kurz mit dem Rücken zu ihnen, bekomme nur mit, dass es um Diebstahl geht, da taucht Paul auch schon wieder auf.

»Valerie! Das ging ja schnell. Am besten gehen wir nach hinten in mein Büro? Ich bin hier fertig.« Er wedelt mit einem Stapel Papiere. »Mein Drucker ist kaputt. Musste nur was holen.« Sein Lächeln wird vorsichtiger, als sein Blick das Paket in meinen Händen zum ersten Mal bewusst mustert. »Es tut mir so leid. Ich werde schauen, was wir tun können, einverstanden?«

Stumm nicke ich. Ob sie diesmal etwas unternehmen werden?

Wir betreten Pauls Büro. Anders als das letzte Mal sitzt jetzt auf dem Platz ihm gegenüber eine junge Kollegin mit langen braunen Haaren und einer dünnen Brille. Sie sieht auf, nickt mir zur Begrüßung zu und tippt dann wieder etwas in ihren Computer. Paul schiebt mir den Stuhl ein Stück zurück und wartet höflich, bis ich Platz genommen habe.

»Darf ich ...?«

»Natürlich.« Ich zucke mit den Schultern. »Du kannst es gerne behalten. Obwohl ich fürchte, dass du mit dem Inhalt nicht sonderlich viel anfangen kannst.« Sofort flimmert das Bild dieser knappen Wäsche vor meinem geistigen Auge auf, und mir wird klar, dass ich überhaupt keine Ahnung habe, ob Paul eine Freundin oder so hat.

»Jedenfalls nicht du persönlich«, sage ich also und versuche dabei belustigt zu klingen. Ziemlich unpassend angesichts meiner Situation ... Andererseits immer noch besser als Drama-Val.

Paul sagt nichts dazu. Er streift sich dünne Handschuhe über die Finger und öffnet den Karton. Mein Herz schlägt wild in meiner Brust. »Also gehst du auch nicht davon aus, dass er einfach so aufhört?«

Paul zieht den Brief aus dem Karton und antwortet, ohne aufzusehen: »Das kann ich dir nicht sagen. So was kommt immer auf den individuellen Menschen an. Manche hören auf, wenn sie keinen Erfolg sehen, andere werden immer besessener.«

Bei seinem letzten Wort ist es, als würde mir jemand eine scharfe Klinge an den Hals setzen. *Besessen.*

»Du meinst, dieser Mensch ist krank? Ein Psychopath?«

Von der Seite nehme ich wahr, wie die junge Polizistin den Kopf hebt und mich mit einem ausdruckslosen Blick mustert.

»Bitte keine voreiligen Schlüsse«, sagt Paul. »Und Diagnosen stellen wir hier sowieso nicht.«

Ich beobachte, wie seine Augen über den Brief wandern und er etwas vor sich hin murmelt. Vielleicht liest er die Zeilen auch leise mit. So mache ich das manchmal, wenn ich mich besonders konzentriere. *Paul nimmt die Sache hier ernst. Er wird mir helfen.*

Ich muss an das denken, was die Polizisten bei meiner ersten Anzeige gesagt haben.

Solange keine Drohung vorliegt, liegt auch kein Tatbestand vor.

Etwas in der Art. Doch wer definiert, was andere als bedrohlich wahrnehmen? Als Paul aufsieht, schlägt mein Puls so schnell wie damals bei den Bundesjugendspielen, als ich genau wusste, dass der einzige Zweck dieses Events die Bloßstellung jeglicher Schüler ist. Inklusive mir.

»Möchtest du etwas trinken? Du siehst ganz blass aus.«

»Was denkst du?«, übergehe ich seine Frage.

»Dass du vielleicht ein wenig frische Luft gebrauchen könntest.« Ist das, was ich in seinen Augen lesen kann, tatsächlich etwas wie Sorge?

»Der Brief«, sage ich. »Reicht das?«

Reicht das? Was für eine perverse Frage. Keine junge Frau –

selbstverständlich auch kein Mann – sollte sich diese Frage jemals in so einer Situation stellen müssen.

»Wir nehmen erst einmal eine Anzeige auf«, antwortet Paul und umfasst mit der rechten Hand seine Computermaus.

»Was bringt mir eine verdammte Anzeige? Ich möchte, dass der Kerl zur Rechenschaft gezogen wird.« Meine Stimme klingt scharf. Es ist mir egal, dass die Polizistin hinter mir jetzt ziemlich irritiert aufsieht.

»Ganz ruhig! Das ist nur der erste Schritt.« Paul hebt besänftigend die Hände. »Du hast absolut recht. So kann es nicht weitergehen, und langsam werden Grenzen …« Paul bricht ab, räuspert sich und beginnt den Satz noch einmal von vorne: »Nein, falsch! Die Grenzen wurden bereits das erste Mal überschritten. So habe ich das nicht gemeint. Aber so schlimm es für dich auch sein muss, das Ganze jetzt noch einmal lesen zu müssen … Die Hartnäckigkeit dieses Typen kommt uns für die Ermittlung fast schon zugute.« Er holt tief Luft. »Das alles hat Ausmaße angenommen, die in Richtung Nachstellung gehen.«

»Stalking?« Erst als das Wort aus meinem Mund geplatzt ist, spüre ich, welcher Druck sich in mir aufgebaut hat.

Pauls Blick geht über meine Schulter hinweg zu seiner Kollegin, als könne sie jeden Augenblick aufstehen und die ganze Geschichte als einen Aprilscherz enttarnen. Oder aber, als wolle er einfach nicht aussprechen, dass ich recht habe.

»Zumindest sieht alles danach aus. Wichtig ist, dass du jetzt nicht in Panik verfällst.«

»Ach so«, erkläre ich und lache auf. »Aber natürlich nicht. Wieso sollte ich auch? Der Umgang mit Psychopathen ist mir sehr vertraut. Nahezu alltäglich. Mach dir keine Gedanken. Falls er demnächst in meinem Wohnzimmer steht, biete ich ihm einfach einen Kaffee an. Oder einen Tee? Gibt es Studien, die belegen, ob Psychopathen eines von beidem bevorzugen?«

In Pauls Mundwinkeln zuckt der Hauch eines Schmunzelns. Nur für eine Sekunde, vermutlich, bis es ihm bewusst wird.

»Die gibt es, soweit ich weiß, nicht. Aber es gibt Studien, die zeigen, dass längst nicht alle Stalker tatsächlich an einer psychischen Erkrankung leiden. Deshalb sind wir damit mal ganz vorsichtig, okay?«

Habe ich ihn verärgert?

»Trotzdem kann ich mir vorstellen, dass der Gedanke angsteinflößend ist. Und genau deshalb sollten die nächsten Schritte genau überlegt sein.«

Nächsten Schritte. Das klingt zum ersten Mal nach etwas mehr als *abwarten.*

»Okay«, sage ich also und versuche, durch gleichmäßiges Atmen meinen Puls zu beruhigen.

»Die Adresse, die du mir genannt hast, deine Adresse ... die ist so im Internet nicht zu finden, oder?«

Ich schüttele den Kopf. »Nur die von meinem Management.«

»Bislang können wir davon ausgehen, dass der Unbekannte auch nur diese kennt. Das würde zumindest erklären, warum er dir die Post nicht gleich nach Hause geschickt hat.«

Ich habe keine Ahnung, ob mich diese Schlussfolgerung wirklich beruhigen kann, denn plötzlich sind erst recht diese Bilder in meinem Kopf, die ich höchstens aus Krimiserien kenne.

»Und was machen wir jetzt?«

»Normalerweise wird bei Stalking der Täter erst einmal mit dem Unrecht seines Handelns konfrontiert. Manchmal kann man die Spirale damit schon unterbrechen. Ob du es glaubst oder nicht, es gibt sie, die Menschen, die das Internet als rechtsfreien Raum wahrnehmen und Personen des öffentlichen Lebens gleich mit. Bei dir ist die Situation natürlich eine ganz andere, weil wir nicht wissen, wer dir diese Post schickt oder das Video ins Netz gestellt hat. Wenn wir dagegen vernünftig ermitteln wollen, brauchen wir unbedingt einen richterlichen Beschluss. Das ist nicht immer ganz einfach, aber ich werde es versuchen.«

Dankbarkeit flutet meinen Körper und vertreibt einen Teil des aufgestauten Frustes.

Als Pauls Kollegin wenige Sekunden später ihre Sachen zusammenpackt und er sie mit einem kurzen »schönen Feierabend« verabschiedet, werfe ich rasch einen Blick auf die Zeitangabe meines iPhones. Fast halb sechs. Der Nachmittag ist wie an mir vorbeigeflogen.

»Hast du jetzt auch Schluss?«, frage ich und fahre mit den manikürten Fingernägeln angespannt über meinen linken Handrücken.

»Ich kann etwas länger machen«, sagt Paul und mustert mich, als könne er noch nicht ganz schlau aus mir werden.

»Bist du sicher? Ich möchte dich nicht aufhalten. Du bist bestimmt schon seit heute Morgen hier, oder?« Ob zu Hause jemand auf ihn wartet? Ganz automatisch streift mein Blick seine Finger. Dabei kann Paul erst um die sechsundzwanzig sein, vielleicht auch siebenundzwanzig. In dem Alter sind die wenigsten bereits verheiratet. Er muss gemerkt haben, dass ich wie ein Freak auf seine Hände starre. Jedenfalls nimmt er sie lächelnd vom Tisch.

»Sehr sicher. Ob du es glaubst oder nicht, aber ich bin bereits ein großer Junge.«

Daran habe ich nie gezweifelt. Nicht nur, weil Paul mich mit seiner Körpergröße von sicher ein Meter und fünfundachtzig ein ganzes Stück überragt, sondern auch, weil seine Augen eine gewisse Stärke, den notwendigen Biss ausstrahlen, den man für die Arbeit hier mit Sicherheit genauso braucht.

»Wenn du aber lieber nach Hause möchtest …«

»Ich muss zuerst ein Taxi rufen. Mein Wagen ist nicht angesprungen.«

Pauls Augen weiten sich. »Bitte?«

»Nur die Batterie«, stelle ich sofort richtig.

»Verstehe.« Er klingt beruhigt. »Wenn du willst, kann ich dich mitnehmen. Diesmal bin ich nämlich mit dem Auto hier.«

Ich horche in mich hinein und nicke. »Wenn das keine Umstände macht.«

Paul blickt auf das Paket, das immer noch auf dem Schreibtisch liegt. »Das würde ich gerne hierbehalten, damit sich die Kollegen das noch mal genauer ansehen können. Ich mache etwas Druck, dann sehen wir weiter.«

»Klar. Ihr könnt damit machen, was ihr wollt. Hauptsache, es bringt irgendwas«, murmele ich und stehe auf.

»Das wird es, Valerie.« Er beugt sich über den Computer, um ihn auszuschalten. »Und Umstände machen mir zehn Minuten Umweg zu dir garantiert nicht.«

Für den Bruchteil einer Sekunde erstarre ich in meiner Bewegung. Paul fängt meinen Blick auf und verzieht schuldbewusst das Gesicht. »Fuck, sorry. Ich habe deine Adresse für die Anzeige ins System eingegeben und mir irgendwie gemerkt. Aber ich wollte dich damit nicht erschrecken.«

»Hast du nicht«, lüge ich, obwohl es offensichtlich ist, dass er es doch getan hat.

Paul greift nach seinem Mantel, der an einer Garderobe hängt.

Mir fällt auf, dass ich meinen eigenen in der Aufregung nicht einmal ausgezogen habe. Dementsprechend kalt kommt mir die Luft außerhalb der Polizeistation vor.

Auf den Kölner Straßen ist um diese Uhrzeit die Hölle los. Berufsverkehr von allen Seiten.

Ich bewundere Paul für die Ruhe, die er trotz ständigem Warten, Hupen und Winken am Steuer ausstrahlt.

»War das in Düsseldorf damals genauso?«, fragt er, als habe er meine Gedanken gelesen.

»Der Verkehr?«

Paul nickt.

»Keine Ahnung. Damals hatten wir ja nicht einmal einen Führerschein. Zumindest ich nicht.« Weil ich Jahre gebraucht habe, um ihn mir endlich anzusparen.

Als ich die ersten Fahrstunden genommen habe, waren die Bonzenkinder aus meiner Schule schon mehrere Jahre mit Papis Mercedes unterwegs. Natürlich sage ich das nicht laut.

Zwar meine ich mich zu erinnern, dass Paul häufig mit dem Rad zur Schule gekommen ist, dennoch habe ich keine Ahnung, ob er mit jemandem aus dem Kreis befreundet war. Oder ist. Wer weiß, ob sie untereinander immer noch Kontakt haben. Von meinem Bruder Theo würde ich so etwas natürlich nicht erfahren. Wenn er sich im Rausch überhaupt noch daran erinnert, jemals zur Schule gegangen zu sein.

»Da hast du recht.« Paul lacht auf. »Mit meinem ersten Auto hätte ich hier jedenfalls keine Chance. Die Klapperkiste hätte bei dem stockenden Verkehr sofort den Geist aufgegeben.«

»Aber man wundert sich, wie viel die alten Karren aushalten«, widerspreche ich mit einem Lächeln. »Es ist wie mit den Nokia-Handys. Die geben sich hartnäckig. Im Vergleich dazu wäre ein iPhone zehnmal außer Gefecht gesetzt. Mein klappriger Twingo hat mich jedenfalls nie im Stich gelassen.«

»Und du hast ihn trotzdem ausrangiert?«

»Schweren Herzens«, gestehe ich. »Kein ganzes Jahr später habe ich es bitter bereut.«

»Erzähl!«

»Bin stehen geblieben. Mitten auf einer Landstraße bei fünf Grad Außentemperatur und genau einem Prozent Akku.«

»Wäre mit einem Nokia nicht passiert.« Paul schmunzelt.

»Mit meinem Twingo auch nicht. Habe mir eine Stunde lang den Arsch abgefroren, bis der ADAC endlich aufgetaucht ist.«

»Das ist übel.«

»Das ist ziemlich übel. Vor allem, wenn du nicht einmal Mitglied bist und der einzige Grund, warum du in diesem Moment irgendwie aus dem Schlamassel kommst, der Typ ist, den du mittlerweile als deinen Ex-Freund bezeichnest.« Ich lache trocken auf, verstumme im nächsten Moment jedoch wieder.

»Sag bloß, du hast ihn auf diese Art kennengelernt.« Wir fahren in die Straße, in der ich wohne. Paul hält am Straßenrand, doch wir bleiben noch für einen Moment sitzen.

»Romantisch, was?« Schnell winke ich ab. »Aber die Story will ich dir jetzt nicht auch noch antun.«

»Hey, streng genommen hilft es mir doch, deine Lebensumstände besser zu beleuchten.«

»Du meinst, man könnte dieses Gespräch als eine Art Recherche betrachten?«

»Wenn du dich damit besser fühlst.«

Besser wäre keines der Worte, die ich für heute verwenden würde. »Danke für alles. Wirklich. Ich wüsste nicht, was ich tun sollte, wäre ich nicht zufällig über dein Profil gestolpert. Um ehrlich zu sein, konnte ich mich nicht einmal mehr daran erinnern, dass wir auf Facebook befreundet sind.« Für einen Augenblick halte ich inne. »Ich war ja nicht einmal sicher, dass du mich kennst.«

Jetzt muss Paul lachen. »Ich bin mir ziemlich sicher, dass jeder aus der Schule weiß, wer du bist.«

Seine Worte treffen mich unvermittelt. Jahre nachdem Spitznamen wie »Schulschlampe« oder »Aschenputtel« ihre Narben in mir hinterlassen haben, tut es also noch immer weh, damit in Verbindung gebracht zu werden. Ich erinnere mich an jedes Wort, jede Lüge, die sie über mich erfanden. »Für 'nen Zehner bläst das Flaschenkind dir einen. Wenn du Glück hast, macht sie es heute auch für fünf.« Die Sucht meiner Eltern war wie ein Schatten, den ich einfach nicht ablegen konnte.

Als könne Paul den Schmerz in meinen Augen lesen, schüttelt er den Kopf. »Halb Deutschland kennt dich aus den Medien, sieht deine Kosmetik in den Läden. Die meisten von ihnen werden mittlerweile grün vor Neid sein.« Er lächelt aufmunternd. Es ist ein warmes und vor allem ehrliches Lächeln, das mich innerlich ganz kribbelig macht.

Ich sage nichts. Weil ich nicht weiß, ob dieser Gedanke genug Trost für eine Zeit in meinem Leben sein kann, die einfach nur die Hölle war. Und weil ich nicht sicher bin, ob Trost etwas ist, das ich wirklich suche.

»Valerie?« Paul sucht nach meinem Blick. »Gibt es jemanden, den du vielleicht heute anrufen kannst? Eine Freundin oder einen Freund?«

Ich weiß, dass ich mich im Normalfall immer bei Lotte melden könnte, doch bei der Vorstellung, ihr heute Abend noch von den neuesten Ereignissen erzählen zu müssen, zieht sich jetzt schon alles in mir zusammen.

»Möchtest du vielleicht noch mit hochkommen?«, frage ich reflexartig und beiße mir im nächsten Augenblick auf die Zunge. »O Shit. Das sollte nicht so klingen, als wolle ich …«

»Keine Sorge, das hat es auch nicht«, unterbricht er mich grinsend.

»Aber vielleicht willst du ja auch nach Hause, weil jemand auf dich wartet«, schiebe ich schnell hinterher.

Seine Gesichtszüge erhellen sich. »Wer weiß, vielleicht tut es uns beiden gut, heute Abend nicht alleine zu sein.«

14. KAPITEL

SCHERBEN BRINGEN GLÜCK

»Er ist nur ein Polizist«, erkläre ich Lotte und begrüße Bella, die freudig an meinen Beinen schnuppert.

»Polizisten sind gut im Bett. Die haben gute Griffe drauf – wenn man drauf steht. Einen heißen Typen in Uniform, der mir sagt, was ich tun soll, würde ich jedenfalls nicht von der Bettkante stoßen.« Um Lottes Lippen kräuselt sich ein verschmitztes Lächeln. »Hey, und wenn du ihn nicht willst, kannst du ihn mir dann nicht vorstellen?«

»Untersteh dich!« Ich werfe einen vorsichtigen Blick über die Schulter.

Paul ist am Aufzug stehen geblieben und kann uns zum Glück nicht hören. Er lächelt nur geduldig und hebt eine Hand zum Gruß.

»Ich wette, er ist nicht nur heiß, sondern ein echter Gentleman. Mann, Val, wenn du die Typen sowieso nie haben willst, kannst du sie zumindest an die Frauen freigeben, die ihre Vagina zu schätzen wissen.«

»Da gibt es nichts freizugeben. Er ist im Dienst«, stelle ich richtig. Dabei kann ich nicht leugnen, dass sie recht hat.

»So nennt man das also.«

Ich ignoriere ihr diabolisches Grinsen, das aussieht, als würde sie mir jeden Augenblick etwas wie »hol ihn dir, Tiger« zuraunen, und gehe mit Bella den Flur entlang.

Paul hält mir immer noch höflich die Aufzugtür auf und wartet, bis Bella und ich eingestiegen sind.

»War das das Kindermädchen?«, fragt er, als wir in die letzte

Etage fahren. Er bückt sich, um Bella den kleinen Kopf zu massieren.

»Könnte man meinen«, antworte ich und seufze. »Charlotte ist meine Nachbarin, aber momentan verbringt Bella mehr Zeit bei ihr als bei mir. Ich habe deshalb schon ein richtig schlechtes Gewissen. Hoffentlich wird das wieder besser, sobald der Stress etwas nachlässt.« So wie ich vor wenigen Wochen noch felsenfest davon überzeugt war, dass V-Line momentan meine größte Herausforderung ist, hat das Schicksal jetzt wohl noch eins draufgesetzt.

Wir gehen über den Flur, als Paul erzählt, dass er früher auch einen Hund hatte.

»Robby war ein Polizeihund, und ich bin quasi mit ihm aufgewachsen. Mein Vater hat ihn schon Jahre vor meiner Geburt ausgebildet.«

»Dann nehme ich an, dass er ein ganzes Stück größer war«, sage ich mit einem Seitenblick zu Bella.

Paul nickt schmunzelnd. »Groß ja, aber so gehorsam, dass man ihn kaum bemerkt hat. Es sei denn, er hatte eine Fährte aufgenommen. Dann konnte ihn nur mein Vater bremsen. «

»Das kann ich mir vorstellen. Unglaublich, wozu Tiere in der Lage sind.«

»Man unterschätzt sie viel zu oft.«

Als ich die Wohnungstür aufschließe, frage ich mich, wie lange es her ist, dass ich zum letzten Mal jemanden – abgesehen von Lotte – in meine Wohnung gelassen habe.

»Bitte wundere dich nicht über die Kartons, ich habe nicht damit gerechnet, dass …«, setze ich an. Im nächsten Moment wird mir allerdings klar, dass meine Nervosität nichts mit meinem vermeintlichen Chaos zu tun hat, sondern eher mit der Nähe zu ihm, einem Mann, der mir unter normalen Umständen beunruhigend gut gefallen würde.

»Mach dir mal keinen Kopf.« Paul betritt nach mir den Flur. »Wow, was soll ich sagen? Es ist …« Sein Blick fällt in mein

Wohnzimmer, fährt die hohen Wände ab und bleibt für ein paar Sekunden an der Empore über der Treppe hängen.

»Groß?«, helfe ich ihm.

»Unter anderem, ja.« Er lacht verlegen auf. »Vor allem für eine Person.«

»Ich bin doch nicht allein.«

Ein Nicken in Bellas Richtung genügt, damit er begreift.

»Stimmt. Wie konnte ich dich nur vergessen?« Langsam beugt er sich wieder zu meiner Hündin runter und streicht ihr über den Kopf. »Du bist hier doch bestimmt die Hauptperson, oder?« Die Art, wie er mit ihr spricht, löst eine angenehme Wärme in meiner Brust aus. Es ist eine Sache, wenn Männer gut aussehen, eine andere, wenn sie das Vertrauen von Tieren sofort für sich gewinnen können.

»Sie ist auf jeden Fall meine bessere Hälfte.« Obwohl Alex das eindeutig anders sah. Er konnte Hunde nie leiden, weil sie ihm zu viel Arbeit machen. Die einzigen Momente, in denen er Bellas Körperkontakt nicht abblockte, waren die, in denen er eine Kamera vor der Nase hatte. Dass wir in vielerlei Hinsicht als Paar nicht funktionierten, ist mir leider erst nach unserer Trennung klar geworden.

So viele Videos ich zu Beziehungsthemen auch hochgeladen habe, bin ich selbst blind vor Liebe gewesen.

»Willst du etwas trinken?«, frage ich Paul. Bellas Pfoten kratzen tapsig über den Boden, bevor sie sich auf den Teppich im Wohnzimmer legt und uns beobachtet.

»Ein Wasser würde ich nehmen.«

»Kommt sofort!« Während ich zwei Eiswürfel aus dem Tiefkühlfach nehme, betrachte ich Paul verstohlen. Er hat den Kopf von mir abgewandt, sodass meine Aufmerksamkeit seinen breiten Schultern und den kräftigen Oberarmmuskeln gilt. Ich muss an Lottes Grinsen denken und kann nicht verhindern, dass sich ein nervöses Flattern in mir breitmacht.

»Beruhig dich, Val«, sage ich lautlos zu mir selbst. Ein attraktiver Mann mit wohlgeformtem Bizeps ist noch lange kein Grund, den Fokus zu verlieren. Paul ist nur hier, weil er als Polizist in meinem Fall recherchiert.

»Hast du das gemalt?«, reißt er mich nun aus meinen Gedanken.

Anstatt sich hinzusetzen, steht Paul im Esszimmerbereich vor einem großen Bild über dem Kamin.

»Bitte?« Ich verschlucke mich beinahe.

»Das Bild, meine ich. Es ist hübsch geworden.«

»Das hoffe ich. Es hat auch zehntausend Euro gekostet.«

Entgeistert dreht Paul sich zu mir um. »Zehntausend Euro? Ist hinten im Rahmen noch eine Schatzkarte versteckt?«

Belustigt verziehe ich das Gesicht und reiche ihm das Wasserglas. Unsere Fingerspitzen berühren sich, und meine Haut vibriert für einen Herzschlag lang nach. »Du interessierst dich also ganz offensichtlich nicht für Kunst.«

»Du etwa?«

Ich zucke mit den Schultern. »Nicht unbedingt. Dieses hier hat mir einfach gefallen. Es ist das Unikat einer jungen brasilianischen Malerin, die mit der Kunst den Verlust ihrer Schwester verarbeitet. Ich habe es auf einer Ausstellung gesehen, zu der ich eingeladen worden war. Außerdem wurden die Einnahmen gespendet.«

Er tritt einen Schritt zurück. »Entschuldige, das wollte ich nicht.«

»Was genau?«

»Dir das Gefühl geben, dass du dich dafür bei mir rechtfertigen musst. Meine Fragen sind einfach so eine Art Berufskrankheit geworden. Eine unhöfliche Berufskrankheit.« Er lacht leise auf.

»Wie meinst du das?«

Paul deutet mit der freien Hand in Richtung der Wand neben sich. »Wenn ich einen Raum betrete, sehe ich mich genau um. Gibt es Fotos oder persönliche Gegenstände? Ist es ordentlich oder chaotisch? Die meisten Menschen kann man anhand ihrer Wohnung ziemlich gut lesen.«

»Und? Welchen Eindruck hast du von mir?« Ich setze mich auf das Sofa und bedeute Paul, ebenfalls Platz zu nehmen.

»Du magst es schlicht.«

»Das ist nicht schwer zu erkennen.« Ich nehme einen Schluck Wasser und setze das Glas ab. Ein einzelner Tropfen haftet an meinen Lippen, bevor ich ihn mit der Zunge ablecke.

»Vielleicht findest du Krimskrams zu bedrückend.«

Sein Blick hängt noch an meinem Mund, gleitet nun an mir herunter und bleibt schließlich einen Moment zu lang an meinen Schlüsselbeinknochen hängen.

»Wow, du klingst ja wie ein Psychologe.«

Seit wann finde ich dieses Schau-mir-in-die-Augen-und-ich-sag-dir-wer-du-bist heiß?

»Ich versuche mir nur ein Bild von dir zu machen.«

Anstelle eines »Oh, ich würde dir liebend gerne dabei helfen« zwinge ich mich zu einem »Gehört das noch zum Fall?«.

»Zumindest kann es nicht schaden.« Er lächelt.

»Was kannst du noch lesen?«, frage ich mit einem herausfordernden Unterton.

»Zuerst musst du sagen, ob es stimmt.« Fragend hebt er eine Augenbraue.

»Ob mich Chaos bedrückt? Ja, vielleicht. Ich habe es gerne ziemlich clean. Ohne viel Schnörkel.« Nachdenklich sehe ich mich in der Etage um. Im Wohnzimmer steht neben einem großen Ecksofa nur ein schlichter Glastisch und das weiße Lackboard mit dem großzügigen Flachbildschirm. Die einzigen Farbakzente bringen erdfarbene Kissen. Grau. Hellbraun. Beige. Passend zu der hellgrauen Wand, an der das Kunstwerk hängt, das Paul eben noch skeptisch beäugt hat. Weiße Leinwand, zarte graue Linien, die die Silhouette einer Frau darstellen. Auch wenn es vielleicht nicht nach zehntausend Euro aussieht, finde ich es wirklich ein bisschen mehr als nett anzusehen.

»Du verbringst nicht viel Zeit zu Hause.« In seinen Augen blitzt kurz etwas auf.

»Da liegst du falsch. Ich bin normalerweise viel zu Hause. Nur die letzten Wochen nicht.«

Paul lächelt. »Aber dann sicher nicht in diesen Räumen, oder?«

Ich fahre mit meinem Blick seinen Hals entlang bis zur Mulde seines Hemdkragens. »Da könntest du recht haben. Ich sitze meist oben am Computer und arbeite.«

Paul streicht sich über die dunklen Bartstoppeln und triumphiert. »Hab ich's doch gewusst. Es ist hier unten doch relativ unpersönlich. Ich hätte mir zwar gedacht, dass hier eine Frau lebt, wäre vermutlich auch von einer jungen Frau ausgegangen. Allerdings fehlen mir für weitere Einschätzungen persönliche Gegenstände. Wäre das hier ein Tatort, würde ich nach Fotos suchen. Von Freunden oder von der Familie …«

»Das ist nicht so mein Ding«, erkläre ich und stürze den Inhalt meines Wasserglases in einem Zug hinunter.

»Also gibt es aktuell in deinem Leben niemanden, der wirklich von Bedeutung ist oder es vielleicht einmal war?«

Seine Frage windet sich um meinen Geist. Unsicher, welche Absicht hinter dieser Formulierung steckt, überspiele ich die elektrisierende Wirkung und streiche mir eine Haarsträhne hinters Ohr.

»Entschuldige, ich wollte dir damit nicht zu nahe treten.« Er hebt abwehrend die Hände. »Zu meiner Verteidigung kann ich allerdings sagen, dass ich das nicht nur aus reiner Neugierde wissen will. Ich kann nicht aufhören, mich zu fragen, ob die Belästigungen vielleicht von jemandem stammen, der aus deinem näheren Umfeld ist.« Er hält inne, als wolle er zuerst meine Reaktion abwarten, bevor er weiterspricht.

Kurz überlege ich, ob er gerade das Bild der alten Valerie vor seinem geistigen Auge sieht. Ob er ahnt, dass der Kontakt zu meiner Familie ziemlich problematisch geworden ist? Streng genommen weiß ich nicht einmal, an wie viele Dinge sich Paul von früher erinnern kann. Das eine oder andere wird er sicher durch Theo mitbekommen haben. Die beiden gingen immerhin in eine Stufe, und ich bin Theos kleine Schwester. Doch andererseits ist das Ganze mittlerweile Jahre her.

»Jemand aus meiner Familie oder von meinen Bekannten?«

»Ich weiß, dass der Gedanke abwegig klingt. Letztendlich sind das ja die Menschen, denen man am meisten vertraut. Doch sämtlichen Statistiken zufolge stellt es sich in vielen Fällen deiner Art so oder so ähnlich am Ende heraus. Und das heißt nicht, dass das sein muss, Valerie. Aber es ist wichtig, dass wir nichts ausschließen, okay? Ich will, dass du dich so bald wie möglich wieder sicher fühlst.«

Ich nicke, ohne etwas zu sagen, fühle mich etwas erschlagen von dem Gedanken daran, dass mir jemand aus meiner unmittelbaren Nähe so etwas antun könnte.

»Falls du es genau wissen willst, ich habe keinen Kontakt zu meinen Eltern. Ich habe sie seit Monaten nicht gesehen oder gesprochen.« Abgesehen vielleicht von dem kurzen Telefonat vor wenigen Tagen, an das ich nur ungern zurückdenke.

»Und Theo?«

Und da ist er. Zum ersten Mal fällt zwischen uns der Name meines Bruders, und es ist, als würde etwas in mir zerbrechen.

Schnell senke ich den Blick, möchte vermeiden, dass Paul die unvermeidbare Verletzlichkeit sieht, die bei jedem Gedanken an Theo in mein Herz kriecht.

»Ich weiß es nicht«, gebe ich zu. »Er hat sich seit Wochen nicht gemeldet. Vielleicht ist er zugedröhnt und hat meine Nachrichten nicht einmal gelesen.«

Ich sehe, dass Paul schluckt. »Dann hast du zu ihm gelegentlich Kontakt gehalten?«

Mir entfährt ein Seufzen. »So kann man das eigentlich nicht nennen. Wir haben uns seit über eineinhalb Jahren nicht gesehen, aber es kamen zumindest hin und wieder Lebenszeichen. Wie gut kanntest du Theo?«

Paul holt tief Luft. »Schwer zu sagen. Ich habe ihm manchmal Nachhilfe gegeben. Vielleicht erinnerst du dich?«

Überrascht schüttele ich den Kopf.

»Ich war ein- oder zweimal sogar bei euch zu Hause. Da haben wir uns auch gesehen.«

»Oh.« Im selben Moment frage ich mich, wie ich diese Information jemals vergessen konnte.

»Ist ja auch schon lange her.«

»Nicht lang genug«, rutscht es mir heraus. »Wenn der Unbekannte etwas von damals über mich weiß, kann er mein komplettes Image ruinieren. Alles zerstören, was ich mir aufgebaut habe. So weit darf es nicht kommen.«

Aus irgendeinem Grund rechne ich damit, dass er nachfragt. Dass er wissen will, ob wir beide von demselben Ereignis sprechen. Doch das tut er nicht.

»Du meinst, dieser Unbekannte könnte deine glitzernde Instagram-Welt so sehr ins Schwanken bringen?« Er runzelt die Stirn, doch ich nicke dafür umso entschlossener.

»Ich bin ein anderer Mensch geworden, Paul. Meine Vergangenheit ist Vergangenheit. Sie hat nichts mehr mit mir zu tun und geht auch niemanden etwas an.«

Paul zögert, als wolle er etwas dazu sagen, entscheidet sich aber im letzten Moment dagegen. »Hast du schon einmal überlegt, ob du vielleicht zu einer örtlichen Frauenberatungsstelle gehen möchtest?«

Ich reagiere überraschter, als ich vermutlich sollte, muss im nächsten Augenblick sogar lachen. »Wozu denn das? Ich habe mich doch an die Polizei gewandt.«

Paul nickt. »Schon, aber manchmal ist es auch wichtig, dass man solche Erlebnisse richtig verarbeitet. Vielleicht tut der Austausch dir gut.«

»Ach, nein. Was ich möchte, ist, dass dieses Arschloch sich nicht mehr bei mir meldet. Wenn das erledigt ist, bin ich mit dem Thema durch und lebe wieder in Ruhe mein Leben.«

»Wenn du meinst.« Schon wieder ist da etwas in seinem Blick, das für mich wie Sorge aussieht. Echte Sorge. »Ich hoffe, dass wir den richterlichen Beschluss bekommen. Aber wenn bis dahin doch etwas ist, dann meldest du dich bei mir, einverstanden?«

»Ich weiß nicht, wie ich dir danken soll.«

»Das musst du auch nicht. Das ist mein Job.« Ein Lächeln zuckt in seinen Mundwinkeln. Ein Lächeln, bei dem mir sofort warm ums Herz wird. »Obwohl ich zugeben muss, dass ich nicht alle Leute, die sich an mich wenden, mit meinem privaten Auto nach Hause bringe.«

»Dann darf ich mich geschmeichelt fühlen?«

Kaum haben die Worte meinen Mund verlassen, würde ich sie am liebsten zurückziehen. Ein Flirt ist in meiner jetzigen Situation nicht nur unpassend, sondern auch leichtsinnig.

»Du darfst nicht nur. Du solltest sogar.« Als er mir zuzwinkert, kann ich nicht klar sagen, ob es amüsiert oder charmant gemeint ist. Und noch viel weniger weiß ich, warum ich mir auf einmal wünsche, dass es Letzteres ist.

»Es war schön, mit dir zu reden.«

»Fand ich auch«, sage ich und bin selbst überrascht, dass ich diese Worte genau so meine. Dass ein Teil von mir berührt ist, wie viel Zeit er sich für mich nimmt. Es ist ewig her, dass ich die Anwesenheit einer Person als so beruhigend empfunden habe. Obwohl beruhigend ein seltsames Wort ist, wenn man bedenkt, wie schnell mein Herz unter Pauls Blicken rast. Es ist ein gutes Herzrasen. Keine Angst, vielmehr Sicherheit. Ja, ich fühle mich in seiner Gegenwart sicher.

Ein schrecklich absurder Teil von mir wünscht sich, er würde mich an sich ziehen und seine starken Arme um mich schlingen.

»Du bist sicher, dass alles in Ordnung ist?«

Sieh mich nicht so an. Bitte, hör auf, mich so anzusehen!

Ich nicke, scheine damit aber wenig zu überzeugen. Ganz im

Gegenteil. Es würde mich nicht wundern, wenn mein Gesicht in den letzten Sekunden hochrot geworden ist.

»Ich weiß, du bist eine toughe Frau. Aber Angst hat nichts mit Schwäche zu tun, okay?«

»Okay.« Meine Antwort ist nur ein leises Flüstern. Zwischen uns sind noch maximal zwanzig Zentimeter. Zwanzig Zentimeter, die mich vor einer großen Dummheit bewahren oder innerhalb eines einzigen Augenblicks zunichtegemacht werden können. Fünfzehn Zentimeter. Selten hat sich das Gefühl von Anziehung so falsch angefühlt. So falsch und gleichzeitig richtig und wild. Es sind nur noch fünf Zentimeter. Pauls Atem riecht nach Minze. Ich komme nicht dazu, mich ausführlich der Frage zu widmen, wie jemand einfach so nach Minze riechen kann, ohne vorher eine Mundspülung … Ich komme nicht einmal dazu, den Gedanken zu Ende zu führen, denn etwas hat mein Gehirn viel zu sehr benebelt. Etwas, das zwischen Verzweiflung und Angst plötzlich hofft, gesehen zu werden. Wirklich gesehen.

»Valerie.« Er sagt meinen Namen. Nicht auf die raue, lüsterne Art, sondern eher wie eine Erinnerung. Dann, wie zur Bestätigung, tritt er einen Schritt zur Seite. »Wir sollten das nicht tun.« Ein Räuspern. »Ich ermittle in deinem Fall.«

Fuck. Seine Zurückweisung brennt wie Säure auf meinem Körper. Von den Zehenspitzen bis zur Kopfhaut. Das fällt ihm aber früh ein. Panisch versuche ich, meinen Atem zu beruhigen.

»Versteh das bitte nicht als Korb. Ich … unter anderen Umständen …«

Er soll diesen Satz nicht aussprechen. Er soll überhaupt nichts mehr sagen.

»Tue ich nicht«, finde ich meine Stimme wieder. »Falsch verstehen, meine ich. Du hast absolut recht. Wir sind einfach nur verwirrt.«

Als Paul nickt, verkrampfe ich meine Mundwinkel zu einem Lächeln.

»Dann komm gut nach Hause?« Ist das eine Frage? Ich bin wirklich verwirrt. Ob das an der seltsamen Situation, meinen schwachen Nerven oder der aufsteigenden Scham liegt?

»Werde ich.« Bevor die Tür hinter Paul ins Schloss fällt, dreht er sich noch einmal zu mir um. »Eines noch, Valerie. Du hast gesagt, dass die Vergangenheit nichts mehr mit dir zu tun hat. Doch das kann ich so nicht stehen lassen. Unsere Vergangenheit entscheidet nicht allein darüber, wer wir sind. Ganz im Gegenteil. Sie zeigt uns manchmal etwas, das noch viel wichtiger sein kann: zum Beispiel, wer wir aufgehört haben zu sein.«

15. KAPITEL

WO GEHOBELT WIRD, DA FALLEN SPÄNE

Kennt ihr schon den Selbstbräuner von @skinforcare? Seitdem ich diese Produkte nutze, fühle ich mich morgens wie ein ganz neuer Mensch, wenn ich mich im Spiegel betrachte. Endlich nicht mehr leichenblass! Vor allem meine Mädels hier kennen das ja sicher ...
Wenn ihr etwas sucht, das euch einen zusätzlichen Glow im Winter verpasst, probiert den Selbstbräuner gerne mal aus und markiert mich auf den Ergebnissen. Ich bin so gespannt!
#bodylove #selflove #skincare #morningroutine

Zwei Tage später habe ich von Paul, abgesehen von ein paar belanglosen Nachfragen, nicht wirklich etwas gehört. Es ist nicht die Tatsache, dass wir uns beinahe geküsst haben, die mich wurmt. Vielmehr ärgert es mich, dass er mir versichert hat, die Polizei würde sich der Sache wohl endlich offiziell annehmen. Das waren anscheinend auch nur Worthülsen. Nichts davon hilft mir weiter, solange dieser Unbekannte unbehelligt da draußen herumläuft.

Es ist ein schwacher Trost, dass ich gestern Morgen eine E-Mail bekommen habe, in der der Betreiber der Pornoseite sich für den Missbrauch meiner Persönlichkeitsrechte entschuldigt und versichert, der Clip sei gelöscht. Ob sich das Video bereits auf anderen Plattformen verbreitet hat oder der Ersteller des Videos es erneut versuchen wird, können sie natürlich nicht feststellen. Also bleibt mir nur, abzuwarten und Däumchen zu drehen? Wie auch immer, ich bin mit den Nerven wirklich am Ende.

Es sind nur noch zehn Tage, bis ich die neuen Produkte von V-Line offiziell ankündigen darf, und mein Bauchgefühl sagt mir, dass bis dahin noch irgendetwas passieren könnte. Das, was Paul erwähnt hat, liegt mir noch immer schwer im Magen, weshalb ich es nicht lassen konnte, den Begriff Stalking in die Suchmaschine einzutippen.

Klare Grenzen setzen, auf Belästigung nicht reagieren, alle Beweismaterialien sichern …

Schockiert musste ich in den letzten Tagen feststellen, dass viele Tipps, die sich im Netz finden lassen, den Opfern eigentlich nur raten, sich besser vor Stalking zu schützen.

Als sei der mangelnde Schutz das Problem und nicht die abgefuckte Seele derer, die andere terrorisieren. Geheime Telefonnummern, Fangschaltungen … mehrfach wurde Frauen sogar zu einem Umzug geraten, um dem psychischen Stress zu entkommen. Manche Artikel oder Erfahrungsberichte haben mich mit einer Mischung aus Wut und Verständnislosigkeit zurückgelassen.

Neben der Planung für das Ankündigungsvideo zu den neuen Produkten habe ich bei Lotte nachgehakt, versuche mir bezüglich einer IP-Rückverfolgung jedoch nicht zu große Hoffnungen zu machen.

Valerie
Wann passt es dir genau?

Wenige Sekunden später vibriert mein Telefon, und ich erhalte eine Antwort von ihr.

Lotte
Wenn nicht jetzt, wann dann?

Augenblicklich höre ich das gleichnamige Lied, das ich schon als Kind lauthals mitgesungen habe, in meinem Kopf. Dabei habe ich noch etwa drei Wochen Zeit, bevor die Jecken die Kölner Straßen erobern und ich für eine ganze Weile so tun muss, als wäre mir das ganze Karnevalszeug nicht schnurzpiepegal. Ich erinnere mich an letztes Jahr, als Fred mit mir ein paar bunte Fotos für den Feed geschossen hat. Frisch getrennt, und trotzdem habe ich wie das blühende Leben ausgesehen. Zumindest für die Dauer einiger Schnappschüsse.

Eine Show, ja. Aber sie hat funktioniert. Niemals hätte ich zugelassen, dass Alex sieht, wie hart mich unsere Trennung wirklich getroffen hat. Wie sehr mich der Gedanke zerrissen hat, ihn verloren zu haben. Ihn, den ich einmal wirklich geliebt habe. Gleich wenige Tage später die nächste Kooperation, bald darauf auch Events, das Leben musste weitergehen. Zuerst für Valerie Sophie auf den sozialen Medien und irgendwann dann auch für mich. Wenn auch in einer kräftezehrenden Slow Motion, aus der ich mich Tag für Tag weiter befreie.

Valerie
Bin auf dem Weg.

Bella steht bereits an der Tür, als ahne sie, dass ein Besuch bei Lotte bevorsteht.

»Und?«, begrüßt mich meine Nachbarin, sobald sie die Tür aufgerissen hat.

»Das wollte ich dich gerade fragen.«

»Wie war dein Date?« Sie schiebt ihren Rollstuhl ein Stück

zur Seite, um mir Platz zu machen. Bella stürzt sich noch vor mir in den Flur und sucht den Boden nach neuen Gerüchen ab.

»Ich hatte kein Date«, sage ich und rolle die Augen. Es gibt kaum etwas, über das ich weniger gern sprechen möchte als über das letzte Treffen mit Paul.

»Stimmt, du bist ja noch im Verdrängungsmodus.« Lotte lacht. »Wir haben alle mal so angefangen. *Nein, ich will wirklich nichts von ihm, seine Zunge hing ganz plötzlich in meinem Hals. Eigentlich ist er auch überhaupt nicht mein Typ, aber vorsichtshalber rasiere ich mir doch mal die Beine. Egal, was kommt, beim ersten Date springe ich mit ihm nicht in die Kiste. Es sei denn, er hat …*«

»Hör auf.« Meine Wangen beginnen zu glühen. »Er war nur ein Polizist.«

»Er *war?* Und jetzt ist er Stripper? O mein Gott!« Sie unterdrückt ein albernes Kreischen. Lotte scheint wirklich Spaß daran zu haben, meine Nerven zu strapazieren.

»Er ist Polizist. Ein sehr gewissenhafter Polizist, der Arbeit und Privates trennt.« Leider. »Er ermittelt also nur in meinem Fall.«

Das Lächeln weicht von Lottes Gesicht. »Oh, Val. Warum hast du das nicht gleich gesagt?«

»Das hätte ich, wenn du mir die Chance gegeben hättest«, murmele ich und streiche mir gestresst die Haare aus dem Gesicht.

»Tut mir leid.« Sie wendet den Blick ab. »Ich hätte mich nur wirklich für dich gefreut.«

Ich unterdrücke ein viel zu frustriertes Seufzen. »Warum glauben immer alle, dass man einen Mann in seinem Leben braucht? Ich für meinen Teil komme die meiste Zeit sehr gut allein klar.«

»Das weiß ich«, sagt Lotte in sanftem Ton. »Das tue ich auch. Aber du hättest es einfach verdient. Vor allem nach der Sache mit deinem Ex.«

Lotte hat Alex nie persönlich kennengelernt. Als ich aus unserer gemeinsamen Wohnung ausgezogen bin, hat es etwas gedauert, bis ich etwas Neues gefunden habe. Doch mittlerweile weiß auch sie genau um die Geschichten, die man heute noch auf den Promi-News-Seiten lesen kann. Alles andere wäre auch unmöglich zu verhindern gewesen.

»Das ist lieb von dir«, murmele ich. »Gibt es denn etwas Neues wegen der IP-Adresse? Konntest du einen Namen herausfinden? Oder eine Anschrift?«

Lotte seufzt. »Am besten siehst du dir das einmal selbst an. Es ist nicht allzu viel. Mach dir keine großen Hoffnungen.«

Sollte davon noch ein Bruchteil übrig gewesen sein, fällt dieser nun auch in sich zusammen. »Ich dachte immer, ihr Computer-Nerds bekommt alles raus.«

Lotte zuckt mit den Schultern. »Das kommt immer auf die Umstände an.«

Ich folge ihr durch den Flur ins Arbeitszimmer. Hier bin ich bisher noch nicht so häufig gewesen, und obwohl sich unsere Wohnungen in einem Haus befinden, ist Lottes Wohnung nicht nur deutlich kleiner als meine, sondern auch räumlich anders aufgeteilt. Allein schon, weil bei Lotte alle Zimmer barrierefrei auf einer Etage liegen.

Ich sehe zu, wie sie ihren Computer anschaltet und eine Seite aufruft.

»Fest steht, dass das Video vom selben Server hochgeladen wurde.«

»Das heißt?«

»Wir haben es auf jeden Fall mit ein und derselben IP-Adresse zu tun.«

»Du meinst, damit kann ich sicher sein, dass E-Mail und Video tatsächlich von derselben Person verschickt wurden?«

Lotte nickt. »Nun ja. So ähnlich. Zumindest wissen wir, dass es derselbe Computer war. Wer zu dem Ding Zugang hatte, können wir natürlich nicht sehen. Da ich aber nicht davon ausgehe, dass zwei verschiedene Täter an diesem Computer arbeiten, ist es sehr naheliegend.«

Ich hole tief Luft. Obwohl ich von nichts anderem ausgegangen bin, erweist sich die Gewissheit als schmerzlich. »Das bedeutet, dass es irgendwo da draußen jemanden gibt, der mir ganz gezielt schaden möchte.«

Lotte schluckt. Dann räuspert sie sich. »Da ist noch etwas, was ich dir sagen muss.«

Abwartend sehe ich sie an. »Ja?«

»Er ist nicht irgendwo da draußen. Zwar lässt sich die IP-Adresse ohne polizeiliche Anfrage keinem Namen und keinem konkreten Haus zuordnen, allerdings können wir den Radius einschränken.« Sie öffnet eine neue Seite. »Wenn wir das hier ranzoomen, können wir den groben Umkreis sehen. Von daher können wir sicher sein, dass sowohl der Upload des Videos als auch das Senden der E-Mail von einem Computer geschehen ist, der sich hier in der Stadt befindet. In Köln.«

16. KAPITEL

MAN MUSS DAS EISEN SCHMIEDEN, SOLANGE ES HEISS IST

»Und es kann nicht sein, dass da ein Fehler vorliegt?« Ich verschlucke mich beinahe an meinen eigenen Worten. »Fehler passieren doch immer wieder. Vielleicht hast du dich verguckt oder …«

»Valerie«, unterbricht mich Lotte. »Ich habe es dir gerade gezeigt. Der Computer steht in Köln. Genauer eingrenzen kann ich das leider schlecht.« Sie lässt die Maus erneut über den Bildschirm fahren.

»Dann hat Paul tatsächlich recht«, entfährt es mir.

»Wer ist Paul?«

»Der Polizist«, sage ich knapp. »Er hat gesagt, dass die meisten Stalker ihre Opfer persönlich kennen. Sie stammen wohl in den häufigsten Fällen aus dem näheren Umfeld.« Bilder mir vertrauter Menschen flackern vor meinem geistigen Auge auf.

»Moment, Moment. Das geht mir gerade etwas zu schnell. Bloß weil dieser Drecksack aus Köln kommt, heißt es doch noch lange nicht, dass du ihn kennst. Köln ist eine Millionenstadt. Jeder x-Beliebige könnte dir diese Post geschickt haben.« Lotte seufzt. »Es tut mir leid, Val, aber ich kann mir kaum vorstellen, dass jemand, der dich kennt, so etwas tun würde.«

»Es könnte jeder sein.«

»Oder jede.«

Ich schüttele den Kopf. »Die sexualisierten Inhalte … der Typ schrieb eindeutig von seinem Schwanz. Wir sollten davon ausgehen, dass es ein Mann ist. Außerdem sind die meisten Stalker

Männer.« Angestrengt fasse ich mir an die Stirn. In meinem Kopf pulsiert ein heftiger Schmerz, und ich brauche eine Tablette. Am besten jetzt sofort.

»Du solltest einfach vorsichtig sein. Am besten noch mal mit deinem Paul sprechen. Warum nennst du einen Polizisten eigentlich beim Vornamen?« Ein vorsichtiges Lächeln schleicht sich auf ihre Lippen. »Hast du jetzt schon eine private Security?«

»Quatsch.« Meine Körpertemperatur befindet sich jeden Moment am Siedepunkt. »Wir kennen uns von früher. Schulzeit und so.« Ruckartig sehe ich mich um. »Könnte ich vielleicht etwas zu trinken haben? Mein Kopf macht mich wahnsinnig.«

»Klar.« Ohne eine weitere Frage zu stellen, schiebt sich Lotte aus dem Arbeitszimmer und taucht wenig später mit einem Glas Wasser wieder auf. »Falls du was anderes willst, kannst du auch in der Küche schauen.«

Ich winke ab. »Wasser ist perfekt. Vielleicht hilft mir das, ein bisschen klarer zu denken.«

Lotte nickt. »Gibt es denn nichts Neues vonseiten der Polizei?«

»Das ist es ja. Dieses Warten macht mich völlig wahnsinnig. Und das Wissen, dass hier in Köln …« Ich breche ab, möchte den Satz ungern zu Ende führen. »Was kommt als Nächstes? Wird er mir vor meiner Tür auflauern? Weiß er vielleicht sogar schon, wo ich wohne? Beobachtet er mich draußen? Wir wissen gar nichts.«

Mir fällt ein, dass ich im Büro zwei Fotos von dem Paket gemacht habe, bevor ich es bei Paul auf der Polizeistation gelassen habe. »Sieh dir das an! Kam vorgestern. Ohne Absender natürlich. Mit dabei lag ein Brief. Eindeutig von *ihm*.« Ich reiche Lotte mein Smartphone und warte einen Augenblick, bis sie sich die Bilder angesehen hat.

»Die Wäsche, weißt du, was das für welche gewesen ist?«

Irritiert nehme ich ihr mein Telefon aus der Hand. »Ziemlich knappe Reizwäsche. Falls du sie haben willst, hole ich sie dir gerne zurück.«

Lotte verdreht die Augen. »Ich meine, ob man eine Marke gesehen hat. Einen Preis. Irgendwas.«

Worauf um alles in der Welt will sie hinaus?

»Du hast selbst gesagt, dass ihr nichts habt. Keine Information. Keinen Anhaltspunkt.«

»Abgesehen davon, dass wir jetzt zumindest wissen, dass dieser Idiot in unserer Stadt wohnt«, werfe ich ein.

Lotte ignoriert mich. »Vielleicht ist es zu abstrakt, aber ich dachte, möglicherweise lasse sich vom Preis zumindest eine Art Motiv ableiten.«

Noch immer verstehe ich nur Bahnhof.

»Nun ja. Ist es Billigwäsche oder von einem Markenhersteller? Dient es nur der Provokation, oder steckt dahinter tatsächlich eine echte Fantasie?«

»Ich weiß nicht.« Unschlüssig fahre ich mir durchs Haar. »Das sind letztendlich doch auch nur Spekulationen.«

Missmutig nickt sie. »Zeig mir noch mal die Bilder!«

Wenig hoffnungsvoll entsperre ich das Telefon und rufe meine Galerie erneut auf. Während Lotte sich über das Display beugt, starre ich auf den Computerbildschirm und frage mich, wie sie auch nur irgendetwas mit den vielen Zahlen und Buchstaben darauf anfangen kann.

»Was hast du gesagt, wo ist dieses Paket?« Sie hebt den Kopf.

»Die Wäsche?«

»Das Paket. Der Karton«, erklärt sie.

Ich zucke mit den Schultern. »Ich nehme an, den hat Paul seinen Kollegen gezeigt. Ob man da noch Fingerabdrücke erkennen kann? Den haben ja sicher viele angefasst. Jemand auf der Poststelle, der Paketbote, Tizian, Paul und ich. Obwohl, nein, Paul hat Handschuhe getragen.«

Lotte schüttelt den Kopf. »Du denkst viel zu kompliziert. Wenn der Karton wirklich als Paket verschickt wurde, gibt es eine Sendungsnummer, die man zurückverfolgen kann.« Ihre Miene erhellt sich. »Das bedeutet, du kannst zumindest herausfinden, wo es abgegeben wurde.«

Ich brauche einen Moment, um diese Informationen zu verarbeiten. »Du meinst, ich kann die Postfiliale einsehen?«

Lotte nickt. »Soweit ich weiß, müsste das funktionieren. Wir brauchen nur die Sendungsnummer. Die kann ich auf dem Foto aber selbst mit viel Mühe nicht lesen. Viel zu verschwommen.«

»Mist«, schimpfe ich und versuche es selbst. Doch Lotte hat recht. Beim Zoomen verliert das Bild ordentlich an Schärfe.

»Dann werde ich Paul anrufen müssen. Vielleicht kann er mir mehr sagen.« Um ehrlich zu sein, habe ich gehofft, mich so schnell nicht wieder bei ihm melden zu müssen. Nach der Mehr-oder-weniger-Abfuhr löst allein der Gedanke an ihn einen Schauer aus. Während ich seinen Kontakt aufrufe, hoffe ich inständig, dass der Karton noch bei ihm im Büro liegt. Es piept, dann höre ich, wie er abnimmt.

»Paul? Ich bin's. Valerie«, füge ich schnell hinzu. »Es tut mir leid, dass ich mich schon wieder melde.« Und wieder so kurz vorm Feierabend, fällt mir auf. Wir haben schon fast siebzehn Uhr.

»Hey, alles gut. Ich habe dir doch gesagt, du sollst anrufen, wenn es etwas gibt. Ist etwas passiert?« Seine Stimme klingt alarmiert.

»Nein, nein«, entwarne ich schnell. »Allerdings habe ich etwas herausgefunden und brauche deine Hilfe. Genauer gesagt die Sendungsverfolgungsnummer von dem Paket. Es müsste ein Sticker drauf sein. Von der Post. Du weißt, was ich meine, oder?«

»Worauf willst du hinaus?«

In wenigen Sätzen erzähle ich ihm von Lottes Einfall mit der Sendungsverfolgung. »Kannst du sie mir kurz schicken?«

»Du willst hinfahren? Diese Filiale kann überall in Deutschland sein.«

»Nein«, widerspreche ich. »Da gibt es noch etwas. Du hast meine Nachbarin vorgestern kurz kennengelernt. Sie hat beruflich mit dem ganzen IT-Kram zu tun und konnte die E-Mail zurückverfolgen. Sie wurde aus Köln versendet. Wir gehen davon aus, dass er hier in der Stadt wohnt.«

Wider meine Erwartung klingt Paul nicht sonderlich beeindruckt. »Sei bitte vorsichtig! Wir kümmern uns um die Ermittlungen. Es ist nicht gut, wenn du dich da noch tiefer reinhängst. In Köln. Wie gesagt, wir wissen nicht, wer aus deinem Umfeld …«

Ich lasse ihn nicht ausreden, bin viel zu aufgeregt. »Du hast damit überhaupt nichts zu tun. Wenn du mir nur ein Foto schickst, musst du dich nicht kümmern. Versprochen.«

»Dir ist klar, dass es mir dabei weniger um mich geht?«

Seine Worte bringen mein Herz schon wieder dazu, schneller zu schlagen. »Ich weiß, was ich tue. Dafür brauche ich aber ein Bild, auf dem ich die Nummer lesen kann.«

Am anderen Ende der Leitung ist es so still, dass ich kurz fürchte, Paul habe einfach aufgelegt. Doch stattdessen kündigt die schwache Vibration in meiner Handinnenfläche eine neue Nachricht an. Als ich das Foto öffne, atme ich erleichtert durch.

»Die Filiale ist keine zwei Kilometer von dir.« Paul ist schon einen Schritt weiter. »Wenn ich in spätestens zwanzig Minuten dort sein kann, wartest du?«

»Versprochen!«

»Den Typen hast du aber gehörig um den Finger gewickelt«, bemerkt Lotte, kaum haben wir aufgelegt.

»Wie gesagt, Berufliches und Privates wird getrennt.« Ich fahre mit den Fingern nervös über den Schreibtisch.

»Und finden wir das eher gut oder schlecht?«

Zu meiner eigenen Verwunderung zucke ich mit den Schultern. »Ich habe keine Kapazitäten für einen Freund. Einfach nicht das richtige Timing.«

»Du glaubst, dass es das gibt?«

»Was ich glaube, ist, dass es weitaus passendere Momente gibt, sich an einen Typen ranzuschmeißen, als meine momentane Situation.« Mit einem schweren Seufzen stehe ich auf. »Danke für deine Hilfe, Lotte. Ich muss jetzt los. Wir haben schon einiges an Zeit verloren.« Und ich zu viel von meinem Verstand.

* * *

Die Tatsache, dass diese verdammte Postfiliale keine zwei Kilometer von meinem Zuhause entfernt ist, beunruhigt mich sehr. Streng genommen heißt das nicht nur, dass dieser Kerl in meiner unmittelbaren Nähe gewesen sein muss, sondern auch, dass nahezu jeder es sein könnte. Mitten in der Innenstadt. Ein Grund mehr, nichts unversucht zu lassen.

Diese Postfiliale ist nicht viel mehr als eine Idee. Ein Anfang. Vielleicht auch nur der absurde Versuch meinerseits, mich endlich nicht mehr vollkommen hilflos zu fühlen.

Beinahe überfahre ich eine rote Ampel, setze den Blinker viel zu spät und ignoriere das laute Hupen, das definitiv mir gilt. Zu Recht.

Ich stelle erleichtert fest, dass Paul bereits da ist. Laut meiner Uhr haben wir sogar noch mindestens dreißig Minuten, bis die Filiale schließt.

»Du hast einen Plan?«

»Lass mich einfach machen, okay?« Wir laufen an einer Apotheke vorbei, einem kleinen, ziemlich düster wirkenden Elektronikladen, der sich direkt gegenüber der Post befindet.

»Und damit schwindet meine letzte Hoffnung, dass wir es mit einem übersichtlichen Kiosk zu tun haben«, murmelt Paul und spricht damit auch meine Gedanken laut aus. Ich mag mich gar nicht fragen, wie viele Leute in einer so zentral gelegenen Filiale täglich ein und aus gehen.

Als wir eintreten, haben wir zumindest etwas Glück und müssen kaum warten. Eine Mitarbeiterin der Post winkt uns direkt zu sich. Ich habe keine Zeit, meine Gedanken noch einmal zu sammeln, sondern falle direkt mit der Tür ins Haus. »Mein Anliegen ist vielleicht etwas ungewöhnlich, aber ich brauche Ihre Hilfe. Wissen Sie zufällig, wer die letzten Tage hier die Pakete angenommen hat?«

Irritiert sieht die Dame von mir zu Paul. »Das ist immer unterschiedlich«, sagt sie und klingt dabei, als würde sie eine Frage stellen.

»Ich habe ein anonymes Paket bekommen, das von hier verschickt wurde«, versuche ich es erst einmal nur sehr vage.

»Hören Sie mal, Sie sind hier bei der Post. Wir nehmen den ganzen Tag Pakete entgegen.«

»Vielleicht können Sie sich dennoch an dieses hier erinnern.« Ich ziehe mein Smartphone aus der Tasche und lege der Frau die Bilder vor. »Es wurde mir vorgestern zugestellt. Ohne Absender. Ich weiß, dass das jetzt seltsam klingt, aber wir müssen wissen, wer es hier aufgegeben hat.«

Hilfe suchend blicke ich zu Paul. Sollte ich vielleicht noch mehr sagen? Schnell ziehe ich mein Telefon zurück und öffne WhatsApp. Hitze schießt mir in den Kopf, während ich meine Chats durchscrolle und kurz davor bin, der Dame ein Foto von Tizian zu zeigen. Ich muss ausschließen, dass …

»Warte.« Paul legt mir besänftigend eine Hand auf die Schulter. »Paul Herrlich, Polizei Köln. Das Paket, das von hier verschickt wurde, enthielt Beweismaterialien. Ihre Aussage könnte für uns von enormem Nutzen sein.« Als Paul seinen Dienstausweis auf die Theke legt, habe ich keine Ahnung, wie ich ihm jemals danken soll. Denn auch wenn die Dame ihn so unaufmerksam prüft, dass ich ihr wahrscheinlich auch ein Parkticket unter die Nase hätte halten können, zeigt es Wirkung.

»Die letzten Tage war ich hier. Mit meinem Kollegen zusammen.« Sie deutet auf einen zweiten Postangestellten, der gerade die Kundin bedient, die kurz nach uns gekommen ist.

»Und können Sie sich an die Kunden erinnern?« Es ist, als

halte ich einen dünnen Faden in der Hand und wüsste, dass er mir bei einer falschen Bewegung sofort entrissen wird.

Die Frau runzelt die Stirn. »Um Himmels willen, nein. Ich kann mir Gesichter nicht merken. Bin ja froh, wenn ich am Abend noch meinen Mann erkenne.« Sie lacht, verstummt aber sofort wieder, als sie den Ernst in unseren Augen sieht.

»Ist es etwas Schlimmes? Sind Sie von der Kriminalpolizei? Ist jemandem was passiert? Man kennt solche Situationen ja schließlich sonst nur aus dem *Tatort*.«

Obwohl ihr eine gewisse Neugier kaum zu verdenken ist, spüre ich Verärgerung in mir brodeln. Wenn die Leute nur halb so viel Engagement für die tatsächliche Aufklärung von Verbrechen aufbringen würden, sähe die Welt ganz anders aus. Stattdessen steckt jeder seine Nase nur so lange in die Angelegenheiten anderer Menschen, wie es ihn selbst interessiert.

»Dazu können wir Ihnen leider nichts sagen«, antwortet Paul mit harter Miene. »Es ist allerdings wichtig, dass Sie uns alles erzählen, was Sie wissen.«

Die Postdame macht ein betroffenes Gesicht. »Wie schon gesagt, ich denke nicht, dass mir jemand besonders aufgefallen ist. Normalerweise nehmen wir Pakete ohne Absender auch überhaupt nicht an. Das muss meinem Kollegen durchgerutscht sein. Anders kann ich mir das nicht erklären.« Sie hebt den Kopf. »Werner? Hast du kurz Zeit?«

Die Kundin des Kollegen hat mittlerweile die Filiale verlassen, sodass er sofort zu uns rüberkommt. »Was ist los?«

»Die Herrschaften sind von der Polizei. Sie wollen ein Paket zurückverfolgen.«

»Polizei? Was ist denn passiert?«

Ungeduldig halte ich auch ihm das Foto mit dem Paket vor die Nase. »Wir suchen die Person, die das Paket hier abgegeben hat. Es müsste letzte Woche Freitag oder Samstag gewesen sein. Am Montag wurde es bei mir zugestellt.«

Der Postangestellte sieht unschlüssig auf das Bild auf meinem

Smartphone und schüttelt dann den Kopf. »Das sieht aus wie jedes andere auch. Außer dass auf dem Paket kein Absender steht, fällt mir da nichts auf. Fragen Sie nicht normalerweise nach Videomaterial?«

Mein Puls schießt in die Höhe. Aufgeregt sehe ich zu Paul, der langsam nickt. »Sie meinen die Aufnahmen einer Überwachungskamera?«

»Ja, na klar.«

Auf einmal keimt so viel Hoffnung in mir auf, dass ich an nichts anderes mehr denken kann als den Moment, in dem das hier alles vorbei ist. Was Lotte sagen wird, wenn sie erfährt, dass ihr so naheliegender Vorschlag des Rätsels Lösung war?

»Genau. Die Aufnahmen wären wirklich sehr hilfreich. Haben Sie eine Überwachungskamera?«, frage ich höflich und fahre mit dem Blick hoch zur Decke.

»Leider nein. So etwas brauchen wir hier nicht. Passiert ja nicht jeden Tag, dass die Polizei vorbeikommt.«

Es ist, als würde ich mit dem Kopf direkt gegen die Wand laufen.

»Aber das war doch eben noch Ihr Vorschlag ...« Paul scheint ebenso irritiert wie ich.

Der Mann nickt. Mit einem Augenzwinkern sieht er zu seiner Kollegin. »So kenne ich das aus dem *Tatort*.«

Jetzt ist der Augenblick endgültig gekommen, in dem mir der Kragen platzt. »Lass uns gehen!« Ich ziehe Paul am Ärmel.

Er scheint zu zögern, legt seine Visitenkarte auf den Tisch und bittet beide, noch einmal in sich zu gehen. »Wenn Ihnen etwas einfällt, rufen Sie mich bitte umgehend an.«

In seiner Stimme höre ich, dass er genauso wenig damit rechnet wie ich.

Schweigend verlassen wir die Filiale. Auf einmal ist mir mein naiver Vorschlag, herzukommen, furchtbar unangenehm.

Es ist, als sei die Außentemperatur im Sturzflug noch tiefer gefallen.

»Paul?« Fröstelnd ziehe ich die Schultern hoch und ziehe tief Luft durch die Nase ein.

»Hm?«

»Tut mir leid.«

»Was?« Verwundert sieht er mich an.

»Dass wir umsonst hergekommen sind.«

Er zögert, bevor er den Kopf schüttelt. »Das war nicht umsonst.« Jetzt zeichnet sich ein schwaches Lächeln auf seinen Lippen ab. »Immerhin weiß ich jetzt wieder, warum ich keinen *Tatort* gucke.«

17. KAPITEL

MAN SOLL DEN TAG NICHT VOR DEM ABEND LOBEN

Kaum zu glauben, dass wir uns langsam, aber sicher der Weihnachtszeit nähern.
Habt ihr schon ein paar Geschenke?
Ich werde meine Liebsten dieses Jahr vor allem mit Kleinigkeiten überraschen. Und mit Zeit. Denn die ist wertvoll. In der Weihnachtszeit werde ich manchmal etwas melancholisch und denke an meine Kindheit zurück.
Gemeinsam Plätzchen backen, mit meinem Vater den Tannenbaum schmücken, während meine Mutter die ersten Lieder anstimmt … Erzählt mir doch von euren liebsten Erinnerungen und Traditionen!
#inspiration #bestlife #takecare

Jedes Mal, wenn ich auf das Display meines Telefons sehe, fürchte ich, dass die Ruhe vorbei ist und ein nächster Sturm über mich hereinbricht.

Wir haben den zweiten November. Das bedeutet nicht nur, dass heute am späten Nachmittag die neuen Produkte von V-Line angekündigt und ab morgen früh verkauft werden, sondern auch, dass es jetzt mehr als vierzehn Tage her ist, seit dieses ekelhafte Paket bei mir angekommen ist

Seitdem ist kein Tag vergangen, an dem ich nicht mit einem unguten Gefühl meine Mails geöffnet, in jedem Brief eine weitere kranke Fantasie erwartet habe, doch bisher blieben alle Sorgen unbegründet. Ich habe mich bisher nicht getraut, den Gedanken laut auszusprechen, aber vielleicht, so denke ich klammheimlich, ist es nun wirklich vorbei.

Ich habe auf keinen der Kontaktversuche des Stalkers reagiert, mich möglichst desinteressiert und abgestumpft gezeigt. Und vielleicht funktioniert genau das auch hier am besten: eine Show abzuliefern, die nichts von dem zeigt, was in meinem aufgewühlten Inneren tatsächlich vorgeht.

* * *

Paul hat einige Male nachgefragt, wie es mir geht, und ich habe knapp geantwortet. Einerseits ist es sehr nett von ihm, auf der anderen Seite hat er mir an dem Abend in der Wohnung unmissverständlich klargemacht, dass unser Kontakt professionell bleiben sollte. Womit er natürlich absolut recht hat. Oberste Priorität in meinem Leben hat ab sofort wieder die Arbeit.

Mein Video für heute ist gedreht, geschnitten und bereits angekündigt. Tizian fürchtete, Rosa könne Wind davon bekommen, wenn wir einen riesigen Countdown starten, doch ich bin ziemlich sicher, dass es selbst ihr nicht möglich ist, innerhalb eines Tages nachzuziehen. V-Line ist gerettet. Wir haben es geschafft.

Allein der Gedanke daran lässt mein Herz höherschlagen. Wenn das Video auf meinem Kanal online geht, werden die Drogeriemärkte in ganz Deutschland längst vorbereitet sein. Zufrieden lehne ich mich auf meinem Bett zurück und starre an die Decke.

Alles könnte perfekt sein. Wenn die Angst nicht doch immer wieder ihren Weg in mein Innerstes finden würde. Was, wenn doch etwas schiefgeht? Wenn Linnea recht behält und die neuen Produkte schlechter als erwartet ankommen? Und was, wenn *er* sich bis dahin noch einmal meldet?

Die letzten Wochen sind hart gewesen. Wir haben uns alle so sehr ins Zeug gelegt. Doch die Messlatte ist hoch.

Ich sitze vor meinem Laptop und klicke mich durch die Analyse der letzten Videos. Mir gelingt es nicht, Linneas Stimme aus meinem Kopf zu verdrängen.

Der Hype um dich hat nachgelassen, Valerie.

Zeit für mein Comeback. Ich habe mich verändert und ziehe ab sofort nur noch mein Ding durch. Ohne Alex.

Noch einmal öffne ich das Video, das für später geplant ist. »Darauf seid ihr NICHT vorbereitet« lautet die Headline, die ich auf dem kleinen Anzeigebild mit roter Schrift hervorgehoben habe. Wenn die Klicks in den ersten vierundzwanzig Stunden in die Höhe schießen, sichert mir das hoffentlich ein Überleben im Algorithmus.

Tizian wollte das Material schon vorab sehen, was zumindest den Vorteil hat, dass mir kein Fehler im Schnitt unterlaufen ist. Dennoch spiele ich es wieder und wieder auf dem Bildschirm meines Computers ab, während ich die Termine für den morgigen Tag aus meinem digitalen Kalender in mein Notizbuch übertrage.

Um halb zehn Uhr morgens stehe ich in einem der größten Drogeriemärkte in der Kölner Innenstadt und signiere die ersten hundert Verkäufe meiner Produktlinie. Gegen Mittag bin ich für mehrere Interviews, unter anderem eines mit einem beliebten Frauenmagazin, verabredet, und abends wird dann der zu erwartende Erfolg gefeiert.

Noch zwei Stunden. Ich bin nicht aufgeregt.

Ich sehe mir das Video aus reiner Vorfreude ein weiteres Mal an.

Auf meinem Telefon leuchtet eine Nachricht von Fred auf.

Fred
Das wird super!

Valerie
Yes!

Ich gehe eine Runde mit Bella in den Park und hoffe, dass es mir hilft, den Kopf etwas freizubekommen. Für einen Moment gerate ich in Versuchung, mich noch einmal bei Paul zu melden. Ich will hören, ob es endlich etwas Neues gibt, den winzigen Anhaltspunkt einer Spur. Das letzte Mal, dass er geschrieben hat, ist erst vier Tage her und da hieß es noch immer, die Polizei arbeite an dem Fall.

Mir fällt auf, dass ich auf seine letzte Nachricht überhaupt nicht mehr geantwortet habe. Im Gehen überfliege ich noch einmal unseren Chatverlauf.

Paul
Wir sind an der Sache dran. Du kannst dich melden, wenn du reden möchtest.

Ich hole tief Luft und vergrabe die Hände in meinem Wintermantel.

Als ich Schritte hinter mir höre, drehe ich mich auf der Stelle um. Nur ein Teenager, der wahrscheinlich pünktlich zum Abendessen zu Hause sein will. Doch alleine der kurze Moment der Unwissenheit zeigt mir, was die letzten Wochen mit mir gemacht haben, wie schreckhaft ich geworden bin. Zeit, nach vorne zu sehen. Die Dämmerung hat bereits eingesetzt, und ich mache mich mit Bella wieder auf den Rückweg. Noch eine knappe halbe Stunde bis zum neuen Video. Ich schalte den Fernseher im Wohnzimmer ein, rufe Instagram auf und zerre den Stepper aus dem Abstellraum. Momentan mache ich das häufiger so, um Zeit im Fitnessstudio einzusparen. Einen eigenen Sportraum habe ich bisher noch nicht geschaffen, doch in den letzten Monaten kam dafür ab und zu eine Personal Trainerin zu mir nach Hause. Apropos … vielleicht ist demnächst auch dafür wieder mehr Zeit.

Ich schlüpfe in meine Sportklamotten, schiebe eine gefüllte Süßkartoffel in den Ofen und steige auf den Stepper. Noch siebzehn Minuten. Natürlich werde ich die Kommentare unter dem Video dann live verfolgen. Auf dem großen Fernseher. Es wird sicher keine zwei Stunden dauern, bis die ersten Tratschseiten auf Instagram posten und andere Influencer gratulieren. So ist das immer. Vor den Fans unterstützt man sich gegenseitig und hinter dem Rücken wird gelästert. Doch heute weiß ich, dass es nur der Neid ist, der sich klammheimlich durch unsere Hirne frisst, als gäbe es nicht genug für alle.

Fünfzehn Minuten.

Ich bin bereits etwas ins Schwitzen gekommen. O Mann, ich muss wieder häufiger trainieren. Alex und ich waren früher oft zusammen laufen, im Gym oder haben sogar gemeinsame Work-outs im Netz hochgeladen. *Couple Workout #couplegoals #fitnesscouple #bodytransformation #allesisthiersoperfektdochbaldbetrügtderwichserdich.*

Nur die Ruhe bewahren. Ich trete schneller in den Stepper, schalte den Ton des Fernsehers lauter und lenke mich mit der Haustour der @HappyFamily ab. Typische Familienblogger, die ihre Kinder dem Internet zum Fraß vorwerfen und deren Videos ich mir nur reinziehe, damit ich weiß, wie die Dinge besser nicht funktionieren.

Noch zwölf Minuten. Mein Kopf ist sicher schon leicht gerötet, ich trinke einen Schluck Wasser, spule das Video ein paar Minuten vor. Die Family ist gerade erst umgezogen. Mama Viola ist mit Baby Nummer drei schwanger, hat mit ziemlich hoher Wahrscheinlichkeit noch immer den perfekten Körper #bodygoals und kann es kaum erwarten, den Haushalt, die Arbeit, die Kinder, Freizeit, Entspannung und den ganzen Rest easypeasy unter Dach und Fach zu bringen.

Seitdem ich selbst weiß, wie die ungeschriebenen Gesetze auf Social Media funktionieren, bin ich Profi darin, die Maschen anderer zu erkennen.

Noch neun. Verdammt. Ich bin noch keine zehn Minuten auf dem Stepper und schon dermaßen kurzatmig. Sicher macht das die Vorfreude. Ich bewege mich schneller, als würde die Zeit unter diesen Umständen schneller verfliegen, und wechsle für die restlichen sieben Minuten auf einen Wissenskanal, den ich anscheinend irgendwann vor lauter guter Vorsätze abonniert habe.

Wie oft schlägt das Herz im Laufe eines Lebens?

Will ich das wirklich wissen?

Allein bei dem Titel hat sich meine Lebenserwartung um zehn Prozent verringert. Ich schaue es trotzdem an, gelange zu der Erkenntnis, dass 2,7 Milliarden Schläge zwar nicht wenig, aber nicht genug sind, um die Zeit weiter mit *Nonsense* zu vertrödeln.

Zwei Minuten.

Ich verlangsame meine Bewegungen, rufe mithilfe der Fernbedienung meinen Kanal auf. Es lädt. Lädt. Lädt. Zum Glück ist alles vorbereitet, und das Video geht dank meiner Planung von selbst online.

Eine Minute.

Ich bin bereit. Ohne es sehen zu können, weiß ich, dass sich ein stolzes Lächeln auf meinem Gesicht ausgebreitet hat. Momente wie diese sind es, in denen ich so weit von meinem früheren Leben entfernt bin, wie es nur geht.

Ein kurzer Blick auf mein Handy lässt mich innehalten.

Tizian
Valerie?

Tizian
Valerie?

Tizian
Verdammt! Warum gehst du nicht ans Telefon?

Ich öffne WhatsApp und stelle verblüfft fest, dass ich ganze fünf Anrufe von Tizian verpasst habe.

Valerie
Was ist los?

Noch ehe meine Nachricht gesendet ist, geht ein neuer Anruf von ihm bei mir ein.

»Wo zur Hölle bist du? Und was hast du getan?« Tizian klingt ziemlich aufgebracht. Alleine sein aufgewühlter Tonfall lässt mein Herz schneller schlagen.

»Ich kann jetzt nicht. Das Video müsste gerade online gegangen sein.«

»Verdammt, ja. Genau deshalb rufe ich an. Was ist das für ein Mist?«

Irritiert komme ich zum Stehen. »Mein Ankündigungsvideo. So wie wir es vereinbart haben.«

»Willst du mich verarschen? Da ist kein Ankündigungsvideo.« Er brüllt mich so laut an, dass ich das Telefon eine Armlänge vom Ohr entfernt halte.

In dem Moment, in dem mein Kanal sich auf dem großen Fernsehbildschirm öffnet, wünsche ich mir einfach nur, dass die Zeit stillsteht. Ich bin unfähig, mich zu bewegen.

17:02 Uhr. Ich sehe hilflos zu, wie die Klickzahlen des Videos innerhalb von Sekunden steigen. Steigen. Steigen. So, wie ich mir das gewünscht habe. Für mein Video. Doch das hier ist nicht mein Video.

18. KAPITEL

VOM REGEN IN DIE TRAUFE

»Du musst es löschen.« Ich bin vom Stepper gesprungen, schmeiße die Fernbedienung aufs Sofa und stürze die Treppe hoch ins Arbeitszimmer. »Tizian, du musst das Video runternehmen. Das ist nicht meins.«

Völlig außer Atem stütze ich mich am Schreibtisch ab und bewege meine Hand hektisch über das Mousepad des Laptops.

Verdammt. Verdammt. Verdammt. Keine Reaktion. Dabei schalte ich ihn so gut wie nie aus. Daran muss es liegen. Akku.

»Bist du jetzt von allen guten Geistern verlassen, oder gibt es sonst noch eine Valerie Sophie, die auf deinem Account Videos postet?«

»Tizian. Lösch es!«, sage ich noch einmal, klemme mir mit der Schulter das Telefon unters Ohr und suche hektisch mein Ladekabel.

»Sag mal, hörst du mir überhaupt zu? Ich habe nicht einmal deine Zugangsdaten.«

Fuck! Ohne zu antworten, stecke ich das Kabel ein und zähle im Kopf die Sekunden, die es dauert, bis der verdammte Apfel auf dem schwarzen Bildschirm aufleuchtet.

»Scheiße. Scheiße. Scheiße. Tizian, was ist das? Was ist das für ein Video?« Sofort bereue ich, die YouTube-App vor wenigen Tagen von meinem Telefon gelöscht zu haben.

Weil ich endlich mal nicht ständig alle Kommentare checken wollte … Jetzt sehe ich, was ich davon habe.

»Was das ist? Eine Katastrophe ist das. Irgendein dämliches Statement zu deinen Produkten.«

Im Hintergrund höre ich eine Stimme, die tatsächlich meine ist.

Ich vertippe mich zweimal bei meinem Passwort, lösche und gebe alles wieder neu ein. Jemand versucht, mich anzurufen, doch erstens hänge ich noch im Gespräch mit Tizian, und zweitens kann ich meinen Blick nicht vom Laptop abwenden.

Endlich öffnet sich mein Kanal. 17:07 Uhr. Mehr als dreißigtausend Aufrufe. Ich habe keine Zeit zu verlieren. Was auch immer da gerade läuft, es muss auf der Stelle runter.

Mit zitternder Hand markiere ich den letzten Upload mit dem Titel »Ich muss euch etwas gestehen« und drücke auf »*Löschen*«.

Mein Puls rast so schnell, und ich fürchte, jeden Augenblick mitten auf den Computer zu erbrechen.

»Es ist weg. Ich kanns nicht mehr aufrufen.«

Zeit, um durchzuatmen, bleibt nicht, denn Tizian setzt direkt zu einem neuen Wortschwall an.

»Das ist das Ende. Das ist dein verficktes Ende, Val.« Seine Worte dröhnen so laut in meinem Kopf, als spreche er direkt vor einem Lautsprecher.

»Ganz ruhig«, versuche ich mir leise zuzusprechen. »Alles wird gut.« Doch Tizian lässt mich nicht einmal Luft holen.

»Einen Scheiß wird das! Was hast du dir dabei gedacht?«

Meine Finger beginnen zu zittern, und kalter Schweiß tritt auf meine Stirn. »Ich war das nicht. Dieses Video hier … das kenne ich nicht.«

»Es ist dein Kanal. Du bist die Einzige, die Zugriff darauf hat.«

Die Enge, die sich um meinen Hals legt, lässt mich bereits ahnen, worauf das hier hinausläuft. »Jemand muss mich gehackt haben.«

* * *

Als Tizian durch meine Wohnungstür donnert, ist es, als würde der Boden unter mir beben. Bella verzieht sich winselnd unter das Sofa, und ich bin damit beschäftigt, meine zitternden Beine unter Kontrolle zu bringen.

»Das ist mit Abstand das Dümmste, das je einer meiner Klienten getan hat. Was auch immer du dir dabei gedacht hast, ich habe keine Ahnung, wie wir dich da wieder rausboxen sollen.«

»Was *ich* getan habe? Was hast du daran falsch verstanden, als ich sagte, jemand muss mich gehackt haben? Glaubst du wirklich, dass ich meine eigene Karriere mit einem Video beenden will?« Die Worte klingen so absurd, dass sie mir schier im Hals stecken bleiben.

Fassungslos den Kopf schüttelnd, drückt er mir ein iPad in die Hand. »Sieh dir das mal komplett an! Was würdest du an meiner Stelle glauben? Dass dich jemand entführt, auf dein Sofa gesetzt und gezwungen hat, diese Worte in den Mund zu nehmen? Hattest du eine Knarre am Kopf, oder sah der Typ einfach nur geil aus?«

Heiße Wut kocht in mir hoch. »Bist du so blöd oder tust du nur so? Es ist doch offensichtlich, dass das Video bearbeitet ist. Mein ganzer Anfang ist rausgeschnitten und …« Kaum habe ich einen Blick auf den Bildschirm gerichtet, überfällt mich ein heftiger Schwindel, und ich verliere beinahe den Halt unter meinen Füßen. Das. Kann. Einfach. Nicht. Sein. Die ersten Minuten meines eigentlichen Videos sind tatsächlich nicht mehr zu sehen. Dafür gibt es nun eine schriftliche Einblendung, in der steht, dass dieses Video sehr spontan aufgenommen wurde.

Tizian zieht sein iPhone aus der Tasche und hält mir nun zusätzlich noch eine Instagram-Story unter die Nase. Ich brauche keine zwei Sekunden, um Rosa Neuer zu erkennen.

»Diese Story ist vor zehn Minuten online gegangen. Ganz Instagram diskutiert gerade über Valeries Video.« Er stellt den Ton lauter, und es ist, als stünde Rosa direkt in meinem Flur. »Gerade kommen immer mehr Nachrichten rein, sodass ich mich fast schon genötigt fühle, etwas zu dem neuen Video auf Valeries Kanal zu sagen. Ich meine, unter Kolleginnen will man natürlich nichts Schlechtes sagen, und man weiß nie, in welcher Lebenslage sich eine Person befindet. Das solltet ihr niemals vergessen. Es ist okay, wenn ihr auch mal nicht okay seid.« Er überspringt einige Sequenzen und stellt dann den Ton noch ein Stückchen lauter. »Valerie ist eine tolle Frau, und ich glaube, sie hat großes Potenzial. Vielleicht hat sie einfach noch nicht ihre Linie gefunden. Wie dem auch sei: Meine neuen Produkte kommen in den nächsten Wochen in die Läden, und ich wünschte, ich hätte es euch in einem besonderen Rahmen verkünden können. Es ist schade, wenn Mädels sich untereinander nicht genug supporten. Deshalb: Bitte geht nicht zu hart mit ihr ins Gericht. Sie hat ihren Fehler ja eingesehen. Wir sind stolz auf dich, Val. Das Wichtigste ist nur, dass du für das nächste Mal daraus lernst.«

Ich habe gedacht, dass sich mein Hass nicht noch weiter zuspitzen könnte. Doch Rosas verlogene Worte zu hören, tut so unglaublich weh. Ich reiße Tizian das Smartphone aus der Hand, kann mich gerade noch beherrschen, es nicht auf den Boden zu scheppern.

»Das kann sie nicht ernst gemeint haben! Nicht wirklich behaupten. Das alles war meine Idee. Meine! Diese Produkte hier sind meins!« Verzweifelt lasse ich mich gegen die Wand sinken. »Es hat also jemand runtergeladen?«, stelle ich fest und scrolle durch die Nachrichten, die auch auf Tizians Telefon eintrudeln.

Ein Anruf von Fred. Vor zwei Minuten. Weil er mich nicht erreichen konnte, hat er es anscheinend bei Tizian versucht.

»Es ist überall im Netz. Das wird sich schneller verbreiten, als die britischen Royals Kinder kriegen können.«

Noch einmal senke ich den Blick zum iPad. Einzelne Wörter oder ganze Sätze wurden aus meinem Original herausgeschnitten. »Das kann doch niemand ernst nehmen. Diese schriftlichen Parts schreien förmlich nach einem Fake.«

Doch sie sind von meinem Kanal online gegangen. Von dem Kanal, zu dem nur ich die Zugangsdaten kenne. Eigentlich. Und die Message klingt auch ziemlich eindeutig: Ich habe von Rosas Produkten Wind bekommen, ihre Ideen kopiert, nun ein schlechtes Gewissen gekriegt und alles gestanden.

»Und wer soll dir das angehängt haben?«

»Ähm. Ist das nicht selbsterklärend?«

»Rosa?« Tizian beginnt zu lachen. »Das kann nicht dein Ernst sein? Ja, sie profitiert von deinem Misserfolg, aber glaubst du wirklich, sie würde so etwas auf die Beine stellen?«

»Ich traue ihr so ziemlich alles zu.«

Das Klingeln von Tizians Telefon unterbricht uns. Sichtbar nervös prüft er den Anrufer. »Ich muss da jetzt drangehen.«

Der Ton in seiner Stimme verrät, dass das nichts Gutes bedeuten kann. Jemand von der Presse?

Ich beiße fest die Zähne zusammen, um jegliche Regung meines Gesichts zu vermeiden, und gehe einen Schritt zurück. Ich sollte nicht hier im Flur stehen und warten.

Ganz im Gegenteil. Es wäre sinnvoll, gleich etwas zu unternehmen. Einen Post zu verfassen. Ein zweites Video. Irgendetwas, das diese tödliche Gerüchteküche zum Schweigen bringt.

»Ja, ich bin gerade bei ihr«, höre ich Tizian ins Telefon sagen. »Nein, wir möchten noch keine konkrete Stellung dazu nehmen. Es handelt sich auf jeden Fall um ein Missverständnis.« Er atmet gestresst aus. »Nein, natürlich entspricht das nicht der Wahrheit. Bitte bleiben Sie jetzt ruhig, okay? Wir haben einen Vertrag miteinander.«

Kurze Pause.

»Ja, ich weiß, dass das unglücklich gelaufen ist, aber ich versichere Ihnen, dass wir uns darum kümmern. Die Dinge müssen jetzt weitergehen.« Tizian wirft mir einen strengen Blick zu, verabschiedet sich dann von dem Anrufer und lässt das Telefon sinken. »Wir sind so was von am Arsch.«

»Wer war das?«

»Der Vertriebsleiter einer Drogerie. Sie wollen die Produkte morgen nicht in die Regale stellen.«

Alarmiert sehe ich auf. Wie kann es sein, dass in weniger als einer Stunde die ganze Welt zusammenbricht? Und das alles nur wegen Rosa. Rosa Neuer. Diese Bitch.

»Aber du hast das im Griff, oder? Sie halten sich an unsere Vereinbarung? Alles andere wäre doch vertragsbrüchig.«

Tizian schnauft. »Das hoffe ich. Und dennoch müssen wir ein Statement veröffentlichen.« Sein Blick ist so dunkel, als wolle er mich alleine dadurch zum Schweigen bringen.

»Ja, und allen klarmachen, dass Rosa hinter der Sache steckt«, erkläre ich entschlossen.

»Das ist zu wenig«, wirft Tizian ein. »Ein lächerlicher Zickenkrieg reicht da nicht aus.«

»Hast du gehört, was sie über mich gesagt hat?«, fahre ich ihn an. »Sie spielt mit mir. Jedem Kind sollte klar sein, dass sie all das für sich nutzt.«

Tizian nickt. »Natürlich tut sie das. Aber das heißt noch lange nicht, dass sie es gewesen ist. Wach auf, Valerie. Niemand hat Zugriff auf deinen Account. Die meisten Influencer sind irgendwann so verblendet, dass sie irgendeinen Scheiß fabrizieren. Aber weißt du, was das Schlimme daran ist? Jedes verfickte Mal muss ich euch da rauskloppen.«

Mein Ärger wächst von Sekunde zu Sekunde. Nun auch Tizian gegenüber. »Wenn du mir nicht glaubst, kannst du auch gleich verschwinden.« Ich verschränke die Arme vor der Brust.

»Ach ja? Und du holst dich selbst aus der Sache wieder heraus?« Auf Tizians Lippen erscheint ein ironisches Grinsen.

»Das werde ich.« Mein Versprechen klingt viel mehr wie eine Drohung. Und obwohl ich sonst nicht auf den Mund gefallen bin, bekomme ich auf einmal nichts weiter heraus.

»Das ist doch albern, Valerie. Wir müssen uns was einfallen lassen. Du warst betrunken oder auf Drogen …«

Kochende Wut jagt durch meine Adern und bringt mein Herz

zum Vibrieren. Dass Tizian ein opportunistischer Drecksack ist, wusste ich ja bereits, aber das ist einfach bodenlos. »Willst du mich verarschen, Tizian? Du willst mich öffentlich als Junkie hinstellen?« Jetzt zittert auch noch meine Stimme.

»Nein, stimmt, Drogen sind auch nicht gut. Das Image wird man nie wieder los. Das macht es nur schlimmer.« Die einzelnen Worte prasseln auf mich herab, sickern in mein Gehirn wie Benzin und hinterlassen ein heftiges Brennen.

»Dein kleines Geheimnis. Ich werde es noch eine Weile für mich behalten.« Genau so stand es in der Mail. Es ist, als würde mir noch einmal in Zeitlupe aufgezeigt werden, was hier gerade auf dem Spiel steht. Mein Kanal. Meine Existenz. Meine komplette Selbstverwirklichung. Wenn die Vergangenheit auch nur ein bisschen weiter hochkocht, werde ich bald in Flammen stehen.

SITZUNG AM 15. 04. 2011

Die Patientin erscheint mit einer Verspätung von fünfundzwanzig Minuten, diesmal ohne Begleitung, zum Termin. Sie wirkt bedrückt, weicht Blickkontakt aus. Der körperliche Zustand der Patientin hat sich verschlechtert. Sie ist blass und hat augenscheinlich weiter an Gewicht verloren. Es sind keine Hämatome im sichtbaren Bereich festzustellen.
Auf die Frage, was sie am Morgen aufgehalten habe, reagiert sie angespannt und nervös. Es habe innerhalb der Familie Ärger gegeben. Meist handele es sich dabei um Dinge im Alltag, die nicht funktionieren. Die Patientin nennt Beispiele wie den Familieneinkauf oder Mietzahlungen. Nach eigener Angabe seien in letzter Zeit häufig Mahlzeiten ausgefallen. Teilweise aufgrund von mangelnder Organisation, manchmal sei Mahlzeitenverzicht aber auch als Strafe benutzt worden. Der Hunger am Abend mache sie »manchmal so verrückt«, dass sie in eigene Fantasien fliehen würde. Dieser Weg würde ihr helfen, eigene Gefühle auszuhalten. Wie genau diese Fantasien aussehen, mag sie nicht schildern. Die Patientin wirkt sowohl scham- als auch schuldbewusst, kann ihre Gefühle aber nicht im Detail benennen.
Über die Alkoholerkrankung ihrer Eltern scheint sie sich im Klaren zu sein.
Prozedere: Weitere Anamnese und Exploration des häuslichen Umfelds. Verdacht auf Kindeswohlgefährdung an Jugendamt melden und um Rückruf bitten.

19. KAPITEL

EINMAL IST KEINMAL

»Und ich soll sicher nicht mit reinkommen?« Der schwarze Mercedes kommt mit einem schrillen Quietschen im Halteverbot zum Stehen. Tizian zeigt sich unbeeindruckt davon, dass keine zehn Meter von uns eine Polizeistation ist. »Hier gibt's keine Parkplätze.«

Ich stoße die Beifahrertür auf, schlüpfe rasch in meinen Mantel und presse Bella enger an mich. »Warte, bis ich mich melde, und wehe, du gibst bis dahin irgendeinen Schwachsinn raus. Ich war das nicht, und ich will nichts davon in den Medien lesen.«

Tizian löst die Hände vom Steuer und hebt sie abwehrend vor den Körper. »Ich halte mich da raus. Mit Frauen diskutiert man nicht.«

Die Autotür fällt hinter mir ins Schloss. Ich ziehe den Schal enger um meinen Hals und bete inständig, dass mich in dem viel zu grellen Licht der Wache niemand sieht. Es ist erst eine halbe Stunde her, dass das Video online gegangen ist. Eine halbe Stunde, in der mein Puls sich vermutlich irgendwo bei hundertachtzig eingependelt hat.

»Ich möchte bitte zu Paul Herrlich«, sage ich am Empfang. Der Polizist hat nicht einmal aufgesehen, doch als er den Kopf hebt, erhellt sich etwas in seinen Augen. Ich kenne diesen Ausdruck in den Gesichtern von Menschen. Ich kenne ihn, weil ich ihn fast täglich erlebe. Wobei man sagen muss, dass mittelalte Polizeibeamte eher untypische Fans sind.

»Valerie, nicht wahr?«

Ich bin dennoch nicht wirklich überrascht, dass er mich mit

Vornamen anspricht. Seit ich auf Social Media unterwegs bin, hat es immer wieder Situationen gegeben, in denen wildfremde Menschen sich mir nah gefühlt haben.

Nicht nur solche wie die mit den Briefen in letzter Zeit, sondern vor allem Alltagssituationen wie diese.

Ich kenn dich nicht, aber du weißt alles über mich.

Für viele ist es das mit Sicherheit. Für mich ist es ein beinah lächerlich wirkender Preis für den Erfolg. Aber ich weiß auch, wie es ist, einmal unsichtbar gewesen zu sein.

»Lassen Sie mich raten. Frau oder Tochter?«, sage ich und tippe nervös mit dem Fuß auf den Boden. Wo bleibt Paul nur? Ich habe ihn extra auf dem Weg hierher angerufen.

Der Polizist lächelt, fast etwas schüchtern oder unsicher. »Wie meinen Sie?«

»Wo soll ich denn unterschreiben? Auf einem Zettel? Ich habe leider keine Autogrammkarten dabei und es auch ziemlich eilig. Paul …«

Das Lächeln verwandelt sich in ein irritiertes Starren. »Autogrammkarten? Ich verstehe nicht. Sie sind doch Pauls Freundin, oder?«

Hitze steigt mir schlagartig ins Gesicht. Was für ein peinliches Missverständnis! Ehe ich etwas erwidern kann, wird Bella auf meinem Arm ganz unruhig. Sie muss Paul bemerkt haben, denn der steht plötzlich in seiner dunkelblauen Uniform hinter mir.

»Was ist passiert?«, fragt er leise und winkt mich in Richtung seines Büros. »Ich habe eben irgendwo im Internet deinen Namen gelesen. Ein paar Minuten bevor du angerufen hast.«

»Hast du den Artikel gelesen?«

Paul schüttelt den Kopf. »Das wollte ich, aber dann hatte ich dich am Telefon.«

Ich hole tief Luft. »Jemand hat meinen Account gehackt und darüber ein Video gepostet.«

Paul hebt eine Augenbraue. »Moment, was?«

»Kein Video von mir. Also doch, irgendwie schon, aber nicht

das, was eigentlich online gehen sollte. Da wurde irgendwas zusammengeschnitten. Aus meinen bisherigen Videos, dem neuen Ankündigungsvideo und irgendwelchen Schriften und Memes. Paul, das ist eine Katastrophe.«

»Ein Ankündigungsvideo?«

Mir fällt ein, dass ich ihm von V-Line noch gar nichts erzählt habe. Warum auch? Bis heute Morgen sollte das alles ja noch ein Geheimnis sein. Ein Geheimnis, über das nur wenige Bescheid wussten. Wenige. Und Rosa. Ich erzähle Paul von meiner Kollektion, Rosas intriganten Plänen, Linneas Warnung und meinem Wunsch, die Produkte früher als sie in die Läden zu bringen. Dabei werde ich immer wieder von der Vibration meines Telefons abgelenkt, denn dort gehen sekündlich neue Nachrichten ein.

»Und dieses Video?«, hakt er nach.

»Das stellt mich als ideenlose Nachmacherin dar.« Am liebsten würde ich spöttisch loslachen. »Rosa Neuer ist eine Witzfigur. Es wäre nicht das erste Mal, dass …«

Paul unterbricht mich. »Das reicht nicht. Wenn es wirklich um so etwas wie Rufmord geht, brauchen wir Beweise dafür.«

»Jetzt?«, frage ich nach.

»So schnell wie möglich.«

»Ich habe das Originalvideo. Das, das ich tatsächlich aufgenommen habe.«

»Gut. Vielleicht solltest du dir ein Statement überlegen. Jemandem von der Presse ein exklusives Interview anbieten. Davon habe ich natürlich keine Ahnung, was hat dein Manager denn dazu gesagt?«

Ich schnaufe. »Frag besser nicht.« Mit angehaltenem Atem öffne ich Instagram und werde von allen Seiten mit Beiträgen, Nachrichten und Markierungen bombardiert.

Während ich mir gestern noch gewünscht habe, möglichst viel Aufmerksamkeit für meinen Post zu bekommen, gleicht das hier nun einem Albtraum.

Paul fährt sich erschöpft durchs Haar, als könne er sich vorstellen, was mich auf meinen Kanälen erwartet. Dabei bin ich sicher, dass diese Ausmaße für niemanden außerhalb dieses Kosmos greifbar sind.

»Vereinzelte Bekundungen, wie erfrischend meine Ehrlichkeit ist«, raune ich. »Der Rest wünscht mir gerade die Pest an den Hals. Auch hier … Ich wette, die meisten stammen von Rosas Followern. Sie hat sie förmlich gegen mich aufgehetzt. Ich sollte wirklich ein Interview geben. Alles richtigstellen.« Meine Worte überschlagen sich beinahe, und ich klinge viel zu hysterisch. *Valerie, die Dramaqueen. Valerie, die sich in die Dinge zu schnell hineinsteigert.*

»Valerie.« Er räuspert sich.

»Nein«, knurre ich. »Das hat nichts mit Übertreibung zu tun. Da arbeitet jemand gezielt gegen mich.«

Paul runzelt die Stirn. »Das wollte ich auch nicht sagen.«

»Gut!« Mein Kopf glüht mittlerweile vor Hitze. Meine Finger hingegen sind eisig kalt.

»Es sieht wirklich alles danach aus, als habe es jemand auf dich abgesehen. Das Video ist gut gemacht. Dafür braucht man die nötigen Skills. Skills, die ebenso jemand aufweisen muss, um …« Er senkt die Stimme, muss aber gar nicht weitersprechen. Ich weiß auch so, worauf er hinauswill.

»Einen Porno zu faken?« Gänsehaut kriecht mir über den Rücken.

»Es ist nur ein Gedanke. Wir sollten es zumindest in Erwägung ziehen.«

Ich schüttele langsam den Kopf. »Aber das passt überhaupt nicht zusammen. Alles nicht.«

Paul sieht mich abwartend an. »Was meinst du?«

»Na, zuerst kamen der Brief und die Mail. Das alles klang eher wie eine perverse Fantasie, oder denkst du, jemand will mir ernsthaft schaden?«

Paul schluckt. »Es gibt verschiedene Motive für Stalking. In vielen Fällen steckt eine Besessenheit dahinter, aber es kann auch mit Demütigung oder Kontrolle zu tun haben. Letzteres würde auch die Sache mit dem Porno erklären.«

»Wenn das so ist, woher weiß ich, dass als Nächstes nichts noch Schlimmeres passiert?«

Kaum habe ich die Frage laut ausgesprochen, wird mir klar, dass Paul mir keine Antwort darauf geben kann.

»Ich werde das natürlich alles in die Anzeige mitaufnehmen. Je mehr wir gegen dieses perverse Schwein … sorry.« Paul räuspert sich. »Gegen den Unbekannten vorliegen haben, desto höher sind die Chancen, endlich einen richterlichen Beschluss zu bekommen.« Paul sortiert seine Papiere auf dem Schreibtisch und sieht mich dann abwartend an. »Was hast du jetzt vor?«

Schon wieder klingelt mein Telefon. Ein kurzer Blick darauf verrät, dass es Tizian ist.

»Da muss ich dran«, sage ich zu Paul und nehme das Gespräch entgegen. »Ja?«

»Du hast morgen um zehn ein Interview mit *Prominews*. Exklusiv. Sie werden deine Seite der Geschichte bringen. Bis dahin teilst du gar nichts. Nichts. Am besten bist du erst einmal offline. Und vergiss nicht, deine Passwörter zu ändern. Alle!«

»Was?«, entfährt es mir. »Ich soll bis morgen früh die Füße stillhalten und zusehen, wie Rosa mich weiter vorführt?«

»Eben nicht. Also doch. Ruhe bewahren, ja. Aber wenn du erst einmal kein Öl ins Feuer gießt, beruhigt sich die Situation eher.« Er klingt noch immer ziemlich aufgelöst. »Bist du noch bei der Polizei?«

»Ja«, bestätige ich.

»Der Termin ist morgen bei dir im Büro. Kann ich mich darauf verlassen, dass du kommen wirst?«

Ich fahre mir mit der Hand angestrengt über die Stirn und schweige.

»Kann ich? Du gehst nach Hause und hältst dich komplett zurück. Ich habe mit den anderen gesprochen, wir haben alles unter Kontrolle.«

Warum fühlt sich das so verdammt unwahr an?

»Du willst mich ins offene Messer laufen lassen?«

»Ernsthaft, Val? Hast du eine Ahnung, welchen Schaden das für mich bedeutet? Halte dich an den Plan und tu einmal das, was ich dir sage.« Und damit ist das Gespräch beendet.

»Gibt's was Neues?«, erkundigt sich Paul.

Unschlüssig zucke ich mit den Schultern. »Morgen habe ich ein Exklusivinterview. Wir wollen das klarstellen.«

Paul legt die Stirn in Falten. »Und das ist falsch, weil …?«

»Nein, ist es natürlich nicht. Aber bis dahin hänge ich wie eine Marionette an den Strippen meines Managers. Nun ja. Wir werden sehen. Vielleicht werde ich das Originalvideo öffentlich stellen und hoffen, dass die meisten mir glauben. Ich meine, viele dieser Leute kennen mich seit Jahren.«

»Sie kennen die Version von dir, die du auf Social Media bist«, korrigiert Paul mich überflüssigerweise.

»Soll ich dich noch mal nach Hause fahren? Oder in dein Büro?«

Ich reagiere nicht. Vermutlich, weil ich selbst nicht genau weiß, wohin ich will.

»Die Sache wird sich beruhigen. Erst recht, wenn du morgen alles richtigstellen kannst. Du hast keinen Mord begangen. Dass das Video geschnitten wurde, sieht man bei genauem Hinsehen. Das ist alles glaubwürdig«, erklärt Paul.

Wie sehr ich mir wünsche, dass er einfach nur recht hat.

In Kombination mit all dem, was jetzt passiert ist, wird selbst die Polizei bald nicht mehr tatenlos zusehen können.

Was Pauls Angebot angeht, bin ich kurz unschlüssig. Ich bin gerne für mich. Weil es etwas ist, das ich gut kann. Normalerweise. Heute löst der Gedanke, mit Bella allein in meiner Wohnung zu sitzen, Beklemmungen in mir aus. »Nach Hause, bitte. Das wäre nett, danke.« Ich hasse, was aus mir geworden ist.

* * *

Als wir in Pauls Wagen sitzen, ist die Stimmung fast noch angespannter als das letzte Mal. Nervös tippe ich mit den Fingernägeln von innen gegen die Autotür.

»Soll ich die Heizung höherstellen?« Ohne eine Antwort abzuwarten, beugt sich Paul vor. »Du zitterst so.«

»Halb so wild.«

Es hat zu regnen begonnen. Und wie! Kein feiner prasselnder Regen. Hier in der Innenstadt ergießt der Himmel sich eimerweise über uns.

»Der Tag hat für dich eine ziemlich krasse Wendung genommen, was?« Paul wirft mir einen Blick von der Seite zu und lenkt schließlich in die Straße, in der ich wohne.

»Das kannst du wohl laut sagen.«

Der Wagen kommt vor meinem Wohnhaus zum Stehen. Ich schnalle mich ab und versinke im selben Augenblick noch tiefer in meinem Sitz.

»Denkst du, wir werden ihn finden?«

Ich bemerke ein Zögern in Pauls Bewegung.

»Sag die Wahrheit. Ich meine, was du denkst. Nicht der Polizist.«

Paul lacht trocken auf. »Du meinst, wir sind unterschiedliche Persönlichkeiten?«

»Als Polizist willst du einfach nur, dass ich Ruhe bewahre. Du siehst das Ganze professionell. Mit einer Art Distanz, meine ich.«

Paul runzelt die Stirn. »Man könnte mir viel eher vorwerfen, dass mir genau die bei dir fehlt. Distanz.«

Und schon wieder gelingt es ihm, mit einer solch unbedeutsamen Bemerkung ein Prickeln auf meiner Haut auszulösen.

»Aber um deine Frage zu beantworten … Ich weiß es nicht. Ich habe absolut keine Ahnung.« Sein Blick geht an mir vorbei aus dem Fenster. Ich tue es ihm gleich. In meiner Wohnung ganz oben ist es komplett finster. Normalerweise lasse ich immer ein paar Lichter an, das muss ich im Chaos eben vergessen haben.

»Alles okay?«

Ich drehe meinen Kopf zurück in seine Richtung. »Klar.«

»Du siehst aber nicht danach aus.«

Was soll ich darauf erwidern? Um bei der Wahrheit zu bleiben, müsste ich gestehen, dass ich ganz und gar nicht in Ordnung bin. Und so etwas würde Valerie Sophie niemals laut sagen.

»Weißt du, was Katzen tun, wenn sie verletzt sind?«, höre ich die Stimme meines Bruders in meinem Kopf. Ich war keine zwölf Jahre alt, da saßen wir in unserem gemeinsamen Kinderzimmer. Unsere Eltern hatten uns hochgeschickt, weil Theo eine schlechte Note mit nach Hause gebracht hatte. Ohne Abendessen. Ich habe die ganze Zeit gejammert und vor Wut gegen die Tür geschlagen, bis mein Bruder es einfach nicht mehr ertragen konnte. »Katzen kannst du nicht anmerken, wenn sie verletzt sind. Sie zeigen das nicht, damit kein Feind ihre Schwächen sieht.«

Vermutlich wollte er mir sagen, dass ich nicht weiter um Abendessen betteln soll, weil es ohnehin zwecklos sei. Zwar sind wir irgendwann schlafen gegangen, aber mein Magen hat trotzdem nicht aufgehört, vor Hunger zu knurren.

»Valerie?«

Als Paul mich vorsichtig an der Schulter berührt, zucke ich zusammen.

»Ich möchte noch nicht in meine Wohnung.«

Schnell wende ich den Blick ab, hoffe, dass meine Wangen nicht so hochrot glühen, wie es sich anfühlt. Ich wäre eine miserable Katze.

Paul scheint nicht weiter nachzudenken oder aber taktvoll genug zu sein, nicht zu fragen. »Hast du Hunger?«

Ich höre kurz in mich hinein. Eine Schwere aus Stress und Anspannung liegt in meinem Magen. Auf der einen Seite fühle ich mich, als habe ich einen ganzen Felsen verschluckt, andererseits grummelt dort irgendwo tatsächlich ein Gefühl, das mit Hunger vergleichbar ist.

»Ich gehe nach der Arbeit manchmal Döner essen.«

»Ich esse kein Fleisch.«

»Es gibt auch Falafel. Oder manchmal hole ich mir eine Pizza.« Er zuckt mit den Schultern. »Weiß ja nicht, ob du so was magst.«

Die letzte Pizza ist bei mir schon sicherlich zwei Jahre her, doch angesichts der Tatsache, dass die weitaus schlechtere Alternative für heute eine aufgewärmte Süßkartoffel in meiner verlassenen Wohnung wäre, komme ich tatsächlich in Versuchung.

»Ich kenne jedenfalls eine Bude, in der kaum etwas los ist. Ist zwar nicht besonders schick, aber da werden wir mit Sicherheit niemanden treffen. Schon gar keinen, der in deinen Kreisen unterwegs ist.« Er lacht leise, und mir fällt auf, wie schön es ist, jemanden um mich zu haben, den es ernsthaft kümmert, wie es mir geht. »Lass es uns versuchen.«

»Lass es uns versuchen.«

»Okay.« Das Maß an Katastrophen scheint für die nächsten Stunden gedeckt zu sein. Was zumindest heißt, dass der Tag heute nicht mehr schlimmer werden kann.

20. KAPITEL

VERBOTENE FRÜCHTE SCHMECKEN AM BESTEN

Beim Öffnen der Autotür liegt der Geruch von Bratfett und billigen Gewürzen so hartnäckig in die Luft, dass sich mir Bilder aus meiner Kindheit aufzwingen. Erinnerungen an Tage, an denen mein Vater – einem Festmahl ähnlich – ein halbes Hähnchen mit nach Hause brachte und es in der ganzen Küche so deftig roch, dass mir schon auf der Treppe das Wasser im Mund zusammenlief. Theo und ich haben jedes Mal gestritten, wer das letzte Fleisch von den Knochen abbeißen darf. Wie hungrige Wölfe fielen wir über das tote Tier her.

Heute widert der Geruch mich umso mehr an.

»Willst du lieber im Auto essen?«

Schon wieder bin ich überrascht, wie gut Paul meine Gedanken lesen kann. Vielleicht habe ich meine Abneigung dem heruntergekommenen Imbiss gegenüber auch nur nicht gut genug versteckt.

»Wenn das okay ist.«

»Sonst hätte ich ja nicht gefragt.« Er zwinkert mir aufmunternd zu. »Du kannst auch hier im Wagen warten. Weißt du, was du haben willst?«

Ich entscheide mich für eine klassische Margherita, weil man bei der am wenigsten falsch machen kann.

»Wenn dir kalt ist, kannst du den Motor wieder anmachen.« Er deutet auf den Schlüssel, der noch immer in der Zündung steckt.

Schnell nicke ich, beuge mich über seinen Sitz, um die Heizung wieder anzuschalten.

Aus dem Wagen heraus kann ich Paul durch die Fensterscheibe im Imbiss beobachten. Wie er die Karte über der Kasse studiert, in seiner blauen Polizeiweste nach dem Geld kramt und dann die Bestellung aufgibt.

Im Radio laufen Songs, die ich ewig nicht mehr gehört habe, weil ich abgesehen von den neuesten Charts meine Zeit nur in Podcasts oder Hörbücher investiere.

Ich wechsle dreimal den Radiosender und stoße dennoch auf nichts, was annähernd interessant klingt. Durch die Frontscheibe des Autos sehe ich, dass Paul noch immer auf unser Essen wartet.

Als Bella, die noch immer auf meinem Schoß sitzt, plötzlich gegen das Handschuhfach stößt, öffnet sich die Klappe automatisch, und eine transparente CD-Hülle ohne Cover fällt heraus. Sie ist mit der Aufschrift »Ralphs Musik« versehen, und ich gehe davon aus, dass Paul sie geschenkt oder geliehen bekommen hat. Ich lasse Bella auf die Rückbank springen und halte nach Paul Ausschau. Es wäre mir unangenehm, wenn er ausgerechnet jetzt zurückkäme und er mich für indiskret halten würde. Doch Paul steht noch immer abgewandt von mir im Imbiss. Jetzt sieht es allerdings so aus, als würde er das Essen entgegennehmen.

Hastig lege ich die CD zurück in das Fach und drücke die Klappe zu.

Wenige Sekunden später steht Paul ziemlich beladen neben dem Fahrerfenster. Ich beuge mich zur Seite, um ihm die Tür zu öffnen. »Voilà.« Er überreicht mir die Tüte mit dem Essen, aus der mir ein, zugegebenermaßen, erstaunlich guter Geruch entgegenkommt, und schwingt sich auf den Sitz.

»Ach Mann, es ist wirklich kalt geworden.« Seine Wangen sind leicht gerötet.

Paul nimmt sein Essen entgegen und klappt den Pizzakarton auf.

»Wir stehen im Halteverbot«, bemerke ich.

»Hier ist um die Uhrzeit überhaupt nichts mehr los.«

»Sagt der Polizist.«

»Ich bin nicht im Dienst.« Er beißt herzhaft in das erste Stück seiner Pizza. »Außerdem habe ich das Warnlicht an, und wir befinden uns in einer ziemlich riskanten Situation. Ich weiß ja nicht, wie es dir geht, aber ich stehe kurz vor dem Hungertod.«

Jetzt muss ich tatsächlich lächeln. »Ich hoffe, deine Kollegen sehen das genauso.«

»Mit Sicherheit.«

Ich beiße ebenfalls in meine Pizza und unterdrücke ein Stöhnen. Verdammt. Ich wusste nicht mehr, dass das so gut schmeckt.

»Ich glaube, ich habe noch nie jemanden so leidenschaftlich Pizza essen sehen. Hätte ich das früher gewusst, wäre ich schon längst mit dir zu Gios Grill gefahren.«

»Besser nicht«, widerspreche ich. »Das hier ist eine Ausnahme. Ich achte sonst mehr auf meine Ernährung.« Wie ironisch, dass ich jetzt den nächsten Bissen nehme. »Aber ich gebe zu, für heute kann ich mir keine bessere Sünde vorstellen.«

»Sünde.« Pauls Lachen gleicht einem belustigten Schnauben. »Du solltest nicht erfahren, wie oft ich hier nach Feierabend auflaufe.«

»Lass mich raten, du kannst nicht kochen.«

»Das würde ich nicht einmal so sagen«, erwidert Paul. »Aber wenn ich von der Arbeit nach Hause komme, habe ich meist einfach keine Lust. Und es lohnt sich nicht wirklich für eine Person.«

»Du wohnst also alleine?« Jetzt ist sie raus. Die Frage, die ich schon viel eher habe stellen wollen. Nervös streiche ich mir eine Haarsträhne hinters Ohr.

»Yes. Keine Zeit für eine Beziehung. Und mal im Ernst, welche Frau will sich einen Polizisten als Freund wirklich antun? Wir müssen zu ungünstigen Zeiten arbeiten, und ungefährlich ist der Job auch nicht unbedingt.« Paul tupft mit der beiliegenden Serviette das Fett von seinen Lippen, und ich spare mir einen Kommentar, in dem ich verkünde, wie sicher ich mir bin, dass eine Menge Frauen bereit wäre, für jemanden wie Paul ein paar Kompromisse einzugehen.

»Und bei dir? Gibt es da jemanden?«

Ich zucke leicht zusammen, als habe er mit dieser Frage einen wunden Punkt getroffen, und verschlucke mich an der Pizza. Hustend suche ich nach etwas zu trinken, doch genau daran haben wir natürlich nicht gedacht.

»Hier!« Paul drückt mir eine Flasche Wein in die Hand. Irritiert sehe ich ihn an. Zumindest so weit mein Hustenanfall das zulässt, denn mittlerweile sind mir richtige Tränen in die Augen geschossen.

»Ab zwanzig Euro Mindestbestellwert gibts 'ne Flasche billigen Wein dazu. Ich fürchte, etwas anderes kann ich nicht anbieten.«

Ohne weiter darüber nachzudenken, drehe ich den Schraubverschluss der Flasche auf und nehme einen Schluck. Bei dem Geschmack des sauren Alkohols muss ich an mich halten, um ihn nicht auf der Stelle wieder auszuspucken.

Als ich die Flasche absetze, merke ich, wie Paul mich von der Seite betrachtet. »Die Pizza ist wohl besser.«

»Manche Familientraditionen sollte man besser nicht fortsetzen«, sage ich und klemme mir die Flasche zwischen die Beine. Mir fällt auf, dass es das erste Mal ist, dass ich die absolute Wahrheit sage, was mich und Alkohol angeht.

Paul fragt auch diesmal nicht weiter nach, nickt nur verständnisvoll. »Hauptsache, du erstickst mir hier nicht.«

»Ich glaube, so schnell geht das nicht.«

»Du hast keine Ahnung, was es alles für Geschichten gibt.«

Ich seufze und schließe den Pizzakarton. Mir ist plötzlich der Appetit vergangen. »Mich wundert überhaupt nichts mehr. Vor allem heute nicht.« Natürlich muss ich ausgerechnet jetzt wieder an die letzten Stunden denken. Gerade, als es mir gelungen ist, sie zumindest etwas zu verdrängen.

»Dieser Kanal bedeutet dir wirklich viel, oder?«

Ich beiße mir auf die Lippen und nicke. Egal, welche Worte ich benutzen würde, sie würden meinen Gefühlen niemals gerecht werden. Gerecht werden können.

»Wie bist du überhaupt auf die Idee gekommen? Ich wusste nicht einmal, dass du dich für das ganze Kamerazeug begeisterst.«

»Es ging mehr um die Videos. Einen Ort zu erschaffen, an dem mich niemand kennt. Zumindest damals.« Und schon wieder bin ich erstaunt, wie leicht es mir fällt, mich Paul gegenüber so zu öffnen.

»Nun, geht es bei Social Media nicht den meisten um das genaue Gegenteil? Sichtbar zu werden? Aufmerksamkeit zu bekommen?«, hakt er nach.

»Doch, wahrscheinlich schon. Aber wie du selbst eben noch gesagt hast: Die Leute kennen das von dir, was du ihnen gibst. Sie glauben das, was du sie glauben lässt.«

»Eine große Inszenierung also?«

Ich ziehe die Brauen zusammen. »Das klingt so böse, fast schon verwerflich. Ich betrachte es eher als eine Art Kunst. Ich erschaffe eine zweite Realität, in der es sich gut aushalten lässt. Und siehe da, dort war ich glücklich.«

»Du *warst* es?« Jetzt schlägt auch Paul den Pizzakarton zu, macht aber keine Anstalten, sich wieder anzuschnallen.

»Nun ja. Die Dinge haben sich verändert. Vor allem im letzten Jahr. Meine Beziehung ging in die Brüche und für die meisten Fans damit auch der Glaube an die Liebe.« Ich kann nicht verhindern, dass die letzten Worte ziemlich spöttisch über meine Lippen rutschen.

»Und für dich?«

Jetzt muss ich erst recht lachen. »Für mich hat er einen großen Knacks bekommen, als ich meinen Ex beim Fremdgehen erwischt habe.«

»Der ADAC-Ex?«

Überrascht, dass er sich das Detail gemerkt hat, nicke ich.

»Was ein Wichser. Wart ihr lange zusammen?«

»Vier Jahre. Wir haben fast alles gemeinsam aufgebaut, andauernd zusammen gedreht. Vlogs, diese typischen Pärchenvideos, und dann die gegenseitigen Verlinkungen auf Fotos. Ich wette, die meisten haben bereits darauf gewartet, dass wir heiraten.«

»Und du? Wolltest du das auch?«

Ich zucke mit den Schultern. »Es ging mir, glaube ich, weniger um die Hochzeit selbst, sondern ich hatte eher das Gefühl, dass man es halt so macht. Weil eben alle darauf warten.«

Paul sieht so aus, als würde er etwas sagen wollen, doch ich spreche einfach weiter. Ich kann verstehen, warum diese Branche in seinen Augen so falsch klingt. Doch das heißt noch lange nicht, dass ich nicht bereit bin, es zu spielen.

»Wenn der Inhalt des Kanals daraus besteht, dass man in einer Beziehung ist, ist es klar, dass es danach anders wird.«

»Und wie ging es dann weiter?«

»Womit?«

»Mit Alex und dir. Dem Kanal natürlich auch.« Paul wird rot. Vermutlich, weil auch ihm aufgefallen ist, dass ich Alex' Namen noch überhaupt nicht in den Mund genommen habe.

»Ertappt«, gesteht er ein wenig peinlich berührt. »Ich habe das damals so ein bisschen mitbekommen. Nur am Rande, in den Klatschmedien.«

Ich verdrehe die Augen. Nicht wegen Paul, sondern weil er mit dieser Aussage erneut ins Schwarze getroffen hat. »Wir haben keinen Kontakt. Ich habe sogar meine Nummer gewechselt, weil er mehrfach versucht hat, mich wieder weichzukochen. Irgendwann haben sogar seine Freunde mich angeschrieben. Keine Ahnung, was sie erwartet haben. Dass ich mit ihm zusammen sein will, nachdem er mich öffentlich als Betrogene entblößt hat? Der Kanal läuft halt seitdem schlechter.«

»Seiner oder deiner?«

»Beide«, stoße ich hervor und klinge so, als würde ich lachen. Dabei ist mir vielmehr zum Heulen zumute. »Wobei mir seiner natürlich egal ist. Er hat es ja mutwillig riskiert.«

»Das klingt, als wäre die Trennung für Social Media schlimmer als für dich.«

Ich sinke tiefer in meinen Sitz. »Wo ist der Unterschied? Ich bin dieser Kanal. Geht es mit ihm bergab, gehe ich mit unter. Die Frage, was die Trennung, unabhängig von den Klicks, mit mir gemacht hat, stellte sich nicht wirklich für mich.«

Irritiert sieht Paul mich an.

»Na ja, höchstens abends im Bett, kurz vor dem Einschlafen.« »Aber da hat die Pharmaindustrie ihre Lösungen für geschaffen«, ergänze ich im Kopf. »Na ja ... was unsere Trennung nicht zerstören konnte, schafft nun vielleicht dieses Video.«

Ich sage das, klinge dabei so kühl und distanziert, als drohe nicht alles, wofür ich die letzten Jahre hart gearbeitet habe, in sich zusammenzubrechen.

»Ich weiß, ich habe es schon mal gesagt, aber du bist eine toughe Frau, Val.«

Er nennt mich Val, nicht Valerie. Keine Ahnung, warum mir das gefällt.

»Schon gut«, winke ich schnell ab. »Das sollte keines dieser Gespräche werden.«

»Wie meinst du das?«

»Nach dem beide betreten zu Boden gucken und nicht wissen, was sie sagen sollen.«

Ein vorsichtiges Schmunzeln zeichnet sich auf seinem Gesicht ab. »Ich glaube nicht, dass das passiert.«

»Weil es für betretene Momente schon zu spät ist?« Wenn ich genau darüber nachdenke, habe ich mich lange keinem Menschen mehr so verletzlich gezeigt wie Paul.

»Ach Quatsch! Ich wüsste nicht, wofür sich einer von uns schämen sollte. Deeptalk hat doch etwas Befreiendes.«

»Findest du?«, frage ich.

»Klar. Je mehr man sich von der Seele redet, desto leichter wird sie.«

Ich versuche, in mich hineinzuhorchen, kann aber nicht genau sagen, ob er recht hat.

»Machst du das oft? Dir etwas von der Seele reden?«

»Wahrscheinlich nicht oft genug. Wobei es auch Dinge gibt, die man nicht unbedingt mit Worten ausdrücken kann.« Er sieht mich an, und es ist, als könne ich seinen Blick so tief spüren, dass er etwas in meiner Brust bewegt. Etwas, das ein warmes Kribbeln auslöst. Überall in mir.

»Hast du ein Beispiel?«

»O ja, ein ziemlich gutes sogar.« Seine Worte vibrieren in der Luft nach. Vielleicht ist es aber auch mein rasender Puls, den ich so intensiv spüre.

»Bin gespannt.«

»Es könnte uns in Schwierigkeiten bringen.« Paul hat sich seitlich gedreht und beugt sich jetzt ein Stück zu mir vor.

»Was ist, wenn ich bereit bin, das Risiko einzugehen?«

Anstelle einer Antwort legt er seine warme Hand auf mein Gesicht, und plötzlich zieht sich in meinem Unterleib alles zusammen.

»Ich ermittele in deinem Fall.«

»Du bist außer Dienst«, flüstere ich und würde mich gleichzeitig am liebsten dafür ohrfeigen. Reiß dich zusammen, Val. Du bist zwar definitiv untervögelt, aber du wirst von dieser Berührung noch lange keinen Orgasmus bekommen. Also tu nicht so, als habe das irgendetwas zu bedeuten.

»Dieser Alex ist ein Loser, wenn er jemanden wie dich verlässt.«

Es ist, als würden augenblicklich zwei Stimmen in mir ankämpfen.

Eben hat er mit den Händen noch Pizza gegessen.

Es sind tolle Hände.

Er ist ein Mann.

Aber er ist Polizist.

Und Polizisten sind keine Männer?

Heute war ein scheiß Tag.

Soll das ein Argument sein?

Kann das schon der Wein sein?

Verdammt. Warum ist die Luft hier plötzlich so …

»Du kannst loslassen, Val.«

Bei seinen geflüsterten Worten wird mir schlagartig schwindelig. Loslassen? Ich halte mich doch gar nicht fest.

Meine Hände liegen zwar sicher in meinem Schoß, doch die Gedanken klammern sich so fest an die Erinnerungen. An den Schmerz wegen Alex, der mich monatelang förmlich zerrissen hat.

Aber er ist nicht Alex.

Ich lasse los.

Schließe die Augen. Vergesse den Schmerz. Vergesse den Tag. Lasse mich treiben und bin einfach nur in diesem Moment.

Bei Paul und mir. Seinen Lippen, die jetzt wie selbstverständlich auf meinen liegen. Ich hatte völlig vergessen, wie es sich anfühlt, durch einen anderen Menschen hindurch zu atmen. Ja, genau so fühlt es sich in diesem Moment für mich an. Als bekäme ich zum ersten Mal seit Wochen wieder Luft. Nur für einen Augenblick. Nur solange ich meine Hände in seinen Haaren vergrabe und unsere Zungen miteinander spielen.

Solange ich genau das zulasse. Mich von ihm über die Mittelkonsole ziehen lasse, meine Augen schließe und innehalte, während er sich mit dem Mund meinen Hals hinunterküsst. Ich seufze leise, was Paul natürlich nicht entgeht. Stattdessen nimmt er es als Bestätigung dafür, mich noch enger an sich heranzuziehen. Und doch nicht eng genug. Ich will ihn überall spüren. Spüren. Berühren. Und nicht mehr damit aufhören. Auf einmal finde ich mich breitbeinig auf seinem Schoß wieder. Kann Pauls Erektion durch den Stoff seiner Hose spüren. Merke, wie mich diese Reaktion in einen süßen Rausch fallen lässt.

Ich drücke mich enger an seinen Oberschenkel und werde mit einem verlangenden Pochen belohnt.

Pauls Hände rutschen meine Hüfte hinunter und krallen sich in meinen Po, als suche er Halt in unserer Lust.

Tausend elektrisierende Blitze schießen durch meinen Körper, lassen mich die Realität um mich herum ausblenden und nur darauf besinnen, dass dieser Mann mich den Verstand verlieren lässt.

Während er mich ein weiteres Mal küsst, ertastet er den Bund meiner Hose. Als er den Reißverschluss öffnet und seine Hand in meinem Slip verschwindet, ziehe ich scharf Luft durch die Zähne ein.

Ich bin so feucht, dass er mühelos in mich eindringen kann. Zuerst mit einem Finger, dann nimmt er einen zweiten dazu.

»Es war ein Fehler«, raunt Paul, ohne sich aus mir zurückzuziehen.

»Was?«

»Dass ich das hier nicht schon das letzte Mal mit dir gemacht habe.« Wie zur Bestätigung beginnt er, mit seinem Daumen meinen Kitzler zu massieren. Erst sanft, dann immer schneller. Meine Nägel krallen sich, so fest es geht, in den Stoff der blauen Uniform.

Als ich komme, habe ich die Augen geschlossen und den Mund einen Spaltbreit geöffnet. Paul küsst mich, als wolle er mein Keuchen, mein Verlangen bis aufs letzte bisschen in sich aufnehmen.

»Du siehst so schön aus, wenn du kommst.«

»Lügner.« Ich wische mir einen dünnen Schweißfilm von der Stirn und fange Pauls eindringlichen Blick auf.

»Das ist nicht gelogen. Ich meine das vollkommen ernst.«

Mein Herz wummert gegen meine Brust. Bum. Bum. Bum. Es schlägt so laut, dass ich automatisch mitzählen muss. Vielleicht ist es aber auch nur die einzige Möglichkeit, nicht über das nachzudenken, was gerade passiert ist.

Ich räuspere mich, schließe nervös den Knopf meiner Hose. Mir fällt ein, dass ich mir die Sachen ja nur hektisch übergeworfen habe. Dass ich dieses Oversize-Ding trage, weil Tizian unbedingt vorbeikommen wollte.

Weil ein einziges Video womöglich meine ganze Karriere zerstört hat. Dass ich nur deshalb überhaupt in diesem Wagen sitze. Dass Paul nicht irgendein Polizist ist, sondern in meinem Fall ermittelt.

Plötzlich muss ich so tief Luft holen, als habe ich die ganze Zeit über den Atem angehalten, oder nein, als sei ich in meiner Leidenschaft ertrunken. Das beschreibt es wahrscheinlich am besten.

Ruckartig fahre ich mit dem Kopf zurück, schüttele vorsichtig seine Hände ab und schlucke. Noch immer sehen wir uns tief in die Augen. Eines blau, eines braun. Bis ich den Blick schnell abwende. Verdammte Scheiße!

»Entschuldige.« Ich rutsche zurück auf meinen Sitz, streiche das Hemd glatt und räuspere mich. »Nur damit du es weißt: Alex hat mich nicht verlassen. Das habe ich schon selbst gemacht.«

21. KAPITEL

ZU VIELE KÖCHE VERDERBEN DEN BREI

»Wie geht es Ihnen?«

»Sagen wir so: Wenn ich bei den Dingen beginne, die in den letzten vierundzwanzig Stunden nicht außer Kontrolle geraten sind, wäre die Liste um einiges kürzer.«

»Ich verstehe.« Ein falsches Lächeln huscht über das Gesicht der jungen Journalistin.

»Konnten Sie sich denn bereits erklären, wie sich jemand Zugang zu Ihrem Account verschafft hat?«

»Nun ja, im einundzwanzigsten Jahrhundert soll es kein Ding der Unmöglichkeit sein, so einen Kanal zu hacken. Das wissen Sie ja sicher selber.« Wirklich, ich *versuche,* freundlich zu bleiben. Es ist eben nur alles andere als leicht, wenn jemand einen ansieht, als sei man eine Mischung aus Deutscher Bahn und Finanzamt.

»Und was denken Sie, warum jemand so etwas tun sollte?«

»Oh, es gibt bestimmt einige Menschen, die mir schaden möchten.« Ich musste Tizian versprechen, keine voreiligen Theorien zu verbreiten. Nach wie vor hält er meinen Verdacht mit Rosa für ein Hirngespinst. Ein Hirngespinst, der Eifersucht und Verzweiflung entsprungen. Vollkommen absurd.

»Da haben Sie sicher recht. Als Influencerin mit Ihrer Reichweite trägt man ja auch eine gewisse Verantwortung. Was haben Sie jetzt vor? Wie werden Sie nun reagieren? Haben Sie vor, sich zu entschuldigen?«

»Dieses Video ist eine Fälschung«, übergehe ich ihre Frage und schiele unauffällig zu Tizian rüber, der ein wenig abseits mit einem weiteren Journalisten spricht. Die beiden sind schon seit einer ganzen Stunde im V-Line-Büro, und nachdem die Reporterin sich ziemlich neugierig umgesehen hat, sitzen wir jetzt in unserem Besprechungsraum und gehen die Fragen für das Interview durch.

»Und Sie haben gesagt, dass Sie das sogar belegen können, richtig?«

Ich nicke. »Es gibt natürlich noch das Originalvideo. Meine große Ankündigung, die ursprünglich online gehen sollte. Das gezeigte Video ist ein Zusammenschnitt aus verschiedensten Videos, und das schriftliche Statement stammt nicht von mir.«

»Haben Sie denn vor, darauf einzugehen? Auf die Vorwürfe beziehungsweise die Aussage, in der Sie sich selbst quasi belasten?«

Ich komme mir langsam vor wie in einem Verhör bei der Polizei. »Das klingt ja fast so, als hätte ich einen Mord begangen.«

»Das nicht, aber haben Sie Ihrer YouTube-Kollegin vielleicht eins auswischen wollen und bekamen am Ende ein schlechtes Gewissen? Ich meine, so etwas passiert in allen Branchen. Unsere Leser werden wissen wollen, ob etwas zwischen Ihnen beiden vorgefallen ist. Das verstehen Sie doch, oder, Valerie? Ich darf Sie doch Valerie nennen? In dem Briefing Ihres Managers steht, dass wir Sie in unserem Artikel beim Vornamen nennen sollen.«

Ich spanne aufgebracht den Kiefer an und gebe mir Mühe, meine Nerven zusammenzuhalten. Wenn ich jetzt laut werde, könnte das noch ganz andere Konsequenzen haben. Diese Journalisten sind Geier. Egal, was Tizian versprochen hat, Exklusivinterview hin oder her, sie werden sich auf jeden weiteren Skandal ohne Gnade stürzen. »Und warum hätte ich das tun sollen?«

»Rosa Neuers Idee kopieren oder dies dann im Nachhinein gestehen?«

»Beides. Ich habe nichts dergleichen getan noch nötig. Meine Produkte waren ja nicht einmal öffentlich angekündigt.«

»Die von Rosa aber schon.«

»Weil sie die Idee von mir hatte. Sie hat das irgendwie herausgefunden«, entfährt es mir jetzt, vielleicht eine Spur zu laut. Ich ahne schon, dass es später Stress mit Tizian geben wird. Aber was soll ich denn sagen? Man wird sich ja wohl verteidigen dürfen.

Die Brünette runzelt die Stirn. »Das ist interessant.«

»Was ist interessant?« So langsam wird mir das hier zu blöd.

»Also sehen Sie in Rosa jemanden, der Ihnen vielleicht schaden wollte?«

Verflixt. Das ist der Punkt, an den ich, laut Tizian, nicht kommen sollte. »Das habe ich nicht gesagt. Fakt ist, dass jeder da draußen morgen früh wissen soll, dass dieses Video nicht von mir stammt. Dass jede Aussage erstunken und erlogen ist und meine Produkte qualitativ hochwertig sind. Es ist doch offensichtlich, dass mir jemand etwas anhängen will.«

»Aber wer sollte das sein?«

In meinem Gehirn überschlagen sich plötzlich die Gedanken, und ich rufe mir das in Erinnerung, was Paul gesagt hat. Es ist naheliegend, dass all diese Dinge zusammenhängen. Dass es draußen jemanden gibt, der es gezielt auf mich abgesehen hat.

»Hören Sie, ich bin keine Ermittlerin, und ich denke, jeder sollte sich auf seinen Job konzentrieren. Ich vermarkte Kosmetik, die Polizei kümmert sich um die Stalker-Angelegenheit, und *Sie* helfen mir, meine Glaubwürdigkeit zurückzugewinnen.« Ungewollt seufze ich tief.

»Stalker-Angelegenheit? Wie darf ich das verstehen?«, hakt die Journalistin nach. Sie hat ihre Augenbraue verwundert hochgezogen, und ich weiß immer noch nicht, ob sie die Situation gerade wirklich ernst nimmt, geschweige denn wirklich an der Aufklärung interessiert ist. Vielleicht hätte ich nichts sagen sollen. Zuerst mit Paul sprechen müssen. Paul. Wenn der überhaupt noch etwas von mir wissen will. Verdammter Mist. Ich habe nach dem *Vorfall* im Auto gestern Abend nicht mehr auf seine Nachricht geantwortet. Ein Grund mehr, warum ich die Angelegenheit am besten selbst in die Hand nehme. Und wer weiß, vielleicht wirkt ein öffentliches Statement auch abschreckend?

»In den letzten Wochen sind einige unschöne Dinge passiert. Briefe mit eindeutig übergriffigem Inhalt … Ich habe Anzeige gegen unbekannt erstattet, und die Polizei ermittelt derzeit.« Das *hat* sie zumindest. Bis ich mich habe hinreißen lassen, mit dem einzigen Polizisten rumzumachen, der sich überhaupt für meinen Fall interessiert hat. Natürlich sage ich das nicht.

Tizian hat das Gespräch am Rande mitbekommen und sieht nun auf. »Was soll das hier? Wir hatten klare Vereinbarungen getroffen. Es geht um die Produkte und das Video von gestern«, unterbricht er das Interview.

»Sie haben nicht erwähnt, dass die Sache ganz andere Ausmaße angenommen hat«, flötet die Pressefrau und macht ein erstauntes Gesicht. »Unsere Leserinnen und Leser sind natürlich an der ganzen Geschichte interessiert. Sie wollen ja nicht, dass das alles in ein falsches Licht gerückt wird und es zu weiteren Missverständnissen kommt. Außerdem sollten wir ein Thema wie das hier selbstverständlich ernst nehmen.«

»Was hast du erzählt?« Tizian steht jetzt neben mir und flüstert mir direkt ins Ohr.

Ehe ich antworten kann, hat er sich über das Notizbuch gebeugt, in das die Reporterin sich einiges aufgeschrieben hat. »Dürfte ich das bitte sehen? Bevor hier irgendjemand geht, möchte ich alles einmal durchgeschaut haben.«

»Ich werde Ihren Wunsch weitergeben. Aber Sie haben sicher Verständnis, dass wir unsere Bewertung nicht verändern können. Das hat etwas mit Pressefreiheit zu tun.«

»Eine Bewertung? Wie genau darf ich das verstehen?«

»So wie ich es gesagt habe. Wir werden die Situation von unserer Seite aus einschätzen. Unsere Interviewpartner stimmen dem zu Beginn unseres Gesprächs zu.« Ihre Stimme klingt plötzlich mindestens eine Oktave höher. »Haben Sie das etwa nicht auf dem Schirm gehabt?«

»Das werden Sie so nicht bringen«, erklärt Tizian entschlossen. »Wir hatten etwas anderes vereinbart. Valerie, am besten gehst du dich mal frisch machen oder so ähnlich. Ich kläre das.«

Mich frisch machen? Normalerweise würde ich Tizian spöttisch fragen, für wen er sich hält, so über meinen Rücken hinweg zu entscheiden.

Doch gerade bin ich einfach nur froh, dass ich dem Trubel hier entkommen kann, und ignoriere seine letzte Bemerkung. Soll er sich doch mit diesen Pressefuzzis den Kopf einschlagen. Schließlich ist er es auch gewesen, der dieses Interview vereinbart hat.

Wortlos drehe ich mich um und stapfe aus der Tür. Was für eine bodenlose Frechheit! Ich hätte einfach nicht auf Tizian hören und möglichst schnell ein Statement aufnehmen sollen. Ein Statement, in dem ich die Wahrheit erzähle.

Mein Herz ist schwer vor Sorge, als ich dem Raum den Rücken zuwende und in mein Büro am Ende des Flurs gehe. Hier kann ich endlich kurz durchatmen.

Erschöpft lasse ich mich auf meinen Schreibtischstuhl sinken und stütze das Gesicht in die Hände. Dann ziehe ich mein Smartphone aus der Tasche und prüfe die neuesten Benachrichtigungen. Die WhatsApp von Paul, die mich schon seit gestern Abend vorwurfsvoll aus meinem Verlauf ansieht.

Paul
Es tut mir leid, wenn ich dich überrumpelt habe.
Das wollte ich wirklich nicht, Valerie.
Melde dich, wenn du etwas brauchst.

Noch immer habe ich keine Ahnung, was ich antworten soll.

»Es ist nicht deine Schuld? Ich hatte meine Hormone nicht unter Kontrolle, will dir aber keine falschen Hoffnungen machen?«

Oder aber: »Ich finde dich wirklich heiß, weiß aber nicht, in welche Richtung sich das entwickelt, und habe derzeit keinen Kopf für mehr?«.

Beide Versionen entsprächen zwar definitiv der Wahrheit, kommen mir aber viel zu direkt vor. Ich meine, vermutlich mache ich aus der Sache ein viel zu großes Ding. Wir haben uns geküsst, ein bisschen rumgemacht. Erwachsene tun so was manchmal.

Dennoch kann ich mich nicht überwinden, auf seine Nachricht einzugehen. Stattdessen bewegt sich mein Daumen in Richtung des Instagram-Buttons.

Vielleicht muss ich mich zuerst einmal mit den Vorwürfen konfrontieren, bevor ich mir überlege, welche Wege ich nutzen werde, um mich bei der Community für das Missverständnis zu entschuldigen.

Kaum habe ich die App aufgerufen, werde ich mit so vielen Benachrichtigungen überschüttet, dass sich mein Telefon direkt aufhängt. Spitze!

Erst nachdem ich es komplett neu gestartet habe und die App ein zweites Mal öffne, komme ich dazu, überhaupt etwas zu lesen. Markierungen, Erwähnungen in der Story, private Nachrichten … Und dann sind da natürlich auch die Kommentare unter meinem letzten Bild.

»Statement!!! Jetzt!«

»Schämst du dich nicht? #TeamRosa«

»Was fällt dir eigentlich ein?«

»Ich mochte sie noch nie.«

»Was für eine Bitch.«

Natürlich tauchen auch vereinzelt Posts mit einer Art Verteidigung auf.

»Sie hat ihren Fehler doch eingesehen.«

»Wir stehen hinter dir, Valerie.«

Auf die Idee, dass sich jemand in meinen Account gehackt haben könnte, kommen nur wenige.

»Wer weiß, ob das echt ist?«

»Sieht irgendwie fake aus.«

Aber ausgerechnet diese Kommentare scheinen zwischen den ganzen Beleidigungen unterzugehen. Ich versuche, keine dieser Worte zu nah an mich heranzulassen. Wirklich nicht. *Es ist das Internet. Jeder weiß, dass sich hinter der Anonymität häufig ausgerechnet die Menschen verstecken, die selbst am unzufriedensten mit sich sind. Es hat nichts zu bedeuten.*

Ich sage mir immer wieder diese Dinge, von denen ich weiß, dass sie der Wahrheit entsprechen. Dass sie mich an den meisten Tagen im Jahr über Wasser halten. Die die Mauer, die ich um mich errichtet habe, stützen, und dass ich sie anderen in meiner Situation genau so sagen würde. Doch heute dringt nichts davon annähernd zu mir hindurch.

Mein Körper ist vor Stress so verspannt, dass ich wahrscheinlich noch nach Stunden nicht aus einem Vollbad aufstehen könnte, ohne in der Mitte durchzubrechen. Ich denke wieder an die Katze. An das, was Theo zu mir gesagt hat, als wir Kinder waren.

Halte durch und zeige dich nicht verletzlich! Schwäche zeigen macht angreifbar.

Und doch ziehen all diese boshaften Kommentare, die letzten Wochen und natürlich auch die Angst vor dem, was da noch kommt, wie ein heftiger Sturm durch mein Herz. Hinterlassen ihre Spuren. Reißen all die Wunden auf, die nie Zeit hatten, annähernd zu vernarben.

Ich hasse diesen Druck hinter meinen Augen. Ich hasse es, wie wir mit aller Kraft gegeneinander ankämpfen. Doch am allermeisten hasse ich die Tränen, die wie Säure in meinen Augen brennen und mir zeigen, wie sehr ich die Fassung verliere.

Sofort schließe ich Instagram und schiebe das Telefon zur Seite. Zum Glück habe ich es noch ins Büro geschafft und mich mit diesem Rumgeheule nicht auch noch vor der Pressefrau zum Gespött gemacht. Das hätte mir gerade noch gefehlt.

Ich werde auf der Toilette das Make-up nachlegen und Tizian dann um ein Update bitten. Wollen wir hoffen, dass er die Journalisten mittlerweile rausgeworfen hat.

Gerade habe ich mir die Tränen von der Wange gewischt, da platzt Tizian plötzlich in mein Büro. Verdattert bleibe ich vor meinem Schreibtisch stehen. »Kannst du nicht anklopfen? Was soll das?«

»Valerie? Du hast den Vertrag noch nicht unterschrieben, oder? Den für das Exklusivinterview?« Er klingt ziemlich außer Atem. »Wie siehst du eigentlich aus?«

»Allergie gegen Menschen, die einfach hereinstürmen.« *Keine Schwäche zeigen.* »Und doch, natürlich habe ich den Vertrag unterschrieben. Ob du es glaubst oder nicht … Ich halte mich an unsere Abmachungen.«

Aufgebracht dränge ich mich an Tizian vorbei. Nur, um im nächsten Augenblick eine weitere Katastrophe zu erleben, denn natürlich stoße ich ausgerechnet jetzt mit dem Kollegen der Journalistin von *Prominews* zusammen. Er ist sicher kaum älter als ich, wirkt im ersten Moment genauso überrascht wie ich. Ohne abzuwarten, stürze ich an ihm vorbei zur Toilette, Tizians wutschäumende Stimme im Rücken.

»Ich habe gesagt, Sie sollen vorne warten. Verschwinden Sie aus diesem Büro! Aber zackig!«

Aus dem WC heraus höre ich, wie die Eingangstür wenige Sekunden später ins Schloss fällt und Tizian ein »Fuck« entweicht. Ich schätze, man braucht nicht viel Medienerfahrung, um schlussfolgern zu können, wie sehr dieser Schuss nach hinten losgegangen ist.

Ich sehe beschissen aus. Ganz ehrlich. Und ich sage das nicht gern. Meine Haut wirkt blass, die Augen sind immer noch leicht gerötet, und die vierzig Euro teure Wimperntusche hat ihr Werbeversprechen nicht annähernd gehalten. Von wegen wasserfest.

»Valerie?« Natürlich ist es Tizian. Als ich die Tür zum Flur aufstoße, bin ich ziemlich überrascht. Denn auf seinem Gesicht liegt auf einmal ein bedrohliches Lächeln. Fast schon erleichtert lehnt er sich in den Türrahmen und sieht zu, wie ich mir die Hände wasche. »Ich sage es nicht oft, aber diese Show war nicht schlecht.«

Meine Gefühle wechseln schlagartig von Ärger zu Verwirrung. »Was für eine Show? Ich hoffe, du hast sie rausgeschmissen.«

Tizian winkt ab. »Die haben alles, was sie wollten, und die Sache ist viel besser gelaufen, als wir uns hätten wünschen können.«

Auf einmal weiß ich nicht, ob ich lachen oder weinen soll. »Bist du verrückt geworden? Was denkst du, was die morgen schreiben werden?« Energisch schiebe ich mich an Tizian vorbei in den Flur. »Ich sage dir eines: Auf dich zu hören war der größte Fehler, den ich überhaupt machen konnte.«

Tizian beginnt zu lachen. »Jetzt komm aber mal wieder runter. Du bist ja vollkommen hysterisch.«

»Oh, entschuldige. Meine Existenz steht auf der Kippe, und du wunderst dich, dass ich da nicht gelassen bleibe?«

Tizian überholt mich mit schnellen Schritten. »Hab gehört, diese Mental-Health-Schiene läuft ganz gut. Am besten machst du gleich ein Video dazu. Storytime? Oder zumindest einen Beitrag? Du bist jetzt die arme Valerie, die sich nicht unterkriegen lassen darf, hörst du?«

Plötzlich habe ich das Gefühl, mit meinen Gedanken nicht mehr hinterherzukommen. Was redet Tizian da? Und wie verhindere ich, ihm bei diesen Worten nicht ins Gesicht kotzen zu müssen?

»Ich gebe zu, es lief nicht so wie erwartet. Du hast dich mal wieder nicht an die Regeln gehalten. Was sollte die Stalking-Nummer und vor allem Rosas Name? Das war anders vereinbart.« Da er sofort weiterspricht, scheint er keine Antwort zu erwarten. »Aber die Sache am Ende war ein super Plot-Twist. Du sahst wirklich fertig aus, Val. Vielleicht solltest du öfter mal auf die Tränendrüse drücken.«

»Tränendrüse?«, wiederhole ich fassungslos. So langsam wird mir klar, worauf Tizian hinauswill.

»Wir haben den Spieß umgedreht. Du hättest mich natürlich auch vorher einweihen können.« Er lacht. Und plötzlich weiß ich nicht, ob ich wütend, schockiert, verletzt oder belustigt über die Tatsache sein soll, dass dieser Mistkerl die ganzen letzten Minuten für ein einziges Schauspiel gehalten hat.

Ich entscheide mich für *erleichtert,* denn zumindest bedeutet es, dass ich vor Tizian mein Gesicht wahre und meine Gefühle tiefer vergrabe, als Atlantis jemals sinken konnte.

»Ich gehe jetzt nach Hause.«

»Du solltest dir das mit dem Video überlegen. Beitrag. Story. Alles.« Er zwinkert mir zu. »Ab morgen sind wir wieder im Game, Baby.«

Ich weiß, man sollte Menschen nichts Schlechtes wünschen, aber Tizian schafft es jedes Mal, dass ich meine Prinzipien glatt vergesse.

22. KAPITEL

WER ANDEREN EINE GRUBE GRÄBT, FÄLLT SELBST HINEIN

@rosaneuer: Der Tag beginnt für uns alle mit aufwühlenden Nachrichten. Wir sollten nicht wütend sein, sondern uns bewusst machen, dass dieses Verhalten auch ein Hilferuf sein kann. Was denkt ihr?

@xAmelie99: Es ist ja lieb, dass du sie nach alldem noch verteidigst, aber meiner Meinung nach ist das alles nicht zu entschuldigen.

@leo_wiss: Das ist ein Schlag ins Gesicht für alle, denen so etwas wirklich widerfährt. Passt auf euch auf und sucht euch Hilfe, falls ihr in so einer Situation steckt.

@fangirl0313: Ich bin so krass entsetzt. Dachte nicht, dass alles noch schlimmer wird. Ich hoffe, dir geht's gut, Rosa. #GerechtigkeitfürRosa

@sophie_hermann: Es ehrt dich wirklich, dass du so viel Mitgefühl hast, Rosa. Ich würde ausrasten. Schäume jetzt schon vor Wut.

@its.elena: ich schäme mich, dass ich ihre Videos mal geguckt habe. Andererseits fand ich sie schon immer unsympathisch.

@alina98 m: Same, girl! Langsam traue ich der alles zu, haha. Bin gespannt, was als Nächstes kommt.

@inaxoxo: Bessere Unterhaltung als Trash TV.

Ich werde durch die Vibration meines Telefons geweckt. Normalerweise stelle ich es über Nacht in den Flugmodus, doch anscheinend habe ich das gestern Abend vergessen.

Bevor ich einen Blick auf das Display werfe, taste ich mit der linken Hand nach Bella.

Ich weiß noch, die ersten Monate habe ich versucht, sie vom Schlafzimmer fernzuhalten, bin aber ziemlich schnell viel zu inkonsequent geworden. Seither schläft Bella meist auf dem Kopfkissen der anderen Bettseite und steht erst auf, wenn ich unten mit der Futtertüte raschele. Doch davon bin ich noch meilenweit entfernt. Gerade möchte ich am liebsten in der warmen Bettdecke versinken und den Nachrichten, die mit Sicherheit schon auf meinem Telefon eintrudeln, möglichst lange entkommen.

Genau jetzt schon wieder eine. Das Brummen auf dem Nachttisch klingt in meinen Ohren wie der Krach einer Bohrmaschine. Ich streiche Bella über das weiche Fell und setze mich mit einem tiefen Seufzer auf.

Just in diesem Augenblick vibriert schon wieder das Smartphone. Nur mit dem Unterschied, dass es diesmal erst gar nicht aufhört. Als ich Pauls Namen auf dem Bildschirm lese, bin ich für ein paar Sekunden versucht, es einfach klingeln zu lassen. Ich bin nicht bereit, *so ein* Gespräch zu führen. Nicht nach einem Tag wie gestern. Nein, am besten nie wieder. Männer stehen auf der Prioritätenliste wirklich ganz weit unten. Vor allem die Art von Männern, die mich Gefahr laufen lassen, jene Liste über Bord zu werfen.

Andererseits könnte Paul vielleicht Neuigkeiten haben. Würde er sonst um diese Uhrzeit anrufen? Ohne weiter nachzudenken, nehme ich den Anruf entgegen. »Ja?«

»Valerie!« Er klingt ziemlich aufgeregt.

»Gibt es etwas Neues?« Plötzlich sitze ich kerzengerade im

Bett, kralle die linke Hand so fest in die Decke, dass meine Knöchel weiß hervortreten.

»Bist du schon auf?«

»Ich bin gerade wach geworden. Wie spät ist es überhaupt?« Ich beantworte mir die Frage selbst, indem ich auf die digitale Anzeige auf dem Telefon sehe. 9:08 Uhr. Es ist ewig her, dass ich so lange geschlafen habe.

»Soll ich vorbeikommen? Und bevor du etwas sagst, ich weiß, dass das nicht die Wahrheit ist. Das, was sie geschrieben haben.«

Jetzt muss ich fast schon lächeln. »Nun ja, streng genommen haben sie schon recht. Ich war so durch mit den Nerven und, ach, keine Ahnung, wie das passieren konnte.«

Paul schweigt.

»Bist du noch dran?«

»Moment, ich verstehe das nicht. Hast du den Artikel schon gelesen?«

Seine Nachfrage verunsichert mich. »Von *Prominews?* Lass mich raten, sie machen mich zur absoluten Dramaqueen, fahren auf der erbärmlichen Mitleidsschiene. Ich kann gar nicht so viel essen, wie ich kotzen möchte.«

»O Shit«, entfährt es Paul.

»Noch schlimmer?«

»Schau dir diesen Artikel an und versprich mir, dass du Ruhe bewahrst.«

Seine Worte klingen plötzlich so bedrohlich, dass ich das Telefon wortlos in den Schoß sinken lasse und meinen Namen in die Suchmaschine eingebe.

Sofort Volltreffer.

Das Foto erkenne ich auf Anhieb. Das haben wir gestern geschossen, bevor das Interview aus dem Ruder gelaufen ist. Zugegeben, ich sehe ziemlich beschissen aus.

Ich klicke dennoch auf das Bild und erstarre, als sich die Überschrift des Beitrages öffnet.

Influencerin Valerie Sophie Ehrmann psychisch am Ende.
Zwischen Schein und Sein: Sind die Tränen etwa ein Geständnis?
Ist es das Aus von Influencerin Valerie Sophie?

Seit sechs Jahren ist die schöne Blondine eine der absoluten Lieblinge unter unseren Social-Media-Stars.
Während ihrer öffentlichen Trennung von YouTube-Star Alex Brehm geriet sie bereits in die Schlagzeilen, doch die jüngsten News übertreffen in ihrer Tragik jedes Liebes-Aus.
Erst vorgestern erschien aus dem Nichts ein kurioses Video auf dem Kanal der Influencerin, dem mittlerweile fast drei Millionen Fans folgen. In diesem Clip gestand die Blondine einen großen Fehler ein und gab zu, ihre neuen Kosmetikprodukte von Kollegin Rosa Neuer kopiert zu haben. Das Video hinterließ Zweifel an seiner Echtheit, und die Internetschönheit bestritt vehement, etwas damit zu tun zu haben. Nun haben wir sie für ein exklusives Interview getroffen. Denn mit manchen Situationen lässt es sich auch als Star nicht mehr so glamourös leben.
»Ich bin Opfer eines Stalkers geworden«, gibt sie im Gespräch mit unserer Kollegin Vera Pimping offen zu. Noch nie hat sich Valerie so emotional gezeigt.
Was anfangs wie eine schockierende Nachricht klang, erwies sich allerdings recht schnell als dreiste Lüge.
Ausgerechnet ihr Manager reagiert auf Valeries Aussage nämlich ziemlich verwundert. Scheiterte es an einer einfachen PR-Absprache?
Hat man also versucht, elegant aus dem Videoskandal herauszukommen, und war alles nur eine geschickte Marketingstrategie? War diese Aktion genau das Eigentor, das das traurige Ende einer Karriere bedeuten könnte? Was denkt ihr darüber?

»Diese elendige Lügenpresse. Das wird denen doch kein Schwein glauben«, zische ich wütend und springe aus dem Bett.

»Leider sieht es gerade ganz danach aus.«

»Wie schnell hat sich das denn verbreitet? Der Artikel ist doch sicher eben erst raus, oder?«

Ich höre Paul am anderen Ende der Leitung atmen. »Eine halbe Stunde mindestens. Ich habe nicht damit gerechnet, dass du noch schläfst.«

Verdammt! Das musste ja so passieren. »Ich weiß auch nicht, was mit meinem Kopf los ist.« Während Paul mir die Kommentare in den sozialen Medien versucht zusammenzufassen, öffne ich Instagram, um mich im nächsten Moment von den Nachrichten erschlagen zu lassen.

Mein Postfach quillt über mit Story-Erwähnungen, und ich brauche nur die erste davon zu öffnen, um zu wissen, dass es sich auch bei den anderen um Markierungen zum Artikel handelt.

Schon wieder vibriert mein Telefon. Es ist Tizian, der anruft. Ich wünschte, dieser Moment sei nichts weiter als ein Hirngespinst, ein Déjà-vu, das nur den Anschein macht, als hätte ich dieses Szenario so ähnlich bereits erlebt. Nach dem Ankündigungsvideo. »Ich rufe gleich zurück«, verspreche ich Paul und nehme das Gespräch an.

»Wieso zum Teufel gehst du nicht dran?«, fährt mein Manager mich direkt an.

»Ich bin doch dran«, fauche ich gereizt zurück.

»Was soll der Scheiß? Wir müssen etwas tun.«

»O nein, du wirst überhaupt nichts machen. Dein Plan hat diese Katastrophe erst heraufbeschworen.«

»Weil du dich nicht an die Regeln gehalten hast. Ich hatte das alles gut überlegt. Dieser Artikel ist ein Desaster. Wenn wir Pech haben, haben wir sogar eine Klage von der Drogerie am Hals. Die stehen ja auch mit einem finanziellen Verlust da. Hast du mal überlegt, wie das aussieht? Dieser Skandal kann der ganzen Agentur schaden.«

Ich hole hörbar Luft. »Der Agentur schaden? Ist das dein Ernst? Hast du eine Ahnung, was das für *mich* bedeutet? Lass einfach gut sein. Ich kümmere mich um die Angelegenheit auf meine Art. Und untersteh dich, öffentlich auch nur ein Wort zu sagen.« Ohne mich zu verabschieden, drücke ich das Gespräch weg.

Was soll ich nur tun?

Ich könnte Linnea anrufen. Meist ist sie die Allererste, die in neuesten Tratsch verwickelt ist. Und wer weiß, vielleicht kann ich durch sie etwas herausfinden.

Zum Beispiel, wie ich möglichst zügig wieder Land gewinne und meinen Namen reinwasche. Ich wähle ihre Nummer. Nur der Anrufbeantworter. Ich wusste nicht einmal, dass den heutzutage noch jemand nutzt.

Kannst du mich bitte zurückrufen?, tippe ich und warte auf die blauen Haken. Nichts.

Ich lasse es noch einmal bei ihr klingeln. Doch diesmal ist die Mailbox schon nach wenigen Sekunden angesprungen.

Valerie
Hast du mich weggedrückt?

Fassungslos starre ich auf den Bildschirm und sehe, wie Linnea in diesem Moment online ist.

Sie tippt etwas. Dann ist sie wieder offline, ohne mir geantwortet zu haben.

Ich sende drei Fragezeichen.

Linnea
Sorry. Ist gerade schlecht. Melde mich, Valerie, ok?

Ohne zu antworten, verlasse ich unseren Chat. Eigentlich hatte ich Paul einen Rückruf versprochen, doch gerade fühle ich mich ganz und gar nicht danach.

Übelkeit schaukelt in meinem Magen, und ich spüre, wie mir kalter Schweiß auf die Stirn tritt.

Das ist nur der Stress, versuche ich mich zu beruhigen. Doch das flaue Gefühl lässt nicht nach. Ganz im Gegenteil, ein bitterer Geschmack liegt auf meiner Zunge, und mir ist so schwindelig, dass ich mich beim Aufstehen am Bettrahmen festhalten muss.

Bella bleibt liegen, während ich mich ins Bad schleppe und mich auf die Fliesen sinken lasse. Die Panik beißt sich durch meine Brust, mein Magen rebelliert, und plötzlich weiß ich, dass ich nur wenige Sekunden Zeit habe, das Offensichtliche zu verhindern.

Ich robbe mich zur Toilette, stoße den Klodeckel auf und muss mich auf der Stelle übergeben.

* * *

Eine Stunde später habe ich nicht nur eine Tablette gegen die Übelkeit intus, sondern bin tatsächlich angezogen und geschminkt.

An Tagen, die sich stürmisch und ungewiss anfühlen, ist es umso wichtiger, äußerlich stark und unverwundbar zu wirken. Es kostet mich mehrere Versuche, die Story zu starten. Per se nicht ungewöhnlich, denn mittlerweile sind meine Postings gut überlegt, manchmal schon Tage vorher geschrieben. Und auch die Videoaufnahmen, die nur für vierundzwanzig Stunden online sind, mussten an Qualität zunehmen. Was ich früher noch nebenbei geschossen habe, wird heute nur noch mit Ringlicht beleuchtet oder mit Filter geteilt. Mit steigender Reichweite wuchs exponentiell die Erwartungshaltung, aber vor allem auch die Kritik. Doch heute kostet es mich umso mehr Überwindung, überhaupt etwas in die Kamera meines iPhones zu sagen.

Jedes Mal breche ich nach wenigen Sekunden die Aufnahme ab, finde einfach nicht die richtigen Worte.

»Ich wollte mich bei euch einmal persönlich melden.« Meine Stimme zittert, und ich klinge, als würde ich jeden Augenblick zu heulen beginnen.

»Es tut mir leid, dass ich mich jetzt erst melde.« Das geht gar nicht.

»So, jetzt melde ich mich einmal direkt zu Wort.« Zu hochgestochen?

»Die meisten werden mitbekommen haben, was gerade los ist. Und bevor die Gerüchteküche weiter kocht, möchte ich Stellung zu den Vorwürfen nehmen.« Man könnte fast meinen, ich befände mich vor Gericht.

Aber vielleicht ist das gar nicht so weit von dem entfernt, was ich tatsächlich vorhabe.

Nur dass hier kein unparteiischer Richter vor mir sitzt, sondern mehrere Millionen Instagram-User, die es anscheinend kaum abwarten können, mich untergehen zu sehen. Manche früher. Manche später.

23. KAPITEL

KOMMT ZEIT, KOMMT RAT

@yassi88x: Willst du das jetzt ernsthaft aussitzen?

@hullahopp: Vielleicht hofft sie, dass wir das alles vergessen.

@tim_98: Habe mir heute diesen Duschschaum gekauft. Stinkt höllisch. Genau wie sie selbst hahahaha.

@robertk: hahaha interessiert sie safe sowieso nicht. Wahrscheinlich hat sie sich mittlerweile ins Ausland abgesetzt. Genug Kohle verdient hat sie mittlerweile doch eh.

@vannisahler: Ist halt auch leicht, wenn man nur Produkte in die Kamera halten muss. Wenn die mal einen Tag meine Arbeit machen würde …

@catmum78: Leute, seid mal nicht so fies! Ihr Verhalten war mies, aber ihr seid übelst verletzend.

@hullahopp_: @catmum78 Was bist du denn für ein Gutmensch? Ich glaube, diese Influencer sind so verstrahlt, dass die gar nix mehr mitbekommen. Also chill!

Ich habe am nächsten Morgen immer noch kein Statement gepostet und am übernächsten Tag ebenfalls nicht. Mittlerweile ist auch der Sonntag vergangen. Zumindest meine ich etwas vom Wochenanfang im Radio aufgeschnappt zu haben. Vor die Tür gegangen bin ich seit Erscheinen des Artikels überhaupt nicht mehr.

Ein paarmal habe ich darüber nachgedacht, Paul anzurufen. Zumindest eine Art Lebenszeichen zu schicken. Doch seit unserem letzten Treffen fällt es mir schwer, unbefangen an ihn zu denken. Es hätte nicht so weit kommen dürfen. Ja, Paul ist sexy. Er ist wahnsinnig fürsorglich und, verdammt, er weiß zu gut, wie er mit seiner Zunge umgehen soll. Aber das alles ist noch lange kein Grund, mich von irgendwelchen Gefühlen überrollen zu lassen …

Die letzten Tage habe ich immer mal wieder das Netz nach meinem Namen durchsucht. Neue Fake-Videos oder -Bilder sind jedenfalls nicht mehr aufgetaucht.

Möglicherweise sollte ich dankbar sein. Gerade fehlt mir aber selbst dazu die Kraft.

Lotte steht mit ihrem Rollstuhl seit Tagen immer wieder mal wortlos vor der Tür, um mit Bella eine Runde rauszugehen.

Am Montag sehe ich Tizians Gesicht auf meiner Instagram-Startseite.

Er scheint ein eigenes Interview gegeben zu haben, und obwohl das irgendwie gegen unsere Absprache ist, überrascht es mich kein bisschen.

»Es ist nicht so, wie es aussieht«, steht als Zitat auf dem Foto. Ich klicke mit zittrigen Fingern auf das Posting. Wir seien bewusst in die Irre gelockt worden. Ich müsse den Schock verdauen. Die Polizei ermittele tatsächlich.

Ich muss zugeben, dass sein Statement besser ist als jeder meiner Versuche, eine Story zu posten. Meine aufgenommenen Videos habe ich allesamt verworfen. Mit jedem meiner Worte könnte ich all diesen Menschen eine neue Angriffsfläche bieten. Seit Tagen fürchte ich mich, auf die Insights, also die Statistik meines Accounts zu klicken. Hier sehe ich normalerweise, wie viele Follower ich gewonnen und verloren habe, ob die Interaktion gut gelaufen ist und wie viele Menschen meine Postings gesehen haben. Nach der Trennung von Alex habe ich manchmal mit rasendem Puls vor dem Display gesessen und gehofft, dass ich nicht wieder mit einem dicken Minus aus der Woche herausgehe. Doch diesmal könnte es noch bitterer werden.

Ich koche mir einen grünen Tee und setze mich mit der Tasse aufs Sofa. Seit Tagen kommt es mir so still in dieser großen Wohnung vor. Schließlich bin ich sonst ständig damit beschäftigt, Stories aufzunehmen, Videos zu produzieren oder Telefonate zu erledigen.

Willst du weiterhin tatenlos zusehen, wie alles den Bach runtergeht?, leuchtet plötzlich eine Nachricht von Tizian auf. Ist er es nicht gewesen, der mir vor wenigen Tagen noch zu einem Rückzug geraten hat?

Was schlägst du vor? Ein zweites Interview geben, das in einer noch größeren Katastrophe endet?, antworte ich genervt.

Tizian
Ersteres habe ich bereits übernommen.

Valerie
Hab's gesehen. Schön, dass du die Dinge auf einmal so im Griff hast.

Tizian
Du könntest dich auch einfach bedanken.

Valerie
Danke, Arschloch.

Tizian
Charmant. Dafür, dass ich dir deinen hübschen Hintern gerettet habe. Allerdings wird's damit noch nicht getan sein. Was die Stalking-Sache angeht, solltest du dich etwas zurücknehmen. Diese Behauptung kam überhaupt nicht gut an.

Ich tippe Das war keine Behauptung, lösche die Nachricht jedoch wieder und schließe den Chat. Mit Tizian zu diskutieren, ist ungefähr so sinnvoll, wie an Rosas Moralvorstellungen zu appellieren. Oder aber mit einer Wand zu sprechen.

Genau in dieser Sekunde leuchtet eine Nachricht von meinem privaten Insta-Profil auf. Intuitiv klicke ich die Pop-up-Benachrichtigung weg. Keine Sekunde später macht mein Herz einen Sprung.

Ich habe auf dem Profil seit Wochen nichts gepostet. Nicht, nachdem die Nachricht mit dem Link zu dem Deepfake-Porno in meinem Postfach aufgetaucht ist. Doch nun muss ich es genauer wissen. Ich rufe die Seite auf und klicke mein Nachrichtenfach an.

Es ist Theo. In den letzten Monaten haben wir kaum bis gar nichts voneinander gehört.

Theo
Bist du okay?

Ich sollte auflachen. Mein drogenabhängiger Bruder, der vermutlich ziemlich pleite ist, fragt *mich,* ob alles in Ordnung ist.

Vor einigen Tagen hätte ich das noch für einen schlechten Scherz gehalten. Jetzt kann ich einfach nur froh sein, dass er sich an meine Aufforderung aus den letzten Jahren gehalten hat.

Keine Likes, Kommentare oder Nachrichten auf meinem öffentlichen Profil. Keine Treffen.

@Valerie.Sophie und er kennen sich nicht.

Valerie
Ja.

Theo und ich sind nicht diese Art von Geschwistern, die einander als beste Freunde bezeichnen. Wir zwei gegen den Rest der Welt. Oder so ähnlich. Unsere Kindheit hat uns miteinander verbunden, das lässt sich kaum leugnen. Doch irgendwann fingen wir an, jeder einzeln zu überleben.

Wir stritten um die letzte Scheibe Toast, wer zuerst in das warme Badewasser steigen soll, wer im Winter die dickere Decke bekommt und wer den Lehrern erklären muss, warum unsere Erziehungsberechtigten auf wiederholte Nachfrage bei keinem Elternabend aufgetaucht sind. Und das war noch, bevor Theo für einen Fehler bezahlte, den wir gemeinsam begangen haben.

Theo
Klingt überzeugend.

Ich beiße mir angespannt auf die Lippe.

Valerie
Was willst du?

Theo meldet sich nie ohne Grund. Das letzte Mal musste ich ihm fünfhundert Euro leihen, damit er sich den Stress mit einem Dealer ersparen konnte. Leihen bedeutet in Theos Welt so viel wie: *Kriegste vermutlich im nächsten Leben wieder.* Es geht mir nie ums Geld. Vielmehr erschreckt mich der Fakt, dass mein Bruder an den meisten Tagen geworden ist wie *sie*. Und das, obwohl er alles an ihrem Leben gehasst hat. Mit mir zusammen.

Theo
Hab heute deinen Namen auf dem Titelbild einer Zeitung gesehen und wollte nur mal hören.

Ich sollte mich daran gewöhnt haben. Mich der Tatsache stellen, dass die meisten Klatschblätter da draußen voll sind mit Lügen, die man über mich verbreitet.

Valerie
Du kannst lesen?

Ich denke, es ist mein Umgang mit der schmerzhaften Konfrontation.

Theo
Du steckst ja ordentlich in der Scheiße, was?

Valerie
Der Zustand sollte gerade dir doch sicher vertraut sein.

Egal, wie distanziert ich meinem Bruder gegenüber geworden bin, ich liebe ihn noch immer. Auf eine ziemlich verkorkste Art und Weise, bei der man es bloß nicht zeigt.

Theo
Immerhin tue ich nicht so, als habe ich alles im Griff, Miss Perfect.

Als ich nicht antworte, fährt Theo fort:

Theo
Hab gehört, du willst nicht zum Geburtstag unseres lieben Herrn Vater kommen.
Hatte mich schon auf meine Lieblingsschwester gefreut.
Bisschen Solidarität unter Geschwistern und so.

Das Gespräch nimmt eine Richtung an, die ich gerade nicht gebrauchen kann. Ich klicke unseren Chat weg und lande automatisch in der Liste meiner anderen Nachrichten.

Ohne es verhindern zu können, habe ich die anonyme Nachricht aufgerufen, mit der vor etwa drei Wochen der Link zu diesem widerlichen Deepfake-Porno kam.

Wenn ich doch nur herausfinden könnte, wer dahintersteckt. Hierzu ist meine Chance, Anhaltspunkte zu finden, größer als beim gefakten Ankündigungsvideo. Tatenlos rumsitzen war noch nie meine Stärke, ich muss etwas unternehmen.

Unruhig drehe ich das iPhone in meinen Händen und versuche, mich auf das Wesentliche zu konzentrieren. Plötzlich kommt mir eine Idee.

Um ehrlich zu sein, entspringt diese Idee nichts, worauf ich wirklich stolz bin, denn damals wollte ich nur einem lächerlichen Kommentar auf Alex' Profil nachstellen. Doch durch Zufall habe ich einen Trick entdeckt, der mir plötzlich wieder einfällt.

Es ist nicht viel. Und doch etwas, das mir ein Gefühl von Kontrolle zurückgibt.

Mich besser fühlen.

Ich ziehe den Laptop vom Sofatisch, nehme ihn auf den Schoß und öffne Instagram im Browser.

Zuerst muss ich mich ausloggen. Dann gebe ich anstelle meines Namens den Nutzernamen des anonymen Absenders in das Anmeldefeld ein. Schließlich drücke ich auf »Passwort vergessen« und halte den Atem an. Und tatsächlich erscheint eine Meldung:

> »Wir haben Ihnen einen Link zur Wiederherstellung Ihres Kontos an die folgende E-Mail-Adresse geschickt: e..............n@...de«.

Natürlich wusste ich, dass mir nur der erste und letzte Buchstabe der E-Mail-Adresse angezeigt wird, doch diese Zeilen jetzt schwarz auf weiß zu sehen, lässt die Verzweiflung fast noch mehr aufkochen.

Wütend klappe ich den Bildschirm zu und lasse mich in das Sofa zurückfallen.

Was hast du dir erhofft, Valerie?, frage ich mich und verfluche die naive Hoffnung, ausgerechnet Instagram könne mir mit einem Mal die Antwort auf dieses Dilemma geben.

Als könnte ich mit diesen paar Buchstaben irgendetwas anfangen.

Ein Name.

Eine Identität.

Dabei kann ich nicht einmal sicher wissen, ob das Pornovideo überhaupt irgendetwas mit dem Brief oder dem Paket zu tun hat. Da draußen gibt es sicherlich noch mehr zwielichtige Gestalten, die mich nur zu gerne fallen sehen wollen. Angefangen bei Rosa … und obwohl ihr Name mit der E-Mail-Adresse natürlich nicht übereinstimmt, weiß ich selbst, dass das nichts zu bedeuten hat. Jeder Internetnutzer kann sich zig Fake-Adressen unter beliebigen Namen erstellen.

Vielleicht steht das e für Elena, für Elisa, Emily … oder nein, wenn wir bei dem Verdacht bleiben, dass es sich bei dem Täter um einen Mann handelt, wird es vermutlich eher ein Eugen, Elton oder Emilio sein. Vielleicht aber auch nur ein einziger Buchstabensalat. Fakt ist: Ich habe mich in diesen Gedanken zu sehr verrannt, und das Chaos in meinem Kopf nimmt mit jeder weiteren Sekunde des Tages zu.

Ich zucke zusammen. Es hat an der Tür geklingelt, doch ich erwarte keinen Besuch.

Lotte ist vorhin erst gegangen, und normalerweise kündigt sie sich auch durch eine Nachricht an. Kurz überlege ich, ob Tizian einfach aufgetaucht ist, um noch einmal mit mir zu sprechen.

Ich stehe auf und stolpere beinah über Bella, die es sich vor dem Sofa bequem gemacht hat.

»Hallo?« Ein Hoch auf die Sprechanlage, durch die ich mich nach unten hin verständigen kann.

»Frau Ehrmann?« Ich kenne die Stimme, die mir antwortet, nicht.

»Ja, bitte?«

»Ihre Bestellung ist da. Möchten Sie herunterkommen, oder soll ich sie in den Aufzug stellen?«

24. KAPITEL

WER ZULETZT LACHT

Das Zittern meiner Hände hat immer noch nicht nachgelassen.

Weder auf dem Weg zurück in die Wohnung noch zehn Minuten nachdem ich die Einkaufstüte aus dem Fahrstuhl genommen habe. An einigen Stellen ist sie nass geworden. An der weißen Tüte kleben durchsichtige Perlen.

Ich habe mich mit mindestens zwei Metern Abstand zu den Einkäufen auf den Boden gesetzt und mich an den Kühlschrank gelehnt.

»Möchten Sie herunterkommen, oder soll ich sie in den Aufzug stellen?«, hatte der Lieferbote gefragt.

»Ich habe nichts bestellt.«

»Valerie Ehrmann steht hier. Ich habe eine ganze Tüte Einkäufe.«

»Ich habe ganz sicher nichts bestellt.«

»Nun ja. Es wurde aber für Sie bezahlt.«

Einen Absender konnte mir der Lieferbote auch nicht nennen. »Hier steht nur Ihre Adresse, und dass die Rechnung beglichen ist.«

Kein Zettel, keine Notiz.

Nur dieses verdammte Herzstolpern, das von Minute zu Minute schlimmer wird.

Valerie
Hast du mir Einkäufe liefern lassen?

Ich muss die Nachricht ganze dreimal ansetzen, weil ich mich jedes Mal vor Aufregung vertippe.

Lottes Antwort kommt wenige Sekunden später.

Lotte
Was für Einkäufe? Ne? Hattest du mir das gesagt?

Valerie
Alles gut. Hat sich erledigt.

Ich bewege mich vorsichtig auf die Tüte zu, als könne beim Näherkommen eine Handgranate explodieren. Vielleicht habe ich einen Zettel übersehen. Mein Puls rast, während ich die Tüte erneut öffne und jetzt einen genaueren Blick auf den Inhalt werfe.

Fünf grüne Äpfel.

Ein Bund Bananen und frischer Spinat. Beides in Bioqualität.

Eine Flasche frisch gepresster Orangensaft.

Zwei Dinkelbrötchen, die sogar noch lauwarm sind.

Nacheinander räume ich die Einkäufe aus. Mit jeder Sekunde zieht sich mein Magen fester zusammen. Mir ist natürlich sofort aufgefallen, was all diese Produkte miteinander gemeinsam haben: Ich habe sie in meinem letzten Food Haul gezeigt.

Die grünen Äpfel, ohne die kein Tag vergeht. Ich esse mindestens einen davon. Wirklich täglich. Die Bananen und der Spinat kommen morgens in meinen Smoothie. Gemischt mit frischem Orangensaft. Die Brötchen esse ich meist als Mittagssnack. Normalerweise. Wenn meine Welt nicht völlig aus den Fugen geraten ist und ich mich um meine Ernährung kümmern kann.

Ich suche im Internet nach der Nummer des Lieferdienstes und erreiche, abgesehen von einem Mitarbeiter, der weder Deutsch noch Englisch spricht, niemanden.

Was auch immer hier gerade vor sich geht, ich muss dafür sorgen, dass es ein Ende nimmt.

Noch einmal rufe ich das anonyme Instagram-Profil auf. @xoxoxo. Immer noch keine Bilder. Keine Abonnenten. Nur zwei Follows, die natürlich zu meinem öffentlichen sowie meinem privaten Profil führen.

Nicht ermutigen. Ignorieren. So hieß es, solle man sich beim Stalking gegenüber der Täterperson verhalten.

Ich habe mir fest vorgenommen, diesem Tipp zu folgen. Doch das war, bevor diese Einkaufstüte an meiner Adresse abgegeben wurde.

»Wer bist du, und was willst du von mir?«

Ehe ich es mir anders überlegen kann, habe ich die Nachricht abgesendet. Mein Mund ist auf einmal staubtrocken, und mein Herz schlägt so schnell, als wolle es mir im nächsten Augenblick aus der Brust springen.

Für einen Moment bin ich versucht, die Nachricht zurückzuziehen. Einfach zu löschen. Ungeschehen zu machen. Mich diesem Fremden nicht so direkt auszusetzen.

Er wird nicht antworten. Warum auch?

Hätte er das gewollt, wäre doch schon viel früher eine Forderung gekommen. Kann Geld ein Grund sein? Will dieser Jemand den Druck erhöhen und mich erpressen?

Dein kleines Geheimnis. Ich werde es noch eine Weile für mich behalten.

Worum soll es sonst gehen? Könnte es sein, dass Theo Ärger mit jemandem hat? Wenn das hier eine Strafe sein soll? Eine Strafe für etwas, das mehr als zehn Jahre her ist.

»Theo hat für den Fehler bezahlt«, murmele ich leise.

»Und was ist mit dir?«, hält eine Stimme in meinem Hinterkopf dagegen.

Erneut steigt Übelkeit in mir hoch. Die Aufregung schlägt mir offensichtlich auf den Magen. Dabei bin ich nach all den Jahren als Zielscheibe der öffentlichen Meinungen eigentlich ziemlich abgehärtet. Doch das hier ist etwas anderes.

Ich halte das Smartphone immer noch fest umklammert, habe nicht einmal den Chat geschlossen. So, als könne ich einen kurzen Online-Moment verpassen. Ich versuche, mir nicht die Frage zu stellen, wie lange ich auf den Bildschirm starren und hoffen soll, dass sich diese Worte vor mir in Luft auflösen und nichts in den letzten Wochen tatsächlich passiert ist.

Nur ein langer schrecklicher Albtraum, aus dem man am Morgen aufschreckt und kaum noch glauben mag, dass irgendeine chemische Reaktion im Kopf so ein Grauen auslösen konnte.

Ich lege mir die rechte Hand auf die Brust, als könne ich meinen Herzschlag auf diese Art und Weise kontrollieren. Dann schließe ich für einige Sekunden die Augen. Ich zucke hoch, als das Smartphone in meiner Hand plötzlich vibriert und es mir vor Schreck beinah in den Schoß fällt.

»Ich kann es kaum glauben. Sag bloß, die Königin des Internets persönlich?«

Mein ganzer Körper erstarrt, und für einen Moment sitze ich vollkommen reglos da. Ich bin unfähig zu denken, geschweige denn zu reagieren. Tausend Gedanken prasseln auf mich ein, doch ich weiß, dass ich mich jetzt konzentrieren muss. Meine Fingerspitzen brennen, als ich das Display berühre und erneut tippe.

Sag mir einfach, was du von mir willst.

»Verhandlungstechnisch ziemlich ungünstig«, würde Alex jetzt behaupten. »Man sollte niemals mehr bieten, als überhaupt im Raum steht.« Doch hier geht es weder um eine Handtasche noch um eine Kooperation. Es geht um alles. Oder nichts.

Mir nur ein bisschen Spaß gönnen, Valerie.

Mein Hals schnürt sich so zu, dass es mich Kraft kostet, weiterzuatmen. Kann mit *Spaß* so etwas wie Rache gemeint sein?

Wenn du nicht aufhörst, wird die Polizei dich finden. Du solltest dir gut überlegen, ob es dir das wert ist.

Ich lösche die Nachricht. Vielleicht sollte ich meinem Gegenüber vorerst lieber nicht drohen. Allein der Gedanke, dass sich am anderen Ende dieser Verbindung ein Mensch befindet, der sich so nah an mein Leben geschlichen hat, ist verdammt surreal. An mein Leben und *mein Geheimnis.*

Ich bin bei der Polizei gewesen. Das ist kein Spiel mehr, okay?

Es vergehen drei Minuten. Vier. Dann sind es insgesamt acht. Nach zwölf Minuten, die ich vergebens auf eine Reaktion gewartet habe, ziehe ich mich vorsichtig an der Küchentheke hoch. Die Vorhänge … Ich muss sie schließen. Auch wenn es so gut wie unmöglich ist, von der Straße in eine Wohnung im fünften Stock zu sehen.

Doch draußen ist es dunkel, und jedes Licht lässt mich seltsam ausgeliefert fühlen.

Ich streiche Bella, die sich neben mich gesetzt hat, über das Fell.

Versuche, ruhiger zu atmen.

Ich will Paul anrufen.

Ich rufe Paul an.

»Na du?«

»Störe ich dich?«

»Das fragst du, nachdem ich dir die ganzen Nachrichten geschrieben habe?«

Ich schlucke. »Entschuldige, ich hätte dir antworten müssen. Es war einfach so viel los.« Ich habe in meiner Wohnung gesessen und mir den Kopf zerbrochen. »Das kannst du dir sicher denken.«

»Das weiß ich.« Zum Glück klingt er wirklich verständnisvoll. »Und Shit. Ich wollte dich nicht überrumpeln.«

Einen Moment bin ich irritiert, dann wird mir klar, dass er von unserem wilden Rummachen im Auto spricht. »Lass uns darüber ein anderes Mal reden«, sage ich schnell. »Es ist etwas passiert, und ich wusste nicht, wen ich anrufen soll.«

* * *

»… und dann bist natürlich du mir eingefallen. Ich meine, meine Möglichkeiten sind derzeit ziemlich begrenzt. In den Augen von mehreren Millionen Menschen bin ich immerhin eine Lügnerin.« Eigentlich habe ich das Gleiche bereits am Telefon gesagt, doch kaum sitzt Paul auf meinem Sofa, platzen die Worte noch einmal aus mir heraus.

Ich hole tief Luft. »Entschuldige bitte. Ich weiß, ich wiederhole mich, aber kannst du dir vorstellen, was das für ein Schock war?«

Paul sieht so aus, als brauche er einen Moment, um die ganzen Informationen zu verarbeiten.

»Habe ich dir eigentlich schon etwas zu trinken angeboten?« Ich komme dafür aus dem Reden plötzlich gar nicht mehr raus. Und das, obwohl Oversharing normalerweise nicht meine Art ist.

Paul schüttelt langsam den Kopf.

»Wasser? Oder Saft?«

»Ein Mineralwasser reicht.«

Er bleibt sitzen, als ich unruhig in die Küche gehe. Auch wenn ich mich in Pauls Anwesenheit etwas sicherer fühle, spüre ich immer noch die Anspannung durch meine Adern fließen.

Ich stelle ein Glas auf dem Wohnzimmertisch ab. »Es waren genau die Einkäufe aus dem Video. Diesmal war zwar keine Botschaft dabei, aber Moment, ich muss dir den Chat zeigen.« Ich reiche Paul mein Smartphone. »Ich weiß, das hatten wir nicht abgesprochen, aber ich musste es versuchen.«

Erst jetzt reagiert Paul auf meine Worte. »Du hast ihn einfach angeschrieben?«

Ich zucke mit den Schultern. »Was hättest du denn getan? Gewartet, bis die Polizei etwas unternimmt? Sieh dir das doch mal an!« Aufgeregt deute ich auf das Telefon in Pauls Hand.

Er beginnt, die Nachrichten zu lesen, hält inne und sieht dann wieder auf. Plötzlich verändert sich etwas in seinem Blick. »Er schreibt.«

»Bitte was?« Ich bin kurz davor, ihm das Handy aus der Hand zu reißen, doch Paul hält mich zurück.

»Ganz ruhig! Wir wollen doch wissen, was er zu sagen hat.«

Kaum hat er den Satz beendet, verschwinden die drei Punkte auf dem Display. Er hat aufgehört.

»Scheiße!«, entfährt es Paul.

»Lies dir die Nachrichten durch! Der Typ ist krank.« Kaum habe ich die Worte ausgesprochen, muss ich an das denken, was Paul über psychische Erkrankungen gesagt hat.

»Ihr müsst ihn finden, Paul. Und zwar schnell!« »Was denkst du, was als Nächstes kommt? Wird er mich auf der Straße beobachten? Nachts an meinem Bett stehen?« Meine Stimme zittert, und blanke Übelkeit rumort in meinem Magen. Gleichzeitig ist es, als sei mein Verstand noch nie so wach gewesen. Irgendein durchgeknallter Typ kennt meine Adresse!

Paul beißt sich auf die Lippen. »Nein, so kann es definitiv nicht weitergehen, hier ist definitiv eine neue Eskalationsstufe erreicht. Aber, hey, ich bin ja jetzt da, du brauchst keine Angst zu haben. Gibt es denn Neuigkeiten wegen des Hackers?«

Ich schüttele verzweifelt den Kopf. »Leider nein. Ich habe die Passwörter geändert. Das Video ist sowieso gelöscht.«

»Und du magst das Original nicht doch hochladen? Und einfach weitermachen?«

Jetzt zucke ich mit den Schultern. »Wenn ich ehrlich bin, weiß ich gerade selbst nicht, was das Beste ist. Tizian terrorisiert mich mit Anrufen.«

»Tizian?«

»Mein Manager.«

»Er hat ebenfalls ein öffentliches Statement gegeben, oder?«

Ich nicke. »Allerdings haben wir so unsere Probleme miteinander. Schon länger.« Ich fasse ihm den Konflikt zwischen Tizian und mir zusammen, lasse dabei jedoch den einmaligen Ausrutscher nach der Teamfeier bewusst unter den Tisch fallen.

»Und …« Paul räuspert sich. »Versteh mich nicht falsch, aber du bist dir sicher, dass er nichts damit zu tun hat?«

Mein Herz macht auf der Stelle einen Satz. »Tizian?«

Paul hebt abwehrend die Hände. »Wie gesagt, wir sollten alle Möglichkeiten in Betracht ziehen.«

»Und welches Motiv sollte er haben? Spätestens seit dem Shitstorm sitzen wir quasi in einem Boot. Es ist auch sein guter Ruf, der hier zunichtegemacht wird.«

Kurz muss ich an Tizians Kommentar denken, den er zu dem Paket mit der Wäsche gemacht hat. Aber auch das war einfach ein typischer Spruch von ihm. Nichts weiter.

»Nun ja, vielleicht ist die ganze Sache außer Kontrolle geraten? Er wollte Aufmerksamkeit generieren. Für deine Produkte.«

»Du meinst also, er soll es aus dem Grund gemacht haben, den mir die Presse vorwirft? *Bad publicity is better than no publicity?*«

Paul zuckt mit den Schultern. »Einen Gedanken war es wert, oder?«

Ich schüttele ungläubig den Kopf. »Na gut, aber die Sache mit den Einkäufen … das ergibt alles überhaupt keinen Sinn. Er konnte nicht einmal wissen, dass ich der Presse von dem Stalking erzähle. Ganz im Gegenteil, er bat mich, genau das nicht zu tun.«

»Weil er wusste, dann würdest du es erst recht tun.« Paul beißt sich auf die Zunge. »Sorry. Jetzt gehen die Spekulationen vielleicht mit mir durch … Habt ihr einen Anwalt eingeschaltet?«

Ich nicke. »Tizian steht mit einem in Kontakt. Allein schon wegen des Interviews. Um ehrlich zu sein, weiß ich aber nicht, wie viel wir machen können.«

Gestresst fahre ich mir durchs Haar.

»Es ist, als würde der Stalker immer näher kommen. Angefangen bei Brief, Mail und Paket, dann dieser Clip im Netz, und jetzt kennt dieser Mistkerl auch noch meine Adresse. Wo in aller Welt hat er die her? Kannst du nicht noch mehr Druck machen bei deinen Kollegen?«

»Das wäre jetzt genau das Falsche. Ich will ganz ehrlich zu dir sein. Es ist ziemlich schwierig, einen richterlichen Beschluss zu bekommen.«

»Das habe ich gemerkt«, falle ich ihm ins Wort.

»Ich habe uns zuletzt gute Chancen ausgerechnet … Aber die Medienberichte waren nicht gerade hilfreich. Ich will damit nicht sagen, dass es aussichtslos ist, aber gerade ist es noch mal um einiges schwieriger geworden. Was nicht heißt, dass ich aufgeben will. Du musst nur noch vorsichtiger werden, was nach außen dringt. In Ordnung?«

Ich nicke, spanne den Kiefer an und versuche, an etwas anderes zu denken. Doch der Druck hinter meinen Augen hat sich längst aufgebaut und ist plötzlich kaum noch auszuhalten.

Ich überlege, Paul wieder wegzuschicken. Mich kurz zurückzuziehen. Mit einer Entschuldigung auf die Toilette zu verschwinden. Doch stattdessen bin ich unfähig, auch nur ein einziges Wort über die Lippen zu bringen.

Als die Tränen zum zweiten Mal in dieser Woche aus mir herausbrechen, übermannen mich viele Gefühle auf einmal.

Scham und Traurigkeit. Aber auch Gefühle, die ich lange nicht mehr zugelassen habe. Zum Beispiel Angst und … Dankbarkeit dafür, jetzt nicht allein zu sein. Dass Paul meine Hand wortlos ergreift, ohne ein großes Ding daraus zu machen.

»Es wird alles wieder gut. Das verspreche ich dir.« Ich spüre seine Arme, die sich schützend um meinen Körper legen. Es ist nur eine Umarmung, doch das Kribbeln, das sie auslöst, zieht sich durch meinen ganzen Körper.

»Wie soll ich dir jemals danken?«

Paul lächelt nur. »Hast du schon etwas gegessen?«

»Heute Morgen«, schnaufe ich. »Ich habe kaum noch was hier. Abgesehen von diesen Einkäufen. Und die werden wir sicher nicht anrühren.«

»Wir werden schon etwas finden.« In seiner Stimme steckt so viel Trost, dass ich es schaffe, mir die Tränen von den Wangen zu wischen.

»Darf ich dich etwas fragen?«

Er nickt. »Natürlich.«

»Wieso haben deine Iriden zwei unterschiedliche Farben? Also, ich meine, wie ist das möglich?«

Ein Schmunzeln zuckt in seinen Mundwinkeln. »Das ist dir jetzt erst aufgefallen?«

Ich neige verlegen den Kopf zur Seite. »Nein, natürlich nicht. Aber nun …« *Nun habe ich sie direkt vor mir gesehen, als du mich auf deinem Schoß zum Orgasmus gebracht hast.*

»Es ist eine Form von Pigmentstörung. Eigentlich kommt so etwas häufiger bei Tieren vor. Man nennt es Iris-Heterochromie.«

»Das habe ich noch nie gehört.«

»Früher wurde ich dauernd danach gefragt.« Er lacht leise auf. »Kinder sind neugieriger und stellen viele Fragen.«

»Erwachsene tauschen sich dann hinter deinem Rücken über dich aus«, murmele ich.

»Wie wäre es, wenn wir die Einkäufe erst einmal vor die Tür

stellen?« Bevor ich antworten kann, ist Paul aufgestanden und trägt die Tüte in den Flur. »Und was Essen angeht … Darf ich …?« Er deutet auf den Kühlschrank.

»Nur zu.«

»Wusstest du, dass ich ein exzellenter Koch bin?«

Ich runzele die Stirn. Mittlerweile hat sich zumindest ein schmales Lächeln auf meine Lippen geschlichen. »Hast du nicht gesagt, du kannst nicht kochen?«

Paul macht ein überraschtes Gesicht. »O nein. Ich habe gesagt, dass es sich für mich als Einzelperson an den meisten Tagen einfach nicht so lohnt. Aber, ich dachte, falls du heute nicht allein sein möchtest …«

»Das klingt gut.« Ehe ich darüber nachdenken kann, sind die Worte bereits über meine Lippen gerutscht. Sie jetzt zurückzunehmen, wäre nicht nur seltsam, sondern auch vollkommen überflüssig.

Bloß, weil wir uns bei diesem einen Mal im Auto so schlecht unter Kontrolle hatten, heißt das noch lange nicht, dass wir uns nicht wie zwei Erwachsene benehmen können. Erwachsene, die nicht übereinander herfallen.

»Magst du Musik hören?«, frage ich, um die plötzliche Stille zu durchbrechen.

»Klar. Was hast du im Angebot?«

»Alexa, spiel klassische Musik!«

Während die ersten leisen Töne aus den Lautsprechern im Wohnzimmer dringen, beobachte ich, wie Paul sich an meinem Regal bedient. Er setzt Wasser auf und befiehlt mir, mich keine Sekunde von meinem Stuhl zu bewegen.

»Du erholst dich von deinem Tag und nennst mir eine Sache, die heute positiv verlaufen ist.«

Mir entfährt ein Seufzen. »In meiner Küche steht ein Mann, der sich am Kochen versucht.«

»Nichts, was mit mir zu tun hat. Außerdem – was heißt hier versuchen?«

»Du machst es nicht gerade einfacher.«

»Konzentrier dich!«

»In ein paar Wochen ist Weihnachten.«

»Das heißt, du freust dich darauf?«

Ich schüttele den Kopf. »Eigentlich nicht. Ich kann dir aber tatsächlich nichts nennen, das sich gerade aufrichtig und ehrlich anfühlt. Was ist mit dir?«

Paul muss nicht lange überlegen. »Heute Morgen wurde ein kleines Mädchen als vermisst gemeldet. Sieben Jahre alt. Kam aus der Grundschule nicht nach Hause.«

»Was?« Mein Herz macht einen Sprung. »Das ist ja grausam!«

»Es ist alles gut ausgegangen. Die Kleine hat sich auf dem Rückweg in ein Spielzeuggeschäft verirrt. Ganz zufällig natürlich.« Paul lächelt. »Der Schreck saß tief, aber umso schöner war es, als die Nachricht kam, dass sie gefunden wurde.«

»Kann ich mir vorstellen.« Ich stütze mein Gesicht in die Hände und versuche, mir nicht vorzustellen, was sonst noch alles hätte passieren können. Währenddessen füllt sich die Luft mit dem herzhaften Geruch von warmen Tomaten. Auf der Herdplatte daneben beginnt das Nudelwasser zu köcheln.

Wenig später macht Paul sich ans Abgießen.

»Ich hoffe, du magst die Spaghetti al dente. Was die Soße angeht …« Ein lautes Scheppern lässt mich heftig zusammenfahren. Dann ist da noch Pauls heftiges Fluchen. »Verdammter Scheiß.«

Als ich an der Theke vorbei in die Küche trete, ist Pauls Gesicht schmerzerfüllt. Ein wenig heißes Nudelwasser hat es geschafft, über das Spülbecken zu schwappen.

»Zieh das aus! Schnell!« Ich deute auf sein feuchtes Shirt.

»Zuerst der Boden …«

»Das sind nur Fliesen. Du holst dir üble Verbrennungen.« Instinktiv schnappe ich mir ein Kühlpack aus dem Gefrierschrank. Ich werfe, und er fängt es geschickt auf.

»Tut es arg weh?«

Etwas unschlüssig sehe ich zu, wie er sich endlich das Shirt über den Kopf zieht. Dass Paul nun obenrum nackt ist, geht weniger spurlos an mir vorbei, als ich gehofft habe.

Ich starre auf seine definierten Brustmuskeln und frage mich, warum das Schicksal mich dermaßen auf die Probe stellen muss. Ich meine, reicht es nicht, dass dieser Mann bereits ein unschlagbares Fingerspiel beherrscht? Muss er auch noch aussehen wie der junge Brad Pitt?

»Das hilft schon.«

»Was?« Ich zucke verwirrt zusammen.

»Das Eis. Es hilft.« Mein überaus dämliches Glotzen ist natürlich auch an Paul nicht vorbeigegangen. Doch im Gegensatz zu mir scheint es ihn ernsthaft zu amüsieren.

»Sehr gut«, werfe ich schnell ein. »Brauchst du sonst noch etwas? Ich könnte eine Kühlsalbe holen. Oder eine Feuchtigkeitscreme.«

Paul winkt ab. »Halb so wild, wirklich. Das geht schon von allein weg.«

Seine Antwort überzeugt mich nicht. Oder aber ich sehe die Chance, mal kurz eine andere Luft zu atmen.

»Bin gleich wieder da!«

Ich hechte die Treppe hoch ins Badezimmer, reiße den Wasserhahn auf und halte beide Handgelenke unter den Strahl. *Beruhige dich, Valerie. Weder ein Sixpack noch zwei einigermaßen trainierte Oberarme sind Grund genug, alle Prinzipien über Bord zu werfen.*

Mit einer versiegelten Packung Wund- und Heilsalbe bewaffnet, kehre ich zurück ins Wohnzimmer und komme erst direkt vor ihm zum Stehen. »Siehst du? Ich wusste, ich finde was.« Triumphierend hebe ich die Hand. »Selbst wenn es jetzt noch einigermaßen geht, solltest du nicht zu leichtsinnig sein.« Ich klinge wie eine Mutter. Eine, wie ich sie nie gehabt hatte.

Das Gefühl, das mich durchfährt, als ich Pauls Hand berühre, zieht so intensiv zwischen meinen Beinen, als stamme es direkt aus einer anderen Welt.

Er nimmt Creme zwischen seine Finger und streicht über die leicht gerötete Haut. Fuck, warum bin ich in meinen Gedanken schon wieder bei unserem Ausrutscher im Auto?

Wieso stelle ich mir vor, wie genau diese Finger mich das letzte Mal so heftig zum Kommen gebracht haben, dass mir noch jetzt die Beine zittern?

Warum wünsche ich mir plötzlich so sehr, sie würden es noch einmal tun?

Anstatt wegzusehen, kann ich gar nicht genug von diesem Bild bekommen.

»Kannst du vielleicht kurz …?«

Ich hebe den Kopf und verharre in seinem Blick. Einem hungrigen, herausfordernden, intensiven Blick. Doch Fakt ist: Etwas an diesem Mann zieht mich an wie ein verdammtes Magnetfeld.

Ich nehme ihm die Creme aus der Hand und verteile eine Spur auf seiner Brust. Ihn zu berühren, fühlt sich verboten gut an. Verboten heiß.

»Habe ich erwähnt, wie unfassbar scharf ich es finde, wenn du so bist?«

»Wenn ich *wie* bin?«

»So … so fürsorglich.«

»Verbrennungen sollte man nicht unterschätzen.«

»Vielleicht magst du mich auch.«

»Man sollte zu seinen Gästen höflich sein.«

»Verstehe.« Er schmunzelt. »Du bist durchaus höflich.«

»Freut mich zu hören.« Eins. Zwei. Drei. Vier. Fünf. Sechs. Wenn ich in meinem Kopf zu zählen beginne, kann er mich nicht in seinen Bann ziehen. Ich muss mich nur zusammenreißen. Nicht an seine Finger denken. Nicht an seine Lippen. Nicht an diesen makellosen Körper, der unter meinen Berührungen beinahe vibriert.

»Allerdings fürchte ich, dass ich das Gleiche nicht von mir behaupten kann. Höflich sein.«

Ich schlucke. Fuck.

»Nicht bei dir, Valerie. Nicht, wenn du mich so ansiehst. Nicht, solange du solche Dinge mit mir machst.«

»Ich habe es nur gut gemeint«, flüstere ich.

Seine Finger schließen sich um mein rechtes Handgelenk. »Hast du eine Ahnung, welche Wirkung du auf mich hast?«

Ich blinzele unschuldig. Dabei kann ich es kaum abwarten, es zu hören. Zu hören, was ich in ihm auslöse.

»Nach dem letzten Mal habe ich mir geschworen, die Finger von dir zu lassen. Ich will nichts tun, was dich in Verlegenheit bringt. Aber fuck, Val, ich kann dir nicht ständig so nah sein und mir nicht heimlich vorstellen, wie es wäre, meine Hände wieder um deinen perfekt geformten Hintern zu legen.«

Abwartend sehe ich ihn an, kann nicht genug von seinen Fantasien bekommen.

»Ich will deine Brüste berühren. Sie küssen. Streicheln. Ich will hören, wie deine prallen Lippen meinen Namen stöhnen, während du so heftig kommst, dass du an nichts anderes denken kannst.«

»Paul.« Ich trete ein Stück näher an ihn heran. Sage seinen Namen so langsam und gedehnt, als prickele er auf meiner Zunge. Ich will ihm sagen, wie sehr ich das auch will. Wie sehr die Vorstellung, noch einmal so von ihm berührt zu werden, mich feucht werden lässt. Doch das ist nicht mehr notwendig. Es ist, als könne Paul die Lust in meinen Augen sehen. Die Lust und all das verbotene Verlangen, dem ich schutzlos ausgeliefert bin.

Als unsere Lippen einander finden, prallen erneut Gegensätze aufeinander. Vergangenheit und Gegenwart. »Wir dürfen nicht« und »Wir können nicht anders«.

Vernunft und Versuchung. Er und ich.

Seine Zunge ist so fordernd, dass ich gar nicht anders kann, als sie in mich aufzunehmen. Nicht anders kann, als Paul zu schmecken. Wir küssen uns hungrig und entschlossen, aber auch verzweifelt und vielleicht sogar wütend? Ja, ich bin wütend, dass dieser Mann ausgerechnet aus der Zeit meines Lebens stammt, die niemals hätte existieren dürfen.

Doch anstatt dem Gedanken Raum zu geben, fahre ich mit den Händen über seinen angespannten Oberkörper.

»Valerie.« Lustverzerrt knurrt er meinen Namen. »Valerie.« Und doch löst er sich kurz von mir. »Wenn du das hier nicht willst, dann sag es jetzt. Sag mir jetzt, dass ich gehen soll. Ich werde sonst nicht mehr aufhören können.«

Fuck, er könnte mir eine Pistole auf die Brust halten, und ich würde ihn nicht wegschicken.

»Ich will dich! Ich will dich so sehr zwischen meinen Beinen, dass jede Sekunde, die ich warten muss, mir Qualen bereitet.«

Als hätte er nur darauf gewartet, mich diese Worte sagen zu hören, packt er mich an der Hüfte und wirft mich über seine Schulter.

»Die Treppe hoch«, keuche ich.

Wenige Augenblicke später spüre ich bereits die weiche Matratze unter mir.

Paul nimmt ein Kissen, bettet meinen Kopf darauf und beugt sich über mich. Es vergehen einige Sekunden, in denen er mir tief in die Augen sieht, ehe er beginnt, sich meinen Hals hinauf zu küssen.

Aus irgendeinem Grund bin ich überrascht. Vielleicht, weil ich nicht erwartet habe, dass Paul so sanft ist. Ich hätte ihn im Bett als ungezähmt, wild, unkontrolliert erwartet.

Weniger hingebungsvoll, zart, vertraut.

Doch diesmal sind es genau diese Berührungen, die sich so heilsam und richtig anfühlen. Wie benommen merke ich, dass Paul mir die Hose von meinen Beinen zieht. Ich spüre, wie er mit den Lippen liebevoll über meine Schenkel fährt, bis er an der Innenseite stoppt und leicht an meiner Haut saugt. Er ist nur wenige Zentimeter mit seinem Mund von dem heftigen Pochen entfernt. Wenige Zentimeter, die zu viel sind, um ihm mein Becken entgegenzudrücken, und zu wenig, um den pochenden Schmerz, den meine Lust hinterlässt, auch nur annähernd zu lindern.

Als Zeichen, wie sehr ich ihn will, mache ich mich an seinem Gürtel zu schaffen. Genieße jedes bisschen, das ich endlich von seinem Körper zu sehen bekomme. Zu sehen und zu spüren. »Kondome sind unter dem Bett.«

Ich höre ein Rascheln. Schließe die Augen. Warte auf ihn. Er ist so hart, dass er auf Anhieb zwischen meine Beine gleitet. Mein Unterleib zieht sich ein letztes Mal verlangend zusammen, bevor Paul mit einem Stoß tiefer in mich eindringt.

Wir küssen uns, während er sich rhythmisch in mir bewegt. Wir küssen uns, als er seinen Schwanz aus mir herauszieht, nur um kurz danach erneut in mich zu stoßen.

Ich dränge ihm mein Becken entgegen, stöhne auf, als Pauls Stöße langsamer werden. Er darf nicht aufhören. Nicht jetzt.

Wieder spanne ich meinen Po an und spreize die Beine. Meine Beine legen sich wie von selbst um seine Schulterblätter, warten darauf, dass er noch tiefer in mich eindringt.

»Fuck. Wir müssen langsamer … ich komme sonst.« Seine Erektion füllt mich bis zum Anschlag, bringt die Hitze in mir beinah zum Brennen. Doch ich will nicht, dass er langsamer macht.

»Komm für mich!« Ich beschleunige unsere Bewegung, stöhne lauter in seinen Mund hinein und kralle mich so fest in seinen Arm, dass ich Spuren auf seiner Haut hinterlasse.

Als Paul kommt, bin ich so geil auf ihn, dass ich nicht aufhören kann, meinen Unterleib an ihm zu reiben. Sein Schwanz zieht sich schmerzhaft aus mir zurück. Ich schließe die Augen, will nach Luft schnappen, doch mir bleibt keine Zeit. Etwas Hartes, Kaltes stößt in mich hinein. Ich schreie auf. Winde mich unter der Erregung, als plötzlich ein herrliches Kitzeln über meine Klitoris fährt. Er hat den Vibrator gefunden.

Eine Hand auf meinen Venushügel gelegt, mit der anderen das Spielzeug fest im Griff, bringt er mich an meine Grenzen.

Der Orgasmus überrollt mich wie eine mächtige Welle, tränkt mich in eine Mischung aus Orientierungslosigkeit und purer Euphorie.

Er lässt mich vergessen.

25. KAPITEL

DER TEUFEL STECKT IM DETAIL

An dem Tag, an dem ich mich nach einer Woche zum ersten Mal aus dem Haus begebe, vergesse ich mein Portemonnaie in der Wohnung und stehe bereits mit einem gefüllten Einkaufswagen an der Kasse, als es mir auffällt.

Ich höre, wie zwei Mädchen im Teenageralter neben einem Regal tuscheln, und bin ziemlich sicher, dass die Kleinere der beiden mich heimlich fotografiert.

Natürlich könnte ich sie ansprechen, sie bitten, die Bilder zu löschen. Das habe ich die letzten Jahre getan, wenn ich etwas dergleichen mitbekommen habe. Zugegeben, manchmal mit einem Augenrollen.

Doch das, was ich empfinde, als ich mit gesenktem Blick zum Auto gehe, ist nicht mit Genervtheit zu vergleichen. Es ist wie Scham und Angst, die Ohnmachtsgefühle huckepack tragen.

Mittlerweile habe ich, laut Tizian, Post von unserem Anwalt erhalten. Angesichts der Tatsache, dass wir den Vertrag unterschrieben und *Prominews* streng genommen nichts behauptet, sondern nur spekuliert hat, stehen unsere Chancen schlecht, den Journalisten Vertragsbruch zu unterstellen. Um ehrlich zu sein, bin ich mir auch gar nicht sicher, ob das überhaupt etwas bringen könnte, denn die meisten Leute scheinen sich ihre Meinung bereits gebildet zu haben.

Diese Fake Bitch. Komm bloß nicht wieder!

Stellt euch vor, ihr werdet fürs Lügen bezahlt.

Ich kann Menschen wie sie einfach nicht ausstehen. Hat in ihrem Leben wahrscheinlich nie etwas für Geld tun müssen.

Wenn diese Leute wüssten, was sie dort schreiben … Würde das etwas ändern? Spielt die Wahrheit überhaupt noch eine Rolle? Den meisten geht es um ein Katz-und-Maus-Spiel, ganz gleich, wer Jäger ist und wer gefressen wird.

Nach der Nummer im Supermarkt habe ich meine Einkäufe jedenfalls beim Lieferdienst bestellt. Da mir allein bei dem Gedanken an grüne Äpfel flau im Magen wird, habe ich zwangsläufig ein wenig Variation in meinen Speiseplan bringen müssen. Gestern habe ich mich erneut an einem Video versucht, doch Tizian bat mich, noch ein wenig zu warten.

»Es sieht nicht gut aus, Val. Vielleicht sollten wir wirklich erst einmal Gras über die Sache wachsen lassen. Die Kooperationspartner für die nächsten Wochen sind alle ausnahmslos zurückgetreten.«

»Aber das können sie doch nicht machen. Wir haben einen Vertrag!«, habe ich widersprochen.

»Der beinhaltet aber ein Rücktrittsrecht für genau solche Fälle. Keine Firma kann sich den Ärger erlauben. Du siehst doch, dass wir allein mit V-Line schon genügend Probleme haben. Nenn mir einen Grund, warum ein Kunde sich für dich entscheiden sollte, wenn er stattdessen jemanden wie Rosa haben kann?«

»Weil Rosa eine hinterhältige Lügnerin ist.«

»Ob du es glaubst oder nicht, aber genau das sagen die Leute gerade über dich.«

Ich habe aufgelegt, den Boxsack aus dem Abstellraum geholt und mich eine halbe Stunde lang vollkommen verausgabt.

Wenig später fragt Lotte, ob ich vorbeikommen möchte.

Sie habe gekocht und verspreche, keine Paparazzi zum Abendessen einzuladen. Diese Nachricht ist Lottes Art, mir zu sagen, dass sie an mich denkt und ich unbedingt mal rauskommen muss.

»Du hast mich zwar um keine Meinung gebeten, aber ich

denke trotzdem, dass du das nicht tun solltest«, fällt meine Nachbarin mit der Tür ins Haus. Ich habe mich gerade erst an den Küchentisch gesetzt.

»Wovon sprichst du?«

»Na, dieses Abtauchen. Was auch immer da passiert ist, du könntest dich entschuldigen, und die Sache wäre abgehakt. Richtig?«

»Ich habe nichts von dem gemacht. Weder Rosas Idee kopiert noch ein Fake-Statement hochgeladen, um Aufmerksamkeit zu generieren. Das ist doch absurd.« Hätte mir zuvor jemand diese Geschichte erzählt, wäre ich sicher in schallendes Gelächter ausgebrochen. Die Version, die die Presse verbreitet, hat mehr Lücken als der Kölner Dom Stufen. Wer zum Teufel sollte sich selbst so schaden wollen?

»Ich dachte nur, dann hast du wenigstens deine Ruhe.« Lotte seufzt. »Das kann doch nicht so weitergehen. Hast du was von deinem Polizisten gehört?«

Jetzt verdrehe ich die Augen. »Er ist nicht *mein* Polizist. Sag mal, hast du hier die Heizung auf dreißig Grad, oder komme ich in die Wechseljahre?« Ich befreie mich aus meinem Wollpulli. Zum Glück trage ich darunter noch ein Langarmshirt.

Lotte grinst. »Das ist der Ofen. Aber lenk nicht vom Thema ab. Dann frage ich eben noch mal: Hast du etwas von dem hotten Polizisten gehört?«

Ich zucke mit den Schultern.

»Was soll das heißen?«

»Ach Lotte, er ist an dem Fall dran.« Ohne dass ich es verhindern kann, fangen meine Wangen an zu glühen.

Pauls Besuch bei mir ist mittlerweile fünf Tage her, und schon wieder habe ich auf seine nachfolgenden Nachrichten ziemlich knapp geantwortet. Ich kann nicht genau beschreiben, was es ist, aber jedes Mal, wenn ich an ihn denke, regt sich in meiner Brust etwas. Vielleicht die Sorge, ihn – und damit auch die Vergangenheit – zu nah an mich heranzulassen?

»Das bedeutet, ihr seht euch noch?«, hakt Lotte nach.

»Im Rahmen der Ermittlungen, ja.« Sofern man von Ermittlungen überhaupt sprechen kann, schießt es mir durch den Kopf.

»Warst du schon immer so verschwiegen?« Lotte macht ein enttäuschtes Gesicht und bewegt ihren Rollstuhl an die Küchenablage. »Lass mich raten, deine Eltern haben schon früher nichts aus dir herausbekommen.« Sie zwinkert mir belustigt zu. »Gott, ich bin für meine Mutter schon immer ein offenes Buch gewesen. Sie kennt meine Schwachstellen viel zu gut.«

Bei der Erwähnung meiner Eltern zucke ich unmerklich zusammen. In der offiziellen Variante, die sowohl Lotte als auch das Internet kennen, bin ich bis zum plötzlichen Unfalltod meiner Eltern sehr behütet in einem riesigen Einfamilienhaus aufgewachsen. Vater Arzt, Mutter Anwältin. Die Geschichte ist mir zu Beginn meiner Karriere in einem Interview über die Lippen gerutscht. Vermutlich, weil es besser klang als alkoholkranke Eltern, Drogenprobleme und Kindeswohlgefährdung. Manchmal kann ich nicht glauben, dass sich diese Version bis heute gehalten hat. Eine Version, in der es keine Abgründe gibt, die sich so perfekt über die Realität gelegt hat wie eine funkelnagelneue Strumpfhose über die Haut. Jahrelang gab es keine einzige Laufmasche.

Dein kleines Geheimnis. Ich werde es noch eine Weile für mich behalten. Die Worte aus der E-Mail kommen mir wieder in den Sinn, und ich wünschte, es ginge nur um eine lästige Laufmasche. Der Gedanke an das, was folgen könnte, füllt mein Hirn mit Nebel. Und Schuld. Ich beschließe, schnell das Thema zu wechseln: »Was gibt es denn?«

»Ofenkartoffel, Guacamole und auch etwas Frisches.« Lotte stellt eine Schale Salat auf den Tisch. Es ist unheimlich lieb, wie viel Mühe sie sich für mich gibt. »Du kannst ja nicht nur in deiner Wohnung sitzen.«

»Aber du bist doch selbst meist hier«, verteidige ich mich.

»Das ist etwas anderes. Ich arbeite von hier. Du gehörst da raus in die Welt.«

»Da bin ich mir nicht mehr ganz sicher.« Am liebsten würde ich antworten, dass ich gerade überhaupt nicht mehr weiß, wo mein Platz ist. Stattdessen lasse ich Lotte von ihrem Tag erzählen. Ich bin froh, das Gespräch damit in eine andere Richtung lenken zu können, habe es nach dem Essen aber dennoch eilig, wieder in meine Wohnung zu kommen. Mein Kopf schmerzt, und ich sollte heute früher schlafen gehen. Dankbar verabschiede ich mich von Lotte, nehme Bella auf den Arm und trage sie zum Aufzug. In Augenblicken wie diesen erinnert sie mich noch viel mehr an den kleinen Welpen, der sich damals so schnell in mein Herz geschlichen hat. In den ersten Wochen haben Alex und ich fast ausschließlich Videos mit ihr gedreht, die ich mir heute manchmal noch aus Nostalgie ansehe. Zu dieser Zeit kam mir mein Leben manchmal so perfekt vor, dass ich selbst glaubte, die Vergangenheit irgendwann vergessen zu können.

Als ich die Wohnungstür aufschließe, habe ich sofort ein ungutes Gefühl. Es ist der kühle Luftzug, der mir augenblicklich eine Gänsehaut beschert. Als ich das Licht anschalte, bin ich kurz davor, laut aufzuschreien. Eines der Fenster gleich neben dem Balkon steht offen. Das kann nicht sein. Ich verlasse die Wohnung nie, ohne alle Fenster zu schließen. Nie. Nie. Nie.

Mal ganz davon abgesehen, dass ich die kalte Novemberluft beim Verlassen sofort bemerkt hätte. Bella wird plötzlich ziemlich unruhig auf meinem Arm, und ich zucke zusammen, als sie lauthals zu bellen beginnt.

Nein. Nein. Nein. Mein Herz pumpt so heftig in meiner Brust, dass ich mich intuitiv an die Wand drücke. Wenn hier jemand reingekommen ist … Er könnte immer noch hier sein.

Ich halte den Atem an und versuche, leise auf Bella einzureden. Vorsichtig setze ich sie auf dem Boden ab, taste die Jeans nach meinem Smartphone ab und ziehe es mit zittrigen Händen hervor. Ich muss die Polizei rufen. Sofort. Wenn ich allein die

Treppe hochgehe, kann weiß Gott was passieren. Panisch suche ich den Boden nach Bella ab. Einen Moment unaufmerksam, und schon ist sie irgendwohin verschwunden. Verdammt. Am besten hätte ich sie gar nicht erst losgelassen.

Seitwärts schleiche ich zurück zur Wohnungstür und trete in den Hausflur. Dabei kralle ich vor Anspannung meine Finger so fest zusammen, dass mir die Handflächen schmerzen. Im Flur bin ich in Sicherheit. Hier ist es gut belichtet, und gleich nebenan wohnen schon die nächsten Nachbarn.

Für einen Moment bin ich versucht, dort einfach zu klingeln, doch vorerst wähle ich Pauls Nummer.

Es piept. Einmal. Zweimal. Sechsmal. Normalerweise erreiche ich ihn spätestens nach dem dritten Klingeln. Verfluchter Mist! Ausgerechnet heute springt nur eine automatische Ansage an.

Denk nach, Valerie. Denk nach!

Plötzlich schiebt sich die Wohnungstür auf. Mein Puls rast, und die Angst sitzt wie eine tiefe Beklemmung in meiner Brust. Ich stolpere einen halben Meter zurück und schreie. Ein stummer Schrei. Denn aus meinem Mund kommt kein Mucks.

Ich fange mich mit der rechten Hand und verhindere, dass ich mit dem ganzen Körper auf den Marmorboden falle. Etwas Nasses streift meinen Unterarm. Als ich die Augen öffne (ich habe nicht einmal gemerkt, dass ich sie vor Schock zugekniffen habe), sehe ich, dass es Bella ist, die mit ihrer Schnauze über meine Haut fährt.

Es ist nur Bella. Sie muss in den Flur zurückgekommen sein.

Doch noch immer wirkt sie ziemlich aufgeregt.

In einem Adrenalinrausch gefangen, wähle ich den Notruf. Dann sinke ich gegen die Wand und versuche, das Zittern meines Körpers unter Kontrolle zu bekommen.

Als zwei Polizeibeamte eintreffen, bin ich nur noch eine leere Hülle. Eine Kopie von mir, die krampfhaft darauf fokussiert ist, zu funktionieren.

»Frau Ehrmann. Wir haben Ihre Wohnung durchsucht. Dort

ist niemand.« Der Beamte hat kurze braune Haare. Seine markanten Wangenknochen erinnern mich an die von Theo. Manchmal hat er mich mit seinen glasigen Augen angesehen, und ich wusste genau, dass er den Hunger seit Tagen mit Drogen betäubt und schon wieder dünner geworden ist.

Doch dieser Mann ist zu meiner Sicherheit hier. Er ist nicht mein Bruder. Er sagt die Wahrheit. Darauf muss ich mich verlassen.

»Wir sind in beiden Etagen gewesen. Sie müssen sich jetzt beruhigen.« Beruhigen. Als könne ich das einfach so entscheiden. Ich muss wieder an die Katze denken. An Theos Worte und daran, was aus mir geworden ist.

»Dann muss er weg sein«, presse ich hervor. »Er muss rausgelaufen sein. Das Fenster stand offen.«

»Sie wohnen in der fünften Etage, Frau Ehrmann. Wie stellen Sie sich das vor? Hier kann unmöglich jemand einfach so hochklettern.«

Ich schüttele immer wieder den Kopf. »Meine Hündin hat angeschlagen. Sie hat gebellt und ist unruhig geworden.«

Mittlerweile sitze ich im Wohnzimmer auf dem Sofa, doch meine Arme und Beine sind noch immer so angespannt, als müsste ich jeden Augenblick flüchten.

»Dackel sind keine Wachhunde. Vielleicht hat sie ein Geräusch gehört. Wir haben das Fenster kontrolliert. Wussten Sie, dass es beschädigt ist?«

»Nicht nur das Fenster. Das Geländer ist auch gefährlich locker«, wirft sein Kollege ein.

Ich nicke. »Das habe ich beides schon dem Vermieter gemeldet. Er wollte sich darum kümmern. Bislang ist niemand da gewesen.«

Der Polizist schüttelt den Kopf. »Schauen Sie! Das Fenster ist nicht einfach undicht. Ein Scharnier hat sich komplett aus dem Rahmen gelöst. Ein kleiner Windstoß genügt, und es springt von selbst auf.«

»Das kann nicht sein«, widerspreche ich. »Das muss *er* gewesen sein.«

»*Er?*«, hakt der andere Polizist nach. Er ist wesentlich älter als sein Kollege, der an meiner statt antwortet:

»Ich gehe davon aus, Sie sprechen von den Anzeigen gegen unbekannt, die Sie erstattet haben?« In seiner Stimme schwingt Skepsis mit. Etwas sagt mir sofort, dass er mir nicht glaubt.

»Jemand beobachtet mich. Schickt Briefe, Unterwäsche, und dann war da noch dieses Video.«

Der jüngere Polizist beißt sich auf die Lippen. »Möchten Sie jemanden anrufen?«

»Wie meinen Sie das?«

»Nun ja … Wir können uns vorstellen, dass Ihr Leben durch die mediale Öffentlichkeit manchmal sehr beängstigend wirken kann.«

Das Misstrauen ist jetzt auch klar aus seiner Stimme rauszuhören.

»Vielleicht haben Sie die letzten Monate mehr mitgenommen, als Sie vermuteten.«

Seine Worte sind so weit weg, als stünde ich an der anderen Seite eines langen Tunnels. Ich hätte wissen müssen, dass er mir nicht glaubt. Dass mir niemand glaubt. Und dass mir nie wieder jemand glauben wird, wenn sie das erste Kapitel meiner Geschichte kennen.

SITZUNG AM 17.05.2011

Die Patientin erscheint pünktlich zum Termin. Wir thematisieren die Geschehnisse der vergangenen Wochen und erarbeiten eine Verhaltensanalyse. Auf die Frage, wie sich die Patientin nach dem Ereignis gefühlt habe, antwortet diese »schuldig«. Dennoch scheint die Patientin kaum Zugang zu sich zu haben und wirkt während der gesamten Schilderung kühl und apathisch. Sie beteuert, die Folgen ihres Handelns nicht richtig eingeschätzt zu haben. Mimik und Gestik bleiben während ihrer Erzählungen weiter wie festgefroren.

Erst die Erwähnung ihres Bruders scheint in der Patientin sichtbare Emotionen auszulösen. Unklar ist dabei, inwieweit es sich um Trauer oder Angst handelt. Auf Nachfrage, wem gegenüber sie Schuldgefühle hat, kann sie nicht genau antworten. Den Wunsch nach einem Elterngespräch lehnt die Patientin klar ab. Stattdessen vereinbaren wir einen gemeinsamen Termin mit ihrer Familienhelferin.

26. KAPITEL

NUN MAL BUTTER BEI DIE FISCHE

Paul geht diesmal nach dem vierten Klingeln dran.

»Entschuldige, Valerie. Ich habe mein Handy nicht gehört.«

»Kannst du vorbeikommen?«

»Jetzt?« Im Hintergrund sind Geräusche zu hören. Stimmen. Gesprächsfetzen. »Ich bin gerade in einer Bar mit Freunden.«

»Ich würde dich nicht stören, wenn …« Wenn es nicht wirklich wichtig wäre, will ich sagen. Doch die Blicke der Polizisten neben mir lassen mich verstummen.

»Ich wollte sowieso gleich gehen.«

»Danke.« Kaum haben wir aufgelegt, fahre ich mir mit der Hand über die Stirn. Die Kopfschmerzen haben nicht nachgelassen. Ganz im Gegenteil, mittlerweile ist es, als würde in meinem Kopf jeden Augenblick eine Bombe hochgehen.

Ich stehe auf, wanke zur Treppe und erkläre, nur einmal kurz ins Badezimmer zu gehen. Die Beamten versprechen, auf Paul zu warten und mit ihm zu reden, doch mich beschleicht das Gefühl, sie wollen mich einfach nur nicht alleine lassen.

Im Bad bleibe ich für einige Minuten nahezu reglos vor dem Waschbecken stehen und starre in den Spiegel. Alles an mir erscheint so ausdruckslos und fremd, als sei mir mit dem Schreck jegliche Farbe aus dem Gesicht entwichen.

Ich taste mit den Fingern die Ablage ab und suche meine Kette. Alex hat sie mir zu unserem dreijährigen Jahrestag geschenkt. Sie ist eine der wenigen Dinge, die ich nach der Trennung behalten habe. Weniger der Bedeutung wegen, sondern weil ich sie wirklich schön finde.

Doch nun kann ich sie einfach nicht finden. Hektisch bücke ich mich, stoße mir beinah den Kopf am Porzellan, doch auf dem Boden ist nichts zu sehen. Das kann nicht sein. Wenn ich sie nicht gerade trage, liegt sie immer hier.

Als ich wieder runterkomme, sind die beiden Polizisten in ein Gespräch verwickelt, und allein der Anblick, wie gelassen sie sind, lässt absolute Hilflosigkeit in mir aufsteigen.

»Sie wohnen erst ein halbes Jahr hier?«

»Seit dem Frühjahr.« Ich schlucke, entkomme einem weiteren Gespräch, weil es an der Tür klingelt. Noch nie bin ich dankbarer gewesen, Paul zu sehen.

»Frau Ehrmann hat den Notruf getätigt, weil sie der Meinung war, jemand sei bei ihr eingebrochen. Wir konnten allerdings weder Spuren noch einen potenziellen Verdächtigen finden«, setzt der jüngere der beiden Polizisten Paul ins Bild, nachdem der sich ausgewiesen und erklärt hat, er ermittle bereits in meinem Fall.

Gänsehaut überzieht meinen ganzen Körper. »Das Fenster stand offen. Bella ist auf meinem Arm fast ausgeflippt und … ich dachte … ich bin mir sicher gewesen …« Meine Stimme bricht, und ich schaffe es nicht, meinen Satz zu Ende zu sprechen.

»Jetzt bin ich da, okay?« Paul legt eine Hand auf meine Schulter und wirft den anderen Polizisten einen fragenden Blick zu.

»Es ist gut, dass Sie jetzt nicht allein sind. Dennoch ist es wichtig, dass Sie die Situation mit jemandem besprechen. Zum Beispiel mit Ihrer Therapeutin. Sie sind in psychologischer Behandlung, oder?«

Mein Innerstes reißt auf, der Schmerz pulsiert wie eine Platzwunde in meinem Herzen, und ich spüre, wie mir alles Blut aus dem Gesicht weicht. Ohne es bewusst zu entscheiden, habe ich Pauls Hand gegriffen und sie fest umklammert.

»Wie lange sind Sie schon in Behandlung, Frau Ehrmann?«

Ich sehe zu Paul, dann zu den Beamten. »Das ist schon eine

Ewigkeit her.« Einzelne Bilder fluten meine Erinnerungen. Viele Erinnerungen. Sie kommen schnell. Sie sind brutal.

»Wie definieren Sie eine Ewigkeit?« Der ältere Polizist räuspert sich. »Laut unseren Notizen fand ein Gespräch Anfang des Jahres statt.«

»Woher haben Sie diese Information? Unterliegt das nicht der Schweigepflicht?«

Der Polizist seufzt. »Ihr damaliger Freund, Alexander Brehm, hat Anfang des Jahres Hilfe bei uns gesucht. Er hat sich Sorgen um Sie gemacht. Können Sie sich daran noch erinnern? Sie waren damals außer sich und …«

»Mir geht es gut«, unterbreche ich ihn. »Das habe ich damals auch den Psychologen gesagt, die mich betreuen wollten.«

»Richtig. Sie haben Sie gehen lassen, weil weder die Gefahr einer Selbst- noch einer Fremdgefährdung bestand.«

Die Scham ist so schwer und erdrückend, dass ich mich plötzlich winzig klein fühle. »Was hat das alles dann mit dem Einbruch zu tun? Mit den Vorfällen?« Ich kann nicht verhindern, dass mir kalter Schweiß ausbricht.

»Das muss überhaupt nichts bedeuten, und wir haben auch nicht gesagt, dass ein Zusammenhang besteht. Wir möchten nur, dass es Ihnen gut geht und Sie in Sicherheit sind.

»Dann finden Sie den Mann, der mich in diese Situation gebracht hat!«

»In Sicherheit«, übergeht er mich. »Vor anderen und auch vor sich selbst.«

* * *

»Was wollen sie damit sagen?« Ich kralle mich viel zu fest in Pauls Hemd. Noch immer sitzt er neben mir auf dem Sofa und redet beruhigend auf mich ein.

»Das spielt doch jetzt keine Rolle. Erst einmal schauen wir, dass es dir gut geht.«

Seine Worte kommen mir alle wie eine schlechte Ablenkung von der Tatsache vor, dass hier ein miserables Spiel mit mir gespielt wird. Paul hat die Polizisten weggeschickt, versprochen, sich heute Abend um mich zu kümmern.

»Es tut mir so leid, dass ich nicht sofort ans Telefon gegangen bin«, sagt er immer wieder und streicht über meinen Arm. »Ich weiß, dass du mich gebraucht hast.«

Nicht einmal der heiße Tee, den Paul mir gemacht hat, kann gegen die Kälte ankommen, die alles in mir zusammenzieht.

»Paul, du musst es mir erklären. Bitte! Ich habe doch ein Recht darauf, diese Reaktionen zu verstehen. Es geht um meinen Fall. Um unseren.« Ich weiß nicht, wann ich das letzte Mal so flehend geklungen habe.

»Valerie.« Paul klingt bedrückt. »Trink erst einmal was! Dann versuche ich, dir die Situation genauer zu erklären.«

Anstatt zu widersprechen, nehme ich einen Schluck Tee und sehe ihn abwartend an.

»Die Ermittlungen sind erschwert worden.«

»Seit der Sache mit der Presse. Das hast du gesagt.« Ich beiße mir auf die Zunge und spanne den Kiefer an, um Paul nicht noch einmal zu unterbrechen.

»Es hat schon vorher Schwierigkeiten gegeben. Dein psychologisches Gutachten von vor etwa neun Monaten hat ergeben, dass du wohl einige Dinge nicht richtig verarbeitet hast und häufig durcheinander bist. Dein Instagram-Kanal hat sich seit der Trennung schlechter entwickelt und dir deine Existenz extrem gefährdet.«

Ich. Will. Das. Nicht. Hören.

»Die Polizei hält mich für eine Hochstaplerin?«

Er schüttelt den Kopf. »Niemand unterstellt dir irgendetwas. Es geht vielmehr um … andere Realitäten. Dinge, die du vielleicht anders wahrnimmst.«

Ich entreiße ihm meine Hand. »Willst du mich verarschen? Denkst du, ich halluziniere?« Mir ist auf einmal gleichzeitig nach

Lachen und nach Weinen zumute. »Das ist ein Witz, oder? Dass die Medien so verblendet sind, hätte mich eigentlich nicht mehr wundern dürfen. Die würden für eine gute Story alles tun. Aber die Polizei? Seid ihr da eigentlich alle total durchgeknallt? Und du, glaubst du das auch, Paul? Dass ich das alles nur inszeniere?«

Vor Zorn überschlägt sich meine Stimme.

»Bleib ruhig, Val! Das ist nicht meine Version, sondern die, nach der offiziell gearbeitet wird.«

»Und was ändert das? Ich bin allein! Allein mit diesem verdammten Mist, der mein Leben weiter ruiniert. Und als wäre das nicht schlimm genug, muss ich mir jetzt so etwas anhören?«

Paul schüttelt den Kopf. »Darum geht es nicht. Menschen mit schweren Traumata werfen Dinge häufig durcheinander, können sich an Details manchmal nicht mehr erinnern … wie beispielsweise ein offen gelassenes Fenster.« Er streckt versöhnlich seine Hand nach mir aus. Einen Moment bin ich versucht, ein Stück weiter wegzurücken. Doch gleichzeitig sehne ich mich nach seiner Umarmung.

»Es ist wichtig, dass du künftig zuerst mit mir sprichst, okay? Bevor du den Notruf wählst und die Kollegen noch mehr in der Hand haben, was sie gegen dich verwenden können.«

Ich will gerade nicken, da fällt mir wieder etwas ein. »Meine Kette ist weg. Jemand muss sie genommen haben.«

Paul sieht mich mit großen Augen an. »Was denn für eine Kette?«

Ich beiße mir auf die Lippen. »Ein silberner Anhänger mit einem Herz.«

»Und warum sollte sie jemand stehlen?«

»Sie war sehr teuer. Man kann Schmuck doch auch verkaufen … Was weiß ich? Ist das mein Job? Und überhaupt … Was ist mit den Beweisen? Dem Brief und der Mail? Der Wäsche? Habe ich mir die Sachen vielleicht auch nur eingebildet?«

Pauls Griff um meine Hand wird stärker. »Natürlich nicht. Die Sachen wurden untersucht. Die Fingerabdrücke sind in keiner unserer Datenbanken zu finden. Das heißt, dass der Absender sich vor dieser Sache noch nichts hat zuschulden kommen lassen.«

»Klingt, als sollten wir ihn zum Vorzeigebürger des Jahres nominieren.«

»Wir wissen nicht einmal, ob diese Fingerabdrücke vom Täter sind. Viel wahrscheinlicher wäre es, dass sie vom Postboten stammen oder von einer Verkäuferin im Unterwäscheladen. Das wiederum bedeutet, dass die beiliegende Botschaft jeder geschrieben haben kann. Jeder. Sowohl ich als auch du.«

Ich schnappe hörbar nach Luft. »Und den Porno habe ich auch selbst ins Netz gestellt? Mit welcher Absicht? Vielleicht aus dem gleichen Grund, weshalb ich mein Video sabotiert habe? Klar, mir macht es Spaß, meine Karriere gegen die Wand zu fahren.« Die rasende Wut in mir lässt sich kaum noch bremsen.

»Hör zu, Val. Das Deepfake-Video ist gelöscht, und du hast gehört, was die Medien über die YouTube-Sache schreiben. Was wir brauchen, sind handfeste Beweise. Was ist jetzt mit dieser Kette? Wie soll jemand hier in die Wohnung gekommen sein? Und warum ausgerechnet die Kette? Ich meine, du hast hier doch sicherlich noch andere Dinge rumliegen. Wenn ich ein Schmuckstück mitnehme, lasse ich doch keine Louis-Vuitton-Tasche im Eingang stehen. Und was ist mit deinem Portemonnaie?«

»Das hatte ich dabei. Und was die Kette angeht … Vielleicht ist sie ihm aufgefallen. Oder er wusste, dass sie eine besondere Bedeutung für mich hat.« Fieberhaft suche ich nach einer Erklärung. Dabei weiß ich selbst, dass nichts davon reicht, dass die Polizei ihre Ermittlungen wieder aufnimmt.

»So oder so. Das Wichtigste ist, dass du nicht unüberlegt handelst. Ich meine das ernst: Ruf mich an! Jederzeit! Halte andere Personen möglichst aus der Sache heraus.«

»Das werde ich.« Schnell wende ich den Blick ab, als könne er sonst sehen, wie meine Gedanken sich im Kopf immer wieder überschlagen.

»Wenn du willst, kann ich auch … Ich meine, falls du dich sicherer fühlst, könnte ich auch bleiben.«

Sofort ist da wieder dieses elektrisierende Kribbeln. Was auch immer dieser Mann an sich hat, er kontrolliert meinen Körper gekonnter als ich selbst.

»Das ist wirklich lieb von dir …« *Aber! Aber, Valerie! Denk an das große Aber! Du hast diesen Mann schon viel zu nah an dich herangelassen. Das letzte Mal, als er in dieser Wohnung war, habt ihr miteinander geschlafen. Und wie ihr das habt.* Allein bei der Erinnerung beginnt es zwischen meinen Beinen gottlos zu pulsieren. »Aber ich werde mich einfach schlafen legen.«

Oder es zumindest versuchen.

Paul nickt zögerlich. »Ganz wie du willst.«

Als er seine Hand zurückzieht, spüre ich das Prickeln auf meiner Haut noch einige Sekunden nachglühen. Als habe ich mich auf eine schmerzhaft schöne Weise an seiner Berührung verbrannt.

Ich begleite Paul zur Tür, widerstehe der Versuchung, ihn doch zu bitten zu bleiben, und bedanke mich für sein Kommen.

»Das habe ich gerne gemacht.« Er räuspert sich. »Unter anderem, weil ich dich gernhabe. Wirklich gerne.«

Auf der Stelle spannt sich jeder Muskel an, und mein Kiefer verhärtet sich. Ich kann nicht benennen, was es ist. Vielleicht treffen seine Worte mich zu unvorbereitet. Zu ehrlich und direkt.

»Okay«, stoße ich hervor. Kühl und distanziert.

Wir sollten diese Grenze nicht überschreiten. Nicht noch einmal zulassen, dass diese beiden Welten aufeinanderprallen. Seine und meine. Damals und heute. Die kleine erbärmliche Valerie und ich. »Danke, dass du gekommen bist.«

»Das hast du schon gesagt.« Ich meine, in seiner Stimme Enttäuschung zu hören. Vielleicht bilde ich es mir auch nur ein.

»Dann komm gut nach Hause!« Jetzt zwinge ich mich zu einem Lächeln, ignoriere das Rauschen, das auf einmal in meinen Ohren tost.

»Schlaf gut!«

Ich drücke die Wohnungstür ins Schloss und lehne mich von innen gegen das Holz. Noch immer halte ich den Atem an, als könne er mich vom Flur aus hören. Er. Paul.

Ein Mann, der sich zum ersten Mal in meinem Leben wirklich um mich bemüht. Mich sieht. Mich berührt. Nicht körperlich, sondern vielmehr mit dem, was er sagt.

Doch ausgerechnet Paul stammt aus einem Universum, in dem es für mich keinen Platz gibt.

Das weiß ich so genau, weil ich selbst einmal genau dort gelebt und mir geschworen habe, nie mehr zurückzukehren.

27. KAPITEL

UNKRAUT VERGEHT NICHT

In den vergangenen Tagen scheinen sich die Wogen auf Social Media ein wenig geglättet zu haben. Als ich heute Morgen mein Profil gecheckt habe, hatten die Verlinkungen innerhalb eines Tages rapide abgenommen und neue Kommentare werden ebenfalls weniger. Vermutlich ist den Leuten die Lust an ihrer Hetzjagd vergangen. Zumindest solange ich nicht zum Gegenschlag ansetze. Doch auch das ist etwas, was nicht ewig weitergehen kann.

»Small Steps«, sagt Fred. Wir telefonieren seit einigen Minuten, während ich im Badezimmer stehe und mein Make-up auftrage. Meine Kette ist nicht wieder aufgetaucht. Den Gedanken daran versuche ich jedoch zu verdrängen. *Ich bin in Sicherheit. Ich bin eine unabhängige Frau. Niemand kann mir etwas anhaben.*

»Du kannst mit einer Story anfangen. Etwas ganz Unverbindliches. Vielleicht ein Foto von Bella oder dein Frühstück.«

Ich räuspere mich.

»Okay. Vielleicht nicht unbedingt dein Frühstück.«

Essen ist niemals neutral. Die einen fragen, warum du dich nicht komplett vegan ernährst, die anderen wollen dich belehren, dass der Mensch ohne Fleisch nicht leben kann. Während die Hälfte dich für ein magersüchtiges Model hält, trudeln die ersten Kommentare ein, dass du zugenommen hast und weniger fressen sollst.

»Herrje, dann mach ein Bild vom Himmel! Poste einen Kalenderspruch oder das aktuelle Buch, das du liest.«

»Ich überlege mir etwas«, verspreche ich.

»Wie sieht es aus mit der Messe?«

Bei seiner Frage zucke ich zusammen. In neun Tagen findet eine große Beautymesse in Düsseldorf statt. Natürlich hatte ich vor, hinzugehen. Seit Monaten planen wir unseren Auftritt an unserem Stand dort. Meiner Community hatte ich zum Launch von V-Line ein exklusives Meet & Greet versprochen.

»Ich weiß es noch nicht«, antworte ich gedehnt. Die Dinge haben sich geändert, und mittlerweile bin ich nicht einmal mehr sicher, ob ich dem Veranstalter mit meinem Kommen einen Gefallen täte.

»Val, ich erinnere mich an eine junge Frau, die sich lange den Arsch für solche Events aufgerissen hat. Du willst das doch nicht wirklich sausen lassen?«

Seine Worte schmerzen mehr, als ich zugeben mag. Weil er recht hat. Ich habe so hart für all das gearbeitet und sehe machtlos zu, wie die Dinge in sich zusammenfallen.

»Ich habe Tizian versprochen, es mir die Tage endgültig zu überlegen. Er sagt, wir kommen aus der Nummer kaum noch raus. Die Gebühren werden so spontan auf jeden Fall nicht mehr erstattet.«

»Wenn du magst, können wir auch noch mal telefonieren, oder du meldest dich mit einem Videoanruf«, schlägt Fred vor.

»Ich dachte, wir sehen uns bald auch wieder persönlich?« Ich vermisse unsere Shootings. Unsere Gespräche. Ich vermisse Fred als Freund in meinem Leben.

»Das wäre toll. Du fehlst mir mehr, als du denkst. Aber hier ist gerade einfach die Hölle los. Laurenz hat Magen-Darm, Jenny hat sich extra freigenommen, und du kannst dir nicht vorstellen, wie schief der Haussegen hängt, wenn ich nicht hin und wieder da bin.« Er lacht. Dabei klingt er nicht wirklich amüsiert. Ich weiß, dass die Beziehung zu seiner Frau Jenny seit der Geburt ihres Sohnes angespannter geworden ist.

»Das Leben verändert sich«, hat er es genannt, doch ich habe sofort gemerkt, dass es in eine Richtung gegangen ist, die er lieber verhindert hätte.

»Kein Problem«, murmele ich. »Gute Besserung an den Kleinen, und bestell Jenny schöne Grüße! Nur wenn du magst natürlich.«

Auch wenn Fred es nie ausgesprochen hat, weiß ich, dass Jennifer mich nie wirklich leiden konnte. Ob es damit zu tun hat, dass ich mit Fred viel Zeit verbringe, kann ich nicht einschätzen.

»Mache ich. Kopf hoch, okay? Du bist die stärkste Frau, die ich kenne.«

Ich hoffe inständig, dass seine Frau die Worte nicht gehört hat. Gleichzeitig muss ich auch lächeln. Nach all dem, was in letzter Zeit passiert ist, tut es gut, einen Freund an der Seite zu haben. »Danke.«

Wir legen auf. Ich sammle die Schminksachen zusammen und verstaue sie in der großen Schublade unter dem Waschbecken.

Im Ankleidezimmer fällt es mir ungewohnt schwer, mich für ein passendes Outfit zu entscheiden. Nacheinander reiße ich alle Schubladen auf. Die meiste Kleidung ist ohnehin farblich aufeinander abgestimmt, doch heute gefällt mir nichts davon.

Mit ziemlicher Wahrscheinlichkeit liegt es daran, dass ich mir vorgenommen habe, einige Dinge zu erledigen und vor allem mal wieder im Büro vorbeizusehen. Unterwegs, gerade jetzt, ist es wichtig, dass ich für den Fall vorbereitet bin, fotografiert zu werden.

Das bedeutet: makelloses Aussehen, das keinen Hinweis auf mein chaotisches Seelenleben gibt.

Ich entscheide mich für einen beigen Rock, einen gleichfarbigen Blazer von Dior und Louis-Vuitton-Stiefel, die zwar einen Ton dunkler sind, so aber zumindest etwas Kontrast in das Outfit bringen. Außerdem machen sie mich mindestens acht Zentimeter größer, sodass ich fast an den eins achtzig kratze und mich um einiges gewappneter für den Tag fühle.

Für November ist es draußen überraschenderweise hell, und selbst wenn vermutlich noch einige dunkle und triste Wintertage folgen werden, bin ich heute dankbar für jeden einzelnen Sonnenstrahl, der es zwischen die Wolken hindurchschafft.

Meine Laune scheint sich tatsächlich auch minimal verbessert zu haben, bis ich endlich mit Bella im Auto sitze und mir im letzten Moment einfällt, dass ich den Büroschlüssel nicht eingepackt habe. Weil ich nicht sicher bin, ob heute jemand aus dem Team dort ist, in letzter Zeit läuft vieles aus dem Homeoffice, steige ich mit einem Seufzen aus dem Wagen und nehme Bella auf den Arm. Im Fahrstuhl angekommen, drücke ich hektisch auf den Knopf mit der Nummer fünf und mustere mich mit einer Mischung aus Skepsis und Stress im Spiegel.

Als der Aufzug mit einem Pling zum Stehen kommt, zucke ich heftig zusammen. Am Ende des Flurs, etwa fünfzig Meter entfernt, steht ein Mann. Bedrohlich nah an meiner Wohnungstür. Sein Gesicht ist von mir abgewandt, und doch habe ich eine ungute Vorahnung, die sich als flaues Gefühl in mir breitmacht.

Ich ziehe Bella fester zu mir, streiche ihr über den kleinen Kopf, als wäre es der Dackel, den ich beruhigen muss.

Theo muss mich gehört haben. Kaum habe ich einen Fuß aus dem Fahrstuhl gesetzt, dreht er sich zu mir um.

Auch wenn ich ihn bereits vorher erkannt habe, versetzt mir sein direkter Anblick einen Schlag. Im ersten Moment kann ich nicht sagen, ob es Theos eingefallenes Gesicht, die geschwollenen Augen oder der ausgemergelte Körper ist, die mir einen Schrecken einjagen, oder schlichtweg der Fakt, dass er mich gefunden hat.

Ich gebe mir Mühe, mir mein Unwohlsein nicht anmerken zu lassen, und gehe mit aufrechter Körperhaltung auf ihn zu.

»Schwesterlein. Ich würde ja gerne *was für eine Überraschung!* rufen, aber angesichts der Tatsache, dass ich dich besuchen wollte, passt das wohl nicht ganz.« Seine Haut ist blass, und er kommt mir unfassbar alt vor.

Nach all den Jahren habe ich ein gutes Gespür für seinen Zustand entwickelt. Ich merke es an seinen Bewegungen, seiner Stimme, seinen Gesichtszügen. Die Abstände, in denen Theo clean blieb, wurden mit der Zeit immer geringer. Und so wurde es irgendwann nur eine Frage der Zeit, wann er die nächste Line zieht.

Ich erinnere mich an die ersten Male. Angefangen hatte es mit Gras. Manchmal habe ich sogar mitgekifft. So lange, bis ich langsam eine Veränderung an meinem großen Bruder wahrnahm. Er suchte den weiteren Kick, faselte etwas von einem besseren Leben, mehr Selbstbewusstsein und dem Gefühl, über der Welt zu stehen.

Ich habe versucht, an seinen klaren Menschenverstand zu appellieren, habe begonnen, für ihn zu lügen. In der Schule. Vor unseren Eltern. Aber am allermeisten habe ich mich selbst belogen, weil ich jahrelang dachte, ihm damit einen Gefallen zu tun.

»Was machst du hier?«

Theo verdreht die Augen. »Um ehrlich zu sein, hätte ich mir eine liebevollere Begrüßung gewünscht, Valle.«

Valle. Eine seltsame Mischung aus Melancholie, Schmerz und Wut braut sich in mir zusammen. Mein Bruder ist der Einzige, der mich noch so nennt.

»Ich habe dir gesagt, du sollst nicht einfach irgendwo auftauchen.« Fieberhaft überlege ich, wie ich Theo aus dem Flur bewegen kann. »Willst du hier rumstehen, oder hat es einen Grund, dass du hergekommen bist?«, frage ich und gehe an ihm vorbei.

»Hach, du hast dich wirklich nicht verändert.« Theo lacht auf, und ich spüre, wie Bella ihr Köpfchen in meinen Arm drückt.

Ich verharre einen Augenblick in meiner Bewegung und schnaufe dann. »Du auch nicht.«

»Und das machst du woran fest?« Er klingt herausfordernd.

»Hm. Vielleicht, weil du sonst meine Grenzen akzeptieren

und nicht hier auftauchen würdest, um mich nach Geld zu fragen.«

Ich setze Bella auf dem Boden ab, schließe meine Tür auf und warte umsonst darauf, dass mein Bruder mir widerspricht.

»Wenn du weiter in den Raum reingehst, zieh bitte die Schuhe aus!«

Theo hat sich bereits von mir abgewandt und ist viel zu beschäftigt, sich in meiner Wohnung umzusehen. Mit einem skeptischen, fast höhnischen Blick tritt er einen Schritt näher an die Bilder im Eingang.

»Die Schuhe aus!«, wiederhole ich und deute auf seine schweren Winterstiefel. »Ich habe hier erst sauber gemacht.«

»Du hast keine Reinigungsfrau?« Er grinst, sieht dabei aber weder ernsthaft belustigt aus, noch macht er Anstalten, die Schuhe tatsächlich auszuziehen.

»Wenn du es genau wissen willst … derzeit nicht.« Ich erwähne weder, dass ich nach der Trennung noch niemand Neues gefunden habe, noch, dass mir alleine bei der Vorstellung, derzeit jemand Fremdes in die Wohnung zu lassen, mulmig wird.

»Wie lange wohnst du hier schon?«

»Seit ein paar Monaten. Ist das wichtig?« Unsere Unterhaltung kostet mich zu viel Anstrengung.

»Man wird ja wohl mal fragen dürfen. Nette Bude. Ich konnte den Typen ohnehin nie leiden.« Ganz offensichtlich spricht er von Alex.

»Du kanntest ihn kaum«, werfe ich ein, bemerke erst beim Aussprechen, dass es keinen Grund gibt, Alex zu verteidigen.

»Das, was ich gesehen habe, reichte mir. Ein arroganter Schnösel. Der kam aus einer ganz anderen Welt als wir.«

Spöttisch lache ich auf. »Es gibt kein *Wir* mehr, Theo. Seit Jahren nicht mehr.« Seitdem du mich hängen gelassen hast. Verraten. An diese verdammte Sucht.

»Komm schon, das Spiel ist albern. Man kann seine Wurzeln nicht verleugnen. Du bist eine von uns. Auch wenn du glaubst, dass du es durch diesen Firlefanz verstecken kannst.« Er macht eine ausschweifende Bewegung. »Du siehst doch, was du davon hast.«

Ich hebe eine Augenbraue. »Wie meinst du das?«

»Na, so wie ich es gesagt habe. Mensch, Valle, ich habe doch geschrieben, dass ich die Artikel gesehen habe. Die Leute zerreißen sich das Maul über dich. Das ist es dir wert? Nur um dir dann solche Bilder an die Wand zu klatschen und teure Klamotten zu tragen?«

Im ersten Moment glaube ich, mich verhört zu haben, bin viel zu fassungslos. Darüber, dass Theo mir diese unverschämten Worte an den Kopf knallt, aber noch mehr, weil er sie tatsächlich zu glauben scheint.

»Du denkst also, dass ich mein Leben lieber so wie du wegschmeißen sollte?« Ich unterdrücke ein kaltes Lachen. »Sieh dich an, Theo. Warum bist du hergekommen? Findest du es nicht selbst ungeschickt, mir Vorwürfe zu machen, während du ganz offensichtlich auf mich angewiesen bist?«

Theo verzieht das Gesicht zu einem schiefen Grinsen und klingt beinahe ernst: »Es geht nicht um mich, Valle. Bräuchte ich die Kohle für mich, wäre ich nicht zu dir gekommen.«

Ich verschränke die Arme vor der Brust. »Ach ja? Ging es nicht immer nur um dich?«

Erinnerungen fluten meinen Körper. Es ist keine wohltuende Wärme, kein melancholisches Heimatgefühl, wenn ich an die letzten Jahre zu Hause denke. Wir waren ein Team. Theo und ich. Wir gegen die zwei Irren, die sich unsere Eltern nannten und nicht nur in der Erziehung vollkommen versagt haben. »Als du mich fallen gelassen hast? Du dich den ganzen scheiß Drogen hingegeben hast?«

Einzelne Bilder, Erinnerungsfetzen, die ich zu gerne aus meinem Gehirn verbannen würde, kratzen irgendwo zwischen Kopf und Herz alte Wunden auf, sodass ich den Blick abwende. »Wenn du für Geld gekommen bist, vergiss es. Ich muss jetzt zur Arbeit!«

»Bitte, Valle. Du kannst die Familie nicht hängen lassen.«

»Du willst das Geld also für *die Familie.*« Ich betone das letzte Wort absichtlich überdeutlich. Nur, um Theo klarzumachen, wie chancenlos sein Versuch ist, mich anzubetteln.

»Sie können ihre Miete kaum bezahlen. Komm schon, nur noch dieses Mal! Es sind nur sechshundert Euro. Vielleicht noch zweihundert fürs Essen. Das ist für dich doch nicht einmal der Rede wert.«

Es ging nie ums Geld. Vielmehr um die Ohnmacht. Das Gefühl der Hilflosigkeit. Nichts dagegen tun können. Ich habe in den letzten Jahren zu häufig gehofft, geglaubt oder gar gefleht, er möge auf den richtigen Weg zurückfinden.

»Ich weiß, wie teuer die Miete ist, Theo. Weißt du auch, warum?« Ehe er die Frage beantworten kann, sage ich: »Weil ich mehrere Jahre in Folge jeden Cent davon bezahlt habe. Aber damit ist Schluss. Ich möchte, dass du gehst.«

Nach all dem, was in letzter Zeit passiert ist, kann ich nicht auch noch das erneute Hochkochen eines Familiendramas ertragen.

»Ausgerechnet du willst mir also eine Rede über Zusammenhalt reindrücken? Während du dich in dein Bonzenleben verpisst und die Familie im Stich lässt?« In Theos Augen flammt plötzlich etwas auf. Habe ich gerade noch geglaubt, meinen großen Bruder, den einzigen Halt in meiner gesamten Kindheit, in ihm wiederzuerkennen, sehe ich jetzt nichts weiter als blanken Zorn.

»Du machst dich lächerlich, Theo. Wirklich! Bitte verlasse meine Wohnung und komm nicht wieder. Nicht, solange du nicht wirklich etwas grundlegend verändert hast. Und nicht, solange du mich für unsere beschissenen Eltern um Geld anbettelst.« *Bis du wieder der echte Theo bist. Falls die Sucht noch etwas von dir übrig gelassen hat.*

»Du sollst bloß zu dem dämlichen Geburtstag diesen Sonntag kommen. Und wegen der Kohle … bitte, dann lasse ich dich in Ruhe.«

Angespannt beiße ich mir auf die Lippe, muss mich darauf konzentrieren, vor Wut nicht das Erstbeste zu sagen, das mir in den Kopf schießt.

»Aha. Also haben dich unsere Eltern geschickt, damit du mich zu Papas Geburtstag überredest? Die Vorstellung ist so erbärmlich, dass ich fast schon Mitleid kriege.«

»Also kommst du?«

»Nein«, fauche ich wütend. »Selbst wenn ich wollte, ich hätte keine Zeit dafür. Manche Menschen müssen nämlich arbeiten. Das kennst du nicht, oder?«

»Arbeit. Dass ich nicht lache. Davon ist doch bald sowieso nichts mehr übrig.«

Theo macht einige Schritte auf mich zu.

»Und noch etwas: Ich kann herkommen, sooft ich möchte. Du bist meine Schwester. Du hast ja hoffentlich nicht vergessen, dass es noch nicht so lange her ist, dass ich meinen Kopf für dich hingehalten habe«, raunt er und steht auf einmal so dicht vor mir, dass ich seinen Atem spüren kann. Doch das ist längst nicht das Schlimmste. Widerlicher ist das spitze Gefühl, das in meinen Magen schneidet. Schuldgefühle. Ich weiß, dass sie es sind, weil ich sie kenne. Weil ich mit ihnen lebe.

»Für mich? Du hast mich doch damals in die Scheiße reingezogen.«

Warum jetzt? Warum muss er ausgerechnet jetzt damit anfangen? Wir haben seit Jahren nicht darüber gesprochen.

»Keep cool, Schwesterchen. Ich bin nicht gekommen, um dir unsere Sünden aufzulisten.«

»Was willst du dann?«, fahre ich ihn an und weiß auf einmal nicht, welches Gefühl überwiegt: Angst oder das Entsetzen darüber, dass mein Bruder so etwas überhaupt in mir auslösen kann.

»Wir können nicht alle so egoistisch sein wie du. Sieh dich hier um! Du hast genug, also hab dich nicht so und denk auch mal an uns!« Er legt seinen Arm um meine Schulter. Ich möchte ihn wegdrücken, ihn anbrüllen, dass er mich verdammt noch mal nicht anfassen soll, da beschleicht mich ein seltsames Gefühl. Das ist kein Kokain. Die stecknadelkopfgroßen Pupillen und das widerliche Fick-dich-Grinsen sagen mir, dass hier etwas nicht stimmt. Ich ziehe seinen Ärmel hoch.

Blaue Flecken. Einstichpunkte. »Was ist das?«, rutscht es mir heraus.

Ich erwarte keine Antwort, bin überrascht, als Theo nur auflacht. »Willst wohl auch was haben.«

»Theo, was ist das für ein Zeug?«

Er braucht nichts zu sagen. Ich ahne, was hier passiert ist.

»Das ist Heroin, oder?«

»Ich habe heute nichts genommen.«

»Wow«, mache ich. »Das ist mal eine Leistung. Wir haben ja schon fast zwölf Uhr mittags. Was ist nur in dich gefahren? Wie lange nimmst du das schon? Hat dir der andere Scheiß nicht mehr gereicht?«

»Nicht lang. Chill! Ich hab's billiger bekommen und brauchte was. Aber ich hab's im Griff, okay? Ich werde das Zeug jetzt nicht mehr nehmen.«

»Verschon mich! Das habe ich schon so oft gehört.«

»Aber diesmal meine ich es ernst. Ich will mir einen Job suchen. Gleich nachdem ich eine Zeit lang clean bin.« Er schnauft.

»Beweis mir erst einmal, dass du es überhaupt einen ganzen Tag schaffst, Theo.«

Das Lächeln auf seinen Lippen wirkt nicht nur unheimlich, sondern vor allem vollkommen unpassend. »Weißt du eigentlich, was wir durchgemacht haben? Unser Vater ist krank, und ich bin das einzige Kind, das sich darum auch nur annähernd schert.«

»Und da dachtest du dir: Hey, ich habe ja noch nicht genug Probleme …?«, frage ich in bissigem Ton.

»Ich habe gar nichts gedacht, verdammt. Und genau das war der Kick. Einfach mal den ganzen Scheiß vergessen, diese negativen Gedanken und Sorgen, aus denen du einfach ausgestiegen bist, um dein Luxusleben zu führen.«

»Geh! Verschwinde und meld dich nie mehr! Nicht wenn du erwartest, dass ich dir beim Sterben zusehe.« Ein Schauer läuft mir bei meinen eigenen Worten über den Rücken.

»Übertreib nicht gleich, okay? Ich habe gesagt, ich komm da raus.«

»Wenn du nicht abhaust, rufe ich die Polizei. Ist dir das lieber?«

Theo beginnt zu lachen. »Glaubst du ernsthaft, dass man einer Dramaqueen wie dir noch glaubt? Oder triffst du deshalb diesen Womanizer?«

Natürlich weiß ich sofort, dass er Paul meint. »Woher weißt du …?« Ich hätte gar nicht drauf eingehen sollen.

»Ich habe euch gesehen. Streng genommen müsstest du dich bei mir bedanken. Ich war vor einigen Tagen schon einmal hier. Aber als ich gesehen habe, dass du Herrenbesuch hast, bin ich abgehauen. Hatte auch nicht gerade Bock, hier ein Klassentreffen zu veranstalten.« Ein kurzes Prusten, dann wischt er sich den aufsteigenden Schweiß von der Stirn.

»Ehrlich gesagt hätte ich nicht gedacht, dass du auf solche Vögel stehst. Andererseits … vielleicht passt so was ja zu deinem Lebensstil. Oder nein, sag bloß, du schläfst mit ihm, damit er dir hilft, dein Chaos zu beseitigen? Oh, Valle. Das ist tatsächlich schlauer, als ich dachte.«

Rums. Die Ohrfeige kam ungeplant, und der Schmerz in meiner Handinnenfläche brennt auch noch nach wenigen Sekunden. Theo scheint zu überrascht, um sofort zu reagieren. Er starrt mich einfach nur an, pustet sich dann eine Haarsträhne aus dem Gesicht und schnalzt mit der Zunge. »Nicht schlecht, aber glaub ja nicht, dass du damit durchkommst.« Ohne ein weiteres Wort dreht er sich um und geht zur Tür. In meinem Bauch schnürt sich alles zusammen, und auch mein Herzschlag hat sich um einiges beschleunigt.

»Woher hast du meine Adresse?«

Ein grauer Schleier, vermutlich durch den plötzlichen Schwindel auftretend, erschwert mir meine Sicht.

Theo dreht sich um, und ich muss mich an der Wand abstützen, um nicht den Halt zu verlieren. »Wie bist du an meine Adresse gekommen?«

»Du solltest doch am besten wissen, dass wir alle unsere kleinen Geheimnisse haben.«

SITZUNG AM 08. 06. 2011

Die Patientin erzählt, in der Schule habe es zuletzt viel Ärger mit Mitschülern gegeben.
Anfänglich sei es Spott bezüglich ihrer Kleidung gewesen, mittlerweile hätten viele Schikanen mit ihrem Bruder zu tun.
Neulich sei sie absichtlich zu spät zum Unterricht erschienen, um ihren Klassenkameraden aus dem Weg zu gehen. Die ständigen Nachfragen und Beschimpfungen seien einer der Gründe, weshalb sie abends schlecht schlafen kann. Wieder deutet die Patientin an, in eigenen Fantasien zu versinken. Manchmal könne sie allein durch ihre Vorstellung in andere Rollen schlüpfen.
Die Derealisation empfinde sie nicht als beängstigend, sondern vielmehr als Befreiung. Anknüpfend an die vorangegangenen Stunden werten wir das Schuld-Protokoll aus, das die Patientin führt. Die Schuldgefühle seien vor allem dann nicht aushaltbar, wenn sie mit ihrem Bruder telefonieren oder schreiben darf.
Wofür sie sich explizit schuldig fühlt, kann die Patientin noch immer nicht spezifizieren. Sie bleibt bei tieferer Gefühlsarbeit an der Oberfläche und hat große Schwierigkeiten, über das Erlebte zu sprechen. In den Sitzungen spricht sie beispielsweise nur von »dem Vorfall«, anstatt genauer auszuführen, was passiert ist. Auf Nachfrage beteuert sie, ihre gegenwärtige Instabilität habe nichts mit dem Geschehnis zu tun. Das Verleugnen wirkt wie ein emotionaler Fluchtversuch.

28. KAPITEL

AUS FEHLERN LERNT MAN

Ich habe weder auf Theos Anrufe noch auf seine Nachrichten reagiert. Ganz im Gegenteil: Heute Morgen habe ich ernsthaft in Betracht gezogen, seine Nummer zu blockieren.

Dennoch steht die Frage im Raum, was genau er mit der Frage gemeint hat.

Kleine Geheimnisse.

Natürlich haben mich die Worte sofort an die E-Mail erinnert. *Ich werde es noch eine Weile für mich behalten.* Seitdem ist es, als würden sich die Zeilen erst recht in meine Gedanken brennen.

In den letzten Tagen habe ich mir den Kopf darüber zerbrochen, ob Theo tatsächlich etwas mit der Sache zu tun haben könnte. Aber wieso? Mir würde beim besten Willen kein Motiv einfallen. Mir Angst einjagen? Geld erpressen? Mir schaden? Ich weiß nicht einmal, ob er über ausreichend Skills verfügt, um so ein Video hochzuladen, geschweige denn einen ganzen Porno mithilfe von künstlicher Intelligenz zu faken.

Doch wie ich es auch drehe und wende, eine endgültige Antwort bleibt aus. Ob ich es will oder nicht: Es ist mein eigener Bruder, dessen krankes und eingefallenes Gesicht sich im Laufe der Woche immer wieder in mein Sichtfeld schiebt. Wenn ich das Haus verlasse, wenn ich heimkomme, den Briefkasten öffne oder meine Nachrichten auf Instagram checke. Selbst in der Nacht werde ich das Bild in meinem Kopf nicht los und schrecke mehrfach aus einem Albtraum hoch.

Trotzdem lasse ich mich nicht unterkriegen.

Mittlerweile habe ich mehrere Stories mit meiner Community geteilt. Unverbindlich. Ohne großes Tamtam. Die erwarteten Reaktionen blieben selbstverständlich nicht aus, aber immerhin trafen auch ein paar aufmunternde Worte ein. Bislang habe ich auf keine der Nachrichten geantwortet und mich um die letzten Vorbereitungen fürs Wochenende gekümmert.

»Du packst das!«, hat Fred mich ermutigt.

»Reiß dich am Riemen«, bekam ich von Tizian zu hören.

Das Ergebnis war das gleiche: Ich muss weitermachen. Nach der Auseinandersetzung mit Theo erst recht. Wenn es wirklich mein eigener Bruder ist, der mich fertigmachen möchte, ist es umso wichtiger, dass ich mir keine Schwäche anmerken lasse.

Dennoch habe ich seinen Namen gleich am Abend in die Suchmaschine eingegeben. Ich habe keine Ahnung, was ich erwartet habe. Dass mein Bruder von der Polizei gesucht wird oder mittlerweile CEO einer großen Firma ist und ich mir seinen Überraschungsbesuch nur eingebildet habe?

Nicht einmal sein Facebook-Profilbild hat Theo in den letzten sechs Jahren aktualisiert. Das ist nämlich das Einzige, was ich im Netz finde.

Mist! Ich hätte ihn zumindest fragen sollen, wo er aktuell schläft. Dann wäre es vielleicht einfacher, ihn ein bisschen im Auge zu behalten.

Das Fenster im Wohnzimmer wurde mittlerweile vom Hausmeister repariert, die Ersatzschrauben für das Balkongeländer zumindest bestellt, in den Medien ist ein erster positiver Bericht über die neuen V-Line-Produkte erschienen, und meine Zusage für die Beautymesse am morgigen Samstag ist so sicher wie das Amen in der Kirche.

Und trotzdem brauche ich nicht einmal die Augen zu schließen, um die letzten Wochen im Schnelldurchlauf durch meine Gedanken rasen zu sehen, mag mir gar nicht vorstellen, dass auf der Messe eine weitere Eskalation folgen könnte.

Zuschauer, Follower meiner Community, Kollegen, potenzielle Kooperationspartner und natürlich die Presse … bei all dem, was mich morgen erwartet, ist es kaum verwunderlich, dass ich seit Stunden tierische Kopfschmerzen habe.

Ich sitze am Schreibtisch und klicke mich durch die Fotos der letzten Beautymesse. Weil sie letztes Mal wegen der Pandemie ausfallen musste, sind die Bilder schon über eineinhalb Jahre alt. Damals hat es V-Line noch nicht gegeben, Alex ist dennoch mit mir hingefahren. Wir haben viele Fans getroffen, den ganzen Tag Fotos gemacht, sodass Alex am Abend scherzhaft behauptete, er könne die ganze nächste Woche sein Gesicht kaum noch bewegen.

Ich klicke auf das nächste Bild. Diese Aufnahme ist nur von Alex und mir. Kurz danach muss er dieses Model kennengelernt haben, mit dem er mich betrogen hat. Laut meiner Internetrecherche damals soll es sich bei ihr um die Tochter eines reichen amerikanischen Unternehmers handeln. Kurz nach der Affäre ist sie zurück in die Staaten gegangen und wurde bald darauf mit einem Schauspieler namens David Hawroth gesehen. Der Anblick ihrer Bilder, ihres perfekten Körpers, hat nur für wenige Sekunden Wut in mir ausgelöst. Danach wurde mir ziemlich schnell klar, dass ich es mir zu einfach machen würde, irgendeiner fremden Frau die Schuld dafür zu geben, dass mein Freund seinen Schwanz nicht in der Hose lassen konnte. Stattdessen habe ich mich ständig gefragt, wie es sich für Alex angefühlt hat, sie zu vögeln. Ob er kurz so etwas wie Gefühle für sie empfunden oder einfach nur geglaubt hat, in ihrer Pussy einen goldenen Schatz aufzuspüren. Einen, der noch mehr geglänzt hat als unser gemeinsames Leben.

Ich lasse mich zurück in den Stuhl sinken, zucke im nächsten Moment allerdings zusammen. Mein Smartphone vibriert auf dem Schreibtisch. Eine neue Nachricht. Als ich mich vorbeuge und Pauls Namen lese, beginnt mein Herz auf der Stelle schneller zu schlagen.

Paul
Hab gehört, du gehst morgen zu dieser Messe? Ist das noch aktuell, oder hast du dich anders entschieden?

Fieberhaft überlege ich, ob es sinnvoll ist, direkt online zu gehen. Augenblicklich muss ich an seine letzten Berührungen denken, die warmen Hände und das verbotene Pochen zwischen meinen Schenkeln. Es fühlt sich kein bisschen so an, als sei das alles schon drei Wochen her.

Valerie
Ist aktuell. Es bleibt dabei.

Paul
Wie geht es dir damit?

Ich überlege. Die Frage habe ich in den letzten Tagen bewusst vermieden, weil es mich zu sehr zum Grübeln bringen würde.

Valerie
Das Leben muss weitergehen.

Paul
Das klingt ziemlich pragmatisch.

Einige Sekunden lang verharrt mein Blick auf dem Display.

Valerie
Ich denke, mir bleibt keine andere Wahl.

Paul
Du weichst aus, Valerie.

In meiner Brust flattert ein Gefühl der Aufregung. Wie soll ich die Frage denn sonst beantworten? Es ist doch nichts als die Wahrheit.

Paul
Was ist, wenn du dir eine Pause gönnst? Eine richtige Pause. Erst einmal zu dir kommst?

Vor einigen Wochen noch hätten mich seine Worte verärgert. Weil ich geglaubt hätte, dass er mich für schwach hält. Ganz besonders nach der Trennung von Alex habe ich monatelang noch mehr Zeit in meinen Kanal investiert, um die Lücke, die unsere gescheiterte Beziehung hinterließ, irgendwie schließen zu können. Heute weiß ich, dass Paul es nur gut meint.

Valerie
Das wird schon wieder. Ich komme klar.

Obwohl mein Herz beim Lesen seiner Nachrichten noch immer aus dem Takt gerät, versuche ich, Distanz zu wahren. Wir dürfen nicht noch einmal die Grenzen überschreiten.

Paul und ich … Ein Teil von ihm wird immer die alte Valerie

in mir sehen, das gedemütigte und vernachlässigte Mädchen, dessen Bruder er kostenlos Nachhilfe gegeben hat … Die Vorstellung widert mich an.

Paul
Falls du die Tage mal Zeit hast, kannst du dich ja gerne melden.

Ich schlucke. Aus der Nummer komme ich nur noch raus, wenn ich mit offenen Karten spiele.

Valerie
Das ist lieb von dir! Gerade ist es schwierig. Es ist viel los. Das kannst du dir wahrscheinlich vorstellen.

Kaum habe ich die Nachricht gesendet, überlege ich, ob meine Worte zu harsch klangen, also schicke ich noch einen Satz hinterher:

Valerie
Wenn es aber Neuigkeiten im Fall gibt, dann gib mir bitte sofort Bescheid. Ich bin so froh, dass du mir hilfst! :)

Ich schließe den Chatverlauf und lese nur noch auf dem Sperrbildschirm seine Antwort.

Paul

Na klar! Hab ein schönes Wochenende!

Erneut sinke ich zurück in den Schreibtischstuhl. Diesmal schließe ich die Augen und merke, dass sich ein vages Gefühl der Enttäuschung in meine Brust bohrt. Was habe ich denn erwartet? Dass er unnachgiebig bleibt und bittet, mich noch einmal zu sehen, obwohl ich ihm klar zu verstehen gegeben habe, dass ich das nicht möchte?

Ich hole tief Luft, streiche mir eine Strähne aus dem Gesicht und seufze. Warum muss das alles so kompliziert sein?

Ruckartig stehe ich auf, gehe zum Fenster und sehe runter auf die Straße. Ich entdecke ein junges Pärchen mit Hund, eine Mutter, die versucht, den Kinderwagen über die Bordsteinkante zu schieben, und zwei Freundinnen, die vielleicht ins Restaurant gehen.

Die meisten von ihnen werden, vorrangig natürlich die Jüngeren, meinen Namen kennen oder zumindest schon einmal gehört haben. Ob sie mich die letzten Tage in den Medien verfolgt haben?

Von hier oben betrachtet, sieht jeder von ihnen so klein und fast schon unbedeutend aus, dass ich eine Gänsehaut bekomme.

Ich presse meine Stirn gegen die Fensterscheibe, als könne das kühle Glas die Kopfschmerzen lindern.

Vielleicht nehme ich mich auch einfach zu wichtig.

Vielleicht werden sie bald alles wieder vergessen!

Der Gedanke tut gut. Wenn ich den Tag übermorgen ohne eine weitere Eskalation überstanden habe, wird sich langsam alles wieder normalisieren …

Es mag wohl stimmen, was Erwachsene einem als Kind gesagt haben. »Das Internet vergisst nie.« Aber aus eigener Erfahrung kann ich sagen, dass die Menschen, die dort unterwegs sind, schon einige Wochen später nicht mehr wissen, wer du bist.

Weil du nach dem Abtauchen an Relevanz verlierst. Auch ich. Valerie Sophie, die alles nur inszeniert hat, um Aufmerksamkeit zu bekommen.

Sie werden den Skandal einfach vergessen.

Wichtig ist nur, dass sie das Gleiche nicht mit mir tun.

29. KAPITEL

DIE WÄNDE HABEN OHREN

Man sollte meinen, dass ich mich in den letzten Jahren an das Gekreische gewöhnt habe. Viele Menschen, überheizte Hallen und ein Geruch, den ich als eine Mischung aus Schweiß und teurem Parfüm beschreiben würde … Während meiner Schulzeit bin ich einmal mit Henriette Wahlkamp, einer Klassenkameradin, hier auf der Messe gewesen. Wir waren nie wirklich befreundet, doch als sie überraschend fragte, ob ich sie und ihre Mutter begleiten möchte, konnte ich mein Glück damals kaum fassen. Auch wenn ich mir weder die Kleidung noch die Kosmetik annähernd leisten konnte, war ich fasziniert von den Farben, Gerüchen (entweder damals war die Luft besser, oder eine pubertäre Nase ist resistent gegen Schweiß) und vor allem beeindruckt von den Menschen, die mit einer solchen Leichtigkeit die Kreditkarte durch den Schlitz zogen, um mit vollen Tüten nach Hause zu fahren.

Henriette sprach nach der Messe dafür kein Wort mehr mit mir, und ich fand später heraus, dass sie mich nur gefragt hat, um ihre beste Freundin eifersüchtig zu machen.

Diese Gedanken rauschen durch meinen Kopf, als ich Ausschau nach Tizian halte.

Ich habe mich nur kurz umgedreht, und schon war er verschwunden.

Unser Stand sieht fantastisch aus und präsentiert alle Produkte der neuen V-Line. Ein kleines Gefühl von Stolz überkommt mich, als ich mich umblicke. Das alles habe ich geschafft. Wow! Doch ich bin mir ziemlich sicher, dass es nur eine Frage der Zeit ist, bis irgendwer aufmüpfig wird.

Immer wieder spüre ich neugierige oder gar skeptische Blicke auf mir, doch die meisten haben nicht den Mumm, etwas zu sagen, und zerreißen sich lieber im Stillen das Maul.

»Gib ihnen ein bisschen Zeit.« Fred taucht hinter mir auf. »Das wird sich legen. Und sieh doch, die ersten Kisten sind schon leer, deine Follower reißen sich um die Produkte. Kannst du überhaupt noch lächeln?«

Er spielt auf die vielen Fotos an, die ich nichtsdestotrotz heute mit Fans geschossen habe.

»Es könnten noch mehr sein«, sage ich und deute auf die restlichen Kartons. »Wenn wir auf dem ganzen Kram sitzen bleiben …«

»… verkaufst du ihn ein anderes Mal«, beendet Fred meinen Satz und legt eine Hand auf meine Schulter. »Das ist alles auf einem guten Weg.«

Ich nicke zögerlich und winke das nächste Mädchen an den Stehtisch. Die Schlange vor meinem Stand ist mittlerweile ziemlich lang geworden. Ich sollte mich darüber freuen, doch ich frage mich unablässig, ob einer von ihnen ebenfalls einen Hasskommentar unter mein Posting geschrieben hat.

Sie sagen »ich freue mich so, dich hier zu treffen«, und ich höre nur »dass du dich wagst, hier aufzutauchen«.

Meinem Herzen versetzt es einen Stich, meinem Lächeln kann es jedoch nichts anhaben.

»Danke, dass ihr gekommen seid.« Ich lege einen Arm um das Mädchen und warte auf ihre Freundin, die mit dem Smartphone ein Foto knipst. Dann tauschen sie, ich unterschreibe auf den Flaschen der Duschschäume und wünschen ihnen einen tollen Tag auf der Messe. So geht es für mindestens zwei Stunden weiter, in denen Tizian weder auftaucht noch auf die Nachricht reagiert, die ich ihm hektisch geschrieben habe.

»Vergiss es! Hier gibt es kein Netz.« Fred schüttelt den Kopf, als ich schon wieder mein Telefon checke. Ich habe mir ein paar Sekunden Verschnaufpause gegönnt, in denen ich zumindest mal einen Schluck trinke. Die Kopfschmerzen sind immer noch nicht besser geworden. »Zu viele Menschen. Hier hat man nicht einmal Empfang, um eine WhatsApp zu verschicken. Ich meine, was erwarten wir auch in Deutschland?« Er verdreht die Augen.

Ich bin dankbar, dass er am Stand geblieben ist. Immer wieder schießt er Fotos von der Seite, die ich später auf Instagram teilen kann. Zwei Mädels aus unserem Team füllen im Hintergrund die Regale auf, doch auch sie scheinen nicht zu wissen, wo Tizian abgeblieben ist. Er könnte uns ruhig etwas unterstützen.

»Was hältst du davon, wenn ich ihn suchen gehe?«, schlägt Fred vor. »Er kann doch nicht den ganzen Mittag hier rumirren und uns allein lassen.«

»Und ob er das kann. Siehst du doch.« Ich zucke mit den Schultern. Allerdings wäre es mir auch um einiges lieber, wenn man ihn wenigstens erreichen würde. »Beeil dich, okay?«

»Na logo.« Fred nimmt seine Kamera ab und packt sie in seine Tasche. Das Teil ist sein Heiligtum, und ich mag mir nicht vorstellen, was passieren würde, wenn es auch nur einen Kratzer abbekommt. »Bin gleich wieder da.«

Ich drehe die Wasserflasche zu und widme mich wieder den Fans. Die meisten wollen mittlerweile nur Fotos machen, und die Verkäufe werden immer schleppender.

Als sich eine Frau mit knallroten Haaren unserem Stand nähert, werde ich sofort auf sie aufmerksam. Nicht nur wegen der auffälligen Farbe, sondern weil sie mir seltsam bekannt vorkommt. Fieberhaft krame ich in meinem Gedächtnis, um sie zuordnen zu können, da schiebt sie sich durch die Schlange nach vorne.

»Hey, was soll das«, wollte ich gerade sagen. Doch der Blick der Frau bringt mich zum Schweigen.

Shit! Wie ein Blitz trifft mich die Erkenntnis, dass die Rothaarige jene Journalistin gewesen ist, die überhaupt erst für diesen anmaßenden Artikel nach dem Exklusivinterview verantwortlich war.

»Schön, Sie wiederzusehen, Valerie.« Ihre Stimme geht mir durch Mark und Bein, doch es gelingt mir, mein Lächeln zu halten. Alleine schon, weil ich ihr die Genugtuung, mich vor all diesen Menschen zu demütigen, keinesfalls geben möchte.

»Kennen wir uns?« Ich klimpere aufgesetzt freundlich mit den Wimpern, sehe dann an ihr vorbei in die vordere Reihe der Schlange. »Wer ist als Nächstes dran?«

»Oh, aber sicher. Wir haben uns letztens über Ihr inszeniertes Video unterhalten. Sie erinnern sich sicher, oder? Ich weiß, die neue Haarfarbe verändert meinen Typ, aber manche Begegnungen vergisst man einfach nicht.« Ihr Lachen lässt in mir Wut und eine fast schmerzhafte Anspannung zugleich aufsteigen. Am liebsten würde ich sie einfach zur Seite schubsen, das Gespräch beenden und vor allem verhindern, dass die Leute in der Schlange irgendetwas von dem Dialog mitbekommen. Als wäre es nicht genug, dass mein Manager sich hier immer noch nicht hat blicken lassen, ist nun ja auch noch Fred verschwunden.

Ich wende mich an die wartenden Fans und verspreche, sofort weiterzumachen.

Dann widme ich mich wieder der biestigen Journalistin.

»Stimmt. Jetzt, wo Sie es sagen … Ich erinnere mich tatsächlich und bin ehrlich gesagt verwundert, Sie hier zu sehen.«

Überrascht blickt sie mich an.

»Nun ja. Vielleicht ist die Anzeige bei Ihnen noch nicht eingetroffen. Rufmord ist keine lustige Angelegenheit.« Das aufgesetzte Lächeln brennt förmlich in meinen Mundwinkeln. »Wir sind bisher einfach noch nicht dazu gekommen. Sie sehen ja, was hier los ist …« Ich zucke mit den Schultern und fahre mir mit der Zunge über die Lippen. »Ich wünschte, ich könnte mich noch länger mit Ihnen unterhalten, aber ich kann meine Fans unmöglich länger warten lassen. Bitte entschuldigen Sie mich also.« Schwungvoll drehe ich mich wieder ein Stück zur Seite und hoffe, sie mit meinen Worten in die Flucht getrieben zu haben.

Aber so lästig, wie diese Journalisten sind, bleibt sie an ihrem Platz stehen und scheint sich viel zu schnell von meiner überraschenden Gegenwehr erholt zu haben.

»Jemand hat uns Informationen über Sie zugespielt, Valerie. Eigentlich wollte ich zuerst mit Ihnen sprechen, aber so wie es klingt, haben Sie daran kein Interesse.«

Mein Herz macht einen Satz, und ich bin mir einen Augenblick lang nicht sicher, ob ich sie richtig verstanden habe. Gerade als ich noch einmal nachhaken möchte, legt sich eine schwere Hand auf meine Schulter. »Ist hier alles in Ordnung?«

Irritiert fahre ich herum und halte verblüfft inne, als ich feststelle, dass es Paul ist, der sich unbemerkt von hinten genähert hat. Was macht er denn hier? Ich will gerade zu einer Frage ansetzen, da schüttelt er kaum merklich den Kopf. »Entschuldige, dass ich dich alleine gelassen habe mit dem Chaos.« Er wendet sich an die Rothaarige. »Paul Herrlich. Polizei Köln.« Ohne abzuwarten, greift er nach ihrer Hand und schüttelt sie kräftig. »Und Ihr Name? Dürfte ich vielleicht einmal Ihren Presseausweis sehen? Wenn es nichts Wichtiges gibt, würde ich Sie jetzt bitten, Frau Ehrmann ihren Job machen zu lassen.«

Ich kann förmlich sehen, wie der Pressetante die Gesichtszüge entgleiten. »Die Polizei? Darf man fragen, was Sie hier zu suchen haben? Gehören Sie zur Messe?«

Paul zieht die Brauen zusammen. »Es geht Sie zwar nichts an, aber wir sind zu Frau Ehrmanns Sicherheit hier.« Mir fällt auf, dass er von einer Mehrzahl spricht, dabei kann ich bisher keinen seiner Kollegen sehen.

»Sicherheit?« Jetzt ist es die Rothaarige (verdammt, warum habe ich mir ihren Namen beim Interview nicht gemerkt?), die sich umsieht.

»Meine Kollegen warten draußen. Wenn Sie also mal etwas Vernünftiges in Ihrem Käseblatt schreiben wollen, könnte ich Ihnen das Thema *Victim Blaming* sehr ans Herz legen.«

Ich kneife die Lippen zusammen, um nicht schadenfroh das

Gesicht zu verziehen. Stattdessen darf ich beobachten, wie die Pressefrau wortlos schnauft und auf dem Absatz kehrtmacht.

Sofort atme ich erleichtert aus. »Was auch immer du hier machst, du kamst genau im richtigen Moment. Wie eigentlich immer.« Ich muss lächeln, doch wider Erwarten wird Pauls Gesicht ernst.

»Hör zu. Ich gehe davon aus, dass du es nicht weißt.«

Alleine diese Worte reichen aus, dass ich ihn nervös ansehe.

»Was ist?«

»Jemand hat durchsickern lassen, dass die Presse neue Informationen über dich hat. Ich glaube, sie haben etwas mit *früher* zu tun.« Er senkt die Stimme.

Mir gefriert das Blut in den Adern. »Bitte was?«

Paul fährt sich erschöpft durchs Haar. »Ich weiß selbst nicht viel, aber ich wollte dich vorwarnen.«

Seine Antwort dringt nur langsam zu mir durch. »Du bist extra deswegen hergekommen?«

Paul schüttelt den Kopf. »Es sind immer einige Kollegen hier vor Ort. Ich habe mich spontan gemeldet.«

»Aus Köln?«

Paul holt tief Luft. »Eine Ausnahme. Ich dachte aber, dass du vielleicht eine kleine Warnung gebrauchen könntest. War doch abzusehen, dass hier jemand auftaucht, oder?«

Da muss ich ihm tatsächlich recht geben. Langsam nicke ich. »Und was soll ich jetzt tun? Wenn wir nicht einmal wissen, wie die Informationen konkret aussehen?«

Paul macht ein angestrengtes Gesicht. »Was auch immer es ist, du solltest darauf vorbereitet sein und ganz sicher nicht zwischen Tür und Angel mit dieser furchtbaren Frau reden müssen.«

»Da hast du wohl recht. Sie hat etwas in der Art gesagt. Ich habe es nicht kapiert, aber jetzt ergibt es Sinn.« Ich murmele die Sätze nur leise vor mich hin, werde im nächsten Augenblick jedoch abgelenkt, weil Fred in meinem Sichtfeld auftaucht.

»Heilige Scheiße«, entfährt es mir. Ich kann meinen Blick kaum von ihm abwenden, denn – als wäre das alles hier noch nicht schlimm genug – Fred ist in Begleitung. Er scheint nicht nur Tizian gefunden zu haben, sondern die eine Person, die ich am wenigsten hier erwartet hätte.

»Valerie? Alles in Ordnung?« Ich nehme Paul nur noch aus dem Augenwinkel wahr, bin unfähig, etwas zu sagen.

Denn nein. Es ist absolut gar nichts in Ordnung.

Der Mann, von dem Tizian und Fred begleitet werden, ist niemand anderes als Alex, mein Ex-Freund, der mir vor nicht einmal einem Jahr das Herz gebrochen hat.

30. KAPITEL

ALTE LIEBE ROSTET NICHT

»Was soll das?«, fahre ich Fred an. Von Tizian hätte ich nichts anderes erwartet, aber Fred weiß, wie viel Kraft es mich die letzten Monate gekostet hat, Alex zu vergessen. Wie viele Tränen ich seinetwegen vergossen habe. Wie oft ich mir seither geschworen habe, mich nie mehr von einem Mann verarschen zu lassen. Nie. Nie. Mehr.

»Ich habe den beiden gleich gesagt, dass das keine gute Idee ist.«

»Da hast du allerdings recht«, raune ich, stelle mich ein Stück näher zu Paul. Gleichzeitig wird mir bewusst, wie erbärmlich es ist, dass ich hinter einem anderen Mann Schutz suche.

»Es ist nicht seine Schuld.« Es ist das erste Mal seit Monaten, dass ich Alex' Stimme höre, und zu meiner Erleichterung hinterlässt sie in meinem Herzen kaum mehr als einen schwachen Stich. Vor einigen Monaten habe ich noch geglaubt, nie wieder in diese Augen sehen zu können, ohne vor Schmerz zu zerspringen.

»Ich habe Tiz getroffen und nach dir gefragt.« Auf seinen Lippen zeichnet sich ein vorsichtiges Lächeln ab, das ihm absolut nicht steht. Alex ist kein schüchterner Junge, der schnell verlegen wird.

»Aha.« Ich trete wieder ein Stück vor, verschränke die Arme vor der Brust.

»Ich wollte dich nur mal wieder sehen«, erklärt Alex.

»Dann kannst du ja jetzt wieder gehen.«

Alex wirft einen fragenden Blick auf Paul, sieht dann Hilfe suchend zu Tizian, der aber nur abweisend den Kopf schüttelt.

»Ich misch mich da nicht ein. Ihr zwei habt uns genug Stress eingebrockt.«

Ich könnte lauthals widersprechen, Tizian daran erinnern, dass Alex mich betrogen und nach der Trennung die Agentur gewechselt hat. Auch wenn mir unser Abstand ziemlich entgegenkam, haben mich die gescheiterten Kooperationen, die sinkenden Klicks und der abflachende Hype um uns als Glamour-Pärchen mindestens genauso getroffen.

Trotzdem habe ich werde Lust noch Kraft, hier noch einmal über das Thema zu diskutieren. Tizian scheint mit seinem Statement alles gesagt zu haben und kümmert sich um die kleiner werdende Schlange aus Fans. So ein Mist! Eigentlich sollte ich da dringend wieder selbst hingehen.

»Ich dachte, wenn wir sowieso beide hier sind, können wir doch ein bisschen reden. Wir haben uns so lange nicht gesprochen.« Als Alex' Augen vertraut funkeln, ist der Moment gekommen, in dem die alte Valerie nachgegeben hätte.

»Ich wüsste nicht, dass es Bedarf gäbe«, sage ich stattdessen und balle die Fäuste, als könne ich damit neue Munition laden. Nur für den Fall der Fälle, dass ich wieder schwach werde.

»Komm schon, Val. Es muss doch nicht lange sein. Gib mir ein paar Minuten!« Schon wieder springt sein Blick zu Paul. »Ist irgendwas passiert, oder warten Sie auf wen?«

Pauls Kiefer wirkt verkrampft, und seine Miene hat sich bei Alex' Auftauchen um einiges verfinstert. »Ich bin mit Valerie hier.« Seine Stimme klingt ungewohnt harsch.

Für einen kurzen Moment gefällt mir die Vorstellung, Alex einen Dämpfer zu verpassen und Paul als meinen neuen Freund vorzustellen. Doch schnell mischt sich meine erwachsene Seite in das Theater ein. »Er ist für meine Sicherheit hier.« Nicht einmal diese Rechenschaft bin ich meinem Ex schuldig.

»Viel los in deinem Leben, was?« Alex lacht, pustet sich eine dunkle Haarsträhne aus dem Gesicht. Mir fällt auf, dass er mit den Füßen auf und ab wippt, als sei er ungewöhnlich nervös.

Plötzlich löst sich ein aufgeregtes Mädchen aus der Schlange hinter uns. Sie steht direkt hinter der Absperrung, die uns von den Besuchern trennt, und versucht, Alex am Shirt zu erwischen. Dabei ruft sie ununterbrochen seinen Namen.

»Seid ihr wieder zusammen?«

»Ihr wart so ein tolles Paar!«

Ihre Freundinnen schließen sich dem Gekreische an, und ich höre auch, wie immer wieder mein Name fällt.

»Achtung!« Paul zieht mich hektisch ein ganzes Stück zurück, sodass ich nur noch im Augenwinkel wahrnehme, wie Tizian das Mädchen am Ärmel zurückhält und die Gruppe zu beruhigen versucht.

»Geht schon!« Ich löse mich aus Pauls Griff und schnappe gestresst nach Luft.

Alex scheint der kleine Zwischenfall jedoch nicht aus dem Konzept gebracht zu haben. »Es hat sich wirklich alles verändert, oder?«, spricht er das Offensichtliche aus.

»Ich komme klar«, lüge ich.

»Du hast meine Nummer blockiert.«

»Ich habe eine neue.« *Weil ich abschließen musste. Einen Neuanfang gebraucht habe.*

»Verstehe. Dann können wir kurz reden? Ich hole dir einen Saft, und wir treffen uns vorne in dem kleinen Bistro?« Es erstaunt mich, wie viel Hoffnung in seinem Blick liegt.

Ich seufze genervt. »Glaubst du ehrlich, dass das eine gute Idee ist?«

»Eine Chance, Val!«

»Du siehst doch, was hier los ist. Die Fans wollen Fotos und Autogramme, das bin ich ihnen schuldig. Heute ist es schlecht, Alex.«

Und in den nächsten achtzig Jahren ebenso.

»Vielleicht ein anderes Mal.«

Eher unwahrscheinlich.

»Versteh schon«, macht Alex und räuspert sich. »Dann bald?«

Als ich keine Anstalten mache, etwas zu sagen, zieht er sein Telefon aus der Tasche. »Magst du mir deine Nummer geben? Ich lasse dich auch in Ruhe. NUR. REDEN!«

Dieses Gespräch lässt immer mehr Hitze in mir aufsteigen. Oder liegt es einfach nur an dieser katastrophalen Luft in der Halle?

»Ich melde mich bei dir, wenn ich Zeit habe.« Entschlossen straffe ich meine Schultern und werfe Alex ein letztes höfliches Lächeln zu. »Ich muss jetzt weitermachen.«

Er nickt, und auch wenn er dabei wenig überzeugt aussieht, wendet er sich rasch von mir ab.

»Uff«, stoße ich hervor und schürze die Lippen. »Das kam unerwartet.«

Paul reibt mit der Hand über sein stoppeliges Kinn und runzelt dann die Stirn. »Kann man wohl sagen. Alles in Ordnung?«

»Sicher. Weißt du, wie spät es ist?«

»Fast halb fünf.«

»Ich muss hier noch zu Ende machen. Wenn ich vorher gehe, kriege ich richtig Stress.« Ich deute in die Ecke, in der Tizian steht. Genau in dem Moment vibriert mein Telefon in der Hosentasche. »Hieß es nicht, hier gibt es kein Netz?«

»Keine Ahnung. Vielleicht da hinten nicht?«, überlegt Paul. »Du willst sicher hierbleiben?«

Ohne zu antworten, ziehe ich das Smartphone heraus und lese die eingetroffene Nachricht.

Lotte

Ich weiß, du bist unterwegs, aber kann es sein, dass du letztens deine Kette hier verloren hast? Die Putzfrau hat sie gefunden. Sie lag anscheinend im Flur.
Ist doch deine, oder?
Drücke dich.

Ich muss das Foto gar nicht öffnen. Schon in der Vorschau erkenne ich, dass es sich um das Schmuckstück handelt, das ich vor etwa zehn Tagen beim Einbruch als gestohlen gemeldet habe.

»Valerie?« Ich zucke heftig zusammen, als Paul mich an der Schulter berührt. »Alles okay?«

Blitzschnell packe ich das Telefon zurück in die Tasche und setze ein Lächeln auf. Themenwechsel. »Okay. Es klingt makaber, aber wenn man bedenkt, dass ich bei den letzten Schikanen jedes Mal gleich ins offene Messer gelaufen bin, befinde ich mich mit der Warnung diesmal beinahe in einer luxuriösen Situation.«

Paul sieht mich verständnislos an.

»Ich kümmere mich noch um die Fans, und dann lass uns abhauen. Ich muss hier raus und mir einen Plan überlegen. Und zwar, bevor die nächste Bombe hochgeht.«

31. KAPITEL

IN DER NOT FRISST DER TEUFEL FLIEGEN

»O Mann«, stöhnt Paul. »Und du denkst wirklich, dass Theo dazu in der Lage wäre?«

Ich habe eine Kanne Tee gekocht. Draußen ist es arschkalt, und so hat dieses Gespräch zumindest die Anmut eines gemütlichen Winterabends. Wir sind erst vor einer knappen halben Stunde in meiner Wohnung angekommen und sitzen seitdem auf meinem Sofa.

»Bis vor Kurzem hätte ich das nicht getan«, antworte ich zögerlich. »Aber als er letztens vor meiner Tür stand, sah die Welt anders aus. Er war verändert und hat nicht lockergelassen.«

Gut. Vielleicht war das mit der Kette eine falsche Annahme. Ich habe sie schlicht und ergreifend verloren. Aber das ändert doch nichts daran, dass mir all diese gruseligen Dinge passieren! Irgendjemand hat es systematisch auf mich abgesehen.

»Warum hast du davon denn nichts erzählt?«

Ich zucke mit den Schultern. »Die Sache war doch nie für die Ermittlungen relevant, oder? Abgesehen davon …« Ich höre mitten im Satz auf, weiterzusprechen.

»Abgesehen davon willst du nicht über ihn reden, richtig?«

Ich beiße mir auf die Lippen und schweige. Paul scheint das als Antwort zu genügen.

»Du musst dich vor mir nicht erklären. Ich will nur, dass du vorsichtig bist.«

»Ja, natürlich. Und ich wünschte, es gäbe eine andere Lösung. Doch gerade ist das hier unsere beste Chance.« Ich werfe erneut einen Blick auf mein Smartphone. Es ist keine fünf Minuten her, dass ich Theo eine Nachricht geschrieben habe.

Valerie
Wenn ich zu dem Geburtstag komme und dir das Geld gebe, hältst du dich danach gefälligst von mir fern. Ist das klar?

Es hat keine Minute gedauert, bis Theo die Nachricht gelesen hat.

Theo
In Ordnung!

Wenige Sekunden später eine zweite Nachricht:

Theo
Es war mir eine Freude, mit Ihnen Geschäfte zu machen, Frau Ehrmann.

»So ein mieser Arsch«, murmele ich, als ich noch einmal die letzte Nachricht lese.

Morgen. 17 Uhr.

Das Brauhaus würde ich vermutlich blind finden.

»Du schaffst das. Es wird alles gut.«

»Wie oft ich das bereits in letzter Zeit gehört habe«, seufze ich und muss plötzlich wieder an Alex denken. Das Treffen mit ihm war wirklich das Letzte, was ich mir für heute gewünscht hätte.

Paul muss die Anspannung in meinem Gesicht lesen können. »War ziemlich viel heute?«

»Ja. Ich bin froh, dass du gekommen bist.«

»Ich habe dir versprochen, für dich da zu sein.« Das Lächeln auf Pauls Lippen wirkt so ehrlich und aufrichtig, dass es mir einen tiefen Schmerz in die Brust bohrt.

»Auch das ist etwas, was ich bereits zu häufig gehört habe.« Ich lache verbittert auf. »Mit dem Unterschied, dass ich es bei dir vielleicht langsam anfange zu glauben.« Schnell senke ich den Blick.

»Du sprichst von deinem Ex, oder?« Nervös streicht er sich über den Ärmel seiner Uniform und beißt sich dann auf die Lippe.

Wieder nicke ich. »Ist es absurd, dass ich tatsächlich in Betracht ziehe, ihm zu schreiben?« Bevor Paul die Situation missverstehen kann, räuspere ich mich. »Sein Kanal läuft verdammt mies seit der Trennung. Ich weiß, dass er nur deshalb wieder angekrochen kommt.«

Paul zieht irritiert die Brauen zusammen. »Und du willst dich aus Nächstenliebe bei ihm melden?«

Ich schnaube. »Ganz sicher nicht. Fakt ist aber, dass nicht nur seine Karriere den Bach runtergeht, sondern auch meine. Er hat seinen Content verloren. Ja, Alex sieht gut aus, und du hast ja gesehen, dass die Mädels immer noch an ihm kleben. Aber das mit uns war etwas anderes. Etwas Größeres.«

»Du meinst, ihr habt euch geliebt.«

»Anfangs haben wir die Vorstellungen voneinander geliebt. Er hat mich als seine attraktive Freundin vorgeführt und ich ihn als meinen heißen Freund, der sich tatsächlich für mich entschieden hat. Und irgendwann haben wir vor allem den Erfolg geliebt«, erzähle ich wahrheitsgemäß.

»Das klingt ziemlich traurig.«

»Traurig ist, was daraus geworden ist. Momentan ist alles in einer Abwärtsspirale.« Ich bin überrascht über meine Worte, denn vor wenigen Wochen hätte ich Schwierigkeiten gehabt, das überhaupt vor mir selbst einzugestehen. »Und warum sollte ich untätig zusehen, wie ich alles verliere, wenn …« Herrje … schon wieder steigen Tränen in mir auf. Es kann doch nicht wahr sein, dass ich mich in den letzten Wochen in eine so dermaßen unerträgliche Heulsuse verwandelt habe.

»Das ist doch absurd.« Paul schlägt mit der Faust auf das Sofa und schüttelt immer wieder den Kopf. »Du bist verwirrt. Der Tag war seltsam. Vielleicht solltest du erst einmal keine unüberlegten Entscheidungen treffen.«

Ich wische mir die Nässe von den Wangen und schlucke den dicken Kloß in meinem Hals hinunter.

»Ich lebe seit Jahren mit dem Risiko, dass irgendwer von früher mit der Presse plaudert. Wenn jetzt mein eigener Bruder der Presse quasi aus erster Hand von damals erzählt hat, kann ich meine Zukunft vergessen …«

Pauls Miene lockert sich. »Das ist Unsinn. Ich verstehe, dass es erst einmal unangenehm ist. Aber du hast nichts Schlimmes getan.«

Wie man es nimmt …

»Jahrelang gelogen. Geschichten erzählt, eine happy Family erfunden, die es nicht gab?«, zähle ich auf.

»Ich dachte, deine Eltern sind offiziell tot.« Auf Pauls Lippen zeichnet sich ein vages Grinsen ab.

»Das ist nicht lustig«, sage ich, kann aber ein kurzes Auflachen plötzlich nicht mehr verhindern. »Das alles ist einfach zu abstrus.«

»Ja, das ist es. Aber Familie sucht man sich nun einmal nicht aus«, sagt Paul betont ernst. »Vielleicht machst du dir zu viele Gedanken.«

Ich hebe abwehrend die Hände. »Sag mir bloß nicht, dass ich mich nur anstelle. Du weißt nicht …« Ich mache eine Pause. »Du weißt nicht, wie das ist, wenn dein Leben von so vielen Menschen da draußen gesehen und beurteilt wird.«

»Stimmt.« Paul nickt. »Aber ich sehe, dass es dich quält. Diese Angst hat dich zu einer Art Sklavin gemacht. Du bist gar nicht mehr du selbst.«

Ich lache auf. »Woher willst du das wissen? Du kennst mich doch kaum.«

Paul fasst sich an die Stirn. »Weil du niemanden an dich ranlässt, Val. Du verschließt dich aus Furcht, jemand könnte herausfinden, dass du aus schwierigen Verhältnissen kommst.«

Er hat keine Ahnung, dass das der Anfang vom Ende wäre.

Und doch spüre ich keine Wut auf Paul, weil er die Wahrheit, *Teile der Wahrheit,* so offensiv ausspricht.

»Du an meiner Stelle würdest also das alles riskieren? Endlich mit den Lügenmärchen über meine ach so tolle Kindheit aufräumen?« Ich stelle die Frage fast schon rhetorisch. Immerhin kann das schlicht und ergreifend nicht sein Ernst sein.

»Ich sage ja nur, dass du dir bewusst machen musst, was der schlimmste anzunehmende Zustand ist. Dass sich deine Community das Maul über dich zerreißt? Empört ist, weil du gelogen hast?«

»Nein, das ist es nicht.« Ruckartig stehe ich vom Sofa auf. »Du hast keine Ahnung, was schlimmer wäre als all das.«

Sein Blick gleitet nervös über mein Gesicht. »Was denn?«

Ich beschließe, auf seine Frage nicht zu antworten.

SITZUNG AM 16. 06. 2011

Die Patientin wirkt die Stunde über dissoziativ und teilweise abwesend. Auf die Frage, was sie aktuell beschäftigt, berichtet sie von lebensmüden Gedanken. Sie frage sich ständig, wie es nach dem Tod weitergeht und ob die Welt ohne sie ein besserer Ort sei.
Warum sie sich aktuell mit diesem Thema auseinandersetzt, kann sie nicht begründen. Ob der Vorfall damit zu tun hat, wisse sie nicht. Allerdings würde sie ständig von seltsamen Träumen verfolgt werden. Sie erklärt, es falle ihr schwer, sich von ihren selbstabwertenden Gedanken zu distanzieren. Dann könne sie sich nur mit äußerster Kraft gegen selbstverletzende Impulse wehren. Es fehle ihr ein Ventil für jegliche Form der Wut. Wut auf die Eltern, von denen sie sich im Stich gelassen fühle. Wut auf das System, weil sie ihre Strafe nicht bekommen hat. Wut auf sich selbst. Die Patientin spricht zum ersten Mal von tiefer Reue, die sie empfindet. Zudem käme in ihr immer mehr der Wunsch nach einer eigenen Form von Sühne auf. Für ihre Offenheit wird die Patientin bestärkt.
Von akuter Suizidalität kann sie sich zum Ende der Stunde glaubhaft distanzieren. Dennoch besprechen wir das Notfallprozedere. Die Patientin verspricht dieses im Falle anzuwenden.

32. KAPITEL

BLUT IST DICKER ALS WASSER?

In der Nacht von Samstag auf Sonntag schrecke ich immer wieder hoch, greife nach dem Smartphone und aktualisiere den Browser. Mein Name steht bereits seit gestern Abend im Suchfeld, doch bislang ist keine neue Schlagzeile aufgetaucht.

»Sei vorsichtig, okay? Lass dich zu nichts überreden.« Pauls Stimme vom Abend schallt wie ein Echo durch mein Gehirn, doch ich versuche, gar nicht weiter darüber nachzudenken.

»Habe ich eine andere Wahl?« Ich habe ihn angesehen. Mit dem letzten bisschen Hoffnung, dass er mich aufhalten würde. Aufhalten könnte. Mir eine Alternative bot.

Doch das konnte er nicht. Und so erkläre ich um vier Uhr morgens die Nacht für beendet, setze mich an meine E-Mails und werde später ins Büro fahren, um nach dem Rechten zu sehen. Ich bin froh, dass mir sonntags zumindest niemand über den Weg läuft. Als ich Tizian gegen Vormittag per Mail nach den Verkäufen von V-Line frage, macht er mich – anstatt eine aussagekräftige Antwort zu geben – zur Schnecke, weil ich ihn gestern auf der Messe stehen gelassen habe, um mit Paul zu sprechen. Hahaha! Und das ausgerechnet aus seinem Mund. Erkläre mir mal einer diese Ironie.

Tizian
Du solltest dir überlegen, ob du dich nicht wirklich mit Alex triffst. Das könnte ein richtiger Push sein.

Dass »treffen« für Tizian nichts anderes als »reißt euch zusammen und zieht das Ding jetzt wieder gemeinsam durch« bedeutet, ist mir natürlich klar. Und ganz ehrlich? Der Gedanke daran, den Vorschlag tatsächlich anzunehmen, hinterlässt Unbehagen in mir. Alex hat mich öffentlich bloßgestellt. Wie würde es denn aussehen, wenn ich ihn damit davonkommen lasse?

Nicht nur Paul hält die Idee für absolut bescheuert, sondern scheinbar auch Fred, dem ich alles kurz erzählt habe. Wobei ich davon ausgehe, dass sie sich weniger um meinen verletzten Stolz sorgen als vielmehr um mich im Gesamtpaket. Als Marke Valerie Sophie.

Fred
Bitte sag mir, dass du dir das nicht ernsthaft überlegst.

Ich antworte nicht. Weniger, weil ich mich vor Fred erklären müsste, sondern vielmehr, weil ich für den Tag bereits genug Stress habe.

Mittlerweile ist es halb vier am Nachmittag, und in etwa einer Stunde habe ich die ehrenhafte Aufgabe, mit meiner Familie einen auf *happy reunion* zu machen. (Das alles konnte nur so weit kommen, weil aus meinem großen Bruder ein manipulatives und kriminelles Arschloch geworden ist, das mein Leben zerstören will.)

Paul
Kommst du runter?

Paul hat zuerst vorgeschlagen, mir ein Taxi zu rufen … für den Fall der Fälle, dass jemand mein Auto erkennt. Doch schließlich kam er auf die Idee, mich selbst zu fahren und in der Zwischenzeit bei seinem Vater vorbeizuschauen.

Mein Herzschlag ist ziemlich aus dem Takt geraten, und alleine der Weg zum Aufzug kommt mir wie ein Fünfkilometerlauf vor.

Paul drückt von innen die Beifahrertür auf. »Du siehst besser aus, als ich erwartet habe.« In seinen Mundwinkeln zuckt ein Lächeln.

»Danke für das überaus gelungene Kompliment«, sage ich mit einem Augenzwinkern.

»Hey, wenn du es hinter dich gebracht hast, wirst du das *besser* auch fühlen können.«

»Das bezweifle ich.«

Die Fahrt nach Düsseldorf dauert fast eine ganze Stunde, was vor allem daran liegt, dass Paul zweimal eine Abfahrt verpasst.

Durch diese seltsam vertraute Stadt zu fahren, sorgt in mir für eine erdrückende Schwere, die ich über die gesamte restliche Fahrt nicht mehr loswerde.

Es ist irritierend, wie weit weg und gleichzeitig nah mir die Gegend erscheint … die einzelnen Häuser, an denen ich mich auf dem Schulweg immer entlanggehangelt habe.

Nur noch das Haus der Mittmanns, der Röttgens, die Reihe mit den Mehrfamilienhäusern und gleich dahinter das Doppelhaus, in dem die Zwillinge Henrik und Louisa Schneider wohnen.

Zu Hause angekommen, war ich meist so außer Atem, dass ich mein Gesicht gleich unter das kühle Leitungswasser hielt und erschöpft den Schweiß von der Stirn wischte. Manchmal erleichtert, weil mir niemand etwas hinterhergerufen hat. Manchmal beschämt und wütend zugleich, weil mir auf die zahlreichen Beleidigungen nichts Schlagfertiges eingefallen ist.

Wir erreichen das Haus der Schneiders, das sich in den letzten Jahren kaum verändert hat. Noch immer hängt im obersten Fenster ein erstaunlich gut erhaltenes Window Color, das damals einer der Zwillinge an das Glas geklatscht hat.

»Wann bist du das letzte Mal bei deinen Eltern gewesen?« Ich spüre Pauls Blick von der Seite. Meine Anspannung muss auf ihn abgefärbt haben. Sein Griff liegt fest ums Lenkrad.

»Einmal vor einem Dreivierteljahr. Davor länger nicht«, antworte ich, ohne die Miene zu verziehen.

»Habt ihr euch danach noch mal gesehen?«

»Zählen Fotos?« Ich schnaufe. »Ansonsten stand nur Theo plötzlich vor meiner Tür. Mit meinen Eltern gibt es wenig Kontakt, und das ist gut so.«

»Also könnte dein Bruder tatsächlich das Video in der Stadt hochgeladen haben?«

Ich zucke mit den Schultern. »Hast du nicht selbst gesagt, dass alles möglich ist?«

Paul setzt den Blinker und biegt bei der nächsten Kreuzung ab. Wir halten etwa dreißig Meter vom Eingang des Brauhauses entfernt. Von hier aus ist es weder weit zu meiner ehemaligen Grundschule noch zu meinem Elternhaus.

»Du kannst mich hier rauslassen.« Ich löse den Gurt und versichere mich ein letztes Mal, dass der Briefumschlag mit dem Geld in meiner Tasche steckt.

»Bist du dir sicher?«

»Denkst du, dass ich es mir auf den letzten Metern anders überlege?« Ich zwinge mich zu einem Lächeln. »Obwohl ich es zu gerne tun würde.« Allein schon, um Theo mit dieser Aktion nicht durchkommen zu lassen.

Mit einem Ruck stoße ich die Autotür auf, halte dann aber inne: »Noch sechs Minuten. Muss ich eine der Ersten sein?«

Paul schaltet den Motor aus und sieht mich mit einer Mischung aus Mitgefühl und Belustigung an. »Mach die Tür wieder zu. Ein paar Minuten können wir hier stehen bleiben. Jedenfalls solange niemand in die Einfahrt will.«

Ich lehne mich in den Autositz zurück und schließe die Augen. Als könnte ich so für einige Sekunden vergessen, wo ich bin, und vor allem, was um mich herum geschieht.

Als ich die Augen wieder aufschlage, merke ich, dass Paul mich beobachtet. »Du siehst fast handzahm aus, wie du so ruhig dasitzt.«

»Was soll das denn heißen?«, frage ich und streiche mir eine Strähne aus dem Gesicht. »Dass ich sonst wie eine Gifthexe wirke?«

»Jetzt wo du es sagst.« Paul grinst. »Aber so habe ich das nicht gemeint. Du bist nur immer sehr hart mit dir.«

Meine Wangen glühen plötzlich. »Das mag sein, aber sonst wäre ich heute beruflich nicht da, wo ich bin.«

»Wäre das so schlimm?« Er kratzt sich am Kopf. »Versteh mich nicht falsch, du kannst stolz auf alles sein, was du erreicht hast. Aber du zahlst einen ganz schön hohen Preis, oder?«

»Er ist es wert. Wenn Valerie Sophie nicht weiter den Bach runtergehen soll, brauche ich ein großes Comeback. Koste es, was es wolle.« Unweigerlich muss ich an das Aufeinandertreffen mit Alex denken. An die Idee, von vorn anzufangen. Was wäre dann mit Paul und mir? Gibt es so etwas wie ein *Uns* überhaupt?

»Das ist also wirklich dein Plan, um aus der Sache herauszukommen?« Es ist, als könne Paul meine Gedanken lesen.

Ich komme nicht dazu, etwas zu erwidern, weil ich im Augenwinkel ein parkendes Auto wahrnehme und blitzschnell den Kopf einziehe. »Fuck.«

»Was?«

»Da sind Reporter«, raune ich. »Wir müssen hier weg.«

»Bitte?«

Paul scheint die Lage nicht so schnell zu begreifen. »Fahr einfach!« Noch immer hänge ich in gebückter Haltung unter dem Armaturenbrett. »Jetzt!«

Endlich reagiert Paul und schaltet den Motor an. Erst als wir die Straße verlassen haben, wage ich es, wieder aufzutauchen. »Das war knapp.«

»Bist du sicher, dass das nicht einfach ein Gast gewesen ist? Fotos sind auf Geburtstagen doch ganz normal.«

Ich schüttele den Kopf. »Das war sie. Die Pressetante. Das ist kein Zufall. Das kann kein Zufall sein.« Meine Stimme zittert.

»Du sprichst von dieser rothaarigen Frau, die wir auf der Messe gesehen haben?«

Ich nicke heftig. »Sie hat von Informationen gesprochen. Theo muss sie angerufen haben.«

»Das kann nicht sein.« Paul löst die Hände vom Lenkrad und verschränkt sie im Nacken. »Warum sollte er das tun? Du hast alles getan, was er wollte.«

»Woher soll ich das wissen?« Ich verschränke die Arme vor der Brust und versuche, meine Atmung unter Kontrolle zu bekommen. »Vielleicht war es ihm doch nicht genug Geld.«

»Verstehe. Und wo steckt er nun?«

»Finden wir es heraus.« Hektisch suche ich meine Tasche nach meinem Handy ab und klicke auf seinen Kontakt. Mein Herz rast, als das Piepen ertönt.

»Schwesterherz!« Er klingt ausgelassen. Im Hintergrund sind Stimmen zu hören.

»Du hattest mir geschworen, dass du aufhörst«, fahre ich ihn an.

»Wovon zum Teufel sprichst du?«

»Ich habe die Presse gesehen. Auf der Straße. Du hättest dir was Besseres einfallen lassen müssen, um mich zu verarschen.« Meine Stimme bricht. Bis jetzt konnte ich Theos Handeln noch irgendwie vor mir selbst mit den Drogen rechtfertigen. Ich habe damals mitbekommen, wie der Scheiß aus ihm einen anderen Menschen gemacht hat.

»Ich habe keine Ahnung, wovon du sprichst, aber wenn du mich weiter so anschreist, lege ich auf.« Theo klingt genervt.

Genervt? Er klingt genervt?

»Das war das Dümmste, was du tun konntest. Denkst du echt, jetzt kriegst du noch irgendwas von der Kohle? Oder haben die Klatschblätter dir mehr gezahlt?« Meine Worte überschlagen sich beinahe.

»Was für Klatschblätter? Und wo verdammt noch mal bleibst du?« Ich höre ein Klirren am anderen Ende der Leitung.

»Hier sind Paparazzi aufgetaucht. Ich habe sie mit eigenen Augen gesehen.«

»Und du denkst, ich hätte sie informiert?«

Die Hilflosigkeit lässt Tränen in mir hochsteigen. »Lüg mich nicht an!« Plötzlich überkommen mich so viele Gefühle auf einmal. Wut schießt durch meine Adern, und ich kann nicht glauben, dass Theo noch immer dieses Spiel mit mir spielt.

»Wo zur Hölle bist du?« Entweder mein Bruder schreit in den Hörer, oder aber in meinem Kopf klingt alles viel lauter. Dröhnender. Schmerzhafter.

Ich möchte antworten. Ihm sagen, dass es ihn nichts angeht. Dass ich ihm nicht noch einmal hätte trauen dürfen. Dass ich hasse, dass er mir mit sich das letzte und irgendwie auch einzige Stück Familie genommen hat, das mir je etwas bedeutet hat. Doch meine Kehle ist wie zugeschnürt. Panisch greife ich mir mit den Händen an den Hals, als könne ich mich auf diese Weise zum Atmen zwingen. Stattdessen mache ich es so noch schlimmer. Ich schnappe immer wieder hektisch nach Luft. So schnell, dass sich ein Gefühl von Schwindel wie ein grauer Schleier über mich legt.

»Valerie!« Paul rüttelt an meiner Schulter. »Valerie? Ganz ruhig. Alles ist gut.«

Nein. Nein. Nein. Nichts ist gut. Es ist so eng hier. Ich reiße die Autotür auf, lasse mich direkt auf den Bordstein fallen und spüre die Winterluft kalt auf meiner Haut. Und doch ist es, als würde ich durch eine schwere Decke atmen.

Ich muss das Handy fallen gelassen haben. Jedenfalls höre ich Theos Stimme nicht mehr, und die laute Geräuschkulisse aus dem Brauhaus ist auch verstummt.

Dafür ist da Paul. Er redet ganz langsam und ruhig. Zuerst glaube ich, dass er auf mich einspricht, doch ich bin immer noch unfähig zu antworten. Mein Herz rast so schnell, dass ich fürchte, es könne mir jeden Augenblick aus der Brust springen oder gar explodieren. Gleichzeitig kämpft mein Magen gegen unfassbare Übelkeit an. Als Theos Stimme wieder da ist, klingt sie näher. Ich brauche ein paar Sekunden, bis ich kapiere, dass er nicht mehr am Telefon ist, sondern direkt vor mir steht. Nur im Pullover, ohne Jacke.

Er packt mich am Arm und will mich zurück auf den Sitz hieven, doch mein Körper ist so steif, dass ich mich nicht bewegen lasse. Nur gemeinsam mit Paul gelingt es ihm, mich wieder zurück auf den Beifahrersitz zu setzen. Dort falle ich wie ein nasser Sack in mich zusammen.

Paul greift nach meiner Hand. »Dir passiert nichts. Das ist eine Panikattacke. Du bist in Sicherheit.«

Doch danach fühlt es sich nicht an. Ganz und gar nicht.

Ich frage mich, warum niemand auf die Idee kommt, einen Rettungswagen zu rufen. Verdammte Scheiße!

Ich drücke Pauls Hand fester, gebe mir Mühe, gleichmäßiger zu atmen und vor allem an etwas zu denken, was in den letzten Wochen nicht zu einer Katastrophe mutiert ist.

Paul. Ich konzentriere mich auf seinen Geruch. Sein herbes Männerparfüm. Ich halte mich krampfhaft an der Tatsache fest, dass er hier ist, direkt neben mir. Mich nicht im Stich lässt. Weil er versprochen hat, für mich da zu sein.

Ich versuche, an unseren Kuss zu denken. Daran, wie er mich berührt hat. Wie es sich angefühlt hat, ihn in mir zu spüren. Zum ersten Mal verbiete ich mir nicht jeden einzelnen Gedanken an den einen Moment der letzten Zeit, in dem ich mich sorglos und frei gefühlt habe. Ganz im Gegenteil: Ich lasse zu, dass mich ein klitzekleines bisschen Wärme durchflutet. Hoffnung. Und die Zuversicht, nicht allein zu sein.

»Theo«, flüstere ich, ohne Pauls Hand loszulassen.

Mein Bruder sagt nichts, macht aber einen Schritt aufs Auto zu.

»Setz dich hinten rein«, schlägt Paul vor. »Dann ist es nicht so kalt.«

Meine Brust hebt und senkt sich mittlerweile in einem gleichmäßigen Tempo, dennoch kann ich noch immer nicht glauben, was hier gerade vor sich geht.

»Geht's dir besser?« Pauls Daumen streicht sanft über meine Haut. Erst jetzt merke ich, dass ich total verschwitzt bin.

Mit einem lauten Rums fällt die hintere Autotür zu. »Jetzt noch mal langsam. Was ist eigentlich los?« Theo klingt ruhig, als er sich an Paul wendet.

In wenigen Sätzen erklärt der ihm, was sich in den letzten Wochen zugetragen hat. Er beginnt dabei ganz von vorne bei dem Brief, der Mail, dem Paket und erzählt von dem gefakten Video und dem falschen Upload auf YouTube.

»Und jetzt dachtest du, ich hätte Journalisten Bescheid gesagt?«, fragt Theo ungläubig.

Schulterzuckend betrachte ich meinen Bruder im Rückspiegel. »Was hättest du denn an meiner Stelle gedacht?«

Theo schluckt. »Alter, so etwas würde ich niemals tun. Und was zum Henker wollte dieser Perversling von dir?«

Paul antwortet an meiner Stelle. Ob es für ihn seltsam ist, Theo nach all den Jahren wiederzusehen? Unter diesen Umständen?

»Das ist ja abartig. In den Medien stand zwar etwas von dieser Stalking-Sache, aber ich dachte, du hättest dich selbst in so einen Scheiß hineinmanövriert.«

»Das sagt der Richtige«, stoße ich hervor, beiße mir aber dann auf die Lippe. Es ist nicht der richtige Zeitpunkt, um über dieses Thema zu sprechen. »Du hast letztes Mal so geklungen, als würdest du mir drohen.«

Theo hebt abwehrend die Hände. »Ehrlich jetzt? Du hast doch gemerkt, wie wütend ich geworden bin.«

»Du hast also weder mit der Presse noch mit den anderen Dingen etwas zu tun?«

»Bist du bescheuert? Ich wollte einfach nur, dass du zu dem beschissenen Geburtstag kommst.«

»Warum ist dir das so wichtig?«

Theo verdreht die Augen. »Spielt das eine Rolle?«

»Dein ganzes Auftreten hat dich verdächtig wirken lassen«, erkläre ich.

Mein Bruder seufzt, wirft zuerst einen Blick zu Paul, dann sieht er auch mich an. »Sie wollten aufhören mit der Trinkerei. Schon vor Monaten. Ich hatte gehofft, dass es ihnen hilft, wenn du wieder in ihrem Leben bist.«

Ich bin überrascht über seine Antwort. »Du weißt doch am besten, dass das nicht so einfach ist.«

Mein Bruder schüttelt den Kopf. »Ob du es glaubst oder nicht, ich war auf einem guten Weg.« Er hält inne, blickt für einen Moment aus dem Fenster. »Aber diesen ganzen Bullshit kannst du nicht aushalten, wenn du nicht …« Er senkt die Stimme. »Nachhilfst. Du hast keine Ahnung, wie sehr mich das auch mitnimmt. Du bist ja abgehauen.«

»Willst du mir einen Vorwurf daraus machen, dass ich ein neues Leben begonnen habe?«, frage ich empört. »Du hättest es auch tun können. Weggehen. Studieren. Dein Leben in den Griff bekommen.«

»Dass unsere Startvoraussetzungen nicht ganz gleich waren, ist dir schon klar, oder?« Theo lacht bitter auf, und ich brauche einen Augenblick, um zu kapieren, worauf er anspielt. Meine Augenlider beginnen nervös zu zucken, und ich wünschte, ich könnte ihn zum Schweigen bringen. Doch das ist gar nicht notwendig, denn offenbar reicht Theo meine Reaktion vorerst als Schuldeingeständnis.

»Wie dem auch sei, ich muss zurück zur Feier. Wenn ihr nicht mitkommen wollt …«

Ich schlucke. »Nimm es nicht persönlich, aber ich denke, es ist für uns alle das Beste, wenn ich das Geld überweise. Einigen wir uns auf zehntausend, und du lässt nichts mehr von dir hören. Verstanden?«

Theo nickt knapp und steigt aus dem Wagen. Er wirkt enttäuscht.

Ich habe keine Ahnung, ob es die richtige Entscheidung ist, meinen Eltern erneut Geld zu geben. Doch Fakt ist, dass ich meinen Bruder nicht einfach so sitzen lassen kann. Das werde ich nie können. Weil er mein Bruder ist. Weil ich nur so lange wütend sein kann, wie ich es schaffe zu verdrängen, welche Umstände ihn geprägt haben und was er damals getan hat, um für mich zu sorgen.

»Was meinst du? Ist wirklich jeder seines Glückes Schmied?«, murmele ich und sehe zu, wie Theo in der Ferne immer kleiner wird, bevor er in der Nebenstraße verschwindet.

Paul seufzt schwer. »Das habe ich mich schon oft gefragt.«

»Und noch immer keine Antwort?«

»Doch.« Er startet den Motor. »Nur jedes Mal eine andere.«

33. KAPITEL

STILLE WASSER SIND TIEF

Menschen, die den Verstand verlieren, merken es in der Regel selbst nicht.

»Stimmt so.« Mit einem vorsichtigen Lächeln stopfe ich das Wollbändchen in meine Manteltasche und entferne mich mit gleichmäßigen Schritten von dem Obdachlosen, der nichts ahnend darüber, dass er eben das Geschäft seines Lebens gemacht hat, weiter seine Bänder häkelt. Wie dieser wohl schauen wird, wenn er bemerkt, dass es sich bei der goldenen Kette um keinen einfachen Modeschmuck handelt?

Noch nie habe ich mich bei der Vorstellung, den Gegenwert von zweitausend Euro auf der Straße verschenkt zu haben, so erleichtert gefühlt.

Wie man es dreht und wendet … Es ist besser, wenn ich diese Kette nicht mehr bei mir trage. Nur so kann ich verhindern, ständig an das kleine Missverständnis erinnert zu werden. Das Missverständnis, das ich Paul gegenüber noch immer nicht aufgeklärt habe. Am meisten über den kleinen Spaziergang freut sich allerdings Bella.

Richtung Rhein sind immer besonders viele Hundebesitzer unterwegs. Wahrscheinlich, weil wir die Einzigen sind, die bei der Kälte genötigt sind rauszugehen.

In weniger als einem Monat ist Weihnachten. Normalerweise stecke ich zu dieser Zeit bereits knietief in der Arbeit. Die letzten Jahre haben Alex und ich uns einiges für die Adventszeit überlegt. Tägliche Vlogs, in denen wir Geschenke gekauft, unsere gemeinsame Wohnung dekoriert oder Kekse gebacken haben. Fast hätte ich den riesigen Adventskalender vergessen, den Alex mir mehrere Jahre nacheinander befüllt hat. Wie die anderen Mädels mich auf Instagram beneidet haben … In den Kommentaren tummelte sich alles von »Couple Goals« bis »für so einen Freund würde ich töten«. Wir haben Gewinnspiele veranstaltet, Follower zu Hause besucht und uns teilweise mental so verausgabt, dass ich die Weihnachtsfeiertage über hauptsächlich schlafen wollte.

Es war eine Heidenarbeit, doch hat es sich am Ende des Monats tatsächlich gelohnt, denn in der Weihnachtszeit lässt sich mit Kooperationen noch mehr Geld verdienen als in allen anderen Monaten. Normalerweise. Dieses Jahr kann ich froh sein, wenn sie mich in den sozialen Medien nicht allzu sehr zerfetzen.

Natürlich kommt mir ausgerechnet jetzt Alex in den Sinn. Und dass ich immer noch nicht entschieden habe, ob ich mich bei ihm melden soll. Allein bei dem Gedanken daran spüre ich Unbehagen in mir aufsteigen, und ich muss an Paul denken. Zeit mit ihm zu verbringen, fühlt sich so anders an. Viel ehrlicher und vielleicht sogar tiefer, als die Beziehung mit Alex jemals gewesen ist. Andererseits habe ich Paul auch durch ganz andere Umstände kennengelernt. Sonst wären unsere zwei Welten vermutlich nie mehr aufeinandergeprallt.

Als ich mit Bella wieder unsere Straße erreiche, spüre ich meine Finger kaum noch, dummerweise habe ich meine Handschuhe oben liegen lassen, und ich kann es kaum abwarten, mich wieder in meinem warmen Apartment zu verschanzen. Vor der Eingangstür brauche ich kurz, um meinen Schlüssel in der Tasche zu finden. Bella wird in der Zeit auf einen Jungen hinter mir aufmerksam und beginnt, an seinen Schuhen zu schnuppern.

Ich schätze ihn auf höchstens dreizehn Jahre. Er hat blondes lockiges Haar und zieht einen großen Wagen mit Zeitungen hinter sich her. Als er erschöpft vor unserer Haustür stehen bleibt und sich umsieht, fühle ich mich in unsere Jugend zurückgesetzt, in der Theo und ich eine Zeit lang genau das Gleiche gemacht haben. Jeden Mittwoch und Samstag.

Ich lächele freundlich, möchte Bella in den Hausgang ziehen, da verfängt sich mein Blick für einen Moment in den Augen des Jungen. Mir fällt auf, dass er unglaublich traurig aussieht.

Bella, diese gute Seele … Eigentlich möchte ich nichts lieber, als einfach kommentarlos reinzugehen, aber ich kann den Jungen nicht einfach so stehen lassen.

»Alles okay?« Ich ziehe Bella näher an mich heran. Sie weiß genau, dass ich es nicht mag, wenn sie Fremden zu nahe kommt.

Der Junge blickt auf, beißt sich auf die Lippen und zuckt dann mit den Schultern. Plötzlich bin ich mir ziemlich sicher, Angst in seinem Gesicht lesen zu können. Oder ist das einfach nur Schüchternheit?

»Kann ich dir helfen?«

Ich werde stutzig, als er noch immer nicht reagiert. »Ist etwas passiert?« Ein ungutes Gefühl macht sich in mir breit. »Brauchst du Hilfe? Bist du allein unterwegs? Willst du das hier abgeben? Wenn du magst, nehme ich sie einfach mit rein.«

Ich strecke meine Hand aus und greife nach dem Stapel Zeitungen, den er zögerlich loslässt.

Überrascht stelle ich fest, dass auf dem obersten Blatt ein Zettel mit dem Hinweis *Mama* liegt. Ich sehe den Jungen fragend an und entlocke ihm zum ersten Mal den Hauch einer Reaktion: ein Nicken. Zaghaft. Fast glaube ich, es mir nur eingebildet zu haben. Doch als ich die Nummer auf dem kleinen Zettel sehe, kommt mir eine Idee.

»Wollen wir sie mal anrufen?«

»Okay.« Immerhin diesmal eine Antwort. Sogar etwas deutlicher. Er scheint mich also zu verstehen.

Ich tippe die Nummer ein und gebe dem Jungen mein Handy. Ein Piepen. Noch eines. Ungeduldig sehe ich zu Bella, die brav vor der Tür sitzt und wartet. »Geht wohl keiner dran«, murmele ich und will mir gerade eine Alternative überlegen, da zeichnet sich eine Art Erleichterung auf dem Gesicht des Jungen ab. Er gibt mir das Handy zurück, greift nach seinem Wagen und geht schnurstracks an mir vorbei. »Hey? Wo willst du denn hin?« Verdattert bleibe ich stehen und sehe ihm nach.

34. KAPITEL

DA SCHEIDEN SICH DIE GEISTER

Ich werde auf dem Küchenboden wach. Nass geschwitzt. Mit einer absurden Erinnerung an meine Kindheit. Damals bin ich eine Zeit lang nachts geschlafwandelt. Einmal wurde ich im Zimmer meines Bruders wach und wusste nicht, wie ich dorthin gekommen bin. Er schreckte aus dem Schlaf hoch und hielt mich für einen Einbrecher. Ich wurde erst durch seinen lauten Schrei wach.

Dieses Erlebnis ist bestimmt achtzehn Jahre her, und ich könnte mich nicht einmal daran erinnern, wenn Theo diese Geschichte nicht eine Million Mal erzählt hätte. Doch heute ist es, als wären meine Sinne besonders geschärft. Als wüsste ein Teil von mir sofort, dass es wieder passiert ist. Diese Nacht. Mit dem Unterschied, dass ich nicht sagen kann, was mich geweckt hat. Bin ich gestürzt?

Ich fasse mir an den Kopf, suche nach einer Verletzung. Doch ich scheine selbst im Schlaf vorsichtig gewesen zu sein, denn abgesehen von meinem rasenden Herzen spüre ich keinerlei Auffälligkeiten.

Bella streunert um meine Füße, sieht mich mit ihren großen Augen an und beginnt, mit dem Schwanz zu wedeln. Es ist ihre Art zu sagen, dass alles in Ordnung ist. Fast alles. Denn unter normalen Umständen befände ich mich gerade in meinem Bett und nicht auf den kalten Küchenfliesen.

Ganz langsam setze ich mich auf, versuche, aus dieser Position einen Blick auf die Uhr am Ofen zu werfen. Keine Chance. Aus diesem Winkel kann ich die Leuchtschrift nicht lesen.

Ich robbe ein Stück näher heran. 2:58 Uhr.

»Bella?«, flüstere ich, als gäbe es jemanden, auf den ich Rücksicht nehmen muss. »Was ist nur passiert?« Ich kann mich daran erinnern, abends auf dem Sofa eingeschlafen zu sein. Das bedeutet, dass ich zumindest im Schlaf keine Treppe runtergestiegen bin. Ich zucke zusammen, als ein Klingeln ertönt. Im ersten Moment kommt es mir unverhältnismäßig laut vor, doch schnell erkenne ich, dass es mein Handy ist.

Mitten in der Nacht?

Ich ziehe mich an der Küchentheke hoch und gehe auf wackeligen Beinen in Richtung Wohnzimmer. Irgendwo hier müsste mein Smartphone eigentlich liegen. Tatsächlich entdecke ich es zwischen zwei Kissen auf dem Sofa.

3:00 Uhr. Eine unterdrückte Nummer. Mein Puls rast, und plötzlich ist mir so kalt, als stünde ich nackt im Schnee.

Ich kann mich im letzten Moment davon abhalten, den Anruf wegzudrücken. Meinte Paul nicht neulich, dass die Polizei mit »Unbekannt« anruft?

Gibt es neue Erkenntnisse in der Ermittlungsarbeit? Mitten in der Nacht? Vielleicht bin ich ja in Gefahr.

Ich presse das Telefon dicht an mein Ohr. »Hallo?« Meine Stimme klingt kratzig. Ein schwaches Atmen … mehr ist nicht zu hören.

»Hallo? Wer ist da?« Keine Reaktion. »Wer ist da?« Ich zittere. Nicht nur an den Händen, sondern auch meine Stimme ist brüchig geworden. »Ich lege jetzt auf.«

Wie paralysiert starre ich auf das Display meines Smartphones. Das muss *er* gewesen sein. Ein erneutes Klingeln. Ich bleibe regungslos. *Er* ruft schon wieder an.

Beim vierten Läuten nehme ich das Gespräch an. Ich muss wissen, was dieser Kerl von mir will.

Auch diesmal tut sich auf der anderen Seite der Leitung nichts. Nur ein leises Rascheln. Da ist jemand. Ich bin ganz sicher, dass *er* es ist.

Ich drücke das Gespräch weg, lasse das Telefon auf den Teppich sinken und lehne meinen Kopf gegen das Sofa. Das Pochen hinter meiner Stirn ist so stark, dass ich schmerzerfüllt das Gesicht verziehe.

Tränen der Verzweiflung schießen mir in die Augen. Das hier ist ein Albtraum. Ein einziger Albtraum, aus dem es kein Erwachen gibt. Ich bin machtlos und diesem *Jemand* vollkommen ausgeliefert. Und wie kommt er überhaupt an meine Nummer?

Es ist, als müsse ich zusehen, wie sich die Schlaufe um meinen Hals immer enger zieht, die Gefahr sich immer näher in mein Leben schleicht.

Bei dem Gedanken daran schnappe ich panisch nach Luft. Die Dunkelheit wirkt auf einmal wie eine unmittelbare Bedrohung. Das schwache Mondlicht, das durch die Glasfront fällt, zeichnet auf dem Parkett einen beängstigenden Schatten. Was kommt als Nächstes?

Ich brauche Hilfe. Jetzt.

Valerie übertreibt.

Valerie ist mal wieder die Dramaqueen.

Valerie braucht eben besonders viel Aufmerksamkeit.

Mein Kopf dröhnt, doch ich lasse mich nicht beirren, taste erneut nach meinem Telefon.

Pauls Nummer habe ich mittlerweile auf Kurzwahl gesetzt. Nur für den Fall der Fälle. Einen Fall wie jetzt. Ich lasse mich an der Couch entlang auf den Teppich sinken. Hier kann mich von Fenster und Tür aus zumindest niemand sehen.

Als diesmal ein Rascheln am anderen Ende der Leitung ertönt, kommen mir schon wieder die Tränen. Diesmal allerdings vor Erleichterung.

»Paul?«

»Valerie?« Ein Gähnen. Er klingt verschlafen. Natürlich. Ich habe ihn aufgeweckt.

»Ich habe Angst.« Mehr als ein Flüstern bringe ich nicht zustande. Es mag albern klingen, doch es fühlt sich ein bisschen so an, als würde das alles hier realer werden, wenn ich es laut ausspreche.

»Was ist denn passiert?«

»Jemand ruft bei mir die ganze Zeit an.«

Paul räuspert sich. »Jetzt? Es ist mitten in der Nacht.«

Ich nicke heftig, bis mir auffällt, dass er mich natürlich gar nicht sehen kann. »Gerade eben wieder. Paul, ich weiß nicht, was ich tun soll.«

Ich kneife die Augen fest zu, greife mit der freien Hand in den Teppichboden, als könne ich mich auf diese Weise an etwas festhalten. Nur woran? An einer Sicherheit, die es nicht gibt?

»Was hat die Person gesagt? Wurde dir gedroht?« Er klingt auf einmal deutlich wacher.

»Da war nichts. Gar nichts. Nur ein Atmen, glaube ich.«

Fast wünsche ich mir, der anonyme Anrufer hätte etwas gesagt oder gefordert. Etwas, dem ich nachgehen kann, um dem Ganzen endlich ein Ende zu bereiten.

»Okay. Und du bist dir sicher, dass es kein Irrtum war? Jemand, der sich verwählt hat oder aus Versehen auf die Anruftaste gekommen ist?«

»Es war mehrfach, Paul. Mindestens zweimal. Ich glaube, ich bin von dem Klingeln wach geworden«, flüstere ich. »Kannst du vorbeikommen? Bitte!«

Ich höre einen Lattenrost knacken. Abwartend halte ich die Luft an.

»Gib mir ein paar Minuten. Ich beeile mich. Hast du die Wohnungstür abgeschlossen?«

»Über Nacht immer«, antworte ich. »Schreibst du mir, wenn du da bist?«

»Mache ich.«

Ich will ihn bitten, dranzubleiben, doch ehe ich den Gedanken formulieren kann, hat Paul aufgelegt.

Er wird sich beeilen. Ganz sicher wird er das.

Minute für Minute starre ich auf die Zeitangabe meines Telefons, frage mich, wie lange Paul wohl braucht.

Fünf Minuten, bis er losfährt. Mindestens zehn Minuten bis hierher. Noch einmal fünf, bis er tatsächlich vor meiner Wohnungstür steht. Zwanzig lange Minuten.

Sie vergehen, während ich noch immer wie erstarrt neben dem Sofa hocke.

Er weiß nicht nur, wo ich wohne.

Er kennt offenbar auch meine Nummer.

Meinen Körper bzw. das, was man in diesem Video dafür gehalten hat.

Meine Vergangenheit. *Dein kleines Geheimnis.*

Er will, dass ich Angst habe. Das spüre ich. Ein grauer Schleier legt sich in mein Sichtfeld. Meine Atmung ist viel zu schnell. Mein Kreislauf komplett am Arsch. Mein Pyjama klebt durch den Schweiß an meiner Haut.

Noch sieben Minuten. Mindestens.

Ich atme. Warte. Atme. Warte.

Noch vier.

Ich lausche, ob es schon irgendwelche Geräusche im Flur gibt.

Noch zwei.

Wollte Paul mir nicht schreiben?

Noch eine. Heißt das, er ist noch unterwegs?

Zwanzig Minuten sind um. Ich spüre Bellas nasse Schnauze auf meiner Wange. Sie fiept leise, will meine Aufmerksamkeit.

»Pssscht«, mache ich. Genau in der Sekunde bleibt mein Herz stehen. Nein. Es ist nur der Schreck. Eine Nachricht. Paul.

Paul
Bin da.

Ich stoße mich vom Boden ab und drücke die Fingernägel so fest in meine Handinnenfläche, dass es schmerzt. Immerhin weiß ich so, dass ich noch da bin. Mich von der Panik nicht habe verschlucken lassen.

»Ich bin's«, ruft es von draußen. Selten in meinem Leben haben sich Worte so erleichternd angefühlt. Ich reiße die Tür auf und falle Paul in die Arme. Er wirkt erst einmal verblüfft. »Es ist alles gut. Ich bin jetzt hier, okay? Du bist in Sicherheit.«

Ich bin in Sicherheit. Gierig atme ich sein Versprechen ein, sauge es tief in mich auf. Meine Finger krallen sich immer noch in seinen Arm, als gäbe es nur diese Möglichkeit, um *bleib* zu sagen. Bleib bei mir und geh nicht. Nie mehr.

»Ich kann nicht mehr. Ich kann einfach nicht mehr.« Die Worte schießen aus meinem Mund, lassen sich nicht mehr bremsen. Weinen. Atmen. Schreien. Betteln. Fürchten.

»Wo ist dein Handy?« Paul drückt mir einen sanften Kuss auf den Handrücken und sieht mich ernst an.

»Es liegt auf dem Sofa.«

Regungslos beobachte ich, wie Paul in wenigen Schritten die Couchgarnitur erreicht, den Blick über den Stoff schweifen lässt und dann nach meinem Smartphone greift.

Niemand von uns sagt etwas. Ich lasse ihn einfach machen.

Die Sekunden kommen mir wie eine Ewigkeit vor, bis Paul irritiert aufsieht, den Kopf schüttelt und »Valerie, hier sind keine Anrufe« sagt.

SITZUNG AM 28.06.2011

Die Patientin wird von ihrem etwa 17-jährigen Bruder zum Termin gebracht. Die beiden wirken in der Interaktion distanziert, ihr Umgang wirkt angespannt. Die Patientin meidet Blickkontakt, verabschiedet sich wortkarg von ihm.
Auf Nachfrage erklärt sie, die Zeit nach dem Vorfall sei für die Geschwister herausfordernd gewesen. Sie mache sich Sorgen um ihn und die Konsequenzen, die auf ihn zukommen. Ausführlicher möchte sie darauf nicht eingehen.
Als es um ein mögliches Elterngespräch geht, beginnt die Patientin zu schluchzen. Unter Tränen erklärt sie, das Vorgehen für keine gute Idee zu halten. Zum einen wolle sie die Eltern nicht zusätzlich belasten, zum anderen glaube sie nicht, dass ihre Familie zu einem Gespräch bereit sei.
Die Patientin wirkt während der gesamten Sitzung unruhig. Sie zappelt mit den Beinen, kaut auf den Fingernägeln und wirft immer wieder Blicke zur Uhr. Als wir über ihre Albträume und Ängste, vor allem während der Nachtstunden, sprechen, blockt die Patientin vollends ab. Ihr Bruder habe ihr geraten, sich niemandem anzuvertrauen. Ansonsten könne man sie »für verrückt halten und einsperren«.

35. KAPITEL

VON NICHTS KOMMT NICHTS

»Das kann nicht sein«, höre ich mich sagen. Ganz weit weg. Als stünde ich in einem anderen Raum. Auf einer anderen Zeitlinie. In einer anderen Welt. Nicht hier. Ich klinge nicht einmal wie ich selbst. »Das kann wirklich nicht sein!«

Valerie ist eine Dramaqueen.

Valerie muss mal wieder eine Show machen.

»Ich habe überall nachgesehen. Die Anrufliste sagt, dass du gestern zuletzt telefoniert hast. Mit …« Er scrollt über den Bildschirm. »Fred. Das ist dein Fotograf, oder?«

Ich nicke. »Wir mussten kurz etwas klären.« Keine Ahnung, warum ich mich plötzlich rechtfertigen will.

»Kann es sein, dass du schlecht geträumt hast? So was passiert manchmal. Vielleicht haben sich Realität und Traum vermischt.«

»Ich bin in der Küche wach geworden. Vorhin.«

»In der Küche?«

Mist. Vielleicht hätte ich das nicht sagen sollen. Die Tatsache, dass ich zuvor noch geschlafwandelt bin, macht meine Version der Geschichte, die Wahrheit, nicht unbedingt glaubhafter. »Ich war definitiv wach. Das weiß ich. Die Anrufe müssen kurz nach drei gekommen sein. Ich habe zwei davon angenommen, doch sie dauerten nur wenige Sekunden.« Meine Stimme überschlägt sich beinahe. »Da war dieses Atmen. Sonst nur Stille am anderen Ende der Leitung. Jemand wollte mir bewusst Angst machen.« Und es ist ihm gelungen. »Kann es sein, dass Gespräche erst ab einer gewissen Dauer aufgelistet werden?«

Paul schüttelt den Kopf. »Nein, und hier steht nichts. Sieh es dir an.« Sein hilfloser Gesichtsausdruck schmerzt. Ist da auch so etwas wie Bedauern? »Es tut mir leid.«

»Was?«, will ich fragen. Was tut dir leid? Dass die Angst mein Gehirn immer mehr fickt? Ich hätte es nicht für möglich gehalten, nein, aber auf einmal bin ich sicher, dass es mir noch schlechter geht als eben.

»Dann wurde ich gehackt. Oder das ist eine unsichtbare Nummer. So etwas gibt es doch bestimmt. Heutzutage gibt es alles.«

»Anonym ja, aber auch das würde hier stehen.« Paul seufzt, wendet verlegen den Blick von mir ab und scheint zu überlegen.

»Du glaubst mir nicht«, entfährt es mir. »Nach alldem glaubst du mir einfach nicht mehr.«

»Hör zu, Val!« Paul spricht ganz ruhig. »Ich bin gekommen, weil ich dich ernst nehme. Sehr sogar.« Er flucht leise. »Denkst du wirklich, ich wäre sonst mitten in der Nacht hier?«

Ich weiß es nicht. Ich weiß überhaupt nichts mehr.

»Okay, ich habe einen Vorschlag. Du kommst die Nacht mit zu mir und erholst dich erst einmal von dem Schrecken. Morgen sprechen wir in Ruhe über alles.«

Valerie Sophie würde ihm sofort widersprechen. Keine weitere Hilfe beanspruchen. Sich gekränkt fühlen. Doch aus mir ist ein kleines wimmerndes Wesen geworden, das nicht einmal mehr fähig ist, klar zu denken.

Paul wartet an der Treppe, während ich oben im Schlafzimmer einige Sachen zusammenpacke und eine Jogginghose über den dünnen Pyjama ziehe.

»Es wird alles gut, das verspreche ich dir!«

Ich frage ihn nicht, wie er das so genau wissen kann, lasse zu, dass Paul zuerst meine Hand nimmt und mich im Auto sogar anschnallt.

Bella sitzt während der gesamten Fahrt auf meinem Schoß

und versucht, meine verschwitzte Haut abzulecken. Das Zittern hat kein bisschen nachgelassen.

»Egal, was das eben war … du bist nicht allein.«

Als wir die Einfahrt hochfahren, bin ich im ersten Moment tatsächlich verblüfft. Selbst im Dunkeln kann ich die Umrisse eines Einfamilienhauses erkennen. »Hier wohnst du?«

Paul lächelt von der Seite. »Streng genommen schlafe ich hier nur. Die meiste Zeit verbringe ich auf der Arbeit.«

Wir treten nacheinander durch die Haustür ein, und ich bin froh, dass Paul sofort das Licht einschaltet. Verwundert stelle ich fest, dass das Erdgeschoss komplett offen ist.

»Ursprünglich sollten hier mehrere Loftwohnungen entstehen«, erklärt Paul, als habe er meine Gedanken gelesen. »Jetzt ist es irgendwie so ein Mix. Nichts Halbes und nichts Ganzes.«

Alles in allem wirkt es hier relativ dunkel, vor allem durch die braunen Backsteinwände, die ich so nur aus Filmen oder Restaurants kenne. Es ist wesentlich altmodischer eingerichtet als bei mir. Altmodischer, aber nicht ungemütlich. Gegenüber vom Eingang befindet sich eine Treppe, die anscheinend in die zweite Etage führt.

»Fühl dich wie …« Er bricht ab, als ihm klar wird, wie wenig passend diese Worte jetzt wären. »Du kannst an alle Schränke drangehen oder sagen, wenn du was brauchst. Auch für Bella.«

Meine Hündin schmiegt ihren Kopf an meine Wange. Meist fremdelt sie in neuen Umgebungen eine Weile, doch hier scheint sie sich wohlzufühlen. Ob es an Paul liegt oder daran, dass ich in seiner Anwesenheit ruhiger werde?

»Schlafzimmer und Bad sind oben. Falls du dich hinlegen magst.«

»Um ehrlich zu sein, ist mir gerade nicht einmal mehr nach schlafen«, widerspreche ich.

»Du kannst auch fernsehen. Netflix, Prime oder das, was mitten in der Nacht sonst so läuft.«

»Was ist mit dir?« Ich sehe ihn an. »Du bist doch sicher müde.«

Er schüttelt den Kopf. »Es geht. Mein Körper hat sich an einen ungewöhnlichen Schlafrhythmus bereits gewöhnt.«

Stimmt. Die Arbeit bei der Polizei härtet einen gewiss irgendwann ab. Ich streife die Schuhe ab und gehe langsam auf ein Bücherregal zu, das neben dem Fernseher steht.

Zwar habe ich das Lesen in den letzten Jahren ziemlich vernachlässigt, dennoch finde ich es interessant, was bei anderen Menschen in den Regalen zu finden ist.

»Die meisten sind leider ungelesen«, sagt Paul und legt vorsichtig seine Hand auf meine Schulter. Als er beginnt, meinen Nacken zu massieren, merke ich, wie sich ein winziger Teil meiner Anspannung zu lösen wagt.

»Wohl auch zu wenig Zeit«, murmele ich und fahre mit den Fingern vorsichtig über die Buchrücken. Wow. Kein einziges Staubkorn. Obwohl ich viel Wert auf Sauberkeit lege, können meine Regale da nicht mithalten.

Während ich mich auf die Kante des Sofas setze, beobachte ich, wie Paul meine Sachen zur Seite stellt und Bella eine Schale mit frischem Wasser hinstellt. »Geht es dir etwas besser?«, fragt er, ohne aufzusehen.

Ich nicke und stelle fest, dass ich es tatsächlich auch so meine. Zwar weiß ich, dass sich die Dinge nicht langfristig geklärt haben, aber der rasende Herzschlag hat nachgelassen, und die akute Angst ist aus meinem Körper gewichen.

»Ich darf nur nicht darüber nachdenken, wie es weitergeht«, murmele ich.

»Das musst du auch nicht. Nicht diese Nacht. Du solltest dich ablenken. Mit irgendwas.«

»Mit einer Serie?«, gehe ich auf seinen Vorschlag von eben ein.

Er zuckt mit den Schultern. »Es muss ja nicht unbedingt *You* sein.«

»Habe ich tatsächlich nie gesehen.«

»Wir sollten das erst nachholen, wenn das alles hier vorbei ist.«

Wir.

Vorbei.

In diesem Satz stecken gleich mehrere Botschaften, die dafür sorgen, dass sich meine Lunge wieder mit Luft füllt.

»Ja, das sollten wir. Wenn es vorbei ist.«

Wir.

Vorbei.

Stille.

»Kannst du mir dann vielleicht etwas erzählen?«

»Was denn?« Paul zieht überrascht die Augenbrauen hoch, setzt sich aber dennoch neben mich auf das Sofa. »Eine Geschichte? In so was bin ich wirklich nicht gut.«

»Irgendwas aus deinem Alltag.«

»Du vergisst, dass ich Polizist bin. Glaub mir, dieser Alltag macht die Bilder in deinem Kopf nicht unbedingt schöner.«

»Es würde mir genügen, wenn sie mich ein wenig ablenken.«

Paul lacht auf. »Du gibst mir gerade tatsächlich eine Antwort auf die Frage, warum Menschen gerne Thriller lesen.«

»Du nicht?«

»Warum sollte ich? Ich habe davon genug im wahren Leben.«

»Die Spannung in Büchern lässt sich ganz anders kontrollieren. In der Realität ist alles so … unberechenbar. Du kannst nie wissen, ob du dich noch im Prolog oder auf der letzten Seite befindest. Die meiste Zeit weißt du nicht einmal, in welchem Genre du dich befindest.«

»Das ist ein interessanter Gedanke.«

Für ein paar Sekunden sagt niemand etwas. Ich höre das leise Ticken einer Wanduhr und frage mich, ob Paul mich auch unter anderen Umständen eines Tages mit hierhergenommen hätte. Hätte ich das gewollt?

Als ich den Kopf langsam gegen seine Schulter sinken lasse,

schlägt mein Herz so tief in meiner Brust, als wolle es mir die Rippen brechen.

Pauls Körper ist warm und kräftig genug, dass ich einfach loslassen kann.

Loslassen und mich fragen, wie es möglich ist, dass ein Mensch mitten in der Nacht so verdammt gut riecht. Herb. Nicht zu hartnäckig und doch intensiv genug, dass der Geruch in meiner Nase haften bleibt.

»Du hast mir noch immer nichts erzählt«, stelle ich fest.

Paul legt seinen Arm um mich und fährt mit der Fingerspitze über meine Wange.

»Wie wäre es mit etwas über dich?«

»Über mich?«

»Nun ja … Über mich weißt du ja mittlerweile ganz schön viel. Zwangsläufig durch den Fall und …«

»Psschtt!« Pauls Lippen streichen über meinen Hals, sind wie ein Vibrieren auf meiner Haut, bevor er sich mit stummen Küssen meinen Kieferknochen hochbewegt.

»Wir denken heute nicht mehr daran, okay? An nichts, was damit zu tun hat.«

Wortlos forme ich meinen Mund zu einem »Okay«.

»Was willst du wissen über mich?«

Ich überlege einen Moment. »Warum bist du Polizist geworden?«

»Hmm. Zählt das nicht zu dem Tabuthema?«

Ich runzele die Stirn. »Finde ich nicht.«

Er lächelt vage. »Willst du die ehrliche Antwort wissen oder die offizielle?«

»Die ehrliche natürlich.« Sanft streiche ich über Bellas Fell. Sie hat es sich neben mir bequem gemacht und mittlerweile die Augen geschlossen.

»Ich denke, ich wollte irgendwas werden, was meinen Vater stolz machen würde.« Er räuspert sich, hebt den Blick zur Decke.

»Dann habt ihr auch nicht das beste Verhältnis?«, schließe ich daraus.

»Das ist eine ziemlich direkte Frage.« Paul drückt meine Hand fester.

»Du hast gesagt, ich soll fragen, was ich wissen will. Außerdem lenkt es ziemlich gut ab, finde ich. Merkst du das …« Ich führe seine Hand zu meiner linken Brust. »Viel langsamer.«

»Eins zu null für dich.« Ein schmerzhaftes Lächeln zeichnet sich auf seinem Gesicht ab, sodass ich schlagartig ein schlechtes Gewissen bekomme.

»Du musst natürlich nichts beantworten, was du nicht willst.«

»Schon okay. Ich rede nur nicht häufig darüber.« Er macht eine kurze Pause. »Nein, wir haben kein gutes Verhältnis. Mittlerweile ist er im Pflegeheim. Schlaganfall vor zwei Jahren. Seitdem ist es fast schon besser geworden. Ich meine, er ist streng genommen zu einem Wrack mutiert, das zumindest weder widersprechen noch etwas Abfälliges zu mir sagen kann.« Wieder eine Pause. »Meine Mutter ist nach meiner Geburt krank geworden. Postnatale Depression nannten die Ärzte es. Sie wurde behandelt. Man sagte, es würde besser werden. Doch ganz im Gegenteil: Ich weiß nicht, ob du schon mal was vom Regretting-Motherhood-Syndrom gehört hast.« Er sieht mich fragend an, wartet jedoch keine Reaktion ab. »So nennt man das, wenn Mütter das Kinderkriegen bereuen. Meist hat es nichts mit fehlender Liebe zu tun, sondern vielmehr soll es sich anfühlen, als schrumpfe das eigene Leben in sich zusammen. Als wäre etwas falsch.« Paul zieht die Nase hoch. Es ist offensichtlich, dass es ihm nicht leichtfällt, darüber zu sprechen.

»Scheiße«, rutscht es mir heraus. Plötzlich fühle ich mich unfassbar fehl am Platz. »Das tut mir leid.«

»Sie ist abgehauen. Ein paar Monate nach meiner Geburt war sie eines Tages weg, ließ meinen Vater mit mir allein. Da war nur ein Brief, in dem sie versuchte, ihre Gefühle zu erklären. Sich entschuldigte. Weißt du, wenn du so was nicht selbst erlebt hast, kannst du es vermutlich nie ganz verstehen. Aber ich kenne den Brief und lese ihre Not aus jeder Zeile heraus.«

»Das klingt, als hättest du ihr verziehen.«

Paul nickt. »Vermutlich habe ich das. Aber viel entscheidender war, dass mein Vater mir nicht verzeihen konnte. Immerhin bin ich schuld am Verschwinden seiner Frau gewesen.«

»Aber du warst ein Baby«, werfe ich irritiert ein. »Ein unschuldiges kleines Baby.«

Paul lacht trocken auf. »Es sind nun einmal seine Gefühle. Das Ganze ist sechsundzwanzig Jahre her, und ich denke, er hat es bis heute nicht überwunden.«

Ich schweige betroffen.

»Das muss dir nicht leidtun. Ich bin damit aufgewachsen.«

Was es nicht unbedingt leichter macht, überlege ich stumm.

»Fällt es dir schwer, wenig Kontakt zu haben?« Ich denke natürlich auch an meine Eltern, die Zeit, die es gebraucht hat, mich von ihnen zu lösen. Zumindest weitestgehend. Ob man Eltern überhaupt irgendwann komplett aus dem eigenen Leben streichen kann?

»Nicht wirklich. Manchmal höre ich seine Lieblingsmusik, die ich ihm mal gebrannt habe.« Ich erinnere mich augenblicklich an die CD im Auto. *Ralphs Musik.* Ralph muss Pauls Vater sein.

»Echt? Was ist denn da so drauf?«

»Eine furchtbare Auswahl! Aber aus irgendeinem Grund macht es Freude, sie anzuhören und einfach schrecklich zu finden.« Es ist schön, Paul schmunzeln zu sehen. Wenn auch nur für einen Moment.

»Wie oft seht ihr euch?«

»Ich besuche ihn nur dann, wenn es nötig ist.«

»Oder wenn du mich zu einem Geburtstag meiner schrägen Familie fahren darfst. Obwohl, streng genommen bist du ja selbst da nicht …« Ich breche den Satz ab, weil ich Pauls warnendes Gesicht sehe.

»Strenger Spielregelverstoß.«

Es ist unerwartet befreiend, die Schwere mit Humor zu nehmen.

»Du hast gesagt, du bist für deinen Vater Polizist geworden. Aber gibt es auch etwas, was du an der Arbeit magst?«

Paul muss nicht lange überlegen: »Auf jeden Fall. Ich arbeite viel mit Menschen zusammen, setze mich für Gerechtigkeit ein, stelle mir aber oft genug die Frage, ob es die überhaupt gibt.«

»Und? Zu welchem Fazit bist du gekommen?«

Jetzt schüttelt er den Kopf. »Da müsste ich viel zu weit ausholen. Was magst du an deinem Job? Vor einigen Wochen hast du gesagt, es geht um eine andere Realität. Eine Flucht.«

Ich lehne mich zurück. »Ja, das denke ich immer noch. Wenn es sich hier nicht aushalten lässt, begibt man sich in die Social-Media-Bubble.« Paul sitzt so nah, dass ich nur leise sprechen muss.

»Also bist du da wirklich lieber?«

»Definitiv. Abgesehen von …« Ich breche ab, weil mir klar ist, dass dieser Satz ebenfalls gegen die Abmachung verstoßen wird.

»Vielleicht sollten wir neue Regeln aufstellen.«

»Was für Regeln?«

»Vielleicht auch direkt ein neues Spiel. Eines, das dich nicht nur ablenkt, sondern auch daran erinnert, warum es genau richtig ist, dass es dich gibt. Hier. In der echten Welt.«

Paul schmunzelt erneut, sodass sich ein kleines Grübchen in seinen Wangen abzeichnet. Es passt so vollkommen in sein Gesicht, dass ich es mir am liebsten fotografieren und einrahmen würde.

»Ich glaube, ich muss dir was sagen«, rutscht es mir auf einmal heraus.

»Ja?«

Nervös fahre ich mit der Zunge über die Lippen.

»Ich …« Ich finde keine Worte. Keinen Begriff für dieses *Etwas* in mir, das mich in einer Nacht wie dieser nicht nur atmen, sondern auch fühlen lässt. Nicht überleben, sondern leben. Doch ich brauche keine Worte.

Unsere Münder treffen dieses Mal so perfekt aufeinander, als hätten wir unser ganzes Leben nichts anderes getan als das hier. Der Realität entschwinden und gleichzeitig bleiben.

36. KAPITEL

LÜGEN HABEN KURZE BEINE

Die Arme um Pauls Oberkörper geschlungen, kann ich mich nicht entscheiden, ob ich ihn festhalten oder ihm erlauben soll, sich die Jeans von den Beinen zu streifen. Dabei gibt es nichts, was ich auf einmal weniger erwarten kann, als ihn in mir zu spüren.

»Du kannst loslassen.« Es sind dieselben Worte, die er schon vor Wochen gesagt hat, als wir uns das erste Mal in seinem Auto geküsst haben. Dieselben Worte, mit denen er schon damals keine physische Berührung meinte. Zärtlich streicht er mir eine Haarsträhne aus dem Gesicht und presst seine Lippen so sanft gegen meine Schläfe, als drohe ich jeden Augenblick zu zerbrechen.

»Wie machst du das?«, flüstere ich leise.

»Wie mache ich was?« Als sein Blick über meinen Pyjama gleitet, sehe ich so viel Verlangen darin, dass man meinen könnte, ich trage nichts als knappe Dessous.

»Jedes Mal, wenn wir uns näherkommen, ist es so anders. Mal bist du vorsichtig, mal rau und wild. Als wüsstest du genau, was ich gerade brauche.«

Paul beugt sich zu mir herab, küsst mich innig, während seine Hände sich dem Oberteil meines Schlafanzuges widmen.

»Ich schätze, ich habe eine verdammt gute Intuition.«

Erst als der letzte Knopf geöffnet ist, bewegen sich seine Küsse meinen Hals hinab in mein Dekolleté. Seine gebräunte Haut lässt meine noch blasser erscheinen als sonst. Aber weder das noch der verbliebene Angstschweiß auf meiner Haut scheinen Paul etwas auszumachen.

Endlich schiebt Paul seine Hand in den Bund meiner Pyjamahose. Er beginnt, meinen Unterbauch zu massieren, als zeichne er feine Muster nach. Schon jetzt beginnt das Verlangen nach seiner Berührung schmerzend zwischen meinen Beinen zu pulsieren. Gott, er will mich foltern.

»Was wäre, wenn ich dir sage, dass du nur dieses eine Mal falschliegst?« Das herausfordernde Grinsen in meinen Mundwinkeln scheint seine Wirkung nicht zu verfehlen.

»Sag bloß!« Das Stöhnen, das aus seinem Mund dringt, lässt Hitze in meinen Unterleib schießen. Wenn allein seine Küsse mich schon wieder so feucht werden lassen … Gott, mir ist nicht einmal bewusst gewesen, wie sehr ich es brauche, von ihm so berührt zu werden.

»Du denkst also, ich irre mich?« Paul packt meine Handgelenke und drückt sie über meinem Kopf in den Stoff des Sofas. Es gefällt mir, wie er die Führung übernimmt.

Mein Atem ist laut und schwer, voller Begierde, als er mit der freien Hand wieder den Bund meiner Hose ertastet.

»Ich fürchte, du wirst diesen Gedanken kein zweites Mal haben können.« Seine Stimme ist rau und sexy. Nicht verlangend, sondern fordernd. »Nicht, wenn ich mit dem fertig bin, was ich gerne mit dir anstellen möchte.« Mit der linken Hand behält er mich noch immer in seinem Griff, mit der rechten schiebt er meine Hose bis zu den Knien runter und befreit sich anschließend selbst aus den Boxershorts.

Er beugt sich über mich. Seine Brust hebt und senkt sich im Takt seiner Atmung.

Ich schließe die Augen und spüre wenige Sekunden darauf, wie sein Schwanz sich hart gegen mein Bein drückt. Fuck. Es fühlt sich so gut an. Er fühlt sich so gut an. Alles an ihm. Nur der dünne Stoff meines Slips trennt seine Erektion von der Feuchtigkeit, die sich zwischen meinen Beinen gebildet hat.

»Weißt du eigentlich, wie scharf es mich macht, dich so zu sehen?« Seine Frage dringt wie ein Knurren zwischen seinen

Lippen hervor, und ich kann nicht sagen, wie sehr mir das Raue an ihm gefällt. Zu beobachten, wie es ihn alle Kraft kostet, nicht die Beherrschung zu verlieren.

»Ich will, dass du es mir zeigst.« Bestimmend drücke ich ihm meine Hüfte entgegen. Er ist so hart, dass er ohne Probleme sofort in mich eindringen könnte.

»Nicht so ungeduldig!« Rhythmisch bewegt er seinen Schwanz über den Stoff meines Höschens. »Ich werde dich noch früh genug ficken. Das verspreche ich dir. Aber zuerst …« Seine Worte lassen das heftige Pulsieren zwischen meinen Beinen noch unnachgiebiger werden. »Zuerst möchte ich sehen, dass du es willst.« Er gleitet mit beiden Händen meinen Hals hinab und hält erst inne, als er meine Brüste erreicht.

»Ich habe doch gesagt, dass ich es will.«

Als er meine Nippel zwischen seine Fingerspitzen nimmt und vorsichtig zudrückt, jagt ein spitzes Gefühl von Schmerz durch meinen Körper. Guter Schmerz.

»Ich will es nicht hören, sondern sehen.«

Und noch einmal. Seine Fingernägel bohren sich in die empfindliche Haut meiner Brust, und ich schnappe nach Luft.

»Wenn du willst, dass ich aufhöre, musst du es nur sagen.«

Shit. Den Teufel werde ich tun, zuzugeben, wie heiß mich diese Seite von ihm macht.

Doch so wie es aussieht, spricht mein Körper ganz für sich. Paul löst eine Hand von meiner Brust und fährt stattdessen eine gerade Linie über meinen Bauch. Als er die Spitze meines Slips erreicht, halte ich die Luft an. *Nicht aufhören. Bitte hör nicht auf.*

Er streicht den Stoff zur Seite und schiebt zwei Finger zwischen meine Beine.

Ein diabolisches Grinsen funkelt in seinen Augen, kaum hat er bemerkt, wie feucht ich bin. Wie feucht ich seinetwegen bin.

»So ist es brav. Deine Pussy weiß anscheinend, was gut für sie ist.«

Sie wusste es noch viel früher, als ich es mir eingestehen wollte.

»Ich wünschte, ich könnte die ganze Nacht zwischen deinen Beinen verbringen.«

»Warum tust du es nicht?«

»Ich denke, du solltest morgen noch gerade sitzen können.« Als hätte er auf den richtigen Moment gewartet, stößt er wieder mit den Fingern in mich hinein. Ich keuche auf, habe keine Zeit, mich von der Erregungswelle zu erholen, denn im nächsten Augenblick tut er es wieder. Einmal. Zweimal. Ich schnappe nach Luft, winde mich unter seiner Berührung. Dreimal. Ich spanne den Unterleib an, um ihn noch enger zu fühlen. Mehr von ihm.

Als er die Hand zurückzieht, kralle ich mich in den Stoff des Sofas und keuche entsetzt auf. »Hör nicht auf!«

»Schau mich an!« Er nimmt die Finger, die gerade noch in mir gesteckt haben, und schiebt sie genüsslich zwischen seine Lippen, als könne er es nicht erwarten, mich zu schmecken.

»Du bringst mich um, weißt du das?« Die Beine gespreizt, dränge ich mich näher an ihn.

Er sieht mir tief in die Augen. So tief, als versuche er, meine Gedanken zu lesen. Dabei dürften diese längst kein Geheimnis mehr für ihn sein. Jeder einzelne davon hat in diesem Moment mit ihm zu tun. Mit der Vorstellung, so wild und hemmungslos genommen zu werden, dass mein Kopf keine Chance hat, an etwas anderes zu denken.

Noch einmal drücke ich meine Hüfte fordernd gegen seine Härte. Mein Slip ist so verrutscht, dass unsere Haut jetzt nackt aufeinandertrifft. Ich schwöre, es braucht nicht mehr viel, und ich explodiere einzig und allein unter der Berührung seines zuckenden Penis.

Ich muss geistig ein paar Sekunden abwesend gewesen sein, denn als Paul sich komplett zwischen meine Beine drängt, hat er von irgendwoher ein Kondom genommen. Ich sehe zu, wie er das Gummi über seinen Schwanz rollt, bevor er ihn endlich dahin führt, wo ich ihn die ganze Zeit haben wollte.

Das schmerzhafte Pulsieren zerspringt, als er in mich eindringt. Tausend Stromschläge, köstliche, heiße, flimmernde Stromschläge, die mich in einen unkontrollierten Rausch versetzen. Dieser Mann weiß genau, was er tut, und er macht es verdammt gut.

Die Lust schießt mir durch jede Faser meines zitternden Körpers. Sie brennt wie feinste Nadelstiche aus Endorphinen, die mein Gehirn im wahrsten Sinne des Wortes ficken. Ist das das Adrenalin? Oder ist das einfach nur die prickelnde Anziehung, die eine Frau verspürt, wenn ein Mann wie Paul sie mit seinem Schwanz ausfüllt? Wenn er es so hart mit ihr treibt, dass sie nicht weiß, ob sie schreien oder die Fingernägel tiefer in seinen Rücken krallen soll.

Ich will mehr und gleichzeitig verdammt noch mal nicht, dass es aufhört.

»Paul.« Meine Muskeln sind so angespannt, dass ich aufpassen muss, ihn nicht versehentlich aus mir herauszudrücken.

Stattdessen nehme ich ihn beim nächsten Stoß noch tiefer in mich auf, öffne den Mund, um der Lust einen Laut zu geben.

Seinen Namen zu sagen. Paul. Paul. Paul.

Nichts übersteigt dieses heiße Glücksgefühl und die Energie, die mich durchflutet, als sein steifes Glied immer und immer wieder in mich eindringt.

Es ist, als würde mein ganzer Körper brennen, nein, vollkommen in Flammen stehen. Immer wenn ich denke, dass nichts mehr geht, wiederholt er es ein weiteres Mal. Tiefer. Wilder. Ich genieße jeden verdammten Zentimeter, der mein Herz zum Rasen und meine Mitte fast zum Explodieren bringt. Den rechten Arm neben mir aufgestützt, nutzt er den anderen, um meine Handgelenke über dem Kopf zusammenzunehmen und fest in den Stoff des Sofas zu drücken.

»Bleib so! Wenn du dich bewegst, ziehe ich mich aus dir heraus, und du kannst deine feuchte Pussy selbst streicheln.«

Er legt eine Hand auf meinen Unterbauch und erzeugt einen leichten Druck, der mich beinahe zum Platzen bringt.

»Ich will, dass du kommst.«

Und ich will es auch. Ich will es so sehr, wie ich ihn will. Wie ich das hier will. Wie ich es vermutlich noch nie wollte. Nie brauchte.

»Komm für mich, Valerie!«

Kaum haben seine Finger meinen empfindlichsten Punkt berührt, steigt die Welle in einem unbeschreiblichen Tempo, bis endlich der erlösende Höhepunkt naht. Der Orgasmus überrollt mich mit einer Intensität, die fernab einer möglichen Beschreibung liegt. Für die man Worte erst erfinden müsste.

Ich spüre, wie sein Schwanz ein letztes Mal ungezähmt und heiß in mir zuckt, bevor Pauls Keuchen von unseren Lippen verschluckt wird.

Ich spüre noch, wie Paul schwer atmend in das Sofakissen neben mir fällt.

»Verdammte Scheiße, du machst mich wahnsinnig.«

»Das sagst gerade du?«, murmele ich atemlos. Dann wird meine Wahrnehmung verschwommener, meine Augenlider schwer, und ich schlafe erschöpft in Pauls Arm ein.

* * *

Als ich am nächsten Morgen aufwache, spüre ich die Nacht in jedem einzelnen Knochen. Falls es ein Maximum an Muskelkater geben kann, bevor der menschliche Körper auseinanderfällt, habe ich es heute definitiv erreicht.

Ich streiche mir die Haare aus dem Gesicht und setze mich vorsichtig auf. Mein Kopf gleicht einem Presslufthammer, und es ist, als hätte ich überhaupt nicht geschlafen. Bei dem Gedanken an das, was letzte Nacht passiert ist, überkommt mich augenblicklich eine Gänsehaut. Die Anrufe. Paul, der mich abgeholt hat. Unsere Gespräche. Und *mehr*. Noch nie in meinem Leben hat sich Sex so verflucht gut angefühlt. Allerdings habe ich dafür schon wieder die selbst auferlegte Tabuzone überschritten. Vergangenheit und Zukunft voneinander trennen? Der Kopf sagt Ja, die wund gevögelte Vagina hält stur dagegen.

Mein Blick streift zu der aufgeräumten Küchenzeile. Von Paul ist nichts zu sehen.

Vielleicht ist er im Badezimmer?

Die blaue Tagesdecke, die bis zur Brust über meinem Körper liegt, habe ich hier gestern noch nicht gesehen. Ich schiebe sie ein Stück zur Seite, bis mir klar wird, dass ich nackt bin. Auch wenn mich, abgesehen von Paul, hier drinnen niemand beobachten kann, wickele ich die Decke um meinen Körper und setze den ersten Fuß auf den Boden. Die Stille in dem fremden Haus ist so schwer und erdrückend, dass ich hoffe, Paul kommt bald wieder.

Bella schnuppert suchend um meine Füße.

»O nein, Süße. Ich habe für dich gar kein Futter dabei.« In der Stresssituation heute Nacht habe ich nur das Nötigste eingepackt. Bella sieht mit ihrem Hundeblick so aus, als wolle sie eine ernsthafte Unterhaltung über Prioritäten führen. »Wenn Paul zurück ist, frage ich ihn nach etwas, was wir dir geben können.« Ich fahre ihr über das weiche Fell und versuche, nicht darüber nachzudenken, wie es jetzt weitergeht. Was auch immer letzte Nacht passiert ist, ich werde mich nicht ewig hier verstecken und schon gar nicht meine Probleme jedes Mal mit Sex betäuben können. Vielleicht habe ich jetzt wirklich den Verstand verloren. Wie sonst kann es sein, dass meine Wahrnehmungen so von dem abweichen, was tatsächlich beweisbar ist?

Instinktiv greife ich nach meinem Handy und öffne die Suchmaschine. Während ich »Gestörte Wahrnehmung der Realität« eingebe, schießt das Blut so schnell durch meinen Körper, dass ich mich wieder setzen muss.

Ich lese etwas von Persönlichkeitsstörungen. Typisch dafür ist die Art und Weise, zu denken, zu fühlen und sich im Wesentlichen anders zu verhalten als andere Menschen.

Beim Lesen überkommt mich auf der Stelle ein Schauer. Das bin nicht ich. Das alles hier ergibt keinen Sinn.

Verärgert fasse ich mir an die Stirn und verziehe das Gesicht. Das Einzige, was mir an mir Sorgen bereiten sollte, ist, dass ich auf einmal beginne, mich selbst infrage zu stellen.

»Was ist nur aus dir geworden, Valerie?«, murmele ich und schließe den Browser. Ich habe angefangen, der Polizei und den Medien mehr zu vertrauen als mir selbst. Das ist es doch, oder? Diese scheiß Medien. Erneut öffne ich den Browser. Diesmal gebe ich meinen Namen ein.

Es lädt. In diesem Haus scheint der Empfang nicht sonderlich gut zu sein. Nervös drücke ich immer wieder auf den Bildschirm, als könnte ich den Ladevorgang damit beschleunigen. Es vergeht mindestens eine halbe Minute, bis sich das erste Bild von mir langsam auf dem Display meines iPhones abzeichnet. Langsam füllt sich dann der Rest der Seite. Ich klicke auf *News*, halte erneut den Atem an. Es ist ziemlich unwahrscheinlich, dass sich heute etwas getan hat. Wir haben Dienstag, und die Messe ist bereits zwei Tage her. Normalerweise wäre jede Meldung längst im Netz gelandet.

Plötzlich jagt ein Schreck durch meinen Körper. Jeder Muskel verhärtet sich.

YouTube-Star Valerie Sophie: Diese Teile ihrer Vergangenheit kannten wir noch nicht!

Die ersten Sekunden schaffe ich es nicht, mich aus meiner Schockstarre zu befreien. Die Panik vor dem, was dort über mich geschrieben stehen könnte, fließt wie Gift durch meinen Blutkreislauf. Am liebsten würde ich den Tab schließen, diese Worte niemals lesen und vergessen, dass es sie je gegeben hat. Doch dafür ist es jetzt zu spät. Ich muss … Mit zitternden Händen scrolle ich zu dem Text.

Huch, was ist denn das?

Bereits am Wochenende kursierten die ersten Gerüchte in der

Medienwelt, die sich heute Morgen dann tatsächlich bestätigt haben. Grund für die Unruhe ist die Kopie eines Fotos, das uns eine unbekannte Quelle zugespielt hat.
Kommt euch das Gesicht bekannt vor? Die hübsche Blondine (vorne rechts) sollte den meisten hier vertraut sein, denn Valerie Sophie Ehrmann gehört seit Jahren auf YouTube und Instagram zu den erfolgreichsten Content-Creators überhaupt. Das Bild soll sie auf ihrem Schulabschlussball zeigen. An sich nichts Ungewöhnliches, doch was machen Valeries Eltern auf diesem Bild?
Bereits vor einigen Jahren veröffentlichte der Social-Media-Star ein bewegendes Video, in dem sie erzählte, ihre Familie sei bei einem schlimmen Brand in ihrer Kindheit ums Leben gekommen. Einige Dinge passen hier wohl nicht zusammen. Valerie Sophie ist in den letzten Wochen des Öfteren mit zweifelhaften Aussagen öffentlich diskutiert worden. Wir sind gespannt, welche Erklärung Val diesmal für uns haben wird … Ihr auch?

Kaum habe ich den Artikel zu Ende gelesen, höre ich, wie sich ein Schlüssel von außen in der Tür dreht.

Ich nehme nur durch einen Schleier wahr, wie Paul hereinkommt. In seiner Hand raschelt etwas. Dem Geruch nach frische Brötchen. Doch alleine bei dem Gedanken daran könnte ich mich augenblicklich übergeben.

»Du bist wach.« Seine Stimme ist auf einmal ganz weit weg. Wie ein Dröhnen, das einfach nicht aus dem Kopf weicht. Ich schlucke und sehe auf.

»Alles okay?«, fragt er, kann sich die Antwort eine Sekunde später aber auch selbst geben. »Du hast es gelesen. Hör zu, Val. Das ist für dich ein Albtraum, ich weiß.«

»Du weißt überhaupt nichts!« Ich habe keine Ahnung, woher ich die Kraft nehme, überhaupt zu sprechen. Innerhalb von wenigen Sekunden hat sich meine Welt auch aus der letzten Angel gelöst. Und ich? Ich falle in Lichtgeschwindigkeit in einen Abgrund. In einen Abgrund vom Abgrund. Wann hat das hier endlich ein Ende?

Und warum zur Hölle ziehe ich Paul wieder mit hinein?

»Entschuldige!« Gestresst fahre ich mir durchs Haar. Natürlich ist mir bewusst, dass es nicht seine Schuld ist, doch ich weiß nicht, wohin mit all diesen aufgeladenen Emotionen.

»Was ich sagen wollte, ist, dass ich verstehen kann, dass du jetzt erst mal einen Schock bekommen hast, aber es hat auch etwas Gutes. Das öffentliche Interesse nimmt immer weiter zu. Das erhöht den Druck auf meine Kollegen, deinem Fall endlich mehr Relevanz einzuräumen. Es sieht verdammt danach aus, dass nun etwas vorangeht.«

Unter normalen Umständen würde ich jetzt vor Erleichterung ausatmen, doch heute kann ich so schnell kaum begreifen, was Paul mir eben gesagt hat. »Das öffentliche Interesse? Du meinst, ich habe mich jetzt endlich genug zum Clown gemacht?«

Paul setzt sich neben mich aufs Sofa und legt einen Arm um meine Schulter. »Jetzt wird alles gut. Die E-Mail, die du bekommen hast, wird zurückverfolgt, und ich bin ziemlich sicher, dass wir dann auch wissen, wer hinter dem Rest steckt. Wir haben dann noch mehr Punkte, um anzusetzen.«

»Diese verfickte Mail ist mehrere Wochen alt. Da hätte sich längst jemand kümmern müssen. Außerdem ändert das nichts an dem hier.« Ich deute auf das Telefon in meiner Hand. »Wie soll ich erklären, warum ich gelogen habe?« Die Verzweiflung lässt meine Stimme schrill klingen.

»Das ergibt sich dann alles. Die Leute werden sich schlecht genug fühlen, weil man dir zu lange nicht geglaubt hat.«

»Heißt das, du glaubst mir?«

»Ich habe nie etwas anderes getan. Ich dachte, das weißt du.«

* * *

Paul setzt mich noch am Vormittag vor meiner Wohnung ab. Er hat mir angeboten, länger bei ihm zu bleiben, hat für Bella sogar einige Dosen Nassfutter aus dem Supermarkt mitgebracht, doch mir ist wohler, in meiner Wohnung nach dem Rechten zu sehen. Ich habe noch immer keine Erklärung für das, was hier letzte Nacht vorgefallen ist.

Zu Hause tausche ich die Jogginghose gegen eine Momjeans und ziehe einen weiten Hoodie an, in dem ich mir etwas verloren vorkomme. Bella muss dringend wieder richtig vor die Tür.

Wenn ich mir eine Mütze tief ins Gesicht ziehe, habe ich in der Nachbarschaft häufig Glück, nicht sofort erkannt zu werden. Und trotzdem komme ich mir auf der Straße heute irgendwie nackt vor. Der Gedanke, andere könnten von meiner Vergangenheit wissen, ist für mich sogar schlimmer als der gefakte Porno. Ich fühle mich noch entblößter. Weil es nicht um meinen Körper geht, sondern um das, was mich wirklich angreifbar macht: meine Gefühle.

Während ich Bella anleine, überlege ich in Gedanken fieberhaft erste Formulierungen eines Statements. Es wundert mich, dass ich noch nichts von Tizian gehört habe. Von ihm hätte ich einen wutentbrannten Anruf erwartet, in dem er mich zur Schnecke macht, weil ich selbst ihm gegenüber nie mit offenen Karten gespielt habe.

Bella und ich erreichen eine Weggabelung. Von hier aus ist es nicht mehr weit in die Innenstadt. Dienstags ist zum Glück weniger los als an den Wochenenden. Die Mütze noch weiter ins Gesicht gezogen, vergrabe ich die Hände in den Taschen meiner Winterjacke und halte den Blick möglichst gesenkt.

Den Minusgraden und vor allem dem leichten Nieselregen sei Dank, dass noch weniger los ist, als ich angenommen habe. Und das, obwohl mir jetzt erst klar wird, dass vor einer Woche die Weihnachtsmärkte eröffnet haben.

Liegt vermutlich an der Uhrzeit, überlege ich und bleibe stehen, als Bella hartnäckig an einer Ecke schnuppert und winselt.

Sie verhält sich schon den ganzen Morgen eigenartig, hat nicht einmal ihr Futter angerührt.

Wir haben gerade die Höhe der Postfiliale erreicht. Mittlerweile ist es sechs Wochen her, dass ich mit Paul hier gewesen bin. Zwei Monate quäle ich mich schon mit der Frage, wer so besessen davon ist, mir Schaden zuzufügen. Zwei Monate, in denen ich nicht einen Schritt weitergekommen bin. Ganz im Gegenteil: Ich drehe mich im Kreis. Oder aber noch viel schlimmer … ich befinde mich in einer verfluchten Abwärtsspirale.

Ich atme tief ein. Die Luft riecht nach Gewitter, und auch der Himmel sieht danach aus. Vielleicht sollten wir uns etwas beeilen, um vorher zu Hause anzukommen. Erschrocken springe ich zur Seite, als ein Fahrrad an mir vorbeisaust. Der Typ klingelt viel zu spät und ruft auch noch wutentbrannt etwas über die Schulter, das sich nach »Kannst du nicht aufpassen?« anhört.

»Das ist eine Fußgängerzone«, fauche ich und mache einen Satz zurück.

Mein Blick streift das Schaufenster des Ladens, unter dessen Dach ich mich gerade geflüchtet habe. Elektrogeräte. Kameras, Telefone, die bereits im letzten Jahrhundert existiert haben … Ich hebe den Kopf, als ein dicker Wassertropfen mitten auf meine Nase fällt. Klasse! So wie es aussieht, stehe ich direkt unter der Regenrinne.

Ich will mich gerade umdrehen und weitergehen, da fällt mein Blick auf etwas, das Hoffnung in mir wachsen lässt.

37. KAPITEL

WER NICHT WAGT, DER NICHT GEWINNT

»Sie haben eine Kamera über Ihrem Eingang hängen.« Vielleicht hätte ich weniger mit der Tür ins Haus fallen sollen. Das Gesicht des Verkäufers verdunkelt sich jedenfalls schlagartig.

»He weed jähn wat geklaut«, grunzt er in breitem Kölsch.

»Hm?« Ich habe kein Wort verstanden.

»Hier wird gern mal was geklaut.« Er scheint in sein Handy vertieft und nicht sonderlich interessiert an einem Gespräch zu sein. Vielleicht entspreche ich aber auch nicht dem Bild seiner gängigen Kunden.

»Also funktioniert sie?«

»Wir sein a Fachhandel för Technik. Wat denke Se dann?«

Fachhandel, soso.

»Hätte ja auch eine Attrappe sein können.«

»Wat a Schwachsinn!«

Wenigstens sind wir da einer Meinung.

»Könnte ich die Aufnahmen vielleicht einmal ansehen?« Ich beschließe, die konfrontative Art noch nicht gleich aufzugeben.

»Sein Se vun d'r Polizei?« Etwas in seinem Ton sagt mir, dass das unser Verhältnis nicht unbedingt verbessern würde.

»Nein«, sage ich also wahrheitsgemäß. »Ich muss sehen, wer hier vorbeigelaufen ist.«

»Und isch muss ming Arbeid maache«, beendet er unseren kurzen Dialog.

Ich gebe mir Mühe, ruhig zu bleiben. Höflich.

»Das wäre wirklich wichtig.« Schnell sehe ich mich im Laden um. »Ich würde auch etwas kaufen. Zum Beispiel das hier …«

Suchend greife ich in das Regal rechts neben mir und ziehe einen Adapter hervor. »Das Teil hier kostet … 35,99 Euro.« Ich hebe eine Augenbraue. »Sehen Sie …« Weil der Kerl nicht reagiert, lege ich mein iPhone auf die Theke und wühle in meiner Jackentasche nach dem Portemonnaie.

»Dat es a Ersatzkabel för a altes Nokia-Handy«, brummt der Typ genervt. »Domet künn Se überhaupt nix anfangen.«

Wer gibt für so was überhaupt noch Geld aus?

»Ich kann Ihnen die Kohle auch als Trinkgeld geben.«

»Nettes Angebot, Kleeene.« Er steckt sich einen Kaugummi in den Mund und beginnt ausgerechnet jetzt, darauf herumzuschmatzen. »Darf isch aber net annehmen. Isch ben noch op Bewährung.«

Danke für die Info.

»Sie speichern die Aufnahmen aber, oder?«

Jetzt verschärft sich der Blick des Mannes. »Em Eingang steht a Schild. Falls Se jetz irgendwas vun Datenschutz fimmele welle.«

»Das ist schon richtig«, erwidere ich. »Aber Sie wissen hoffentlich auch, dass die Kamera nur auf Ihren Eingang gerichtet sein darf. So wie ich das sehe, erfasst sie ebenfalls die andere Straßenseite, und das ist nicht legal. Wegen Datenschutz.« Ich halte den Atem an. Paul würde mir das hier sofort ausreden. Zu gefährlich. Aufgabe der Polizei. Dass ich nicht lache. Ihn anzurufen, käme für mich gerade nicht infrage, das hier regle ich allein, doch davon muss der Verkäufer ja nichts wissen.

»Wat welle Se vun mir? Isch han keine Fehler jemaach«, blafft dieser mich nun an.

»In Deutschland ist es nicht erlaubt, andere Grundstücke zu filmen. Da Ihre Kamera aber auch die Kundschaft der gegenüberliegenden Postfiliale aufzeichnet, ist das gegen das Gesetz.« Und macht das Videomaterial für mich erst wirklich interessant.

»Wat e Fotze.«

»Entschuldigung, ich gehe davon aus, dass ich mich gerade

verhört habe.« Auf meinem Gesicht zeichnet sich ein aufgesetztes Lächeln ab.

»Wat welle Se?«

»Die Aufnahmen.« Wenn ich etwas will, kann ich wirklich hartnäckig sein. »Ich muss wissen, wer die Tage vor dem 16. Oktober ein Paket abgegeben hat.«

»Oktober? Dat is fast zwei Monate her.«

»Gut nachgerechnet.« Ich verschränke abwartend die Arme vor der Brust und befehle Bella, sich endlich hinzusetzen.

»Muss erst mal sehen, ov dat Ding überhaupt esu lange speichert.« Er verdreht die Augen.

»Das hoffe ich. Für Sie.«

Einige Minuten vergehen, die ich damit verbringe, angespannt von einem Fuß auf den anderen zu treten. In mir hat sich so viel Hoffnung aufgebaut, dass mir allein von der Vorstellung schlecht wird, ich könne jeden Augenblick enttäuscht werden.

Der Verkäufer winkt mich hinter die Theke. Beinah stolpere ich über einen Rucksack, der auf dem Boden liegt. Doch ich schaffe es, mich rechtzeitig zu fangen.

Das Blut rauscht vor Aufregung in meinen Ohren, als der Kerl seinen Laptop aufklappt und in meine Richtung dreht. »Danach kei Wort mieh, kapiert?«

Ich nicke bloß und klicke mit der Maus auf die einzelnen Dateien. Die Aufnahmen sind tatsächlich nach Monaten sortiert. Zumindest gehe ich davon aus, dass 0112_12:00 die aktuelle Videoaufnahme ist.

In das Suchfeld gebe ich dementsprechend 1510_ ein und warte auf die ersten Ergebnisse. Jede Stunde ein Tab. Wenn ich mir das alles ansehen will, brauche ich mehrere Tage. In meinem Kopf rattert es. »Ich bräuchte davon eine Kopie.«

»Bullshit! Dat jeht viel schneller. Warte mal!« Zum Glück scheint der Kerl es aufgegeben zu haben, mit mir zu diskutieren. Mit verärgertem Gesichtsausdruck zieht er den Computer zu sich.

Er nimmt mir die Maus aus der Hand und schiebt die Dateien des 15. Oktober in ein Schneideprogramm. Hier können wir die Geschwindigkeit einstellen.

»Den Freitag brauche ich auch. Und den Donnerstag.« Ich darf auf keinen Fall riskieren, den Dreckskerl jetzt davonkommen zu lassen.

»Hier. Ävver nimm dat Ding zor Seite. Wenn Leute kumm, sull dat niemand sehen.« Ich ignoriere, dass wir anscheinend zum Du übergegangen sind. Gerade könnte mir so etwas egaler nicht sein. Ich nehme den Laptop entgegen und hocke mich vor ein Regal. Angespannt klicke ich auf Start und spule das Video vor, bis sich überhaupt etwas regt.

Das kann ewig dauern. Ich hätte darauf bestehen sollen, die Aufnahmen mit nach Hause nehmen zu können. Dort gäbe es wenigstens einen ordentlichen Sitzplatz, andererseits kann ich es kaum abwarten, den Film laufen zu lassen und endlich Antworten zu bekommen.

Donnerstag, 9:00 Uhr. Öffnung der Postfiliale. Die ersten Minuten ist kaum etwas los. Ich stelle das Video auf die vierfache Geschwindigkeit und habe trotzdem das Gefühl, immer nur das Gleiche zu sehen. Menschen, die gestresst über den Bürgersteig laufen, telefonieren, streiten, sich küssen … Doch niemand kommt mir annähernd bekannt vor, geschweige denn, hat jemand das Paket dabei. Na gut, die Qualität ist nicht optimal, und ich komme mit dem Fokus nicht nah genug, um jedes Detail zu erkennen, doch nicht ein einziges Mal passen Größe und Format zu dem Paket, das ich erhalten habe.

»Fädich?«, knurrt der Kerl hinter der Theke. Er tut ja gerade so, als würde ich ihn bei wichtigen Verkaufsgesprächen stören. Dabei hat in der letzten halben Stunde kein einziger Kunde den Laden betreten, was vermutlich am stärker werdenden Regen liegt.

Nervös beiße ich mir auf die Unterlippe. Ich ertappe mich selbst in einen kurzen Moment der Unachtsamkeit und spule sofort eine halbe Minute zurück. Vielleicht war das hier doch eine Schnapsidee. Unmöglich kann man jeden einzelnen Passanten genauer unter die Lupe nehmen. Da könnte ich gleich von Tür zu Tür laufen und anklopfen. Dieser Kerl könnte jeder sein. Genauso wie jeder das Paket in einem Rucksack hätte verstecken können. Ich habe mich vollkommen verrannt. Schon wieder. Was ist, wenn ich langsam wirklich den Verstand verliere?

Denn mal im Ernst … vor ein paar Monaten hätte ich nicht in einem heruntergekommenen Laden auf dem Boden gehockt, um irgendwelche Videoaufnahmen anzusehen (die ich vor Gericht nicht einmal verwenden, geschweige denn zu Gesicht bekommen dürfte).

Plötzlich erstarre ich, lege meine Hand fester auf die Maus, um noch einmal wenige Sekunden zurückzuspulen. Mein Körper verkrampft sich.

Eben hatte ich noch geglaubt, mich im Kreis zu drehen. Und doch hatte ich keine Ahnung, wie falsch ich gelegen hatte.

Die Person, die ich nun glasklar auf dem Bildschirm erkennen kann, ist niemand anderes als Rosa Neuer.

38. KAPITEL

ANGRIFF IST DIE BESTE VERTEIDIGUNG

Noch immer starre ich auf die Aufnahme. Meinem Kopf gelingt es nicht, irgendwelche Worte, geschweige denn ganze Sätze zu formulieren. Mein Telefon vibriert in der Hosentasche, doch ich verharre bewegungslos in meiner Position und kann nicht begreifen, was ich da sehe.

Rosa Neuer. Es besteht absolut kein Zweifel. Ich würde das giftige Gesicht, die viel zu hell gefärbten Haare und, ja, sogar ihren Gang unter Tausenden identifizieren können. »Sie bewegt sich, als gehöre ihr die ganze Straße«, hat Linnea einmal geseufzt. Selbst den schwarzen Mantel, den sie trägt, kenne ich ziemlich gut. Ich hätte ihn auch bekommen können, allerdings bin ich auf das Angebot zur Kooperation nicht eingegangen. Ich spule noch einmal weiter zurück. Zoome auf das Paket, das sie in den Händen hält. Das Etikett kann ich natürlich nicht lesen. Auch die Farbe ist schwer zu erkennen, denn das Licht ist nicht gut genug. Dennoch bin ich sicher: Das hier ist mein Paket. Rosa Neuer hat das Paket eigenhändig zur Post gebracht.

Saure Übelkeit steigt in mir hoch.

Natürlich. Auf einmal ergibt alles Sinn. Wir hätten schon viel früher auf den Gedanken kommen müssen.

Wer hat den größten Vorteil an meinem Untergang? Rosa! Rosa, die meine Idee kopiert hat und für die es kein besseres Marketing geben könnte als das Scheitern von V-Line, von mir als Person?

Mein Atem geht flach, schon wieder zittern meine Hände. Ich habe genug gesehen. Genug für heute.

Schnell mache ich einen Screenshot und schicke mir das Bild per E-Mail.

»Wat es jetz?« Als der Verkäufer sich über mich beugt, rieche ich eine Mischung aus Schweiß und Zigarettenqualm. »Wir han bald Mittagspause.«

Ich stehe auf und reiche ihm den Computer. »Danke. Ich habe alles.«

»Well isch hoff'n. Un loß mich blus keine Ärger met d'r Bullen krit.«

Schnell schüttele ich den Kopf. Ich bin viel zu paralysiert, um etwas Schlagfertiges zu erwidern, und verlasse zügig das Geschäft.

Die entgangenen Anrufe sind von Paul. Unter normalen Umständen würde ich sofort zurückrufen, weil ich auf Neuigkeiten hoffe. Doch was soll Paul mir schon zu sagen haben? Dass die Polizei sich endlich ins Zeug legt? Oder dass ich noch Geduld haben soll?

Geduld, während Rosa Neuer weiter Spielchen mit mir treibt.

Erst der Brief und die Mail. Das Ablenkungsmanöver durch sexuelle Inhalte. Natürlich haben wir zuerst an einen Mann gedacht. Genau darauf hat sie spekuliert. Weil es naheliegend war.

Die letzten Wochen laufen im Schnelldurchgang vor meinem geistigen Auge ab, und ich kann nicht glauben, wie naiv wir waren.

Vielleicht, überlege ich, sollte ich Paul doch anrufen und ihm von den neuen Erkenntnissen erzählen. Immerhin könnte er überprüfen, ob Rosa vielleicht schon einmal aktenkundig wurde. So wie Theo. Und ich. Wäre ich nicht erst dreizehn gewesen, als … Mein Magen schürt sich zu. Ich will diesen Gedanken nicht zulassen. Er ist Schmutz auf einer ansonsten makellosen Oberfläche. Schmutz, der sich nicht so einfach abkratzen lässt. Weil er so hartnäckig in dieser einen Fuge sitzt.

Ich kenne dein Geheimnis.

Wart nur ab, sage ich zu mir selbst und denke an Rosas Mail. »Denn jetzt werde ich dafür sorgen, dass deins zuerst hochgeht.«

39. KAPITEL

AUGE UM AUGE, ZAHN UM ZAHN

Das Haus, in dem Rosa Neuer wohnt, liegt nur zehn Kilometer Luftlinie von meiner Wohnung entfernt. Dennoch bin ich wegen des Berufsverkehrs bestimmt eine halbe Stunde unterwegs.

Dreißig verflixte Minuten, in denen ich die Heizung im Auto so hochballere, in der Hoffnung, dass sie gegen die Gänsehaut auf meinem Körper irgendwie ankommt. Doch es ist zwecklos. Ich fühle mich wie eingefroren. Unfähig, klare Gedanken zu fassen.

Bella liegt brav auf dem Beifahrersitz, während ich die Beine anspanne, um weniger zu zittern.

»Sie wird untergehen. Sie wird für immer untergehen für das, was sie mir angetan hat.«

Die Nervosität vibriert förmlich in meinen Knochen, und es kostet mich vollste Konzentration, beim Regen auf den Straßenverkehr zu achten. Doch Abwarten würde alles nur noch schlimmer machen. Sobald Paul von meinem Plan erfahren würde, müsste er mich abhalten. Weil er Polizist ist. Und ich keinerlei verwertbare Beweise habe. Nein, ich muss Rosa mit dem Foto konfrontieren und ein direktes Geständnis erzwingen.

Ich parke meinen Wagen einige Meter von ihrem Grundstück entfernt und hoffe, dass sie mich nicht durch das große Küchenfenster gesehen hat. Wenn sie überhaupt zu Hause ist.

Vom Beifahrersitz kommt ein leises Winseln.

»Aus!«, fahre ich meine Dackeldame ungewollt grob an. Im nächsten Moment streichle ich ihr versöhnlich über das Fell. »Um dich kümmere ich mich gleich.«

Die Aufregung sitzt wie ein Kloß in meinem Hals, und ich muss die Hände zu Fäusten ballen, um mich einigermaßen gestärkt zu fühlen.

Mit zügigen Schritten gehe ich die Kieseinfahrt hoch. Weiße Fassade, große Fenster, dreistöckig. Ich war Ewigkeiten nicht mehr hier. Mindestens zwei Jahre. Ein einziges Mal hat sie Alex und mich auf eine ihrer Partys eingeladen.

Ich erinnere mich an das, was ich damals zu Alex gesagt habe, als wäre es gestern gewesen. Rosa hatte nach dem Umzug gerade ihre XXL-Haustour hochgeladen.

»Sie hält sich für etwas Besseres.« Zu dem Zeitpunkt hatte Rosa gerade die Zweihunderttausend-Follower-Marke geknackt und lag damit ein kleines Stück vor uns.

»Ist doch egal. Wenn wir den Platz brauchen, kaufen wir auch ein Haus. Vielleicht bauen wir auch selbst eines, das genau unseren Vorstellungen entspricht. Mit Garten und einer großen Terrasse.«

»Wenn wir den Platz brauchen?«, habe ich gefragt und auf der Stelle das breite Lächeln in meinen Mundwinkeln gespürt.

»Ach, Babe. Du weißt genau, wie ich das meine.« Er hat mich geküsst, und ich bin glücklich gewesen.

Doch heute ist nichts mehr von dem Gefühl übrig. Nichts von der Freude und Zuversicht. Das einzig Gute in meinem Leben ist Paul. Paul, den ich am liebsten jetzt an meiner Seite hätte.

»Du hast das Foto der Videoaufnahme als Beweis«, sage ich mir immer wieder und kann nur hoffen, dass Rosa vor Schreck nicht genau darüber nachdenken wird, wie ich überhaupt in dessen Besitz gekommen bin.

Mein Herz rast, als ich den Finger auf die Klingel halte. Wenn Rosa mich von drinnen gesehen hat, wird sie sicher nicht öffnen.

Fieberhaft überlege ich einen alternativen Plan, als die Tür bereits aufgeht. Rosa hat die Haare zu einem Zopf gebunden und sieht selbst in ihrer Jogginghose und dem lässigen Shirt viel zu gut aus. Noch. Bis sie weiß, was es heißt, sich tatsächlich mit mir anzulegen.

»Du …?« Ihre Überraschung erscheint mir echt. Ich versuche einen Schockmoment in ihrem Gesicht zu erkennen, interpretiere die hochgezogenen Augenbrauen jedoch vor allem als Ablehnung. »Was willst du hier?«

Atmen. Ich darf nicht vergessen, zu atmen. Ich habe nur diese eine Chance.

Vielleicht hätte ich es mir besser überlegen sollen. Mir vorher aufschreiben sollen, was ich sage. Doch jetzt ist es zu spät. Ich stehe vor der Tür und muss Rosa Neuer mit dem Vorwurf konfrontieren, mich über mehrere Wochen schikaniert und gestalkt zu haben.

»Wir sollten reden«, erkläre ich in beherrschtem Ton. *Hoffentlich läuft die Tonaufnahme auf meinem iPhone noch.*

Missbilligend legt Rosa die Stirn in Falten. »Das wüsste ich aber. Falls du hier bist, um mich in deinen Ärger hineinzuziehen, möchte ich dich bitten, zu gehen.«

Mein Kiefer verhärtet sich. Die Nervosität lässt mein Herz so schnell schlagen, dass ich mich beinahe an meinen Worten verschlucke. »Ich gehe davon aus, dass du lieber zuerst mit mir reden möchtest. Ansonsten kann ich mich natürlich auch direkt an die Medien wenden.«

Vielleicht war das ein wenig zu hoch gepokert, schießt es mir durch den Kopf. Doch zumindest regt sich in Rosas Gesicht etwas. Aus der Verärgerung wird Verblüffung. Sie scheint nicht damit gerechnet zu haben, dass ausgerechnet ich ihr auf die Spur komme.

»Ich habe keine Ahnung, wovon du sprichst.«

»Kein Problem. Ich kann deiner Erinnerung gerne auf die Sprünge helfen.«

Plötzlich passiert etwas Eigenartiges. Schwindel übermannt mich, wird so stark, dass ich Schwierigkeiten habe, die Augen aufzuhalten. Ich strecke die Hände aus und kralle meine Finger in die Fassade.

Das alles hier fühlt sich unwirklich an. Nicht echt. Würde mich in diesem Moment jemand fragen, wäre ich mir schlagartig nicht mehr sicher, ob all das tatsächlich geschieht oder sich nur in meinem Traum abspielt.

»Gott, bist du auf Drogen?« Rosas Stimme klingt, als sei sie kilometerweit entfernt. Oder … nein … als habe es sie nie gegeben.

Aber … doch … ich reiße die Augen auf, klammere mich immer noch an der Hauswand fest und spüre, wie der kalte Wind über meinen verschwitzten Rücken fegt.

Es hat sie gegeben. Rosa. Ihre Stimme. Das Foto. Ich habe den Verstand nicht verloren. Das hier ist nur wieder eine Panikattacke. Derealisation. Ein Zustand, den ich aus meiner Kindheit kenne.

»Was hast du genommen, du Irre?« Rosas Stimme holt mich zurück ins Hier und Jetzt. »Du bist ja noch kaputter, als sie über dich sagen.«

»Das sagst gerade du«, entfährt es mir. Noch immer auf wackeligen Beinen. Doch ich habe nicht vor, aufzugeben.

Instinktiv halte ich ihr das Telefon vor die Nase, den Daumen bewusst über das rote Leuchten der Tonaufnahme. Das Foto der Überwachungskamera habe ich noch im Auto aufgerufen.

»Und was hat es damit auf sich?«

»Was ist das?«, blafft Rosa. »Spionierst du mir nach?« Sie hält inne. »Du machst mir Angst.«

Sie will die Tür zuschlagen, doch ich reagiere schneller. Blitzschnell packe ich sie am Arm, zucke bei der Berührung jedoch gleichermaßen zusammen. Es ist meine einzige Chance! Meine einzige Chance, dass dieses Grauen aufhört!

»Lass mich sofort los. Ich habe keine Ahnung, welches Spiel du hier treibst.«

»*Du* bist für alles verantwortlich. Ich habe herausgefunden, dass das Paket von dir ist. Zuerst kopierst du meine Ideen, und dann … dann wolltest du mich vollends zerstören.«

Die Wut weicht aus Rosas Gesicht. Einen Moment lang starrt sie mich komplett ausdruckslos an, als müsse ihr Gehirn meine Worte erst einmal verarbeiten. Dann reißt sie sich von mir los.

»Oh, mein Gott. Du bist vollkommen verrückt geworden. Ich rufe die Polizei.«

»Du hörst mir jetzt genau zu«, fahre ich sie an. »Ich will, dass du klarstellst, dass ich keine Ideen von dir geklaut habe. Mir ist egal, wie du das tust.«

Ich will nur mein Leben zurück, ergänze ich im Stillen. Mein verdammtes altes neues Leben.

»Moment mal, du denkst, ich habe irgendetwas mit dem Drama zu tun, in das du dich selbst manövriert hast?« Aus dem Nichts beginnt sie so heftig zu lachen, dass ihr ganzer Körper bebt.

Ich umklammere mein Smartphone noch fester. Nicht, dass sie es mir aus der Hand schlägt. Oder noch schlimmer … Die Tonaufnahme darf nicht unterbrochen werden.

»Ich kann es beweisen. Sieh doch!«

Ihr Blick wandert wieder auf das Display meines iPhones. »Das ist ein Foto von mir bei der Post. Na und? Erstens habe ich keine Ahnung, woher du diese Aufnahme hast, und zweitens weiß ich nicht, was du damit sagen willst.«

Ich koche vor Wut.

»So, du willst es also nicht zugeben.«

»Was zugeben?«

»Dass du mir einen Brief geschickt hast. Eine E-Mail. Den ekelhaften Schmierfilm. Das Paket mit der Wäsche. Das hier.« Ich bewege zur Andeutung das Telefon in meiner Hand. »Du wusstest von den neuen V-Line-Produkten. Nur du konntest das Video basteln, das statt der Ankündigung auf meinem Kanal online ging. Du bist die Einzige, die davon profitiert.«

Schon wieder lacht Rosa auf. »Du meinst das ernst, oder?

Natürlich wusste ich von den Produkten. Deine tolle Freundin Linnea kann ihre Klappe nun mal nicht halten. Sie hat in diversen Onlineforen damit geprahlt, Informationen zu haben.«

»Linnea?«

»Wundert dich das?« Rosa lacht trocken auf. Und nein, eigentlich schockt mich weniger Linneas Name.

»Was für ein Forum ist das?«

»Lebst du eigentlich hinterm Mond? Da sind Fans, aber auch eine Menge Hater unterwegs. Alles anonym, aber ich weiß, dass die Info von Linnea kam. Sie hat es mir erzählt, und klar, ich gebe zu, die Sache mit den Duschschäumen hat mir gefallen. Mal im Ernst, es ist ganz normal, dass man sich Inspiration bei Kollegen holt. Das machen auch große Brands. Du kannst das Rad nicht neu erfinden, Valerie!«

»Du bist so armselig. Zuerst klaust du meine Ideen, und dann ziehst du die andere Nummer auch noch durch.«

Rosa hebt abwehrend die Hände. »Was auch immer du da redest, ich habe nichts mit dem Scheiß zu tun.«

»Ach ja«, keuche ich. »Und wieso hattest du dann mein Paket dabei? Warum hast du es bei der Post aufgegeben?« Damit wird sie nicht durchkommen. Alle ihre Lügen ergeben keinen Sinn.

»Dein Paket? Was redest du da? Wenn du nicht zufällig Jasmin Stein heißt, wüsste ich nicht, was du mit dem Paket zu tun hast.«

»Wer ist Jasmin Stein?«

Rosa rollt genervt die Augen. »Eigentlich habe ich es nicht nötig, aber wenn es hilft, dass du wieder verschwindest …« Nun zieht sie ihr Telefon aus der Jeanstasche und öffnet ihr Instagram-Profil, um mir einen Beitrag zu zeigen.

VERLOSUNG

Lust auf vorweihnachtliche Post von mir?

Ich möchte euch eine Freude bereiten und verlose gemeinsam mit @your.hair unter allen Teilnehmenden einen brandneuen Kaltluftföhn …

Ich überfliege die restliche Caption nur, begreife nicht, worauf Rosa hinauswill.

»Jasmin Stein ist die Gewinnerin meiner Verlosung. Das weiß ich so genau, weil ich das Paket persönlich zur Post gebracht habe. Ein Paket mit einem Fünfhundert-Euro-Föhn, der ungefähr so wenig mit Unterwäsche zu tun hat wie ich mit Stalking.« Der letzte Satz kommt zischend aus ihrem Mund. In mir zieht sich alles zusammen. Ihre Worte bohren sich so schmerzhaft in meinen Verstand, dass ich mir am liebsten die Ohren zuhalten würde. Ich will nicht glauben, was ich gerade gehört habe.

»Du lügst.« Das ist die einzige Erklärung für alles hier. Für das, was ich gesehen habe.

»Jetzt hör gut zu, du Freak. Ich wäre mit meinen Behauptungen sehr, sehr vorsichtig.« Sie zieht ihr Telefon zurück, tippt mit den langen French Nails irgendwas auf dem Bildschirm. »Du könntest eine Menge Ärger wegen dieses Auflaufs bekommen. Und ich sag's mal so: Dein Untergang hat mir nicht gerade geschadet, aber es würde mir wirklich leidtun, wenn demnächst in den Medien nicht nur etwas von Psychoterror, sondern einer Verhaftung stehen wird.« Ehe ich einen Schritt zurückweichen kann, hat sie mir ihr Smartphone schon wieder vors Gesicht gehalten. »Wenn du dann Ruhe gibst …« Ein Lächeln, das vor Missbilligung kaum weniger triefen könnte, taucht auf ihren Lippen auf. »Das hier ist eine Instagram-Story, die ich genau an diesem Vormittag hochgeladen habe. Es müsste der 15. Oktober gewesen sein. Ist das korrekt, Sherlock?«

Ich schlucke. Am liebsten würde ich ihr das Telefon aus der Hand reißen, mich der Tatsache verschließen, dass ich sie zu Unrecht verdächtigt habe. Der Boomerang, den ich auf dem Display des Handys sehe, ist laut Instagram um 11:25 Uhr aufgenommen worden und zeigt ziemlich wahrscheinlich das Paket, das ich auf der Überwachungskamera gesehen habe. Mir bleibt nichts anderes übrig, als zu akzeptieren, dass Rosa ausgerechnet an diesem Tag in genau diese Filiale gegangen ist, um ein stinknormales Paket zu verschicken. Am liebsten würde ich augenblicklich im Erdboden versinken.

Meine Wangen glühen, als ich rückwärts die Stufen zur Einfahrt beinahe hinunterstolpere.

Ich wende mich der Straße zu, zwinge mich, nicht mehr zurückzuschauen, und flüchte zu meinem Auto.

Hektisch ziehe ich die Fahrertür auf und lasse mich auf den Sitz sinken.

Dieser Tag ist mein endgültiger Untergang.

Wenn Rosa Neuer diese Geschichte öffentlich macht, kann ich mein Leben vergessen. Alles vergessen.

Es ist, als würden die letzten Stunden wie ein Film vor meinem geistigen Auge laufen und ich sei gezwungen, mir jede verdammte Minute genau anzusehen.

Mein Telefon vibriert. Ein eingehender Anruf. Es ist wieder Paul. Der einzige Mensch, der die ganze Zeit an meiner Seite gewesen ist. Mir glaubt. Dem ich vertraue. Und trotzdem kann ich jetzt nicht mit ihm sprechen.

Ich möchte einfach nur dasitzen und hoffen, dass ich mich in den nächsten Minuten einfach in Luft auflöse.

Schon wieder leuchtet Pauls Name auf meinem Telefon auf. Was in aller Welt kann so wichtig sein?

Ich nehme das Gespräch an, ohne etwas zu sagen.

»Valerie? Bist du dran?« Er wartet nicht auf eine Antwort. »Halt dich fest, wir haben ihn. Hast du gehört? Wir haben ihn. Den Typen. Wir haben den Typen gefunden, der dir das angetan hat.«

40. KAPITEL

BESSER SPÄT ALS NIE

»Ich kann dir leider noch nichts Genaueres sagen. Die Kollegen haben ihn festgenommen und befragen ihn gerade.« Paul fährt mit der Hand über seine Bartstoppeln und seufzt. »Streng genommen hätte ich dir nicht einmal Bescheid geben dürfen, dass wir einen Tatverdächtigen haben.«

Wir haben uns bei mir in der Wohnung getroffen. An keinem anderen Ort hätte ich es jetzt ausgehalten. Ich bin viel zu überfordert mit allem, was ich denken, fühlen oder sagen will.

»Was soll das heißen? Tatverdächtig? Ich dachte, ihr habt ihn aufgespürt. Genau das hast du am Telefon gesagt.«

Mir ist ganz schlecht vor Aufregung. Noch immer bin ich nicht dazu gekommen, Paul von dem Besuch bei Rosa zu erzählen. Und wenn ich ehrlich bin, würde ich mir diese Blamage auch am liebsten ersparen.

»Offiziell gilt der Mann noch als tatverdächtig. Das hat aber nur rechtliche Gründe und wird so genannt, bis er wirklich verurteilt wird. Mach dir deshalb keine Sorgen! Die Beweise sind eindeutig. Wir haben seine IP-Adresse zurückverfolgt und haben sowohl das Videomaterial als auch den E-Mail-Account, von dem er die Mail geschickt hat, auf seinem privaten PC gefunden.«

»Und für all das habt ihr so lange gebraucht? Es war die ganze Zeit so einfach?« Ich sollte erleichtert sein. Mich freuen. Dankbarkeit empfinden. Aber gerade bin ich einfach nur fassungslos.

»Seit Wochen, nein, seit Monaten schlage ich mich mit Sorgen und Ängsten herum, muss mir anhören, dass man nichts tun kann, und dann plötzlich gelingt es der Polizei innerhalb von Stunden, den Täter zu finden? Wie heißt das Arschloch? Was will er?«

»Das habe ich dir doch erklärt. Wir brauchten für die Rückverfolgung einen richterlichen Beschluss. Ohne den dürfen wir nicht ermitteln. Das ist nun einmal alles nicht so einfach«, erklärt Paul ruhig. »Du hattest da noch Glück, dass das öffentliche Interesse groß genug gewesen ist, um Dampf in die Ermittlung zu bringen.«

»Oh, dann sollte ich vermutlich dankbar für meine Privilegien sein. Dafür, dass man mir wochenlang eine Straftat vorgeworfen hat und mich als Psychopathin …« Ich breche ab und korrigiere mich: »Nun ja, zumindest als Lügnerin hingestellt hat.«

»Ich verstehe deinen Ärger. Wirklich. Das System ist nicht in Ordnung. Aber bist du denn zumindest etwas froh, dass die Sache nun wohl ein Ende hat?« Er sieht mich mit großen Augen an. »Du bist frei, Val. Das Ganze wird sich öffentlich aufklären.«

Seine Worte sickern nur langsam in mein Bewusstsein, wollen aus irgendeinem Grund immer noch nicht greifbar sein.

»Frei«, presse ich hervor. »Aufklären.« Die Bilder von vorhin laufen plötzlich vor meinem geistigen Auge ab. Ob Rosa die Sache für sich behält, wenn sich herausstellt, dass ich tatsächlich einen Stalker hatte? »Wer ist der Typ?«, frage ich erneut. »Wo habt ihr ihn ausfindig gemacht? Hat er irgendwas gesagt? Ich meine, er muss doch Motive gehabt haben«, schnaufe ich.

»Wir kennen noch nicht alle Details. Wenn ich richtig rausgehört habe, sieht er in dir den Grund, weshalb seine Frau sich von ihm getrennt hat.«

»Bitte was?«, entfährt es mir entsetzt.

»Sobald die Vernehmungen durch sind, wissen wir mehr.«

»Du hast gesagt, die meisten Stalker kommen aus dem näheren Umfeld.«

Paul holt tief Luft. »Wie gesagt, ich darf eigentlich wirklich nicht …«

»Jetzt komm mir nicht wieder damit! Das ist das Mindeste, was man mir als Entschädigung geben kann.«

Ich sehe die Verzweiflung in seinen Augen. Den inneren Zwiespalt zwischen »eigentlich hat sie recht« und »es ist nun einmal meine Pflicht«. Doch so leicht mache ich es ihm nicht.

»Es ist wichtig für mich, um das alles zu begreifen. Das verstehst du doch, oder?«

Er lässt sich tiefer in das Sofa sinken und vergräbt das Gesicht angestrengt in den Händen. »In den meisten Fällen handelt es sich um Personen aus dem näheren Umfeld, sagte ich. Das heißt nicht, dass es keine Ausnahmen gibt. Vor allem bei Personen des öffentlichen Lebens. Da sind die Regeln nun einmal andere.«

Ich muss an das denken, was die Polizistin bei meiner ersten Anzeige gesagt hat. Dass man damit rechnen müsse, wenn man in der Öffentlichkeit steht. Wie wütend ich darüber gewesen bin.

Doch ich weiß, dass Paul es nicht so gemeint hat.

»Es tut mir so leid«, sagt er leise und kratzt sich im Nacken. »Dieser Typ wird seine Strafe bekommen.«

»Pfff. Das glaubst du doch selbst nicht. Wie hoch ist die Wahrscheinlichkeit, dass er mit einer Geldstrafe davonkommt?«

»Ich werde alles tun, um …«

Schnell winke ich ab. »Schon okay. Ich wollte dich nicht so anblaffen. Ich weiß, dass es nicht deine Schuld ist. Es macht mich nur so fassungslos. Warum tut jemand so was?«

»Die Gründe können ganz unterschiedlich sein. Manchmal ist es das Bedürfnis, einer Person aus der Öffentlichkeit besonders nahe sein zu wollen. Das ist dir doch sicher kein unbekanntes Thema: Fans, die glauben, dich persönlich zu kennen, mit dir quasi befreundet zu sein. Oder auch mehr. Sie entwickeln eine richtige Besessenheit und kommen mit der Tatsache nicht klar, sich in die Fiktion nur hineingeträumt zu haben. Eine Schattenseite von Bekanntheit, von Social Media.« Paul presst die Lippen zusammen, als könne er die Dinge ungeschehen machen, wenn er sie nicht laut ausspricht. »In anderen Fällen ist es purer Hass. Eifersucht. Missgunst. Frustration. Der Erfahrung nach steckt vor allem im Internet oder allgemein bei erfolgreichen Frauen oft mal auch Misogynie dahinter.«

»Frauenhass?«

Er nickt. »Du hast es selbst gesagt, Valerie. Weißt du noch? Du bist eine selbstbewusste, starke, attraktive Frau. Bei manchen Männern erzeugt das Minderwertigkeitskomplexe. Er hat in dir so etwas wie ein Ventil gefunden. Eine Figur, auf die er die Wut über seine gescheiterte Beziehung projizieren kann.«

»Er gibt mir wirklich die Schuld an seiner Trennung? Weil ich Frauen geraten habe, für sich einzustehen? Die Videos, die ich zu dem Thema gemacht habe, lassen sich an einer Hand abzählen. Ich wollte nur, dass sich die Frauen von ihren Kerlen weniger verarschen lassen.« Mein Herz macht einen Sprung. Die Vorstellung, jemandem aus so einem Grund schaden zu wollen, ist für mich dermaßen surreal und befremdlich, dass ich es einfach nicht verstehen kann. Verstehen will.

»Hör auf, dich zu rechtfertigen! Du hast nichts Falsches getan«, redet Paul auf mich ein.

Ich bleibe auf dem Sofa sitzen, lasse zu, dass Paul nach meiner Hand greift und mit dem Daumen sanft über meine Haut streicht. »Wichtig ist, dass du von jetzt an keine Angst mehr zu haben brauchst. Wir werden den Fall vollständig aufklären, sodass keine Zweifel mehr im Raum stehen. Aber bis dahin darfst du dich erst einmal wieder erholen.«

»Wann gehen die Informationen an die Presse raus? Wann wird sich öffentlich alles aufklären?«

Paul zuckt mit den Schultern. »Leider kann ich dir das nicht genau sagen. So wie es aussieht, ist unser Mann nicht gerade gesprächig. Ich hoffe, dass sich nach den Feiertagen etwas tun wird.«

»Nach den Feiertagen? Nach Weihnachten? Das sind noch drei Wochen.«

Auf einmal wird mir klar, dass ich gar nicht mehr weiß, wie das überhaupt gehen soll. Abwarten. Bevor die schrecklichen Dinge passiert sind, war ich mit der Konzeption der V-Line-Produkte beschäftigt, habe alle meine Energien in die Marke investiert. Und jetzt, wo sich der Fall endlich geklärt hat, soll ich weiterhin rumsitzen und Däumchen drehen? Was Tizian wohl dazu sagen wird? Gott, das kann mir so was von egal sein. Der Kerl hat die letzten Tage einfach den Schwanz eingezogen und sich nicht mehr gemeldet. Entweder er fährt gerade wieder auf der Skandal-ausharren-Schiene, oder er schreibt bereits am Auflösungsvertrag. Was mir vor Monaten noch als Segen vorgekommen wäre, fühlt sich jetzt plötzlich wie ein finaler Dolch im Rücken an.

»Spätestens im neuen Jahr. Du hast das Ganze jetzt so lange durchgestanden. Wir schaffen das.« Er drückt meine Hand fester, beugt sich leicht vor und drückt mir einen zärtlichen Kuss auf die Wange. Seine Bartstoppeln kitzeln auf meiner Haut, und seine Berührung glüht noch einige Sekunden nach.

»Egal, was passiert. Ich verspreche dir, dass ich bei dir bin.« Er spricht nur leise, doch seine Worte treffen mich direkt ins Herz. Mir war immer klar, dass Ruhm wahre Beziehungen erschwert, dass viel zu häufig unklar ist, was die Menschen wirklich für dich empfinden, wenn du plötzlich Ansehen hast. Bei dem Gedanken daran muss ich an Linnea denken. Daran, dass sie mich weniger mit ihrem Verhalten enttäuschen konnte als durch die bittere Erkenntnis, dass es mich kein bisschen überrascht hat.

Doch mit Paul ist es anders. Ich lehne meinen Kopf gegen seine Schulter und atme seinen herben Geruch ein. Es ist erstaunlich, wie vertraut mir dieser Mensch in den letzten Wochen geworden ist. Und das, obwohl ich es mit jeder Faser meines Körpers verhindern wollte.

»Kannst du das noch einmal wiederholen?«, frage ich und schließe die Augen.

»Was davon?« Er streicht mir liebevoll das Haar hinters Ohr.

»Den Satz mit dem Selbstbewusstsein.«

»Du bist stark. Selbstbewusst. Intelligent. Attraktiv und atemberaubend.« Jedes einzelne Wort klingt aus seinem Mund wie ein Versprechen, und auf einmal ist mir klar, wie dringend ich diese Worte hören musste. Wie groß meine Angst in der letzten Zeit war, diesen Teil meines Selbst zu verlieren. Die Stärke. Den Glauben an mich und meine Fähigkeiten.

Plötzlich muss ich an das denken, was Fred bereits vor Monaten zu mir gesagt hat.

Menschen, die sich komplett selbst aufgebaut haben, schaffen es im Leben immer wieder. Du kennst die Route, den Fahrplan, das Rezept zum Erfolg.

Ich hoffe einfach, er behält damit recht.

* * *

Es schneit dieses Jahr bereits ab dem 15. Dezember. So heftig, dass laut Nachrichten einige Schüler nicht zur Schule gehen können, Autos vollkommen eingeschneit und die Straßen glatt und matschig sind.

Ich bleibe die meiste Zeit zu Hause, gewöhne mich aber nur schwer an das Nichtstun, Zeit zu haben, mal wieder ein Buch zur Hand nehmen zu können.

»Wenn man es so sieht, hat dir die Scheiße zumindest etwas gebracht«, sagt Paul, als wir am Abend telefonieren. »Du liegst auf dem Sofa und klingst weitaus entspannter als sonst.«

In Wahrheit bin ich so lange einigermaßen ruhig, wie Rosa Neuer meinen peinlichen Auftritt für sich behält. Aktuell sieht es zum Glück danach aus. Wahrscheinlich weiß sie, dass das Bild der Psycho-Val in der Öffentlichkeit nicht mehr funktionieren würde.

»Eigentlich warte ich nur darauf, dass die Polizei ihre Arbeit macht.«

Der Fall wird sich aufklären, erinnere ich mich an Pauls Versprechen. Nach Weihnachten, spätestens Neujahr.

Doch habe ich zu diesem Zeitpunkt noch geglaubt, die Zeit würde schleichen, wurde ich nun eines Besseren belehrt: Sie schleicht nicht nur, sie vergeht einfach nicht.

»Wieder Geschenke bekommen?«, weicht er dem Thema aus. Sicher ahnt er, dass wir heute besser nicht über die weitere Ermittlung sprechen sollten.

»Wenn das nächste Mal ein Paketbote kommt, mache ich einfach nicht auf.« Ich sende ihm eine Anfrage zum Videotelefonat, die er sofort annimmt, und fahre mit der Kamera über den Stapel Kartons, der noch immer im Flur steht.

»Sieh dir das an! Tizian sagt, das ist längst noch nicht alles. Die meisten Sachen werden ins Management geschickt. Entweder sie hatten alle vergessen, mich von ihrer goldenen Geschenkeliste zu streichen, oder es ist das schlechte Gewissen.« Ich lache, obwohl ich die Umstände noch immer alles andere als witzig finde.

»Warte erst mal ab, wenn die Details öffentlich gemacht werden.« Bisher hieß es in der Presse nur, dass man tatsächlich wegen Stalkings ermittelt. »Niemand wird daran vorbeikommen, sich einzugestehen, dass er oder sie falschlag. Selbst meine Kollegen auf der Wache wissen jetzt, dass du von Anfang an die Wahrheit gesagt hast.«

Paul hat recht. Für einen kurzen Moment versuche ich mich tatsächlich einfach nur auf das Positive zu konzentrieren.

»Was haben sie denn gesagt?«

Er macht eine wegwerfende Handbewegung. »Gesagt hat niemand etwas. Aber man merkt es trotzdem. Ich hoffe, dass es ihnen eine Lektion gewesen ist und sie das nächste Mal etwas weniger voreilig mit falschen Behauptungen sind.«

»Und dass die Polizei sich nicht von Pressemeldungen beeinflussen lässt.«

Es ist jetzt zweieinhalb Wochen her, dass der Artikel über meine erfundene Familiensituation aufgetaucht ist. Erstaunlicherweise hat sich die Welle ziemlich schnell beruhigt, nachdem ich mit Tizian beschlossen habe, weiter im Rückzug zu bleiben.

Du hast immer noch die Wahl. Überdenke die Idee mit dem Comeback. Alex und du, ihr wart das perfekte Paar. Tizians Worte hallen in meinem Kopf nach.

Ich blinzele mehrfach, versuche die Gedanken abzuschütteln. Doch es ist zu spät. Paul gelingt es dennoch, in meine Seele zu blicken.

»Woran denkst du gerade?«

Ich lasse den Kopf auf das Sofa sinken und seufze. »An dich! Ich wünschte, du wärst jetzt hier. Bist du sicher, dass du nicht kommen kannst?«

Er legt die Stirn in Falten. »Gerade ist wirklich schlecht. Ich habe noch eine Menge zu tun.« Er war schon länger nicht mehr hier bei mir. Die letzten Male bin ich immer zu ihm gefahren.

»Gib's zu, bei dem Wetter willst du einfach nur nicht mehr vor die Tür.« Paul lacht amüsiert.

»Es ist wirklich höllisch kalt«, wiederhole ich noch einmal zur Bekräftigung und zwinkere ihm vielsagend zu.

»Vielleicht wüsste ich etwas, das da helfen könnte.« Auf Pauls Gesicht macht sich ein freches Grinsen breit, das meinen Körper innerhalb von Sekunden zum Prickeln bringt. Sein Blick gleitet an mir herab, glüht auf meiner Haut. Wenn er mich auf diese Weise ansieht, dauert es nicht lange, und meine Hormone fahren Achterbahn.

»Wieso habe ich keine Ahnung, worauf du hinauswillst?« Ich kichere und lasse wie beiläufig die Decke ein Stück tiefer sinken. Ich bin bereit, ihm noch viel mehr hiervon zu zeigen.

»Was hältst du davon, wenn du das Denken für die nächsten Minuten mir überlässt und einfach das tust, was ich dir sage?« Ich mag es, wie seine Stimme klingt, wenn er flüstert.

»Oh, davon halte ich sehr viel.«

Let the show begin.

41. KAPITEL

DA LIEGT DER HUND BEGRABEN

Dieses Jahr erlebe ich an Weihnachten zum ersten Mal das berühmt-berüchtigte »ich dachte, wir schenken uns nichts«.

Bisher hielt ich den Satz für eine Verlegenheitsfloskel. Doch ich muss zugeben, dass es mir tatsächlich unangenehm war, mich an unsere Vereinbarung gehalten zu haben.

»Es ist nur ein Abendessen«, hat Paul erklärt und besänftigend den Arm um meine Schulter gelegt. »Mein größtes Geschenk bist dieses Jahr sowieso du.«

Paul und ich haben beschlossen, die Weihnachtstage zusammen in seinem Haus zu feiern. Obwohl man sich unter »feiern« vermutlich etwas anderes vorstellen würde.

Am Heiligen Abend zum Beispiel saßen wir hauptsächlich auf dem Sofa, haben gegessen, Filme geguckt und Gesellschaftsspiele gespielt. Während Paul die Sojabolognese vorbereitet hat, musste ich an mich halten, um bei Rosas Instagram-Story keinen Nervenzusammenbruch zu bekommen.

»Muss sie das alles so in die Kamera halten? Wen interessiert ihr scheiß Menü?«, habe ich geflucht und mich im selben Moment der Tatsache stellen müssen, dass ich es in der Vergangenheit genauso gemacht habe.

Die letzten Tage hat es auf Social Media bereits die ersten Veränderungen gegeben. Ich könnte kotzen, wenn ich die scheinheiligen Artikel lese, die vor Widersprüchen nur so strotzen.

Seit bekannt wurde, dass ein Tatverdächtiger festgenommen wurde, werden in der Presse plötzlich Themen wie *Victim Blaming, Female Empowerment* und *Schutz vor Internetkriminalität* heiß diskutiert. Rosa hat meinen plötzlichen Überfall bei ihr zu Hause bisher nicht erwähnt.

Trotzdem hat sich meine Stimmung nur leicht gehoben. Vielleicht vermisse ich die Arbeit.

Paul meinte, ich solle mich mit größeren Postings noch ein wenig zurückhalten, bis der Fall hoffentlich aufgeklärt und abgeschlossen ist. Solange es keine Verurteilung gibt, könnten unbedachte Aussagen meinerseits dem Prozess zu sehr schaden. »Du siehst doch, dass sich alles in die richtige Richtung entwickelt.«

Doch um ehrlich zu sein, sehe ich all die Menschen, die mich in den letzten Monaten im Stich gelassen haben. Einzig Lotte fragt hin und wieder mal, wie es mir geht, ob sie mir mit Bella helfen soll und ob es neue Ermittlungsergebnisse gibt.

Heute ist der 27. Dezember, und ich bin froh darüber, dass die Weihnachtsfeiertage endlich vorbei sind. Meine Ohren haben sich an *Last Christmas* sattgehört. Ich liege auf dem Sofa, habe die Decke, die Paul mir aus dem Schlafzimmer geholt hat, um meine Hüfte gewickelt und starre in den Fernseher, in dem die letzten Tage immer nur das Gleiche lief: Kirchenmusik, kitschige Weihnachtsfilme oder Märchen … die aktuellen Nachrichten waren da ein richtiges Highlight.

»Schalt mal um! Heute soll ein Spielfilm laufen, der dir gefallen könnte«, ruft Paul von oben. Eigentlich wollte er nur rasch duschen gehen, doch jetzt ist er schon mindestens eine halbe Stunde in der oberen Etage verschwunden.

»Ich weiß nicht«, murmele ich viel zu leise, als dass Paul mich von unten hören könnte. Eigentlich hatte ich vor, heute ein bisschen früher zu schlafen. Wie viel Kraft es braucht, mitten im normalen Workflow mehrere Tage überhaupt gar nichts zu tun, weiß man erst, wenn man sich in dieser Lage befindet, stelle ich fest.

»Auf welchem Programm?«, rufe ich, diesmal ein bisschen lauter. Lustlos skippe ich durch die Kanäle und überfliege die Bildunterschriften. Wie ich es vermutet habe: Weihnachtsfilme, irgendein Theaterstück, das aussieht, als hätte man es im letzten Jahrtausend aufgezeichnet, und schließlich eine Show mit schlechter Musik.

»Beginnt gleich! Klick mal zurück!« Pauls Kopf taucht für wenige Sekunden im Treppenabgang auf, dann ist er schon wieder verschwunden.

Ich nehme auf dem Sofa eine neue Position ein, schalte auf einen privaten Sender und lasse die Fernbedienung neben mich fallen.

Bisher laufen nur aktuelle Nachrichten und die habe ich heute schon mehrfach geguckt. Dennoch lasse ich sie weiterlaufen, höre jedoch nur mit einem Ohr zu, was die Moderatoren im Fernsehen erzählen. Überteuerte Benzinpreise, gestiegene Inflation durch die lange Pandemie, politische Streitigkeiten und bevorstehende Wahlen irgendwo im Ausland … Die Worte prallen quasi direkt an mir ab, sodass ich erst aufblicke, als ich mit dem Po aus Versehen gegen die Fernbedienung stoße und den Sender verstelle.

Ich will gerade zurückschalten, als ich plötzlich meinen Namen höre. Oh, wow! Das Gesicht der Moderatorin erkenne ich natürlich sofort. Es ist die Journalistin, die mir mit ihrer Gerissenheit erst all diese Steine in den Weg gelegt hat. Vera Pimping. Endlich weiß ich auch wieder den Namen, der auf Tizians Exklusivvertrag mit der Presse gestanden hat.

»Social-Media-Star Valerie Sophie sorgte in den letzten Monaten bereits mehrfach für Aufsehen. Nachdem man der Influencerin vorwarf, einige Skandale selbst inszeniert zu haben, hieß es vor Kurzem, man habe einen Verdächtigen festgenommen. Wir sind natürlich alle tief bestürzt über die Geschehnisse und fragen uns, wie es mit unserer Lieblingsblondine nun weitergeht. Wir von *Prominews* halten euch natürlich auf dem Laufenden.«

Innerhalb von wenigen Sekunden steht mein gesamter Körper unter Hochanspannung. Ich öffne den Mund, um nach Paul zu rufen, schließe ihn dann jedoch wieder, ohne etwas zu sagen. Auf keinen Fall darf ich etwas verpassen.

Aufgeregt richte ich mich auf und starre gebannt auf den Fernseher. »Dieses rückgratlose Miststück.« Ich hätte wissen müssen, dass diese Vera Pimping bei der erstbesten Gelegenheit die Seiten wechselt und jetzt die Mitleidsschiene fährt. Krampfhaft versuche ich, ihr durch den Fernseher nicht alle möglichen Beschimpfungen entgegenzuwerfen, sondern mich aufs Zuhören zu konzentrieren.

»Die Fünfundzwanzigjährige deutete bereits vor Monaten an, verfolgt zu werden. Doch wie so häufig schenkte man seitens der Polizei den Ängsten einer jungen Frau wenig Beachtung. Jetzt könnte sich diese Behauptung doch als bittere Realität herausstellen. Wir von *Prominews* hatten die Chance auf ein exklusives Interview mit dem Tatverdächtigen.«

Für einen Moment glaube ich, mich verhört zu haben. Unmöglich!

»Paul!« Hysterisch springe ich vom Sofa auf und bleibe im Treppenaufgang stehen, um bloß nicht den Bildschirm aus den Augen zu verlieren. »Paul! Wo bist du?«

In dem Moment, in dem die Tür zum Badezimmer aufgeht, sehe ich im Fernsehen einen Mann. Er ist maximal Mitte dreißig und hat die blonden Haare zu einem Pferdeschwanz zusammengebunden. Er ist unrasiert und sein Blick düster. Mein Herz verliert augenblicklich seinen Takt.

Ist er … ist das …?

Erik K. Als der Name eingeblendet wird, verliere ich für einen Moment das Gleichgewicht. Ich glaube, Paul kommt die Treppe herunter, wirft nur einen Blick auf den Bildschirm.

»Schau dir das lieber nicht an, Valerie!«

Plötzlich kommt Bewegung in mich. Ich schüttele heftig den Kopf, stürze mich auf die Fernbedienung, als fürchte ich, Paul könne mich jeden Augenblick von den Antworten trennen. Antworten, die ich seit Monaten suche.

»Valerie, das tut dir nicht gut!« Er will nach meiner Hand greifen, doch ich schüttele ihn ab. »Ich muss das sehen! Psscht!«

Auf dem Bildschirm hat sich einiges getan. Erik K. sitzt auf einer Parkbank und blickt direkt in die Kamera. Plötzlich spüre ich, wie sich alles in mir zusammenzieht.

»Warum … warum ist der nicht verpixelt?« Die Worte verlassen stotternd meinen Mund. »Es ist doch noch kein Urteil …« Ich spreche den Satz nicht zu Ende, schlucke und erinnere mich daran, Luft zu holen.

»Es sieht ganz so aus, als habe er sich selbst dafür entschieden.« Paul scheint selbst überrascht.

»Sie haben mit der Polizei bisher nur bedingt kooperiert. Zumindest ist das die offizielle Version. Warum haben Sie sich bereit erklärt, mit uns zu sprechen, Erik?«

»Weil es der Wahrheit dient«, knurrt Erik, und mir wird klar, dass ich mir seine Stimme bislang ganz anders vorgestellt habe.

Abends, wenn ich im Bett lag und die Zeilen aus Brief und Mail in meinem Kopf in Endlosschleife liefen.

Tiefer. Bedrohlicher. Weniger wie die eines stinknormalen Mannes, der gelassen die Arme vor der Brust verschränkt.

»Wie meinen Sie das, Erik?«, hakt Vera nach und erhält als Antwort ein langes Schweigen.

»Wissen Sie, Erik, diese Sendung hier wird sicher mehrere Millionen Menschen erreichen, die sich die Frage stellen, was tatsächlich passiert ist. Ob Sie tatsächlich Valerie Sophie gestalkt oder sie gar bedroht haben. Wenn Sie wollen, dass man Sie versteht, müssen Sie mit uns sprechen.«

Endlich hebt er den Kopf, sieht zuerst zu Vera, dann starrt er zurück in die Kamera und öffnet langsam den Mund:

»Verdammte Scheiße. Es ist nicht so, wie ihr denkt!«

42. KAPITEL

WER EINMAL LÜGT, DEM GLAUBT MAN NICHT

»Ist das sein fucking Ernst?« Ich höre, wie Paul neben mir nach Luft schnappt.

»Pssschttt«, mache ich schon wieder, ohne den Blick vom Bildschirm abzuwenden.

Erik schüttelt den Kopf, bevor er antwortet. »Ich kann nicht glauben, dass für diese paar Sachen so ein Riesenfass aufgemacht wird. Haben wir in Deutschland keine anderen Probleme?« Als er lacht, erkennt man strahlend weiße Zähne. »Und wissen Sie, was? Ich bin mir sicher, dass viele Menschen da draußen das Gleiche denken wie ich. Diese sogenannten Influencer sollten sich einfach einen anständigen Beruf suchen und sich nicht halb nackt im Internet verkaufen.«

Ich spanne meine Muskeln an, um nicht vor Wut aufzuspringen.

»Manche dieser Frauen sind so dämlich, dass einem beim Zugucken fast schon das Hirn gesprengt wird.«

»Sie reden vorwiegend von Influencerinnen? Was ist mit den Männern?«, hakt Vera nach.

»Na, schauen Sie sich die billigen Fotos doch mal an. Die meisten davon sind von Frauen, die in ihrem Leben sonst nichts auf die Reihe bekommen haben. Sex sells! Ich find's zum Kotzen!«

»Also sprechen Sie sich vor allem gegen pornografische Inhalte aus?«

Er schnaubt. »Das darf man öffentlich doch nicht vergleichen. Sie sehen doch, was passiert, wenn man beides als eines sieht. Dann sitzen Sie hier als Schwerverbrecher in einem Interview und müssen sich verteidigen. Das wollen die Gören im Netz ja nicht hören. Reden von Gleichberechtigung und hauen dann Fotos ins Netz, auf die sich bereits Zwölfjährige einen runterholen können.«

»Es geht ja um die freie Entscheidung, die jeder Mensch hat«, lenkt Vera ein. »Haben Sie damit ein Problem?«

»Ob ich ein Problem damit habe? Ich? Schauen Sie sich doch mal die Kinder heutzutage an. Für Klicks tun die alles. Auf TikTok oder wie der Bullshit heißt … Da geht's nur um so eine oberflächliche Scheiße, der Kinder nachzueifern versuchen. In meiner Jugend hat es so was noch nicht gegeben, und ganz ehrlich, ich bin froh drum.«

»Wow, man sieht ja, was aus ihm geworden ist«, murmelt Paul leise, doch ich reagiere noch immer nicht.

»Also wollten Sie Valerie Sophie eine Art Lektion erteilen?« Vera sieht Erik mit einem Blick aus Irritation und Unverständnis an, sodass sie auf mich zum ersten Mal fast schon ein bisschen sympathisch wirkt.

»Eine Lektion.« Erik lacht auf. »Ich wollte ihr zeigen, was sie mit ihren albernen Posts angerichtet hat. Über zehn Jahre war ich mit meiner Susanna zusammen. Das können sich Menschen mit dieser Influencer-Krankheit gar nicht vorstellen. Wir waren immer glücklich. Na schön, hier und da gab es mal etwas Streit … so etwas ist in einer Beziehung ja ganz normal. Erst als sie immer besessener von dieser Instagram-Bubble wurde, hat sich das Blatt gewendet. Sie hat ständig Theater gemacht und von persönlichem Wachstum und Potenzialentwicklung gefaselt. Davon, dass ich ihr zu wenig Aufmerksamkeit gebe oder ihren ach so harten Job im Haushalt nicht anerkenne. Dabei hat sie meine ganze Kohle für irgendwelchen Mist rausgehauen, den sie auf Social Media gesehen hat. Angefangen bei teuren Klamotten bis hin zu Schmuck oder Make-up. Jeden Tag kam sie mit einem neuen Rabattcode an. Es ist wie eine Seuche. Eine

Seuche, die sie am Ende dazu gebracht hat, uns wegzuwerfen. Anstatt mich wie einen Verbrecher vorzuführen, sollten die Leute dankbar sein, dass ich ihnen vor Augen führe, in was für einer beschissenen Welt wir leben.«

»Aber es war Ihnen bewusst, dass Sie mit Ihrem Vorgehen öffentlich … nun ja, nennen wir es vorerst *provozieren* würden?«

Spöttisch fährt sein Blick über Veras Körper. Es ist ganz offensichtlich, dass er auch sie nicht ernst nimmt.

Ich hätte es nicht für möglich gehalten, aber plötzlich fühlt ein Teil von mir sich mit ihr verbunden.

»Es hat mich geärgert. Der ganze Dreck hat mich wütend gemacht, und dazu stehe ich.«

»Mit der Polizei wollten Sie aber bisher nicht darüber sprechen?«

»Ich habe Ihnen doch gesagt, dass die Bullen einem das Wort im Mund umdrehen.«

»Inwiefern?«

»Stalking. Was für ein Scheiß! Ich bin kein verfluchter Stalker, hören Sie? Ich bin einfach nur ein ganz normaler Mann, der um seine Beziehung trauert. Mit den kleinen Botschaften habe ich mir doch nur einen Scherz erlaubt. Susanna war früher ganz scharf drauf, wenn ich ihr so was geschrieben habe. Wenn man es so sieht, habe ich mir also nur das zurückgeholt, was Blondie mir genommen hat: ein bisschen Spaß. Zumal ich nicht einmal damit gerechnet habe, dass diese Bitch meine Nachrichten wirklich liest. Angeblich haben die doch alle so viel zu tun. Einen Dreck haben die«, knurrt er. »Die haben doch sonst auch für jeden Scheiß einen Laufburschen. Diese Frauen bauen sich im Netz eine armselige Identität auf, verstecken sich hinter ihren albernen Filtern und labern eine gequirlte Scheiße, die man sich als Normalo gar nicht antun möchte.«

»Darf ich fragen, welcher Arbeit Sie normalerweise nachgehen?«

Erik zuckt mit den Schultern. »Ich bin Grafiker, verdiene mein Geld mit ehrlichen Aufträgen, verstehen Sie? So wie es sich gehört.«

»Eine Sache verstehe ich nicht. Wenn Sie nicht davon ausgegangen sind, dass Valerie Sophie Ihre Botschaften persönlich erhält, warum haben Sie sie dann geschickt?«

Auf ihren Lippen liegt noch immer das aufgesetzt freundliche Lächeln, doch ich kann mir beim besten Willen nicht vorstellen, dass es ihr leichtfällt, in dieser Situation professionell zu bleiben.

»Ich habe doch schon gesagt, dass ich wütend war. Es war mehr eine Impulshandlung. Der Brief, danach die E-Mail ... und mal im Ernst ... der Porno war ein Stück weit auch künstlerische Freiheit. Ich war selbst erstaunt, wie einfach sich so was machen lässt. Diese Weiber verdienen ihr Geld mit Fotos im Internet, auf denen sie halb nackt sind. Wo ist das Problem, wenn man es minimal erweitert?«

»Sie haben ihn ihr direkt zukommen lassen. Ist das richtig?«

»Ich bin zufällig über das Profil einer anderen Bloggerin auf den privaten Account von Valerie gestolpert. Sie war auf einem Beitrag markiert. Also dachte ich, ich zeige ihr mal, was man mit ihren Fotos alles machen kann. Es sollte ein Denkzettel sein, verdammt. Wenn ich es nicht gemacht hätte, wäre es ein anderer gewesen. Mit diesen Deepfakes kann man auf manchen Seiten wohl richtig viel Kohle verdienen. Das war mir aber sogar egal. Als das Video gelöscht wurde, habe ich es nicht einmal mehr neu hochgeladen.«

»Wie überaus großzügig«, rutscht es mir über die Lippen. Es fällt mir immer noch schwer, einen klaren Gedanken zu fassen.

»Wie ging es dann weiter?«, will Vera jetzt wissen.

»Ich habe ihr Post mit Wäsche geschickt. Hey, ich bin mir sicher, die hätte ihr ehrlich gefallen. Wenn sie es sich hätte eingestehen können. Aber na klar, die meisten Frauen tun auf prüde, weil sie keine Hure sein wollen. Dabei sind sie in Wahrheit noch viel schlimmer als wir Männer. Das weiß ich doch alles von meiner Susanna.«

Wieder dieses anzügliche Grinsen. Mir kommt beinahe die Galle hoch.

»Und dann?«

»Ich hatte in so einem Forum von ihren neuen Produkten gelesen. Ein Duschschaum? Wer braucht so was? Die Drogerien sind voll mit parfümiertem Müll, der einem die Nase zudröhnt. Und wieder so ein Scheiß, für den die Kids heutzutage ihr Taschengeld rausschmeißen. Ich wollte nur dafür sorgen, dass es ein bisschen ungemütlich wird. Also habe ich ihren Account geknackt und die Videos auf YouTube ausgetauscht. Shit, ich habe nicht damit gerechnet, dass das in der Öffentlichkeit so verdreht wird. Wissen Sie was? Irgendwann hat sie mir fast schon leidgetan. Die Prinzessin, die in ihrem Leben alles in den Arsch gesteckt bekommen hat, wurde plötzlich von allen Seiten mit Vorwürfen konfrontiert. Ich bin ja kein Unmensch. Für mich war die Sache ab diesem Moment vergessen.«

»Hmmm … das stimmt allerdings nicht ganz mit dem überein, was man sich derzeit erzählt, richtig?«

Erik verdreht genervt die Augen. »Ich habe doch gesagt, bei der Polizei sitzen nur Spinner. Die wollen mich drankriegen. So ein Scheiß. Das ist der einzige Grund, warum die überhaupt so ein Fass aufmachen. Dabei kriegen diese Bullen doch sowieso nix hin.« Er schaut geradewegs in die Kamera, als wolle er mit seinen Blicken die Polizei verhöhnen.

»Was genau wollen Sie damit sagen?«

»Ist das nicht offensichtlich?«

Vera schüttelt nicht den Kopf, sieht ihn allerdings so abwartend an, dass er augenblicklich weiterspricht. »Mir wurde etwas angedichtet, was ich nicht getan habe. Gut, am Anfang hat es Spaß gemacht. Mir einen Kick gegeben. Vor allem, als mir diese Valerie dann über Instagram tatsächlich geschrieben hat. Da dachte ich mir: Meine Güte, jetzt hast du den Fisch tatsächlich an der Angel. Sie wirkte fast schon panisch über mein Paket. Heftig, Alter, Millionen Fans, aber mir antwortet sie? Aber wissen Sie, was danach passiert ist? Das Spiel hat seinen Reiz verloren. Was auch immer die Polizei behauptet, ich weiß nicht, wo die Schlampe wohnt, geschweige denn kenne ich ihre Telefonnummer. Aber man sieht es ja … kaum setzt jemand diese Influencer ein wenig unter Druck, schon fliegen denen ihre eigenen Geschichten um die Ohren. Die geben einen Scheiß auf Ehrlichkeit.«

* * *

»Das ist Unsinn«, wiederholt Paul immer wieder. Die Sendung ist vorbei. Wir haben den Ton stumm gestellt.

»Valerie, sieh mal, die Nachrichten, die er dir geschickt hat, waren obszön und die Videos ein Eingriff in deine Persönlichkeitsrechte. Um ein Geständnis kam er kaum herum. Immerhin konnten wir die IP zurückverfolgen. Aber die Einkäufe, der Einbruch, der Diebstahl deiner Kette und zuletzt auch die Anrufe … der Kerl wird wissen, dass wir dafür keine Beweise haben. Also versucht er, sich herauszureden.«

Mein Herz galoppiert, während Paul spricht, immer schneller.

»Ich muss dir was sagen.« Die Worte sind mir aus dem Mund gerutscht, ehe ich es verhindern kann.

»Was denn?«

»Die Kette wurde nicht geklaut.«

Paul starrt mich irritiert an.

»Ich habe sie verloren. Bei Lotte. Einige Zeit später hat sie sie gefunden und mir geschrieben … Ich hatte Angst, es dir zu sagen, weil ich gedacht habe, du würdest mir den Rest sonst auch nicht mehr glauben. Ich wollte nicht lügen. Ich wollte nur, dass du verstehst und … ich war so alleine. Es tut mir leid.«

Plötzlich steigen mir wieder Tränen in die Augen.

»Bitte sag irgendwas! Schrei mich an! Sei wütend!« Alles ist besser als diese Stille.

»Ich denke nach.«

Kann er das nicht mit ein bisschen mehr Mimik tun?

»Was ist mit den Einkäufen? Und den Artikeln in der Presse?«

»Ich schwöre, damit habe ich nichts zu tun. Wie kannst du nur alles plötzlich infrage stellen? Du hast mich doch erlebt. Hast mitbekommen, wie aufgelöst ich deswegen war.«

»Und die Anrufe? Was ist mit den Anrufen neulich Nacht?«

Abwehrend hebe ich die Hände. »Ich … ich weiß gar nichts mehr.« Ein Zittern erschüttert meinen Körper. »Aber ja, vielleicht habe ich sie wirklich nur im Traum gehört.«

Paul fährt sich gestresst durch das Haar. »Verdammte Scheiße, Val. Das könnte mich meinen Job kosten. Weißt du, was ich für dich riskiert habe?«

»Wie meinst du das?«

»Wie ich das meine? Ich habe wochenlang alle Hebel in Bewegung gesetzt, um die Ermittlungen für dich in Gang zu bringen.«

»Ich weiß.« Mein Kiefer spannt sich ganz automatisch an. »Ich wusste nicht, was ich tun sollte. Es war nur die Sache mit der Kette. Das schwöre ich … Die Anrufe kann ich mir nicht erklären.« Plötzlich ist es, als schnürte sich meine Kehle immer weiter zu.

»Ganz ruhig. Wir bleiben jetzt beide ruhig!«, redet Paul auf mich ein. »Der Täter steht fest. Er kann weiß Gott was behaupten. Immerhin gibt er offen zu, dass er dir schaden wollte. Und ja, vielleicht war die Sache mit der Kette ein blöder Zufall, aber verdammt noch mal, wir haben das Arschloch!« Er deutet auf den Fernseher, auf dem mittlerweile der Spielfilm begonnen hat.

»Er hat gesagt, er kennt meine Adresse nicht. Und meine Handynummer hat er auch nicht.«

»Val, der Typ hat sich mit dem Interview keinen Gefallen getan. Ganz Deutschland konnte sein Geständnis live mitverfolgen.«

Ich schüttele den Kopf. »Ein halbes Geständnis. Das ist nicht genug!«

»Genug, um ihn zur Rechenschaft zu ziehen.«

Ich weiß, dass Paul es nur gut meint. Dass er mich beruhigen möchte, mir die Angst ein für alle Mal nehmen will. Doch auf einmal fühle ich mich wieder so leer und unverstanden, dass mir selbst die Kraft zum Widersprechen fehlt.

»Morgen früh will ich nach Hause, okay?« Ich brauche Zeit, um über alles nachzudenken. Muss in Ruhe in mich gehen, meine Gedanken erst einmal sortieren.

»Ich bin sowieso auf der Arbeit. Wenn du willst, setze ich dich vorher ab.«

Langsam nicke ich. »Danke.«

»Willst du noch was gucken?«

Ich zucke mit den Schultern, weil ich tatsächlich nicht weiß, wonach mir gerade der Sinn steht.

»Es wird alles gut, Valerie. Das verspreche ich dir.« Paul beugt sich vor und presst mir einen Kuss auf die Stirn. Sanft und so behutsam, wie ich in meinem Leben wahrscheinlich noch nie geküsst wurde.

»Es tut mir leid«, murmele ich und ziehe ihn vorsichtig an mich.

»Was tut dir leid?«

»Das mit der Kette. Alles.«

Paul lächelt versöhnlich. »Wir müssen ehrlich zueinander sein. Immer. Auch, wenn es manchmal hart ist. Okay?«

Wieder nicke ich. »Keine Geheimnisse?«

»Keine Geheimnisse.«

Ich vergrabe meine Hände in Pauls Haaren und sehe ihm tief in die Augen. »Was immer auch kommt, bleib. Bitte bleib einfach!«

Die Worte verlassen meinen Mund, ohne nachzudenken. Nicht denken. Fühlen.

Verfluchte Scheiße! Die letzten Monate waren die absolute Hölle. In vielerlei Hinsicht. Doch ausgerechnet zu diesem Zeitpunkt habe ich mich verliebt.

Vielleicht ist das so mit der Liebe, überlege ich. Sie kommt, wann, wie und in der Gestalt, in der sie kommen will. Man sucht es sich verdammt noch mal nicht aus.

»Ich bleibe«, flüstert er und küsst mich. Seine Lippen sind weich, der Kuss dennoch sehnsüchtig und fordernd. Ich lege meine Hand auf seine muskulöse Brust, spüre, wie sein Herz schneller klopft. Genau wie meines. Ich öffne den Mund, um seine Zunge hineinzubitten, schließe die Augen und frage mich, wie es wäre, wenn ich heute für ein paar Minuten keine Angst hätte.

43. KAPITEL

DAS GLÜCK LIEGT AUF DER STRASSE

Auch Silvester verbringen wir zusammen.

Als ich am 4. Januar nach Hause komme, fühlt sich meine Wohnung im ersten Moment fremd und gleichzeitig vertraut an. Weit weg und nah.

Würde mich jemand bitten, dieses Gefühl näher zu beschreiben, ich bin sicher, ich könnte es nicht.

Tausende Gedanken strömen gleichzeitig durch meinen Kopf. Auf der einen Seite bin ich froh, endlich mal wieder Zeit für mich zu haben, andererseits beunruhigt mich die Vorstellung, heute Abend alleine in einem viel zu großen Bett zu schlafen.

Mein Telefon vibriert. Eine Nachricht von Theo. Wir haben seit dem Aufeinandertreffen am Brauhaus nichts mehr voneinander gehört. Selbst über Weihnachten war mir nicht danach, mich zu melden. Und das, obwohl die Wut auf meinen Bruder die letzten Wochen gewichen ist und ich vielmehr von einem schmerzhaften Bedauern erfüllt bin.

Theo
Was labert der Perversling da?
Ich glaub diesem Erik kein Wort.

Valerie
Ausnahmsweise mag ich die Art, wie du denkst.

Kaum habe ich die Nachricht gesendet, werde ich stutzig.

Valerie
Warst du eine Woche im Vollrausch, oder guckst du Nachrichten immer so spät?

Theo
Sehe ich so aus, als würde ich irgendwelche aktuellen Nachrichten glotzen? Hab's zufällig auf YouTube in den Trends entdeckt.

Valerie
Gut zu wissen, dass ich für die Menschen vielleicht nicht mehr die Irre bin.

Theo
Gab's noch was zu dem Schulabschlussbild?

Valerie
Nicht wirklich. Nur Spekulationen. Ist auf Insta aber weniger Thema.

Tatsächlich scheint der Auftritt von Erik K. zumindest diese Katastrophe komplett verdrängt zu haben.

Theo
Fuck, die Welt ist ein beschissener Ort. Wenn du was brauchst, dann sag Bescheid.

Valerie
Woher der Sinneswandel?

Theo
Es reicht, wenn einer von uns sein Leben wegschmeißt.

Ich schreibe nur »okay«, kann aber insgeheim nicht leugnen, dass es mir etwas bedeutet. Auch wenn Theo mir eigentlich nur dann eine wirkliche Hilfe sein kann, wenn er sich um seine eigenen Probleme kümmert.

Seufzend schließe ich unseren Chat und klicke stattdessen auf Instagram. Es ist beinahe surreal, wie wenig ich in letzter Zeit geteilt habe.

Nacheinander öffne ich einige Stories, skippe mich durch die ersten Sequenzen. Während @farinabeauty wohl einen Heiratsantrag bekommen hat, nimmt @suzieslifeblog uns mit zu einem Friseurtermin. @lorensworld bereitet vor der Kamera ihr Frühstück vor, und @sallymorgan startet in genau diesem Moment einen Livestream. Nichts davon interessiert mich auch nur ein klitzekleines bisschen, stelle ich fest und scrolle stattdessen durch mein eigenes Profil.

@konstanzexwild: Krass. Hätte ich nicht gedacht. Im Internet sind echt nur Schweine unterwegs. So abartig.

@helen0908: Was ein Arschloch. Man kann nur hoffen, dass Valerie okay ist.

@welldone_19: Wir Frauen halten jedenfalls zusammen.

@ruby.w2003: Die Arme :(Wir stehen hinter dir!!! Kriege ich ein Herz?

@tilda_dorfmann: Wir hoffen, du bist bald wieder da!!! Miss you @valerie.sophie.

Ich ärgere mich nicht über das falsche Getue, die leeren Worthülsen. Die Hauptsache ist, dass es wieder wird. Mit der Zeit. Zeit, die ich brauche, um durchzuatmen. Zeit, die schweren Monate zu verdauen, bis mein großes Comeback folgen wird – mit oder ohne Alex. Dazu habe ich mir noch immer keine finale Meinung gebildet.

Eine Nachricht von Lotte ploppt auf.

Lotte
Bist du zu Hause?

Valerie
Ja, seit einer guten Stunde.

Lotte
Alles halbwegs okay? Willst du vorbeikommen? Hab Teewasser aufgesetzt.

Eigentlich gehört Tee trinken nicht zu den Dingen, die bei mir gerade oberste Priorität haben. Ganz im Gegenteil, ich wollte mich ein wenig dem Haushalt widmen. Wäsche machen. Den Fußboden wischen.

Andererseits weiß ich, dass Lotte neben Paul und Fred (er hat mir gestern einen riesigen Strauß Blumen schicken lassen und via Karte ausgerichtet, er müsse mich unbedingt wieder mehr sehen) einer der wenigen Menschen gewesen ist, die sich um mich sorgen.

Valerie
Gib mir fünf Minuten!

Ich schlüpfe in meine Winterstiefel und verlasse mit Bella zusammen die Wohnung.

»Dich habe ich ja lange nicht mehr zu Gesicht bekommen«, begrüßt Lotte den Dackel und kichert, als Bella ihr auf den Schoß springt. »Und dein Frauchen auch nicht.« Sie wirft mir einen neugierigen Blick zu. »Wie läuft es denn bei deinem Er-ist-nur-Polizist-und-nicht-mehr?«

Ich verdrehe gespielt genervt die Augen. »Es war nicht abzusehen, okay?«

»O doch! Das war es«, widerspricht Lotte. »So einen lässt man sich nicht durch die Lappen gehen. Aber hey, viel wichtiger: Wie geht's dir?«

»Es ist seltsam. Alles«, gestehe ich und folge Lotte ins Wohnzimmer. Auf dem Tisch stehen eine große Kanne Tee und zwei Tassen. Mir fällt auf, dass ich lange nicht mehr hier gewesen bin. Die letzten Male haben wir uns hauptsächlich in Küche und Arbeitszimmer aufgehalten. Während Lotte den Tee eingießt, gehe ich nachdenklich durch das Zimmer und sehe aus dem Fenster. Ich kann von hier aus, dem ersten Stock, zwar nicht die gesamte Straße überblicken, dafür wirkt alles viel näher und größer.

»In meinem Kopf herrscht Chaos. Zuerst dieser Shitstorm und jetzt die plötzliche Kehrtwende.«

»Damit muss man erst einmal umgehen können.«

Ich nicke, ohne mich umzusehen. »Und bei dir?«

»Immer noch viel Stress für die Arbeit. Es fühlt sich nicht richtig an, noch immer Geld von meinen Eltern anzunehmen. Ich habe überlegt, ob ich mir eine kleinere Wohnung suche.«

Jetzt werde ich stutzig. »Was? Nein! Das ist doch Blödsinn. Du fällst doch niemandem zur Last.« Lottes Vater leitet eine große Firma, und ich bin sicher, dass er sich die Unterstützung seiner Tochter ohne Probleme leisten kann.

»Ja, mal sehen. Es eilt nicht, würde mir aber zumindest den Druck mit dem Job nehmen.«

Obwohl meine Arbeit so gar nicht mit der von Lotte zu vergleichen ist, kann ich ihre Gedanken erstaunlich gut verstehen.

Es ist einfacher gesagt als getan. Dinge aufzugeben, meine ich.

»Und du? Wie geht es jetzt weiter mit deinem heißen Polizisten?«

»Er heißt Paul«, werfe ich ein und drehe mich nachdenklich zum Fenster.

»Paul und Valerie. Passt doch! Ich bin sicher, das werden bildschöne Kinder.« Sie grinst, doch ich übergehe ihren Kommentar.

»Wir gehen unsere Beziehung erst einmal langsam an.«

»Oh, mein Gott. Dann seid ihr also zusammen?« Jetzt klatscht Lotte vergnügt in die Hände. »Ich freue mich für dich. Wirklich.«

Ich will gerade etwas antworten, da entdecke ich unten auf dem Bordstein den Jungen, der seinen Zeitungswagen hinter sich herzieht.

Lotte taucht hinter mir auf. Als sie meinem Blick folgt, seufzt sie. »Kennst du ihn?«

»Nicht wirklich. Du?« Die kurze Begegnung neulich würde ich nicht als *kennen* bezeichnen.

Lotte zuckt mit den Schultern. »Das ist Leon. Ich weiß, dass seine Mutter vor zwei Jahren gestorben ist. Seitdem zieht sein Vater ihn allein auf.«

Ich erstarre bei Lottes Worten. »Sag das noch mal!«

»Was genau?« Ratlos legt meine Nachbarin die Stirn in Falten.

»Seine Mutter ist tot? Das kann doch nicht wahr sein. Nein. Das ist kein Zufall.« Ich taste die Hosentasche nach meinem iPhone ab und ziehe es mit zittrigen Fingern hervor. Es sind nur wenige Klicks, bis ich meine Anrufliste geöffnet habe. Verdammt! Der Junge muss den ausgehenden Anruf aus dem Verlaufsprotokoll gelöscht haben.

»Du musst kurz auf Bella aufpassen. Bitte!« Innerhalb von wenigen Sekunden ist mein Puls auf hundertachtzig, und meine Knie werden so weich, dass ich keine Ahnung habe, wie sie mich im nächsten Moment in den Flur tragen.

»Wo willst du hin? Was ist denn los?« Höre ich Lotte mir noch nachrufen, ich bin jedoch nicht in der Lage, zu antworten.

Ich hämmere mehrfach gegen den Knopf am Fahrstuhl, entscheide mich dann aber doch für die Treppe. Im letzten Moment weiche ich meinem Nachbarn aus und schaffe es, ihn nicht umzurennen.

Dieser Junge. Wieso ist mir das nicht schon früher aufgefallen? Die Situation ist mir von Anfang an seltsam vorgekommen. Ein schweigender Junge. Dieser handgeschriebene Zettel. Sein plötzliches Abhauen.

Erst vor der Haustür komme ich zum Stehen und streiche mir die Haare aus dem Gesicht. Mir ist vor Aufregung ganz heiß geworden.

Der Junge ist gerade dabei, bei den Nachbarn gegenüber Zeitungen einzuwerfen.

»Hey, bleib stehen! Ich muss mit dir reden!« Ohne groß nachzudenken, stürze ich auf die Straße, höre ein lautes Hupen, bevor ein Auto im letzten Moment abbremst. Instinktiv halte ich mir die Hand vors Gesicht und versuche, den strengen Benzingestank nicht direkt einzuatmen. Doch das ist gar nicht so einfach, denn ich bin ziemlich ins Keuchen gekommen.

Der Junge dreht sich um. Als sein Blick mich streift, weiten sich seine Augen, und er beschleunigt seinen Schritt.

»Warte! Ich will dich doch nur etwas fragen«, rufe ich ihm hinterher. Allerdings scheine ich genau das Gegenteil damit zu erreichen. Er ist ziemlich flink, und das, obwohl ich wirklich nicht unsportlich bin und er den verdammten Trolley mit Zeitungen bei sich hat. Dennoch lasse ich mich nicht abwimmeln. Plötzlich kommt der Junge ins Straucheln, sodass ihm der Griff des Zeitungswagens aus der Hand gleitet. Er bleibt mit hochrotem Kopf stehen. Ich schnappe nach Luft, stemme die Hand in die leicht stechende Hüfte und verfluche diesen Rotzlümmel innerlich. Das hat man also davon, wenn man einmal höflich und freundlich sein will. Nie wieder gebe ich einem Fremden mein verfluchtes Telefon.

»Du kennst mich, oder?« Es ist das Erste, was mir einfällt. »Du hast vor etwa vier Wochen bei uns die Zeitungen ausgeteilt. Ich habe *deine Mutter* angerufen.« Weiter muss ich gar nicht sprechen, denn in seinen Augen sehe ich, dass er mich längst erkannt hat.

»Jedenfalls dachte ich, dass es die Nummer deiner Mutter ist. Wen habe ich wirklich angerufen? Der Zettel? Wer hat ihn geschrieben?«

Hinter mir räuspert sich eine Frau. Ich bete inständig, dass sie diesen Dialog hier nicht mitbekommen hat. Schnell lasse ich sie an uns vorbei und warte, bis sie etwas Abstand gewonnen hat.

»Ich muss wissen, wer meine Nummer bekommen hat.« Während ich die Worte ausspreche, kommt mir diese ganze Aktion plötzlich unfassbar absurd vor.

Bin ich gerade ernsthaft einem kleinen Jungen nachgelaufen, um diese Frage zu stellen?

»Ich muss das wissen«, lege ich nach und studiere das Gesicht des Jungen unnachgiebig. »Hörst du, das ist wirklich wichtig.«

Fieberhaft suche ich nach einem Weg, den Jungen zum Reden zu bringen. »Schau mal, du bekommst auch keinen Ärger. Ich muss das wirklich nur wissen, weil ich mit dieser Person reden sollte.«

Hektisch wühle ich in meiner Hosentasche. Ausgerechnet jetzt habe ich natürlich mein Portemonnaie nicht dabei. Ich finde einen verknitterten Fünfeuroschein. Für eine Bestechung nicht sonderlich viel, aber einen Versuch ist es wert.

Meine Hände sind eiskalt, als ich den Schein glatt ziehe und dem Jungen unter die Nase halte.

»Weißt du einen Namen? Es geht mir nur um den Namen!«

Ich beiße mir so fest auf die Zähne, dass sich ein Stechen durch die Ohren zieht.

Seine Gesichtszüge sind wie eingefroren, als bekomme er von all dem überhaupt nichts mit.

Gib auf, Val. Gib auf! Es ist zwecklos.

Ich will mich gerade umdrehen und zurück zu meinem Haus gehen, da beugt der Junge sich vor und nimmt eine Zeitung aus dem Wagen.

Er hält kurz inne, schiebt dann eine Hand in die Jackentasche und holt einen stumpfen Bleistift hervor. Angespannt halte ich den Atem an, während ich beobachte, wie er sich über die Zeitung beugt und irgendwelche Notizen macht.

Ich warte geduldig, bis er wieder aufsieht, mir das Papier reicht, um dann sofort wieder den Blick zu senken.

Es dauert einige Sekunden, bis ich die einzelnen gekennzeichneten Buchstaben zusammensetze.

Ein umkreistes A in Unfall auf der Autobahn.

Ein unterstrichenes L in Lieferschwierigkeiten.

Ein kaum noch lesbares E in Exportbedingungen.

Und zuletzt starre ich auf das X in flexibel. Es ist nur eine dünne Linie, doch es reicht, damit ich in meinem Kopf einen Namen zusammensetzen kann: ALEX.

44. KAPITEL

DAS GRAS WÄCHST NICHT SCHNELLER, WENN MAN DARAN ZIEHT

»Ich bin ihm natürlich noch nachgelaufen.« Meine Stimme bebt vor Anspannung. Kaum hatte ich meine Atmung etwas unter Kontrolle, musste ich sofort Paul anrufen.

»Und was hast du gesagt?«

»Ich habe ihn gefragt, ob der Name Alex ist, und er nickte einfach nur. Entweder er ist ausgesprochen schüchtern oder ziemlich eigenartig.«

»Moment, Moment. Lass mich das bitte kurz sortieren. Dein Ex-Freund soll einen Jungen angeheuert haben, um an deine Nummer zu kommen?«

»Hast du eine andere Erklärung dafür?« Ich muss mich daran erinnern, gleichmäßig zu atmen. »Er kann sich doch weiß Gott was für eine Geschichte ausgedacht haben. Der Junge wirkte fast schon ängstlich.«

»Nein, nein. Ich bestreite doch gar nicht, dass es so gewesen ist«, sagt Paul langsam. »Nur, dass es jeder andere Alex gewesen sein kann.«

Ich schüttele heftig den Kopf. »Verstehst du nicht? Das passt alles zusammen. Alex' Kanal ist nach unserer Trennung den Bach runtergegangen.«

»Und du denkst, er will dich wieder zurückgewinnen?«, fragt Paul nachdenklich.

»Natürlich. Wenn meine Karriere genauso am Arsch ist … Es hätte doch fast funktioniert. Beinahe wäre ich ihm auf den Leim gegangen.« Bei der Vorstellung dreht sich mir der Magen um.

»Okay, das wäre heftig. Wirklich heftig. Wir müssen mit solchen Anschuldigungen vorsichtig sein, hörst du? Wenn du das öffentlich machst, könnte es deine Glaubwürdigkeit wieder untergraben.«

»Und deshalb soll ich ihn damit durchkommen lassen? Wenn es stimmt, was wir vermuten, dann hat er von der ganzen Sache Wind bekommen. Er wusste von den Vorfällen aus den Medien. Das hat er sogar auf der Messe erwähnt. Er wollte sogar meine verdammte Telefonnummer haben. Der Shitstorm gegen mich kam ihm nur zu gelegen, also hat er die ganze Sache weitergeführt. Erik K. hat das Interesse verloren, und Alex hat einfach dessen Job übernommen. Wie ein Trittbrettfahrer.«

Paul holt tief Luft. »Das geht mir alles ein bisschen zu schnell. Und bevor du etwas sagst … Ich behaupte nicht, dass du unrecht hast. Wir müssen nur vorsichtig sein.«

Ich spüre einen heftigen Widerstand in mir. »Das hast du das letzte Mal auch schon gesagt. Abwarten. Die Polizei ihre Arbeit machen lassen. Aber ihr braucht einfach verflucht lange für alles.«

»Wo bist du gerade?« Er klingt so eindringlich, dass ich beinahe wütend werde.

»Willst du vorbeikommen und mich kontrollieren?«

Ich spüre Pauls Unruhe, als wäre sie meine eigene. Oder Moment, vielleicht ist es auch meine Anspannung, die so heftig rebelliert. Alles in mir ist durcheinandergeraten.

»Ich will dich nicht kontrollieren, sondern schützen. Du bist wütend, hast Angst. Das verstehe ich. Aber wir haben nichts davon, wenn du dich jetzt in Gefahr bringst.«

Ich atme tief in den Bauch ein, um mich zu beruhigen. »Ich bin im Flur. Vor Lottes Wohnung.«

»Okay. Tust du mir den Gefallen und gehst zu ihr rein? Ich bin auf der Wache und werde erst einmal Alex' Strafregister prüfen. Ich verspreche dir, dass ich dranbleibe, wenn du mir versicherst, dass …«

»Ich bleibe bei Lotte.«

»Danke. Du hast Bella bei dir und weißt, dass ich in der Nähe bin. Wenn etwas ist, ruf sofort an!«

»Okay. Bis später.«

»Pass auf dich auf.«

Kaum haben wir aufgelegt, geht Lottes Wohnungstür auf. »Was ist los?« Lotte ist ganz blass um die Nasenspitze. Nur ihre Wangen sind vor Aufregung gerötet. Bella hat auf ihrem Schoß gesessen, doch jetzt springt sie auf, um mich zu begrüßen.

Ich sinke wortlos in die Hocke, strecke die Hand aus, um Bella über den Kopf zu streichen. Doch plötzlich fehlt mir jegliche Kraft, um wieder aufzustehen.

»Komm erst mal wieder rein! Willst du einen Tee haben? Du siehst durchgefroren aus.«

Erst jetzt fällt mir auf, dass Lotte recht hat.

Meine Haut brennt vor Kälte, ohne Jacke rauszulaufen, war wohl nicht besonders schlau. Ich drücke mich langsam vom Boden ab und folge Lotte in die Wohnung.

»Komm erst mal ein wenig zur Ruhe. Ich mache das Teewasser wieder heiß.« Während ich mich immer noch völlig aufgelöst auf ihr Sofa setze, lenkt Lotte ihren Rollstuhl in die Küche.

Ich lehne mich zurück, vergrabe meine eiskalten Finger in meinem Schoß und konzentriere mich darauf, das Zittern loszuwerden.

Als Lotte ins Wohnzimmer kommt, bin ich zumindest wieder in der Lage, einen vernünftigen Gedanken zu fassen. »Es ist Alex. Mein Ex«, presse ich hervor.

»Der Stalker?« Lotte reißt die Augen auf. »Was ist mit diesem Erik? Ich habe das Video gesehen, und er gibt doch sogar zu …«

»Dass er mich am Anfang demütigen wollte. Aber was ist mit den Einkäufen, den Anrufen in der Nacht und dem Bild meines Abschlussballs, das an die Presse ging? Alex ist einer der wenigen, die von meiner Vergangenheit wissen.« Selbst mit Lotte habe ich nie wirklich darüber gesprochen.

»Aber das kann doch jeder behaupten«, murmelt sie und bleibt vor dem Tisch stehen. Ich sehe zu, wie sie uns nacheinander eine Tasse roten Tee eingießt.

»Ich weiß es von dem Jungen. Leon.«

Zu meinem Erstaunen nickt Lotte. »Du hast mit ihm gesprochen? Das ist eigentlich ungewöhnlich, denn er hat eine mutistische Störung.«

»Eine was?« Irgendwas klingelt in mir, doch gerade kann ich mit dem Begriff nichts anfangen.

»Das ist eine Verhaltensstörung, die meist in der Kindheit beginnt. Betroffene können unter bestimmten Umständen nicht sprechen, obwohl ihnen rein körperlich gesehen nichts fehlt. Bei Leon ist das ziemlich ausgeprägt.«

Ich atme hörbar aus. »Das erklärt einiges. Nein, wir haben nicht gesprochen. Er hat es mir auf die Zeitung geschrieben. Indirekt jedenfalls. Versteht er mich denn?«

Lotte nickt. »Ja, er kann einen hören. Ich habe ihn schon ein paarmal gegrüßt. Sein Vater und er wohnen nicht weit von hier.«

»Und mit seinem Vater spricht er?«

»Ein bisschen. Genau weiß ich das auch nicht. Jedenfalls ist es ziemlich schwierig. Er hat Unterstützung in einer Förderschule und bekommt dort auch eine Art Therapie.«

Ich seufze. Wir haben also einen Tatverdächtigen, der nur die Hälfte gesteht, dafür noch einen stummen Zeugen.

Die Gedanken rattern durch meinen Kopf, und die Vorstellung, dass Alex all diese Dinge getan hat, um mich wieder an sich zu binden, lässt mir einen Schauer über den Rücken laufen.

Alex. Mein Alex. Dem ich jahrelang blind vertraut habe. Bis er mich betrogen und mir das Herz gebrochen hat. Monatelang habe ich mich taub gefühlt, meinen Kummer in der Arbeit ertränkt und mich mit dem Aufziehen meiner eigenen Marke beschäftigt. Und jetzt zieht er so eine miese Nummer ab, um sich unser Comeback zu erschleichen und seine Karriere zu pushen? Fuck, wie ich diesen Mann unterschätzt habe.

»Ich glaube, ich sollte zurück in meine Wohnung gehen«, murmele ich vor mich hin und rufe Bella schließlich bei Fuß.

»Bist du sicher, dass du jetzt allein sein willst?«

Schnell nicke ich, stehe auf und verlasse Lottes Wohnung.

Erst als ich bei mir bin, nehme ich mein Telefon und gebe Alex' Namen in die Suchliste ein. Zwischenzeitlich hatte ich mehrfach überlegt, den Kontakt zu löschen. Mit rasendem Puls rufe ich unseren leeren Chat auf und klicke auf sein Bild. Eine schwarz-weiße Aufnahme seines Profils. Ich kenne das Foto nicht, nehme an, dass es erst nach unserer Trennung entstanden ist. Augenblicklich macht sich eine Schwere in mir breit, und es ist, als höre ich seine Stimme wie durch ein Echo in meinem Ohr.

Nervös wippe ich mit dem Fuß auf und ab, kann gerade noch verhindern, dass ich die Vase auf dem Couchtisch umwerfe.

Fuck! Das hier sind Energien, die ich nicht mehr kontrollieren kann. Gerade noch kann ich mich davon abhalten, eine wütende Nachricht zu formulieren. Stattdessen bewege ich meine Finger hastig auf Pauls Namen.

Valerie
Hast du etwas zu Alex herausgefunden?

Ich stimme ihn mit meiner Nachfrage vermutlich noch unruhiger, kann sie mir aber nicht verkneifen.

Paul
Nein. Ich bin dran.

Wenige Sekunden später kommt eine zweite Nachricht:

Paul
Val, tu nichts Unüberlegtes!

Ich antworte mit einem knappen »Okay«, das ich mir auch nur deshalb abringen kann, weil ich Paul nicht unnötig aufregen will. Irgendwie gelingt es mir, mich noch die Treppe hochzuschleppen und die Kleidung von meinem Körper zu schälen.

Nur mit einem dünnen Slip bekleidet, lasse ich mich schließlich aufs Bett sinken und ziehe die Bettdecke bis zu den Schultern hoch. Ich fröstele leicht, finde aber keine Kraft mehr, um meinen Pyjama zu suchen. Auf einmal wünsche ich mir, bei Paul geblieben zu sein. Vielleicht würde er sich heute Nacht eng an mich schmiegen und immer und immer wieder wiederholen, dass ich mir keine Sorgen machen muss. Dass alles gut wird. Dass wir Alex zur Rede stellen werden und auch er seine gerechte Strafe bekommen wird.

Doch während ich darüber nachdenke, welche Konsequenzen für die letzten Monate Strafe genug sein könnten, werden meine Augen immer schwerer und schwerer, bis ich einfach einschlafe.

* * *

Die nächsten zwei Tage passiert absolut gar nichts. Nichts. Nada. Abgesehen natürlich von dem Schneesturm, der sich vor meiner Haustür abspielt. Aber was ist das schon gegen einen terrorisierenden Ex-Freund? Eben. Nichts. Nada.

Ich bestelle mir einen Salat, bitte den Lieferboten, ihn gleich vor der Wohnungstür abzustellen. Einfach, weil ich niemanden sehen will.

Freds Nachrichten von heute Morgen haben mir bereits gereicht.

Fred
Hey Valerie, ich weiß nicht, wie ich diese Nachricht anfangen soll. Jedenfalls tut es mir unfassbar leid, dass ich dich damals nicht ernst genommen habe. Du weißt schon … Als du mir das erste Mal von der Sache erzählt hast. Du bist eine tolle Frau, und ich wünsche mir, dass du endlich wieder deine Ruhe hast! Vermisse dich!

Gleich danach kam eine zweite Nachricht:

Fred
Könntest du mir vielleicht erst in den nächsten Tagen antworten? Jenny ist nicht gut drauf, und ich habe das Gefühl, sie kontrolliert mein Handy. Muss den Chat löschen. Hoffe, du bist okay.

Ich hatte tatsächlich kurz überlegt, ihn in meinen Verdacht bezüglich Alex einzuweihen. Schließlich kannten die beiden sich ziemlich gut. Doch erstens habe ich keine Lust auf Komplikationen mit Jenny, und zweitens dröhnt sofort Pauls Stimme in meinem Kopf, ich solle mich erst einmal zurückhalten. Meine Glaubwürdigkeit nicht gefährden. Und erneut fühle ich mich im Stich gelassen und, um ehrlich zu sein, ziemlich verarscht.

Victim Blaming ist zum Kotzen!

Mittlerweile sind meine Nachrichten an Paul schon zur Gewohnheit geworden. Morgens nach dem Aufstehen. Mittags. Nachmittags. Abends. Vor dem Schlafengehen.

Valerie
Gibt's was Neues?

Paul
Melde mich später.

Einige Stunden später schreibt er dann:

Paul
Leider noch nichts. Wir sind dran!

Es ist immer das Gleiche. Ernüchternd. Kräftezehrend. Und vor allem bin ich unfassbar wütend. Wütend auf diesen Erik. Wütend auf Alex. Auf das System, das mich so ohnmächtig fühlen lässt, und dann sogar auf mich, weil ich Letzteres überhaupt zulasse.

Immerhin würden mir zig hasserfüllte Formulierungen einfallen, die ich Alex am liebsten an den Kopf werfen würde. Und eigentlich ist das noch viel zu freundlich ausgedrückt.

Doch neben all dem Zorn rasen auch etliche Fragen durch mein benommenes Hirn. Warum? Warum hat er sich nicht einfach bei Fred gemeldet? Der hätte mir alles ausrichten können, und ich wäre vielleicht zu einem Gespräch bereit gewesen.

Herrgott, was hätte ich mir anfangs ein Bein dafür ausgerissen, dass er zumindest etwas Kampfgeist zeigt.

Wir haben uns geliebt. Oder? Zumindest habe ich das geglaubt.

Es ist sechzehn Uhr. Es sind mehr als achtundvierzig Stunden vergangen, in denen die Polizei nichts für mich tun konnte. Und ich liege nur noch auf meinem Bett und stelle mir vor, dass ich tot bin. Einfach so. Nichts mehr denken. Nichts mehr fühlen. Nichts.

Vermutlich sollte mich diese Vorstellung erschrecken. Mich richtig panisch werden lassen. Doch selbst als mir klar wird, dass das letzte Mal, dass ich so was gedacht habe, Jahre her ist, regt sich absolut nichts in mir.

Was sie in den Medien wohl schreiben würden?

Influencerin tot aufgefunden.

Dramatisches Ende einer YouTube-Ära.

Was trieb Valerie Sophie in den Suizid?

Nicht einmal diese Fantasie erschreckt mich. Sie würden sich sowieso nicht dafür interessieren. Die Leute, meine ich. Nach wenigen Tagen würden sie zu ihren alten Gewohnheiten zurückkehren und vergessen, mich jemals gekannt zu haben.

Die, die mal im Internet unterwegs war.

Die, deren Leben einfach an ihr vorbeizog.

Als ich aufsehe, ist es siebzehn Uhr. Sage ich ja. Das Leben zieht an mir vorbei. Die letzte Stunde kam mir nicht einmal wie zehn Minuten vor. Und trotzdem viel zu lange.

Da blinkt mein Telefon auf dem Nachttisch.

Paul
Wir waren bei ihm. Nur eine Befragung.

Mein Herz. Es schlägt. Bum. Bum. Bum.

Vielleicht sollte ich dankbar sein, denn immerhin weiß ich, dass ich noch am Leben bin.

Doch die Worte auf dem Display sind so surreal. »Bei ihm.« Bei Alex? Die Polizei?

Ich wähle Pauls Nummer, doch er geht nicht dran. Noch einmal. Diesmal werde ich sogar weggedrückt.

Paul
Kann gerade nicht sprechen. Gleich.

Das kann er doch nicht machen.

Valerie
Ruf mich an, sobald du kannst.

Selbst fünfzehn Minuten später habe ich noch keine Antwort, und erreichen kann ich ihn auch nicht.

Nur mit meinem Bademantel bekleidet, tigere ich nervös durch die Wohnung und bin drauf und dran, ins Präsidium zu fahren.

Es ist Viertel vor sechs, als es an meiner Tür klingelt. Auf wackeligen Beinen stolpere ich in den Flur und drücke, ohne nachzufragen, auf den Türöffner. Paul hätte ruhig sagen können, dass er gleich vorbeikommen würde. Warum lässt er mich so lange zappeln? Normalerweise ist das nicht seine Art. Angespannt trete ich von einem Fuß auf den anderen, stehe in der offenen Wohnungstür. Es dürfte keine fünf Minuten dauern, bis Paul oben ist. Zumindest wenn er den Fahrstuhl nimmt. Als ich höre, wie am anderen Ende des Flures der Aufzug aufgeht, rast mein Herz so schnell, dass ich mich gegen den Rahmen lehne. Dieser ätzende Schwindel überfällt mich schon seit Tagen immer wieder. Aber vielleicht wird es endlich ein Ende haben. Vielleicht werde ich jetzt die letzten Antworten bekommen.

Als ich den Blick hebe und den Gang entlangsehe, scheint mir mein Gehirn einen Streich zu spielen. Dort steht er. Nicht Paul. Sondern Alex.

45. KAPITEL

WENN MAN DIE KATZE IM SACK KAUFT …

Binnen weniger Sekunden bricht mir der Schweiß aus. Ich überlege, einen Schritt zurückzugehen und die Wohnungstür einfach zuzuschlagen, doch etwas hält mich zurück. Vielleicht ist es der Schock. Vielleicht Unglaube, dass es tatsächlich mein Ex-Freund ist, der zu meiner Wohnung gekommen ist. Mein Ex-Freund, der eben von der Polizei verhört wurde. Vielleicht möchte ich mir einfach einreden, dass es sich hier um nichts weiter als eine Fata Morgana handelt. Mitten im Hausflur. Im Winter. In Deutschland.

»Wir müssen reden.« Er sagt nicht *Hallo,* nicht *Wie geht es dir?,* nicht *Schön, dass wir uns sehen.* Sicher, das wäre auch ziemlich unpassend. Aber was ist in solchen Momenten schon passend? Was sagt man, wenn man einem Menschen gegenübersteht, den man mal geliebt hat und dessen Leben man grundlos zerstören wollte?

Ich frage: »Worüber?«

Nicht, weil ich dämlich bin, sondern, weil in meinem Kopf nichts mehr wirklich Sinn ergibt. Weil die Angst mein Gehirn benebelt und ich keinerlei Zugriff auf meinen Verstand habe.

»Hör auf mit dem Scheiß!«, blafft Alex. »Was soll das?«

»Was willst du von mir?« *Es ist noch nicht zu spät, die Tür einfach zuzuknallen, Valerie.* Doch irgendwie kommt dieser Gedanke nicht in meinem Reaktionsvermögen an. Ich stehe einfach da und starre den Mann an, dem ich einst meine Liebe versprochen habe. Und ich erkenne ihn nicht wieder. Nichts von dem Vertrauten. Nichts von den Erinnerungen. Ich bin mir nicht sicher, ob es Angst ist, die in seinen Augen aufblitzt, oder Fassungslosigkeit.

»Was hast du erwartet?«, will ich wissen. »Dass ich dich damit durchkommen lasse?« Hektisch binde ich meinen Bademantel enger.

»Ich habe keine Ahnung, wovon du sprichst.«

»Warum bist du dann hier? Ich nehme an, du bist nicht gekommen, um mich zum Kaffee zu besuchen. Wie hast du meine Adresse rausgefunden?«

»Tizian hat sie mir gegeben.«

»Bitte, was?«, entfährt es mir entsetzt.

»Schon vor ein paar Wochen. Er meinte, ich soll es noch mal bei dir versuchen.«

Auf einmal verspüre ich so viel Wut in mir, dass es mich nicht wundern würde, wenn ich jeden Augenblick anfangen würde, Feuer zu speien.

Alex ist plötzlich so nah, dass ich sein Parfüm riechen kann. Ein intensiver Männerduft, den er schon damals trug. Und den ich einst wirklich gemocht hatte.

»Du solltest nicht hier sein.« Ich kann nicht verhindern, dass meine Stimme zittert.

»Wo sollte ich denn sein? In der Wohnung, die noch vor einer Stunde von der Polizei durchwühlt wurde? Denkst du, das wäre der richtige Ort für mich?«

»Jedenfalls nicht hier«, weiche ich der Frage aus. »Ich möchte nicht mit dir reden.«

»Ist das dein Ernst? Du hast Angst vor mir?«

Jetzt mache ich wirklich einen Schritt zurück, schiebe mich weiter in meine Wohnung. Besteht die Möglichkeit, Paul unauffällig anzurufen? Wenn er überhaupt rangeht … Was für eine Scheiße! Rechnet er überhaupt nicht damit, dass Alex hier auftauchen würde?

»Du hast deinen neuen Freund auf mich gehetzt, um mir absurde Dinge zu unterstellen.«

»Absurd«, schnaufe ich. »Wenn du nichts zu verbergen hast, solltest du ja auch nichts zu befürchten haben.«

»Einen Scheiß habe ich! Hast du den Verstand verloren? Warum sollte ich das alles tun?« Er funkelt mich gefährlich an.

»Du solltest gehen«, wiederhole ich, jetzt etwas ruhiger. Ich darf nicht riskieren, dass ich ihn weiter aufrege.

»Erst wenn du mir erklärst, was das alles soll.«

»Das sollten wir nicht tun. Nicht heute. Nicht ohne die Polizei.«

»Die Polizei? Für wen hältst du mich? Einen Schwerverbrecher?«

Ich weiß nicht, was ich darauf antworten soll.

»Valerie.«

»Was?«

»Bitte, Valerie. Lass uns reden!«

Ich merke, wie sich alles in mir zusammenzieht. Unwohlsein. Angst. Nicht einmal unbedingt vor Alex. Viel mehr vor der Entscheidung, die ich unvernünftigerweise treffen könnte.

Vertrau ihm nicht, Val. Glaub ihm kein Wort.

»Du hast zehn Minuten. Danach verschwindest du wieder.« Ich gehe einen Schritt zur Seite und lasse Alex hinein. Paul würde mir den Kopf abreißen, wenn er wüsste, was ich hier gerade tue. Aber Paul ist nicht da. Paul geht nicht ans Telefon. Paul hat mich im Stich gelassen.

Wir gehen ins Wohnzimmer, doch weder biete ich ihm an, Platz zu nehmen, noch setze ich mich selbst hin. Stattdessen verschränke ich die Arme vor der Brust und sehe ihn auffordernd an.

»Valerie.«

»Kannst du auch noch mehr als meinen Namen sagen?«

Vertrau ihm nicht, Val. Glaub ihm kein Wort.

Alex fasst sich erschöpft an die Stirn. »Ich weiß nicht, wo ich anfangen soll.«

»Wie wäre es mit der Wahrheit?«

»Die Wahrheit? An der bist du wirklich interessiert?«

»Stell dir vor, das bin ich. Auch jetzt noch, nachdem du mich belogen und betrogen hast.«

»Es tut mir wirklich leid. Das war ein Riesenfehler, und ich hätte dich niemals gehen lassen dürfen. Aber all das ist mir erst viel zu spät bewusst geworden. Du hättest mir doch niemals verziehen.«

Ich weiß nicht, was ich sagen soll. Nein, wahrscheinlich nicht. Ich habe mir häufig vorgestellt, dass er zurückkommen würde. Plötzlich mit seinem Koffer vor der Tür steht und um ein Gespräch bittet. Darum, einen Neuanfang zu starten. Aber seien wir mal ehrlich, der Gedanke war so abwegig, dass ich mich nie ernsthaft mit der Frage beschäftigen musste, wie ich darauf reagiert hätte. Irgendwann konnte ich nichts anderes tun, als mein Herz vor ihm zu verschließen. Sicherzugehen, dass er mir nie mehr wehtun wird.

»Das kannst du mir kaum vorwerfen«, sage ich.

»Das habe ich auch nicht so gemeint. Als ich auf der Messe gesehen habe, dass du mit deinem neuen Freund dort bist … das ist er doch, oder? So wie er dich beschützt hat. Wie ein Pitbull stand er vor meiner Tür. Natürlich hat mich das getroffen. Aber diese Vorwürfe sind absurd.« Plötzlich packt er mich an den Schultern, krallt seine Nägel in den dünnen Stoff meines Bademantels, drückt mich fest gegen die Wand und zwingt mich, ihm ins Gesicht zu sehen.

»Lass mich los!«, schreie ich panisch. »Du tust mir weh!« Ich versuche, mich loszureißen. Hat er den Verstand verloren? Was passiert hier? »Lass mich los!«, schreie ich erneut, meine Stimme zittert vor Angst und Entschlossenheit.

Seine Finger lösen sich für einen Moment von meinen Schultern, und ich nutze die Gelegenheit, um mich energisch von ihm zu befreien. Ein Gefühl der Panik durchströmt meinen Körper, während ich die Luft anhalte und mich ruckartig von der Wand wegstoße. Der Raum scheint sich von Sekunde zu Sekunde weiter zu verengen. Mit flattrigem Blick suche ich nach einem Ausweg. Ich stürme, so schnell ich kann, aus dem Wohnzimmer, haste die Treppe nach oben und schließe mich im Bad ein. Der kühle Boden unter meinen Füßen brennt, als würde ich über Scherben laufen.

Tränen schießen aus meinen Augen. Meine Brust hebt und senkt sich so schnell, als habe sie vor, jeden Moment aufzuplatzen. Wie eine Eisschicht, die langsam die ersten knackenden Risse bekommt, bevor sie bricht. Hektisch greife ich in die Tasche meines Bademantels und stelle erleichtert fest, dass ich zumindest mein Telefon bei mir trage. Vielleicht kann ich Paul jetzt endlich erreichen.

Und tatsächlich. Es klingelt nur zweimal, bis er abnimmt.

»Es tut mir so leid. Ich habe deinen Anruf nicht gesehen. Alles okay?«, begrüßt er mich und klingt ebenfalls außer Atem.

»Er ist hier.« Mein ganzer Körper zittert. »Alex ist hier.«

»Was?«, entfährt es Paul.

»Er ist eben gekommen und wollte reden. Dabei ist er total ausgerastet.«

»Du hast ihn in die Wohnung gelassen?«

Als ich nicht reagiere, kann er sich die Antwort denken.

»Du musst ihm sagen, dass er gehen soll.«

»Denkst du, das habe ich nicht schon getan? Er hat mich festgehalten.«

Die Tränen fließen plötzlich so schnell.

»Paul, er sagt, dass er mit der ganzen Sache nichts zu tun hat. Er ist richtig wütend geworden. Ich habe mich im Bad eingesperrt.«

»Du bleibst, wo du bist, okay? Du wartest dort auf mich!« Paul klingt so angespannt, dass mein Puls, wenn überhaupt möglich, noch schneller rast.

»Wie willst du denn reinkommen? Nein, hör zu, ich muss runtergehen. Bella ist irgendwo in der Wohnung. Ich muss nachsehen, ob sie okay ist. Paul, alles wird gut«, wiederhole ich, merke selbst, dass ich vollkommen durcheinander bin. *Wem mache ich hier eigentlich etwas vor?* »Was ist, wenn wir falschliegen?«

»Das glaubst du doch selbst nicht, Valerie.«

»Ich weiß es nicht. Es tut ihm leid, hat er gesagt. Er sagt, er wollte das alles nicht, schien vollkommen aufgelöst. Nicht er selbst.« *Fange ich gerade an, ihn zu verteidigen?* »Ich muss in Ruhe mit ihm sprechen. Herausfinden, ob das alles nur ein Missverständnis war. Wir haben nur die Aussage des Jungen, die streng genommen nicht mal eine Aussage ist, oder?« Ich rede mich um Kopf und Kragen, habe keine Ahnung, was mein Hirn sich gerade zusammenreimt. Woher ich diesen Sinneswandel habe. Alex hat mich gegen die Wand gedrückt. Es war, als wäre er eine vollkommen andere Person.

Doch ich muss nur auf mein wild schlagendes Herz hören, um zu wissen, wie Ausnahmesituationen einen verändern können.

»Ich sage ja nur, wir sollten ihm die Chance geben, es zu erklären, oder?«

»Du stehst unter Schock. Da ist es normal, dass du nicht klar denken kannst.« In der Leitung raschelt etwas. »Ich mache mich jetzt auf den Weg zu dir. Hör zu, ich wollte es dir eigentlich persönlich sagen, aber wir haben bei ihm etwas gefunden.«

»Etwas gefunden? Was habt ihr gefunden?«

»Mehr erkläre ich dir später.«

»Wie bitte?« *Ist das sein fucking Ernst?*

»Valerie, es ist wichtig, dass du jetzt ruhig bleibst und dir nichts anmerken lässt. Konfrontier ihn nicht damit!«

»Okay. Aber beeil dich. Bitte.«

Ich ziehe mich wieder an der Wand hoch und schleppe mich zum Waschbecken. Nicht einmal mein Spiegelbild kann etwas in mir auslösen. Ich sehe scheußlich aus. Dicke rote Schwellungen unter den Augen. Gerötete Nase. Etwas anderes habe ich auch nicht erwartet.

Ich drehe den Wasserhahn auf und halte mein Gesicht unter den kalten Strahl.

Paul ist gleich da. Alles wird sich aufklären.

Zuerst einmal muss ich zu Bella, sehen, ob alles in Ordnung ist. Mir nichts von dem anmerken lassen, was ich gerade erfahren habe.

Sie haben etwas gefunden.

»Valerie.« Plötzlich dringt Alex' Stimme durch die Tür. Er muss mir nachgelaufen sein. Natürlich. Hat er gehört, dass ich telefoniert habe? Schnell drücke ich mich von innen gegen die Tür.

»Tut mir leid. Ich wollte nicht so ausrasten. Das hat mich alles so überfordert. Keine Ahnung, was in mich gefahren ist. Bitte sei nicht sauer!«

Bitte sei nicht sauer, wiederholt es sich ganz automatisch in meinem Kopf. *Nicht sauer sein?*

»Können wir reden?« Wüsste ich es nicht besser, würde ich ihm den kleinlauten Tonfall sogar abkaufen.

Aber verdammte Scheiße, für wie naiv hält er mich?

Lass dir nichts anmerken, Valerie! Paul ist gleich da!

Ich könnte im Bad warten. So wie Paul gesagt hat. Aber das würde bedeuten, dass die Angst gewonnen hat.

Als ich den Schlüssel im Badezimmerschloss umdrehe, wütet Übelkeit in meinem Magen wie ein Tornado. In der Schule hieß es oft »aus Fehlern lernt man«. Bis dato habe ich mehr oder weniger an dieses Credo geglaubt. Doch als ich in den Flur trete, bin ich mir plötzlich nicht sicher, ob es für manche Lektionen irgendwann auch einfach zu spät ist.

46. KAPITEL

WER A SAGT, MUSS AUCH B SAGEN

Alex lehnt an der Empore und sieht hinunter ins Wohnzimmer, als befänden wir uns bei einer Immobilienbesichtigung und er wäre nichts weiter als ein Interessent. Seine plötzliche Gelassenheit sollte mich wütend machen. Ich habe es schon damals gehasst, wenn er nach einem Streit so tat, als sei nichts geschehen. Doch stattdessen beschließe ich, die Situation zu meinem Vorteil zu nutzen. Diese Auseinandersetzung muss nicht weiter eskalieren. Sobald Paul hier ist, hat Alex endgültig verloren.

Kaum habe ich den Gedanken in meinem Kopf beendet, dreht sich Alex um.

Was ist, wenn wir uns irren?

Wir haben etwas bei ihm gefunden.

Wir haben für einige Sekunden tiefen Augenkontakt, denn auch wenn die Übelkeit mir nahezu den Hals zuschnürt, bin ich nicht in der Lage, wegzusehen. Als Alex Anstalten macht, auf mich zuzukommen, bin ich schneller. Ich trete einen Schritt nach vorn und recke möglichst selbstbewusst das Kinn. Das Gespräch mit Paul hallt in meinem Kopf nach, und ich versuche, Alex' Anblick mit den Fakten in Einklang zu bringen.

Dieser Mensch tyrannisiert mich. »Fass mich noch einmal an, und ich vergesse mich«, sage ich mit drohendem Tonfall und balle die Hände zu Fäusten.

Alex macht einen Schritt zurück. »Power-Val passt viel besser zu dir als alles, was du öffentlich in den letzten Wochen von dir gezeigt hast. Ich habe diese Seite an dir geliebt, das weißt du, oder?«

»So sehr geliebt, dass du dieses Model gefickt hast?« Ich lache trocken auf. »Das muss wirklich die ganz große Liebe gewesen sein.«

»Menschen machen Fehler.«

»Das musst du mir nicht sagen. Die Tatsache, dass ich dir gegenüberstehe, hält mir meine eigenen phänomenal vor Augen«, zische ich.

»Ich weiß, dass ich dir wehgetan habe.«

»Falls das eine Entschuldigung werden soll, hättest du sie mir auch schreiben können.«

»Du meinst, weil ich ja mittlerweile deine Nummer habe?« Er lacht auf. »Valerie, deine Vorwürfe sind dermaßen verrückt. Was haben sie mit dir gemacht?«

Er schüttelt den Kopf und pustet sich eine Haarsträhne aus dem Gesicht.

»Du solltest jetzt einfach gehen. Wir kommen so nicht weiter«, stoße ich hervor.

»Du lässt dich total belabern. Ich dachte, die Polizei hätte dich im Stich gelassen. Und jetzt sind sie auf einmal dein Freund und Helfer?«, setzt sich Alex einfach über meine Worte hinweg. Als ich nicht reagiere, lehnt er sich über die halbhohe Wand an der Treppenempore und sieht die Galerie hinunter. »Schön hast du es hier! Zwar nicht vergleichbar mit unserer Wohnung, aber trotzdem nett. Hast wohl schnell was Neues gefunden.«

Was tun wir hier? Small Talk führen? Okay, soll er haben. In fünfzehn Minuten müsste Paul hier sein. Umso besser, wenn wir uns bis dahin nur über das Wetter unterhalten.

»Ich kann nicht klagen«, sage ich also leise. »Und du? Wo wohnst du eigentlich?« Es interessiert mich eigentlich genauso wenig wie sein restliches Leben. Doch wenn ich mit meinen Fragen auch nur ein bisschen Zeit schinden kann, soll es mir recht sein.

»Etwas außerhalb. Nicht hier in der Innenstadt. Die Preise

werden ja immer unverschämter. Die letzten Monate lief es nicht gut. Aber das weißt du ja.«

Am Anfang habe ich seinen Kanal noch häufiger besucht, doch irgendwann bemerkte ich, dass es mir nicht guttut. »Hab's nur am Rande mitbekommen.« Okay, vielleicht ist das wiederum ein bisschen untertrieben, denn Alex' Kanalabsturz hat in der Szene immer wieder für Gesprächsstoff gesorgt.

»Du kannst dir doch etwas anderes aufbauen. Andere Themen … du weißt doch, wie das funktioniert.«

»Willst du mir jetzt einen Marketingplan erstellen, oder was?«

Ich antworte nicht.

»Und wie stellst du dir das vor? Vlogs aus dem Knast? Mein Leben als durchgedrehter Stalker?« Er setzt ein falsches Lächeln auf.

»Ich sehe, du hast schon ein Konzept«, erwidere ich und versenke die Hände in den Taschen meines Bademantels, als hätte mein innerer Zustand auch nur irgendetwas mit Gelassenheit zu tun.

»Sehr witzig«, kommentiert Alex ironisch. »Ich habe keine Ahnung, was du vorhast. Vielleicht willst du dich an mir rächen. Dafür, dass ich dich betrogen habe. Ist es das? Hast du deshalb die Polizei auf mich angesetzt? Dieser andere Kerl hat doch längst gestanden. Bitte, Val. Du musst die Anzeige zurückziehen. Mit diesem Skandal kann ich alles vergessen. Alles!« Alex schnauft.

»Darum geht es dir also. Zuerst wolltest du mit mir wieder auf Happy Couple machen, und wenn das nicht funktioniert, soll ich am besten einfach die Klappe halten?«

»Was heißt denn die Klappe halten? Du sollst aufhören, so ein Psychospiel mit mir zu veranstalten!«

Lass dir nichts anmerken! Konfrontier ihn nicht.

Pauls Worte hallen in meinem Kopf nach. Es wäre nicht schlau, Alex auf die Aussage des Zeitungsjungen anzusprechen. Wer weiß, wie er darauf reagiert.

»Wir können ganz in Ruhe darüber sprechen. Aber nicht allein.«

»Klar, dann hast du ja auch deinen Aufpasser bei dir! Sind wir so tief gesunken, dass wir nicht einmal mehr normal miteinander reden können?«

Das hätte ich gerne von dir gewusst. Bevor du das alles gestartet hast.

»Darum geht es doch gar nicht.«

»Dann hast du keine Angst vor mir?«

»Ich habe gehört, du warst kürzlich im Urlaub.« Ein jämmerlicher Versuch, das Thema zu wechseln. Wirklich jämmerlich. Aber vielleicht kann ich ihn so ein wenig besänftigen. Mittlerweile stehe ich neben Alex.

»Urlaub war beschissen«, erwidert Alex knapp und beugt sich erneut über die Empore. »Hättest du gedacht, dass du mal hier landest? Als wir uns kennengelernt haben, meine ich. Gott, du warst so schüchtern. Aber die Leute haben dich gemocht. Weil du authentisch warst. Ehrlich. Bis auf die paar Lügen wegen deiner Familie. Du warst so gut darin, zu lügen. Schon damals.«

»Was soll das, Alex?«

Bleib ruhig, Val. Bleib ruhig.

»Kennt er eigentlich die Wahrheit? Dein Polizist, meine ich. Hat er eine Ahnung, wie sehr du dich durch dein Leben schwindelst?«

»Halt einfach die Klappe.«

Ruhe, Val.

»Weißt du, worüber ich nachgedacht habe? Über Theo. Ich habe mich damals immer gefragt, warum du ihm ständig Kohle gegeben hast. Klar, er ist dein Bruder. Aber das alles passte nie zusammen.«

»Ich habe keine Ahnung, worauf du hinauswillst«, zische ich und versuche, die Gänsehaut zu ignorieren, die sich auf meinem Körper ausbreitet. Ich denke, ich habe in meinem gesamten Leben noch nie so gefroren und gleichzeitig geschwitzt.

»Du hast dich von der Schuld freigekauft. Das ist es doch, oder? Als die ganze Sache mit dem Ritalin rauskam, konnte man dich nicht wirklich belangen. Mit dreizehn ist man noch nicht strafmündig. Theo aber musste die Konsequenzen tragen. Er ist immer tiefer in den Mist hineingeraten.«

»Das ist der größte Bullshit, den ich je gehört habe.« Theo hatte schon vorher Probleme mit dem Gesetz. Ständig hat er aus Läden etwas mitgehen lassen. Sich wegen irgendeiner Scheiße geprügelt. Zumal es nicht nur seine Medikamente waren, sondern auch seine Idee. Ich war ein verdammtes Kind, als Theo vorschlug, seine Tabletten auf dem Pausenhof zu verticken.

Er hatte die Dinger aufgrund seiner ADHS von einem Psychiater verschrieben bekommen, sie selbst aber nie genommen.

»Ich denke viel eher, dass das die Wahrheit ist, die du schon damals nicht hören wolltest.«

Ironisch lache ich auf. »Ich habe dir die Geschichte doch selbst erzählt.«

»Und die interessanten Details verschwiegen. Sommer 2010. Der fünfzehnjährige David stirbt, weil er vom Dach der Turnhalle springt. Seine Freunde berichten von starken Halluzinationen. Eine Nebenwirkung, die der Wirkstoff Methylphenidat bei gesunden Menschen hervorrufen kann.«

Ich kneife die Augen zusammen und versuche, die Faust, die sich in meinen Brustkorb rammt, wegzuatmen.

»Das sind absurde Theorien.«

»Ich habe deine Therapieberichte gelesen, Valerie. Ich habe sie irgendwann in deinen Sachen gefunden. Hatte keine Ahnung, was das ist.«

»Es gibt keine Beweise, die darauf schließen lassen, dass die Wahnvorstellungen tatsächlich von den Pillen ausgelöst wurden«, höre ich mich mit klarer Stimme sagen.

»Das ist richtig. Und trotzdem lässt der Gedanke einen nicht los, was? Genauso wie die Angst, dass irgendwer das Thema noch mal ausgraben könnte.«

Ich höre das Blut in meinen Ohren rauschen, als stünde ich direkt am offenen Meer. »Also hast du dir gedacht, dass du den Job am besten selbst übernehmen kannst?«

Alex wendet sich schnaubend von mir ab. »Hast du es mir deshalb nie erzählt? Fuck. Ich kann nicht glauben, dass wir wirklich hier stehen und reden. Nach der Trennung hättest du mich doch lieber tot gesehen als hier in deiner schicken Wohnung.«

»Was soll das?«

»Keine Ahnung. Vielleicht macht es mich melancholisch. Ist das normal, wenn die Leute dich für einen Unmenschen halten? Fühlt man sich dann so? Du weißt es doch am besten.« Er hält den Atem an. Aus seinem kühlen Lächeln wird ein harter Gesichtsausdruck. Hat er sich eben noch Mühe gegeben, ruhig zu bleiben, sehe ich nun wieder Wut in seinen Augen aufblitzen.

»Stimmt. Das weiß ich, weil ich die letzten Monate am eigenen Leib erfahren habe, was es heißt, wenn sich alle von einem abwenden.«

»Und jetzt willst du, dass ich mit untergehe?« Alex' Augen verengen sich, er macht einen Schritt auf mich zu, ich kann nicht ausweichen, denn direkt hinter mir ist der verfluchte Treppenaufgang.

Wie viele Minuten mittlerweile vergangen sind? Wann ist Paul endlich da? Ich brauche ihn jetzt hier.

»Geh weg!«, knurre ich und versuche mich an ihm vorbeizudrücken. Doch er hält mich fest.

»Ich lasse nicht zu, dass du mich zerstörst!«

Bellas Pfoten kratzen auf den Stufen. Sie taucht hinter Alex auf, und ich kann nicht verhindern, dass sie an seinem Bein hochspringt.

»Bring den Köter von mir ab.«

»Den Köter? Das ist Bella. Du weißt doch, dass sie nur spielen will.«

»Das ist mir verdammt noch mal egal.« Mit dem Fuß versetzt er ihr einen Tritt. Bella zieht den Kopf ängstlich ein und winselt. Plötzlich kann ich mich nicht mehr beherrschen.

»Lass den Hund in Ruhe!« Ich schubse Alex mit beiden Händen heftig zur Seite. Die Zeit dehnt sich in dem Moment aus, als Alex, aus dem Gleichgewicht geraten, verzweifelt versucht, Halt zu finden. Sein Körper neigt sich rückwärts, Arme winden sich in der Luft, während er nach irgendetwas sucht, an dem er sich festhalten kann. Vergebens. Die Wand ist viel zu glatt. Er will nach meinem Arm greifen. Doch ich stehe dort wie gelähmt und sehe zu, wie alles ganz schnell geht, wie Alex über die Galerie stürzt. So schnell, dass ich nicht weiß, was ich tun, denken oder fühlen soll.

Er stürzt. Stürzt. Stürzt. Stürzt.

Und ich kann nichts dagegen tun.

47. KAPITEL

EINE HAND WÄSCHT DIE ANDERE

Erst das Klingeln an der Tür reißt mich aus der Schockstarre. Noch immer liege ich bewegungslos auf dem Boden, wage es nicht, dorthin zu sehen, wo Alex eben noch stand.

Keinen Meter von mir entfernt. Hier im Flur.

Es klingelt wieder. Gleich zweimal.

Jemand klopft heftig gegen die Tür. Nicht jemand. Paul. Diesmal muss es Paul sein. Wer sonst?

Sicher hat ihn unten jemand hereingelassen, doch das ändert nichts daran, dass ich die Wohnungstür öffnen muss.

Benommen krabbele ich zur Treppe. Schaffe die erste Stufe. Die zweite.

»Valerie!« Das Hämmern wird immer hartnäckiger, Pauls Rufe lauter und trotzdem so weit weg. Als stünde er nicht vor meiner Tür, sondern irgendwo anders. Oder nein, als wäre ich nicht mehr hier. Aber auch nirgendwo anders.

»Valerie! Mach sofort auf!«

Ich öffne den Mund, um etwas zu sagen, doch bekomme die Worte einfach nicht gefasst. *Ich höre dich. Bitte geh nicht!* Seltsamerweise muss ich plötzlich an das denken, was Lotte über Mutismus gesagt hat. *Betroffene können unter bestimmten Umständen nicht sprechen, obwohl ihnen rein körperlich gesehen nichts fehlt.* Fühlt sich das so an? Nichts sagen zu können, obwohl die Schädeldecke beinahe platzt.

»Valerie? Alexander? Wenn niemand aufmacht, komme ich jetzt rein.«

Es kracht. So laut, dass ich mir sicher die Ohren zugehalten hätte. Zumindest dann, wenn es für mich die Möglichkeit gäbe, mich wieder zu bewegen.

Ich spüre, wie Pauls Hände sich um meine Oberarme legen und er mich vorsichtig umdreht.

»Bist du verletzt?«

Irgendwie gelingt es mir, den Kopf zu schütteln.

»Hat er dir wehgetan?«

Er hat ihn noch nicht gesehen. Oder gehört. Warum zur Hölle gibt Alex keinen Ton von sich?

Ich starre an Paul vorbei Richtung Wohnzimmer. Jetzt entdecke ich Alex hinter dem Sofa. Das Gesicht nach unten. Regungslos. Ich spüre, wie Paul meinem Blick folgt. »Was ist passiert? Warte hier, okay?«

Ohne auf eine Antwort zu warten, geht er los.

Ich schließe die Augen und warte. Ohne zu wissen, worauf. Einen Schrei? Ein erleichtertes Schnaufen? Jemanden, der das alles hier nur für einen Traum erklärt. Einen fiesen Albtraum. Ja, das muss es sein. Das ist die einzige Erklärung für die Bilder, die sich in meinem Kopf immer schneller wiederholen.

Meine Augen öffnen sich erst wieder, als ich Pauls Atem nah an meinem Gesicht spüre.

»Was auch immer passiert ist, ich regele das. Du hältst dich an das, was ich dir sage.«

Mehr sagt er nicht, zieht sein Telefon aus der Tasche und wählt eine Nummer. Ich höre, wie er spricht, doch die Worte dringen nicht bis zu meinem Gehirn vor.

»Zu spät«, »Sturz«, »Empore«. Es sind nur einzelne Gesprächsfetzen, die ich aufschnappe.

Paul kommt wieder zu mir und setzt sich neben mich auf den Boden, hält meine Hand, wiederholt immer wieder, dass ich keine Angst haben muss. »Es ist wichtig, dass du mit niemandem sprichst, bevor du mir nicht alles erzählt hast. Das ist sehr wichtig, Valerie! Egal, was passiert ist.«

Und daran halte ich mich. Als der Notarzt eintrifft.

Als zwei weitere Polizisten in Uniform meine Wohnung betreten.

Und selbst als die Psychologin versucht, mich zum Reden zu motivieren, sage ich kein Wort.

»Sie hat angerufen und wirkte vollkommen panisch. Sie hatte Angst vor ihm.« Paul hat seine Kollegen zur Seite genommen, doch ich kann seine Stimme dennoch aus dem Trubel um mich herum heraushören. »Ich bin sofort hergefahren.«

Ich spüre immer wieder Blicke auf mir ruhen. Eindringliche Blicke. Einige von ihnen sind skeptisch, andere mitleidig. Um ehrlich zu sein, weiß ich nicht, was schlimmer ist. Als ich sie nicht mehr ertragen kann, drehe ich mich zur Seite, lege das Gesicht in den Schoß und kneife erneut die Augen zusammen.

So fest, dass sich alles in meinem Kopf zusammenzieht und es hinter meiner Stirn heftig pocht.

In den nächsten Minuten bekomme ich nichts mit. Irgendwann ist da erst wieder Pauls ruhige Stimme gleich neben mir. Aber er redet mit jemand anderem.

»Ich bleibe hier, und wir sprechen morgen. Natürlich passe ich auf! Nein, ich brauche keine Hilfe!«

Und dann sind alle weg bis auf Paul. Es sind Stunden vergangen, die ich hier auf dem Boden gesessen und zwischen Wahnsinn und Vernunft in eine tiefe Schlucht gefallen bin. Doch die Zeit kam mir wie ein Vakuum vor.

Paul packt mich unter den Armen und zieht mich hoch, als koste es ihn keinerlei Anstrengung. Dabei kommt es mir so vor, als würde mein Innerstes mehrere Tonnen wiegen. Erst als wir das Sofa erreicht haben, lässt er mich vorsichtig auf den weichen Stoff gleiten.

»Du bist in Sicherheit. Sie sind alle weg.«

»Er … er … Alex …«, presse ich stotternd hervor. Sofort füllen sich meine Augen mit Tränen, und meine Kehle schnürt sich noch enger zu.

»Pscht! Nicht jetzt!« Paul legt sanft einen Finger auf meine Lippen. »Es ist geklärt. Es ist alles gut. Du bist in Sicherheit.«

»Was ist mit … Alex?« Ich weiß nicht, warum ich die Frage überhaupt stelle. Tief im Inneren ist mir doch längst klar, was mit ihm passiert sein muss. »Es ist meine Schuld…«, meine Stimme bricht ab.

»Halt! Warte! So was darfst du nicht sagen!«, redet Paul auf mich ein. Doch ich schüttele nur den Kopf. »Es ist aber die Wahrheit. Ich habe ihn gestoßen, und er konnte sich nicht halten.«

»Die Wahrheit ist, dass du dich gegen jemanden wehren musstest, der dich wochenlang tyrannisiert hat.« Pauls Stimme wird ernst. »Du hast dich nur verteidigt.«

»Du verstehst das nicht …«, setze ich an.

»Nein, *du* verstehst das nicht, Valerie. Es war Notwehr. Und genau das musst du sagen.« Seine Hand zittert, als er mit den Fingern über mein Kinn fährt und mir dann einen zarten Kuss auf die Lippen haucht.

»Ich … ich …«

»Du kannst ihm nicht mehr helfen. Du kannst jetzt nur noch dich retten. Seine Worte klingen so fremd in meinen Ohren.

»Ich soll lügen?«

»Warum lügen?«, fragt Paul. »Das ist nicht gelogen. Wir wissen, dass Alex hinter dir her war. Er wollte dich zerstören. Du musstest dich verteidigen.«

»Das wissen wir nicht mit Bestimmtheit«, flüstere ich schwach.

Paul seufzt. Er sieht wirklich mitgenommen aus, und dennoch strahlt er etwas aus, sodass ich mich ein wenig sicherer fühle.

»Du hast gehört, was der Junge gesagt hat. Glaubst du, dass das Zufall war? Dass da draußen zufällig noch andere Männer mit dem Namen Alex rumlaufen, die dir schaden wollen?«

»Was ist dann? Was ist, wenn genau das stimmt? Wenn alles

nur ein absurdes Missverständnis ist. Wir haben nur einen Namen.«

Paul schließt für wenige Sekunden die Augen und schüttelt dann zögerlich den Kopf. »Nein, wir haben mehr.«

»Was soll das heißen?«

»Ich weiß nicht, ob ich es dir sagen kann.«

»Natürlich kannst du! Du musst. Es gab eine Hausdurchsuchung, oder?«, erinnere ich mich an das, was Alex mir gesagt hat.

»Nein, dafür hätten wir erneut einen Beschluss gebraucht. Ich habe ihn nur mit einem Kollegen besucht. Erst einmal zur Befragung.«

Das Blut schießt durch meine Adern, und ich habe das Gefühl, diese Anspannung nicht länger auszuhalten.

»Ich habe mich in seiner Wohnung umgesehen, habe vorgetäuscht, auf die Toilette zu gehen. Doch ich habe was gefunden. Es war eine Datei auf seinem Computer, die deinen Namen trug. Fotos über Fotos. Jedes einzelne davon eine Aufnahme von dir!«

»Du hast einfach seine Sachen durchwühlt?«

»Sein Laptop war offen. Ich habe nur einen Blick darauf geworfen, aber es war offensichtlich. Es schien, als sei er richtig besessen von dir. Also habe ich die Schubladen geöffnet und das hier gefunden.« Paul zieht sein Telefon aus der Innentasche seiner Jacke und hält mir ein Foto vor die Nase.

»Was ist das?«

»In der Schublade lag ein Prepaid-Handy. Es muss das Handy sein, mit dem er die Einkäufe bestellt, das Pressematerial verschickt hat. Vielleicht hat er es auch für die Anrufe bei dir genutzt.«

»Das kann nicht sein. Die Anrufe habe ich geträumt. Du hast es selbst gesagt.«

Paul schließt die Augen und seufzt. »Stimmt. Es tut mir so leid, Val. Ich bin selbst völlig durcheinander.«

»Wo ist das Handy?«

»Ich habe es natürlich in der Schublade gelassen. Hätte ich es mitgenommen, wären die Beweise nicht mehr vor Ort. Verdammt, ich habe gehofft, dass es Alex nicht auffällt und wir ihn ausreichend in Sicherheit wiegen. Sodass er Fehler macht.«

»Da habt ihr euch aber gewaltig geirrt. Er hat den Braten sofort gerochen und ist hierhergekommen.«

»Scheiße, Valerie. Das weiß ich selbst. Ich habe an dich gedacht. An uns. Daran, dass das endlich alles ein Ende haben muss.«

»Du könntest deinen Job verlieren. Nein, du wirst ihn verlieren. Du hast unerlaubt seinen Kram durchwühlt.«

»Ich weiß.« Plötzlich treten Tränen in Pauls Augen. Es ist das erste Mal, dass ich ihn weinen sehe, und der Anblick bricht mir beinahe das Herz. »Aber das war es wert.« Er zieht die Nase hoch, nimmt mein Kinn zwischen die Hände und sieht mich an. »Ich würde es jederzeit wieder tun.«

»Du hast es für mich getan?« Ich will einfach nicht begreifen, was das hier bedeutet. »Alex hat all das verursacht. All das. Und wir haben keine verwertbaren Beweise.«

Paul sieht auf: »Doch, die haben wir. Wenn ich bei der Polizei melde, was ich gesehen habe, werden sie sein Haus noch einmal durchsuchen.«

»Und du wirst deinen Job verlieren!«

»Wir haben keine andere Wahl!«, stößt Paul fluchend aus.

»Denkst du, das lasse ich zu? Du liebst deinen Job.«

Paul sieht auf, blickt mir tief in die Augen. »Aber dich liebe ich mehr.«

Spätestens in diesem Moment weiß ich, dass ich es nicht kann. Nicht zusehen kann, wie Paul alles aufgibt, um mich zu beschützen.

»Du meintest ja vorhin, es war so oder so Notwehr. Wir sagen nichts und warten ab.«

»Stimmt schon, aber nach allem, was sie die letzten Wochen

über dich geschrieben haben … Sie werden versuchen, dir was anzuhängen. Jeder wird sich fragen, ob du einen Unschuldigen getötet hast. Du weißt, was das bedeutet!«

»Na schön! Aber wenn ich behaupte, dass Alex alles gestanden hat, braucht es deine Aussage nicht mehr. Dann können sie den Fall zu den Akten legen.« Ich lege eine Hand auf seine Brust und spüre, wie kalt seine Haut ist. Wie schnell sein Herz schlägt.

»Nein, das wäre gelogen. Wir bleiben bei der Wahrheit. Egal, welche Konsequenzen das mit sich bringt.«

»Hör auf! Ich werde nicht zulassen, dass du für mich alles aufgibst.«

»Für dich würde ich alles tun, Val. Und Menschen wie Alex dürfen nicht mit ihren Taten davonkommen. Die Öffentlichkeit soll die Wahrheit erfahren.«

Paul küsst mich. Mit so viel Liebe und Zärtlichkeit, wie ich es noch nie erlebt habe. Valerie. Die echte Valerie. Als sich meine Lippen langsam für ihn öffnen, habe ich meine Entscheidung längst getroffen.

48. KAPITEL

REDEN IST SILBER, SCHWEIGEN IST GOLD

Zwei Monate später

Es war die Angst, die mich abends kaum schlafen ließ. Die Angst, jemand könnte aus irgendeinem absurden Grund herausfinden, dass ich nicht die ganze Wahrheit gesagt habe. Über den Abend vor zwei Monaten. Dass Alex mich erst attackiert hat, nachdem er die Tat gestanden hat. Dass meine Todesangst somit mehr als begründet gewesen ist.

Die ersten Wochen konnte ich mir selbst kaum im Spiegel in die Augen sehen. Ich habe nicht nur die Polizei belogen, sondern auch all die Menschen um mich herum. Fast alle.

Die Wahrheit kennen nur Paul und ich.

»Er war es. Du hast es selbst gesagt. Ich kann ihn nicht mehr retten. Wir sollten nicht für ihn bezahlen.«

Immer und immer wieder habe ich mir diesen Satz auch selbst sagen müssen. Beim Ausräumen von Alex' Wohnung hat man keinerlei Spuren mehr gefunden. Weder das Prepaid-Handy noch irgendetwas anderes. Alex muss die Dateien vor seinem Besuch bei mir vorsichtshalber vernichtet haben. Selbst wenn Paul seinen Job riskiert und von seinen Entdeckungen erzählt hätte, wäre es zu spät gewesen. Zu spät, um die Schuld meines Ex-Freunds ein für alle Mal zu beweisen.

Paul ist seit dem Vorfall kein einziges Mal mehr in meiner Wohnung gewesen. Ich habe nur die notwendigsten Sachen gepackt und bin für eine Weile zu ihm gezogen. Zumindest so lange, bis die Bilder in meinem Kopf verblassen. Womit ich nicht gerechnet habe, ist, dass irgendwann die Angst weicht, jedoch Platz für das schlechte Gewissen schafft. Das schlechte Gewissen, weil irgendein verflucht ehrlicher Anteil in mir weiß, dass es dennoch nicht ganz richtig gewesen ist.

»Wer Steuern hinterzieht, geht länger in den Knast als ein Vergewaltiger. Das ist auch nicht gerecht.« Bislang ist es mir gelungen, mit solchen Floskeln meine Gefühle irgendwie im Zaum zu halten, doch manchmal frage ich mich, wie ich es mein Leben lang aushalten soll. Ob ich es also bereue? Ich muss Paul nur in die Augen sehen und weiß, dass ich es wieder tun würde. Für die etwas andere Art von Gerechtigkeit zu sorgen.

Der Prozess gegen Erik K. läuft noch immer. Paul sagt, dass er in den nächsten Monaten mit einer Verurteilung rechnen muss und die Chancen auf eine Haftstrafe gut stehen. Vor allem nachdem auch zwei weitere Influencerinnen gegen ihn ausgesagt und belastendes Material geliefert haben.

Mittlerweile ist es Anfang März, und heute war der erste Tag im Jahr, an dem ich nur mit einer dünnen Frühlingsjacke bekleidet eine Runde um den Block gegangen bin.

Das ist in den letzten Wochen zu einer kleinen Routine geworden, um den Kopf frei zu bekommen. Manchmal höre ich dabei Podcasts oder Musik, doch an den meisten Tagen halte ich das Gesicht in die frische Luft und merke, wie viel ich aus den Monaten mitgenommen habe.

Zum Beispiel, dass man für sein eigenes Leben auch Entscheidungen treffen muss, die nicht für alle Menschen verständlich sind. Das können kleine Entscheidungen sein. Aber auch große, folgenreiche. Wie die, die ich für Paul und mich getroffen habe.

Ich bin Paul ausgerechnet in einer Phase wiederbegegnet, in der alles aussichtslos schien. Und heute fühlt es sich an, als habe ich mit ihm ein weiteres Puzzlestück gefunden, damit wieder Normalität in meinem Leben einkehren kann. Wenn es die überhaupt gibt. Manchmal bin ich mir da nicht ganz sicher. Zumindest sieht es an manchen Tagen so aus, als befänden wir uns auf dem Weg dahin. Heute Abend sind wir auf einer Veranstaltung eingeladen, zu der viele bekannte Blogger kommen werden. Es ist das erste Mal, dass mich Paul zu einem Event begleitet. Und das, obwohl wir uns bereits vor ein paar Wochen auf Social Media als Paar bekannt und viel Zuspruch bekommen haben. Nach all den Jahren, die ich bereits in diesem Business bin, kann ich noch immer nicht glauben, wie sehr die Leute auf öffentliche Liebesbekundungen abfahren.

Beinahe so, als wären sie verliebt in die Liebe. Verliebt oder gar besessen von ihr.

»Du siehst umwerfend aus.« Er steht unten im Flur, als ich die Treppe herunterkomme, trägt eine graue Stoffhose und ein farblich abgestimmtes Jackett.

»Das kann ich nur zurückgeben.« Ich lächele und versuche, nicht an die letzten Stunden zu denken. Dieses Outfit hat mir beinahe den letzten Nerv geraubt. Das Kleid ist Teil einer Kooperation. Tizian hat einen genialen Deal verhandelt, und mich beschleicht das Gefühl, dass er versucht, mich zum Bleiben zu motivieren. Doch das kommt nicht infrage. Immerhin habe ich schon ein neues Management in Aussicht. Nachdem die Schlagzeilen um Valerie Sophie in eine andere Richtung umschlugen, kann ich mich über die Zahlen nicht mehr beklagen.

Ein neues Traumpaar in der deutschen Influencer-Welt.

Nach Stalking-Terror: Instagram-Liebling Valerie Sophie hat endlich einen neuen Mann an der Seite.

#Palie erobert die Herzen der Fans im Eiltempo.

»Bist du sicher, dass das so passt? Ich trage so was verdammt selten, weißt du?« Paul zupft an seinem Hemd und wirft einen skeptischen Blick in den Wandspiegel.

»Kann es sein, dass du etwas aufgeregt bist?«

Auf seinen Lippen tänzelt ein schwaches Lächeln. »Ich möchte doch, dass du dich mit mir sehen lassen kannst.«

»Das kann ich sowieso.« Vorsichtig schlinge ich meine Arme

um seinen Hals und schmiege mich an ihn. »Hast du mal gesehen, wie sehr die Leute dich jetzt schon lieben?«

Wir küssen uns. Zuerst ganz vorsichtig, dann wird der Kuss immer stürmischer, voller Sehnsucht und echtem Verlangen.

Ich löse mich erst von ihm, als das Taxi in der Einfahrt hupt und Paul sich leise räuspert.

»Bereit?«, frage ich.

»Mit dir immer.«

* * *

Auf der Veranstaltung ist viel los. In der Einladung hieß es zwar, der Abend sei exklusiv für Kooperationspartner dieser Kleidermarke. Allerdings muss ich feststellen, dass *exklusiv* immer im Auge des Betrachters liegt.

Doch der Trubel ist nichts, was mich stört. Ganz im Gegenteil: Nachdem ich monatelang kaum unter Menschen gegangen bin, erscheint mir dieser Abend wie eine Wiedergutmachung.

Ich nehme Pauls Hand, als wir eintreten, und wir mischen uns unter die Leute. Zumindest bei einigen scheint die Freude über ein Wiedersehen groß zu sein.

Jeder kennt die Geschichten um meine *belastende Phase*. Und jeder glaubt zu verstehen, was ich brauche. Doch auch damit bin ich fein. Solange sie meinen Namen nicht vergessen, lächele ich.

»Toll, dass du gekommen bist, Valerie«, »Ablenkung ist sicher das Richtige«, »Endlich mal wieder rauskommen«, »Es tut mir so leid, was passiert ist«.

Pauls Hand in meiner gibt den Leuten aber auch noch ganz anderen Gesprächsstoff.

»Wie lange seid ihr jetzt ein Paar?«, »An euch kommt man in den Medien auch nicht mehr vorbei«, »Wie lebt es sich back im #Couplegoals-Universum?«

Jeder möchte irgendetwas wissen.

Wir stehen mit dem Rücken zur Bar, halten jeweils ein Getränk in der Hand und nehmen ab und zu einen Schluck.

»Hast du dir dein Comeback so vorgestellt?«, raunt Paul und lächelt.

»Oh, glaub mir, das ist nur der Anfang.« Endlich ist da wieder etwas von der Zufriedenheit in meiner Stimme.

»Ich kann es kaum erwarten, den Rest zu sehen. Den Rest von dem, was dir so viel bedeutet.«

»Beginnen könnten wir damit, die anderen Leute hier zu begrüßen.« Ich löse meine Hand aus seiner und entferne mich ein paar Meter von ihm, um mir eine Formulierung zurechtzulegen, bevor ich die Gastgeberin direkt anspreche.

Wir kennen uns nicht, aber ich weiß, dass sie nach ihrer Hochzeit für die Marke ihres Mannes arbeitet.

»Valerie!« In dem Augenblick, in dem sie sich umdreht, zucke ich zusammen. So wie ich gerade noch behauptet habe, ihr vorher noch nicht begegnet zu sein, muss ich meine Aussage jetzt korrigieren. Die Frau mit den langen braunen Haaren, dem perfekten Make-up und dem schicken roten Kleid ist niemand anderes als Emilia Gutmann. Jetzt wohl Crämer.

»Du?«, entfährt es mir.

Zu meinem Erstaunen schenkt sie mir ein wirklich freundliches Lächeln. »Ich hab mir gedacht, dass du meinen Namen nicht zuordnen kannst. Um ehrlich zu sein, habe ich es sogar gehofft, damit du die Einladung nicht ausschlägst. Das wäre schade gewesen. Es ist lange her, Valerie. Ich schätze deine Arbeit und bin froh, dass du gekommen bist.«

Es ist surreal, diese Worte aus dem Mund einer Frau zu hören, die mich während der gesamten Schulzeit schikaniert hat.

Und vor allem fällt mir nichts ein, was ich antworten könnte. Ich bin viel zu perplex.

»Danke. Für die Einladung, meine ich.« Ich hasse es, wenn ich stammele. Das habe ich früher getan. Zu Schulzeiten. Als ich mich nicht durchsetzen konnte. Die Valerie von vor einem Jahr hätte sich nicht für Einladungen bedankt. Warum auch? Viele Firmen haben ein Vermögen dafür bezahlt, dass ich mich in ihrer Gesellschaft zeige. Ein Status, zu dem ich früher oder später zurückkehren werde.

»Gerne!« Emilias Stimme ist sanft und weich. Viel freundlicher, als ich sie in Erinnerung habe. »Das Kleid steht dir im Übrigen ausgezeichnet. Du bist mit deinem neuen Partner hier, oder?«

Ich nicke langsam.

»Wie schön. Ich habe online schon Bilder von euch gesehen.« Auf ihren Lippen zeichnet sich ein wissendes Lächeln ab.

Genau in dem Moment, in dem Paul sich aus einer Gruppe löst und auf uns zukommt. »Na, wenn das mal keine Überraschung ist.« Anders als ich scheint er die Situation vollkommen gelassen zu nehmen. »Emilia Gutmann.«

»Jetzt Crämer«, korrigiert sie lächelnd. »Ihr seid zusammen hier?«

»Genau«, bestätigt Paul.

»Ich habe gedacht, ich sehe nicht richtig, als ich euch beide erkannt habe.« Sie lacht leise auf. »Es ist so lange her. Obwohl wir damals schon spekuliert haben, dass du heimlich auf Valerie stehst.«

Paul beißt sich verlegen auf die Lippen. »Ach, wir waren doch noch Kinder.«

»Das stimmt. Wir haben uns alle verändert«, sagt Emilia mit einem Blick auf mich. »Ich freue mich, dass ihr hier seid. Und vor allem, dass wir uns wiedergesehen haben.«

Sie verabschiedet uns mit Küsschen rechts, Küsschen links, und ich bin immer noch etwas überfordert von der Situation.

»Was für ein Zufall«, sagt Paul, als wir uns wieder von Emilia entfernen.

»Das kannst du wohl laut sagen.«

»Du klingst nicht gerade begeistert.«

»Es war nun einmal nicht die beste Zeit meines Lebens«, murmele ich.

»Nein, deine beste Zeit beginnt jetzt.« Paul neigt seinen Kopf in meine Richtung und drückt mir einen Kuss auf die Wange.

»Und du warst wirklich schon damals verliebt in mich?« Ich kann spüren, dass Emilia uns aus der Ferne beobachtet. Sie ist eben genauso neugierig wie alle anderen.

Ich beschließe, ihr eine kleine Einlage dessen zu geben, was sie sehen will, und schmiege meinen Kopf an Pauls Hals.

»Ich weiß nicht«, weicht Paul aus.

»Ach komm schon!« Ich lege den Kopf leicht schief und fahre mir mit der Zunge über die Lippen. Diesem Blick kann er nichts abschlagen.

»Es war nicht so, als hättest du wahnsinnig viel Interesse an mir gezeigt«, gesteht Paul.

»Nun ja, ich wusste ja nicht, dass ich dir überhaupt aufgefallen bin. Ich dachte ehrlicherweise immer, du hättest an Frauen kein Interesse.«

»Wie kamst du denn darauf?«

»Na ja, ich habe dich nie mit anderen Mädchen gesehen. Du weißt doch, wie Teenager sind. Die fangen sofort an zu spekulieren.«

Paul grinst. »Vielleicht hatte ich ja auch nur Augen für eine. Was meinst du, warum ich deinem Bruder Nachhilfe gegeben habe?«

Ich gehe so nah an sein Ohr heran, dass ich nur noch flüstern muss. »Du bist ja ein richtiger Romantiker.«

»Nur, wenn ich es darauf anlege.«

»Du hast so viele Seiten. Ich könnte mich nicht entscheiden, welche ich am liebsten habe.«

»Das wirst du nicht müssen. Sie gehören alle dir. Der Beschützer. Der Romantiker. Der Verführer …«

Ich beiße mir auf die Lippen, als müsse ich nachdenken,

und klimpere leicht mit den Wimpern. »Vielleicht bräuchte ich von der einen oder anderen Seite noch mal eine Art Auffrischung.«

»Du weißt, dass mich dieser unschuldige Blick wahnsinnig macht.«

»Ich fürchte, ich kann nichts dagegen tun.« Entschieden nehme ich seine Hand und lege sie mir nur wenige Zentimeter über die linke Brust. »Jetzt fällt mir gerade ein, dass ich heute gar keine Unterwäsche trage.«

»Fuck, Val. Du legst es wirklich drauf an, was?«

»Willst du mir etwa niedere Absichten unterstellen?«, raune ich und hebe gespielt empört die Brauen.

»Läge ich mit dieser Annahme denn falsch?«

Ich tue so, als müsste ich nachdenken.

»Wenn es dir wichtig ist, sollten wir diese Diskussion an einem anderen Ort fortsetzen.« Mein Blick huscht kurz in die Richtung, in der ich die Toiletten vermute. Ohne abzuwarten, nehme ich Pauls Hand. Als wir einen Flur betreten, werden die Gespräche der anderen leiser.

»Was ist mit den Leuten, die du sprechen wolltest? Und mit deinem Comeback?« Pauls Kiefer spannt sich an. Ich sehe, wie er einerseits vergeblich versucht, meinen Sinneswandel zu begreifen. Andererseits kann er die Lust, die in seinen Augen flackert, nicht verbergen.

»Alles zu seiner Zeit. Mein Gefühl sagt mir, dass du mich unterschätzt, mein Liebster.«

»Das würde ich niemals tun.«

»Sicher?« Ein teuflisches Lächeln kitzelt in meinen Mundwinkeln. Ich stoße die Tür zur Damentoilette auf und bin erleichtert, dass wir allein sind. Rückwärts bewege ich mich, ohne Pauls Hand loszulassen, durch den Gang zu den Toiletten. Als wir die hinterste Kabine erreicht haben, stolpern wir durch die Tür, sodass mir das goldene Riemchen meiner Louis-Vuitton-Pochette fast von der Schulter rutscht.

»Was lässt dich denn so sicher sein, dass ich heute Abend nicht beides haben kann?«

Paul steht nun mit dem Rücken zur Wand. Verlangend presse ich mich gegen seinen Körper. Spüre seine angespannten Muskeln.

»Beides?«, fragt er mit gedämpfter Stimme.

Anstelle einer Antwort schmiege ich mich noch enger an ihn. Lasse meine Hüften kreisen. Dabei kann ich längst spüren, wie hart er geworden ist. Es ist beinahe lächerlich, wie einfach das hier ist. Denn ich bin eine Königin, wenn es darum geht, ihn rumzukriegen.

Pauls Hand wandert langsam unter mein Kleid, das Pochen zwischen meinen Beinen ist so stark, dass ich kurz vergesse, wie man atmet. Geschweige denn, was ich hier gerade tue.

Der Saum meines Slips klebt fest an meiner Haut. Paul knurrt leise. »So wie es sich anfühlt, hast du mich unter einem falschen Vorwand hergelockt.«

»Du könntest den Zustand auch einfach schnell ändern.«

Ich grinse, beschließe, die Sache aber selbst in die Hand zu nehmen. Im wahrsten Sinne des Wortes. Seine Erektion zuckt zwischen meinen Fingern wie ein Ertrinkender, der sich an die Wasseroberfläche kämpft.

Dabei war ich noch nie so bereit, ihn zu erlösen. Ich lasse mich auf den Toilettendeckel sinken und öffne den ersten Knopf seiner Hose.

Paul scheint die Situation noch nicht ganz begreifen zu können. »Ist das auch etwas, was die echte Valerie tut?«

»Pscht«, flüstere ich und schließe meine Finger um seine Härte. Paul zieht hörbar Luft durch die Zähne ein.

»Fuck. Wir sollten häufiger auf Partys gehen. Ich habe das Gefühl, das bekommt dir.«

»Da magst du recht haben.« Ein Kichern geht mir über genau die Lippen, die sich im nächsten Moment um Pauls Schwanz schließen. Ich nehme ihn so tief in mich auf, dass ich ein

Würgen nur schwer unterdrücken kann. Dann werde ich etwas sanfter, streiche mit der Zunge über seine Eichel und genieße den leicht salzigen Geschmack seiner Lust, als habe ich das Spiel bereits gewonnen. Dabei haben wir gerade erst angefangen.

Während ich mit der Zungenspitze seinen Schaft entlangfahre, schließt Paul die Augen. Mit den Händen ziehe ich seine Hose noch ein Stück weiter seine Hüfte hinunter, verliere mein Ziel jedoch keine Sekunde aus den Augen.

Ich nehme ihn wieder und wieder in mich auf, lasse zu, dass seine Eichel gegen meinen Gaumen stößt und mir die Luft abschnürt. *Ja,* denke ich. *Fick mich, so viel du willst.*

Als Paul kommt, kribbelt in meinem Körper so viel Adrenalin, dass ich meinen Kopf nicht wie sonst zurückziehe. Ich lasse zu, dass er sich in meinen Mund ergießt. Schlucke kräftig und fahre mir schließlich über die Lippen, als sei dieser Geschmack das Beste, was ich je gekostet habe.

»Ich liebe dich!« Paul küsst mich, wie Alex es nie getan hat, wenn ich ihm zuvor einen geblasen habe. Er küsst mich, als wäre er kurz vor dem Verhungern. Als habe er sein ganzes Leben darauf gewartet, mich auf diese Art und Weise zu spüren. Zu küssen. Und lieben zu können.

SITZUNG AM 09. 07. 2011

Die Patientin betritt ungewohnt selbstsicher die Stunde, erklärt bereits in den ersten Minuten, die Therapiesitzungen nicht fortsetzen zu wollen. Sie fühle sich in letzter Zeit schlagartig gefestigter und traue sich zu, die restlichen Hürden allein zu bewältigen. Die Argumente erscheinen willkürlich und unglaubwürdig. Der Auslöser für ihr Handeln ist nicht klar zu benennen. Nach Angabe der Patientin wurde ihr Bruder wegen Handels mit Betäubungsmitteln vergangene Woche zu einer Freiheitsstrafe von zwölf Monaten verurteilt (über eine mögliche Bewährung soll aktuell noch verhandelt werden). Ob dies im Zusammenhang mit ihrer Entscheidung steht, lässt sich nur spekulativ sagen. Die Patientin betont, dass keiner der beiden mit der Konsequenz und Tragik ihres Handelns rechnen konnte. Die Patientin wirkt nichtsdestotrotz belastet. Die Versuche, sie von den Vorteilen einer Weiterbehandlung zu überzeugen, bleiben erfolglos.
Die Therapie wird aus diesem Grund auf Wunsch der Patientin, entgegen therapeutischem Rat, beendet.
Weitere Beobachtungen der Familie erfolgen von nun an erneut durch das Jugendamt.

EPILOG

KINDERMUND TUT WAHRHEIT KUND

Vier Monate später

PAUL

Wir haben den Sommer gut genutzt. Unsere erste gemeinsame Reise (in Barcelona gibt es traumhaft schöne Fotospots), tolles Wetter, leckeres Essen. Valerie ist wieder in ihrem Element. Manchmal kommt es mir vor, als beherrsche sie ihr Leben wie eine Königin ihr Volk. Sie tut die Dinge mit einer Entschiedenheit und Klarheit, die ich noch nie zuvor bei einem Menschen erlebt habe. Nach wie vor bin ich sicher, dass Valerie die stärkste Frau ist, die ich kenne. Das wusste ich von dem Augenblick an, als ich sie das erste Mal gesehen habe. Damals war sie sicher keine zwölf Jahre alt, doch mein Herz schlug bei dem Gedanken, ihr genau das eines Tages sagen zu können, rasend schnell.

Mein Telefon vibriert. Es ist eine Nachricht von ihr.

Valerie
Babe, kommst du?

Ich lächele. Vielleicht weil ich weiß, dass diese unglaubliche Frau keine hundert Meter von mir entfernt ist. Und natürlich auch, weil sie bald *meine* Frau sein wird.

Paul
Gib mir noch zehn Minuten! Ich räume das hier erst mal in den Wagen.

Bei der aktuell herrschenden Hitze bricht einem schon bei der kleinsten Bewegung der Schweiß aus, und ich habe mir einen Moment Pause gegönnt, stehe mit einem Stapel Kisten vor Valeries Hauseingang und atme durch.

Die Möbelpacker kommen erst übermorgen, aber Valerie und ich haben bereits begonnen, die ersten Umzugskartons in unser neues Zuhause zu bringen. Weg von hier. Dem Ort, der nicht gerade mit den besten Erinnerungen verknüpft ist.

»Dann haben wir weniger Stress, verstehst du?« Nichts lieber als das. Für unsere gemeinsame Zukunft bin ich bereit, alles zu tun.

Ich klemme mir einen Karton unter den Arm und lasse die anderen Umzugskisten erst mal stehen. Wenn das so weitergeht, bekomme ich gleich einen Hitzschlag.

Angestrengt schiebe ich den schweren Karton auf den Rücksitz meines Wagens und drehe mich um. Es dauert etwa zwei Sekunden, bis ich den Jungen auf der anderen Straßenseite erkenne und mein Herz direkt aus dem Takt gerät.

Leon Rubel. Vierzehn Jahre alt. Wirkt aber aufgrund seiner Verhaltensauffälligkeit höchstens wie zwölf. Selektive mutistische Störung. Kommt bei Kindern häufiger vor, als man denkt. Es war nicht schwierig, diese Informationen über den Jungen herauszufinden. Auch nicht, dass die Störung relativ gut behandelbar ist, doch eine Therapie meist trotzdem andauert. Die Artikel aus dem Internet kenne ich mittlerweile auswendig, und manchmal höre ich Vals Anruf wie in einer Endlosschleife beim Einschlafen in meinem Kopf.

Ich habe ihn gefragt, ob der Name Alex ist. Ihn. Leon Rubel. Valerie hat eins und eins zusammengezählt. Wie ich es erwartet hatte. Diese Frau lässt nicht locker. Und genau deshalb macht sie mich so verrückt.

Ich ziehe den Kopf ein und hoffe, dass ich unentdeckt bleibe, doch es ist zu spät. Leons Blick ist bereits an mir hängen geblieben.

»Hallo«, sage ich freundlich und schnappe mir den nächsten Karton. Auch wenn ich keine Reaktion erwarte, sollte ich Leon vielleicht doch nicht einfach ignorieren. Streng genommen schulde ich ihm dafür zu viel.

Gerade möchte ich mich umdrehen, da höre ich ihn etwas sagen: »Alex.«

Es ist nur dieses einzige Wort, und doch weiß ich, was es zu bedeuten hat. Erschrocken lasse ich den Karton fallen, höre, wie etwas darin zu Bruch geht. Vielleicht Valeries Geschirr. Vielleicht aber auch Dekoartikel. Es könnte mir gleichgültiger nicht sein. Das Blut rauscht so schnell durch meine Adern, dass ich plötzlich unter enormer Anspannung stehe.

Blitzschnell drehe ich mich zu dem Jungen um und starre ihn eindringlich an. »Hör zu, ich habe keine Ahnung, was das soll, aber ich heiße Paul.« Ich versuche, ruhig zu klingen, kann aber nicht verhindern, dass mir die Worte viel zu harsch über die Lippen rutschen.

»Alex.« Schon wieder. Das Gesicht des Jungen zeigt keinerlei Regung. Er beugt sich vor, nimmt eine Zeitung aus dem Wagen und will sie mir übergeben. Doch ich … ich bin unfähig, mich zu bewegen. »Das hast du gesagt, Alex.«

»Du verschwindest jetzt von hier und kommst erst wieder, wenn wir weg sind. Und du wirst niemandem sagen, dass du mich gesehen hast. Weder jetzt noch …« Ich kann den Satz nicht zu Ende sprechen, denn im Augenwinkel sehe ich, wie Valerie aus der Tür kommt.

Sie sieht uns natürlich sofort. Zuerst mich. Dann Leon.

»Geh! Jetzt!«, zische ich dicht an sein Ohr.

Und tatsächlich greift er nach seinem Wägelchen und rennt

davon. Als Valerie vor mir steht, hat Leon bereits das Ende der Straße erreicht.

»Und?« Sie sieht mich mit ihren großen Augen an. Hoffnungsvoll.

»Was, und?« Ich zwinge mich zu einem Lächeln.

»Na, hat er irgendwas gesagt? Du weißt doch, wer er ist, oder?«

Ich schüttele rasch den Kopf, sehe, wie Valerie schluckt. »Das ist Leon, der Junge, der Alex' Namen …« Sie bricht ab. Ich weiß, wie schwer es ihr fällt, darüber zu sprechen.

»Ohhh. Ich verstehe«, erwidere ich schnell. »Ich bin bei dem Gespräch nicht dabei gewesen. Das haben die Kollegen gemacht, weil ich bei dir sein wollte.« *Unter anderem.* »Aber nein, er hat nichts gesagt. Weder auf der Polizeistation noch jetzt. Ein seltsamer Junge, wenn du mich fragst.«

Valerie zuckt mit den Schultern, sieht betroffen zu Boden. Ihre Brauen verengen sich. »Der ist ja kaputt. Ist dir der runtergefallen?«

Schuldbewusst seufze ich und bücke mich, um den Karton zu öffnen. »Sorry, Schatz. Ich habe nicht damit gerechnet, dass der so schwer ist.«

»Oje. Das waren die guten Tassen.« Ein Schatten huscht über ihr Gesicht. »Na ja, Scherben bringen bekanntlich Glück.«

»Glück? Wozu? Alles, was ich je wollte, bist du.«

Ich richte mich auf und lege meine Arme um sie.

»Stimmt!«, sagt sie mit einem Lächeln in der Stimme. »So wie es aussieht, hat uns das Leben am Ende genau das gegeben, wonach wir immer gesucht haben.«

2. EPILOG

DER ZWECK HEILIGT DIE MITTEL

Noch einige Monate später

VALERIE

Manchmal muss man im Leben Entscheidungen treffen, die andere Menschen nicht verstehen. So viel hatte ich bereits gelernt, nachdem ich meine Aussage bezüglich Alex' Tod unterschrieben habe.

Damals hatte ich keine Ahnung, wie weit diese Erkenntnis mich wenig später noch führen würde. An welche schmerzhaften, fast zerstörerischen Grenzen.

Auf der Tribüne der Köln-Arena, das rote Versace-Kleid wie eine zweite Haut an meinem Körper, denke ich manchmal zurück an die Frage, die ich mir vor Ewigkeiten gestellt habe.

»Was meinst du, Fred? Gibt es ein Richtig oder Falsch?«

Mein Fotograf sieht mich von der Seite an. In seinen Mundwinkeln zuckt ein Lächeln. »Würde dich die Antwort wirklich interessieren, Val?«

Ich nehme meinen Lippenstift aus der schwarzen Clutch und ziehe meinen Mund nach. Das Blitzlichtgewitter wird nicht mehr lange auf sich warten lassen. Und dann heißt es spätestens ab morgen: *»Produktlaunch der Extraklasse: Mit ihrer dritten Kollektion bringt Social-Media-Liebling Valerie Sophie die Lanxess-Arena zum Beben.«*

»Ich bin froh, dass du mich trotzdem magst«, antworte ich Fred mit einem Moment Verzögerung.

»Du meinst, obwohl du mir die Wahrheit anvertraut hast?«

Ich muss schmunzeln. »Die Wahrheit ist immer Auslegungssache. Kommt ganz drauf an, wer sie dir erzählt.«

Wie zur Bestätigung zücke ich mein Handy und scrolle durch die Nachrichten in meinem Postfach. Unzählige Reaktionen auf die letzte Story, die ich erst vor zehn Minuten hochgeladen habe. Paul und ich bei unserem filmreifen Red-Carpet-Moment.

Alles an euch ist sooo #couplegoals!!

Wo findet man so einen perfekten Mann wie Paul?

Ihr seid alles, was ich in meinem Leben haben will.

Wenn ihr euch jemals trennt, verliere ich den Glauben an die Liebe.

»Sieh dir das an!« Ich halte Fred das Display unter die Nase. »Es werden jeden Tag mehr.« Allein seit Bekanntgabe unserer Verlobung vor sechs Wochen habe ich auf Instagram ganze dreihunderttausend Abonnenten dazugewonnen. Kein Wunder, denn die Leute lieben alles, was ihnen das Gefühl einer perfekten Welt vermittelt.

Und ich? Ich liebe alles, was sie mir geben: Die Existenz von Valerie Sophie. Ein Leben, für das ich jahrelang gekämpft habe. Ein Leben, das ich mir zurückerobert habe.

Niemals aufgegeben habe.

Nicht, als die Trennung von Alex mich in ein dunkles Loch riss. Nicht, als die Leute mich für eine Lügnerin hielten. Nicht, nachdem sich vor Monaten ein letztes Teil in mein Puzzle fügte. Damals auf der Party. Als ausgerechnet Emilias Bemerkung einen absurden Verdacht in mir aufkeimen ließ.

Wir haben damals schon spekuliert, dass du heimlich auf Valerie stehst.

Ob Paul weiß, dass er sein iPhone an diesem Abend weder verloren hat noch dass es ihm geklaut wurde? Ob er ahnt, dass ich es geschickt aus seiner Hosentasche gezogen hatte, während ich meine Lippen um sein wertvollstes Stück schloss? Ob er sich vorstellen kann, dass es sich gut versteckt in einer Kiste in Freds Wohnung befindet und dass es all die belastenden Informationen gegen ihn enthält … nur für den Fall der Fälle …

Die absolute, ganz ungeschönte Wahrheit ist: Ich weiß es nicht. Es ist mir genau genommen auch egal. Es gibt nur einen Menschen, der Bescheid weiß. Und dieser steht direkt neben mir.

»Dann ist es das hier wirklich wert?«, unterbricht Fred meine Gedanken. Dass er meine Entscheidung respektiert, heißt noch lange nicht, dass er sie versteht. Aber vielleicht wäre das auch zu viel verlangt. Fred ist nie *ich* gewesen. Nie die kleine, arme Valerie, die niemand gesehen hat. Und genauso wenig die Version, die ich geschaffen habe.

Ich sehe hinunter auf die vielen Menschen und lächele.

Und wie ich sie geschaffen habe.

Plötzlich entdecke ich Paul, weiter rechts auf der Tribüne. Er unterhält sich mit zwei Personen, die verdächtig nach Journalisten aussehen. Unsere Blicke treffen sich zufällig. Paul strahlt. Monate nachdem ich begriffen habe, was er getan hat, spielen wir noch immer dieses Spiel.

Er denkt, es sei seines. Doch in Wahrheit bestimme ich die Regeln.

»Für den Moment, ja. Genau genommen ist es alles, was ich je wollte.«

Mein Leben mit knapp vier Millionen Menschen, die keine Ahnung haben, wer Valerie Sophie wirklich ist.

DANKSAGUNG

Am 18. Dezember 2021 habe ich mit dem Schreiben von *Insight* begonnen. (Das weiß ich so genau, weil ich den Moment in meiner Instagram-Story festgehalten habe.)

Zu diesem Zeitpunkt hatte ich keine Ahnung, ob es diese Geschichte jemals in den Buchhandel schaffen würde.

Um es in den Worten meiner Agentin zu sagen: »Genretechnisch wäre das hier ein Wagnis, das sage ich gleich. Aber wir probieren es dann, wenn es so weit gereift ist.«

Jetzt gerade haben wir den 4. Dezember 2023, und ich schicke meiner Lektorin gleich das Lektorat zurück, in der Hoffnung, dass sie keine Szenen mehr findet, in denen ich Valerie sympathischer oder ich irgendwelche Gerichte ansprechender (finde trockene Süßkartoffel voll legitim) gestalten soll. Aber bevor ich mich damit überhaupt beschäftige, habe ich mich an die Danksagung gesetzt. Weil mir gerade danach ist, Danke zu sagen.

Bei *Insight* ist bis jetzt alles so gelaufen, wie ich es mir erträumt habe. Dass die Geschichte ein Zuhause gefunden hat, verdanke ich in erster Linie meiner Agentin Kathrin. Deshalb gilt ihr auch der erste Dank. Du hast die Nerven bewahrt, obwohl ich dich ständig mit diesem Projekt genervt habe. Und scheinbar hat es sich gelohnt (Nerven bewahren + nerven).

Als die Zusage von Droemer Knaur kam, bin ich aufgeregt durch meine Wohnung gehüpft. Knaur war von Anfang an mein Wunschverlag für diese Geschichte, und ich kann noch immer kaum glauben, dass ich nun irgendwie richtig zu Fitzek … äh … zu euch gehöre. Insbesondere meinen Lektorinnen Sabine Ley und Michelle Stöger möchte ich an dieser Stelle Danke sagen!

Ein großes Dankeschön geht auch an meine Testleserinnen:

Anfang 2022 ist sie mit einer Nachricht in mein Instagram-Postfach geschneit. Kurz darauf wurde sie nicht nur die allererste Leserin von *Insight,* sondern auch eine Freundin.

Danke, Lara! Danke auch an Anna und Anna-Lena, eure Anmerkungen zu der Geschichte haben mir ebenfalls sehr geholfen.

Dann – womit habe ich das verdient? – darf hier auch die wundervolle Romy Hausmann nicht fehlen. Hätte mir jemand im Sommer 2019, als ich *Liebes Kind* verschlungen habe, gesagt, dass ich diese fantastische Autorin eines Tages als eine meiner ersten Leserinnen in der Danksagung erwähnen darf … Gott, wahrscheinlich wäre ich tot umgefallen. (Dilemma: Dann gäbe es dieses Buch nicht.)

Außerdem danken möchte ich meiner Freundin Maike, der ich unzählige Schreibsessions, ermutigende Nachrichten und liebevolle Arschtritte verdanke. Jeder, der schreibt, braucht eine Maike in seinem Leben!

Ein großer Dank geht natürlich auch raus an meine Familie und meine Freunde.

An dich, Jenny, für deine aufbauende Art und deine Ehrlichkeit. (Und danke, dass ich durch dich meine Liebe zu Forest entdeckt habe.)

Danke an Ayla für deine unglaubliche Power! Vor ein paar Jahren meinte ein Therapeut mal zu mir, dass Wahnsinn und Genie nahe beieinanderliegen. Irgendwie lässt du mich diesen Spruch noch mal neu verstehen.

Danke an Hannah, dass du meine Farben siehst (ein kleiner Insider für diejenigen, die *Wenn ich uns verliere* gelesen haben).

Danke an dich, Mama, dass ich die Briefe lesen durfte. (Leider entstammen einige Formulierungen in diesem Roman nämlich aus Post, die meine Mutter über Jahre hinweg anonym bekommen hat. Ähnlich wie bei Valerie lag keine konkrete Drohung vor, weshalb die Polizei nichts unternehmen konnte.)

Danke an dich, Papa, dass du jedem von diesem Buch erzählen wirst, obwohl du es selbst erst liest, wenn du irgendwann in Rente bist :-)

Danke an dich, Toja, weil ich weiß, dass du dieses Buch bis zum Schluss lesen wirst, obwohl du dich an der einen oder anderen Stelle fragen musst, wann deine kleine Schwester so verdorben geworden ist.

Danke an meinen Freund Luca, der dafür gesorgt hat, dass ich so verdor… okay, lassen wir das ;-)

Du bist der Beste. Unter anderem, weil ich deinetwegen während des Lektorats nie verhungert bin.

Nicht zuletzt danke ich aber natürlich – wie immer – euch, meinen Leserinnen und Lesern. Ihr seid der Grund, weshalb ich Geschichten erzählen darf. Eure Begeisterung für meine letzten Bücher ist wertvoller als alles, was ich euch je zurückgeben kann. Ich hoffe trotzdem, dass *Insight* ein kleiner Anfang sein konnte.

Von Herzen
Eure Toni